Isabel Wolff est n_____ _____ _____, en
Angleterre. Après des _____ littérature anglaise à
Cambridge, elle devient journaliste et collabore à
divers quotidiens, comme l'*Evening Standard* et le
Daily Telegraph. Reporter radio à la BBC, elle fait la
revue de presse du journal télévisé du matin, quand
elle publie son premier roman, *Les tribulations de
Tiffany Trott* en 1999. Toute la presse anglaise salue
aussitôt la prose vive et expressive de cet auteur qui
parvient à mêler élégamment l'humour à une critique
très subtile des caractères. Ce premier roman devient
bientôt un formidable succès en Grande-Bretagne et
dans de nombreux pays. Avec *Les mésaventures de
Minty Malone*, parues en 2000, Isabel Wolff s'est défi-
nitivement imposée comme un grand auteur de la littérature de mœurs. Elle a ensuite publié *Avis de grand
frais* (2002), *Rose à la rescousse* (2003), *Misérable
Miranda* (2004), *Les amours de Laura Quick* (2006),
Accroche-toi, Anna ! (2008) et *Un amour vintage*
(2009). Isabel Wolff vit aujourd'hui à Londres avec
son compagnon et leurs deux enfants.

**Retrouvez toute l'actualité d'Isabel WOLFF
sur son site : www.isabelwolff.com**

UN AMOUR VINTAGE

DU MÊME AUTEUR
CHEZ POCKET

LES TRIBULATIONS DE TIFFANY TROTT
LES MÉSAVENTURES DE MINTY MALONE
AVIS DE GRANDS FRAIS
ROSE À LA RESCOUSSE
MISÉRABLE MIRANDA
LES AMOURS DE LAURA QUICK
ACCROCHE-TOI, ANNA !
UN AMOUR VINTAGE

ISABEL WOLFF

UN AMOUR VINTAGE

Traduit de l'anglais (Grande-Bretagne)
par Denyse Beaulieu

JC LATTÈS

Titre de l'édition originale :
A VINTAGE AFFAIR
publiée par Harper,
une division de HarperCollins Publishers, London.

Le papier de cet ouvrage est composé de fibres naturelles, renouvelables, recyclables et fabriquées à partir de bois provenant de forêts plantées et cultivées durablement pour la fabrication du papier.

Le Code de la propriété intellectuelle n'autorisant, aux termes de l'article L. 122-5, 2° et 3° a, d'une part, que les « copies ou reproductions strictement réservées à l'usage privé du copiste et non destinées à une utilisation collective » et, d'autre part, que les analyses et les courtes citations dans un but d'exemple et d'illustration, « toute représentation ou reproduction intégrale ou partielle faite sans le consentement de l'auteur ou de ses ayants droit ou ayants cause est illicite » (art. L. 122-4).
Cette représentation ou reproduction, par quelque procédé que ce soit, constituerait donc une contrefaçon, sanctionnée par les articles L. 335-2 et suivants du Code de la propriété intellectuelle.

© 2009, Isabel Wolff.
© 2009, éditions Jean-Claude Lattès
pour la traduction française. (Première édition juin 2009)
ISBN : 978-2-266-19427-3

À la mémoire de mon père

« Quel étrange pouvoir possèdent les vêtements. »
Isaac Bashevis Singer

Prologue

— … dix-sept, dix-huit, dix-neuf… vingt ! hurlé-je.
Prête ou pas prête, j'arrive !

J'ouvre les yeux et me mets à chercher. Je descends
en m'attendant à découvrir Emma blottie derrière le
sofa, emballée comme un bonbon dans les rideaux
carmin, ou accroupie derrière le piano demi-queue.
Nous ne nous connaissons que depuis six semaines
mais je la considère déjà comme ma meilleure amie.
« Vous avez une nouvelle camarade de classe », avait
annoncé Mlle Grey au premier jour du trimestre. Elle
avait souri à la petite fille qui se tenait à son côté dans
un blaser trop empesé. « Elle s'appelle Emma Kitts et
sa famille vient de quitter l'Afrique du Sud pour s'installer à Londres. » Mlle Grey avait assigné à la
nouvelle le pupitre voisin du mien. Elle était petite
pour ses neuf ans et un peu boulotte, avec de grands
yeux verts, un essaim de taches de rousseur, une
frange inégale et des tresses châtaines brillantes. « Tu
peux t'occuper d'Emma, s'il te plaît, Phoebe ? »
m'avait demandé Mlle Grey. J'avais hoché la tête et
Emma m'avait adressé un sourire reconnaissant.

Maintenant, je traverse le vestibule pour passer dans la salle à manger : je jette un coup d'œil sous la table en acajou éraflé, mais Emma n'y est pas ; elle n'est pas non plus dans la cuisine au buffet à l'ancienne chargé d'assiettes bleues et blanches dépareillées. J'aurais bien voulu demander à sa mère de quel côté elle est allée, mais Mme Kitts est « sortie pour jouer au tennis » en nous laissant seules, Emma et moi.

J'entre dans le grand garde-manger bien frais et je repousse la porte coulissante d'un énorme placard, mais il n'abrite que de vieux flacons Thermos ; puis je descends la marche qui mène à la buanderie où la machine à laver achève son cycle d'essorage dans un dernier spasme. Je soulève la porte du congélateur au cas où Emma séjournerait parmi les petits pois sur-gelés et les glaces, avant de retourner dans le vestibule lambrissé de chêne, qui embaume la poussière et la cire d'abeille. D'un côté, il y a une immense chaise aux sculptures tarabiscotées – un trône du Swaziland, d'après Emma – d'un bois si foncé qu'il paraît noir. Je m'y assieds un moment en me demandant où se trouve le Swaziland, au juste, et si c'est près de la Suisse. Mon regard se pose sur les chapeaux accrochés au mur d'en face. Il y en a une dizaine, suspendus à des patères en bronze : une coiffure africaine en tissu rose et bleu et une chapka cosaque en fourrure ; un panama, un chapeau mou, un turban, un haut-de-forme, une bombe d'équitation, une casquette, un fez, deux cano-tiers défoncés et un chapeau en tweed vert émeraude dans lequel est plantée une plume de faisan.

Je gravis l'escalier aux marches larges et peu pro-fondes. Quatre portes s'ouvrent sur le palier carré. La première à gauche donne sur la chambre d'Emma. Je tourne la poignée et m'immobilise sur le seuil en quête de gloussements étouffés ou d'un bruit de respiration :

je n'entends rien, mais il est vrai qu'Emma sait retenir longtemps son souffle – elle peut nager une longueur sous l'eau. Je rabats sa couette bleue ; elle n'est ni dans son lit, ni en dessous ; je ne trouve que la boîte secrète où elle cache son Krugerrand[1] porte-bonheur et son journal intime. J'ouvre la grande penderie blanche avec ses motifs « safari » peints au pochoir ; elle n'y est pas non plus. Serait-elle dans la pièce voisine ? En y entrant, je constate avec une pointe d'embarras qu'il s'agit de la chambre de ses parents. Je cherche Emma sous le lit en fer forgé et derrière la coiffeuse au miroir ébréché ; j'ouvre la penderie, dont l'odeur d'écorce d'orange et de clou de girofle me rappelle Noël. J'admire les robes d'été aux imprimés de couleurs vives de Mme Kitts, en les imaginant sous le soleil africain, avant de me rendre compte que je ne cherche pas : je fouine. Je bats en retraite, vaguement honteuse. Maintenant, je n'ai plus envie de jouer à cache-cache. Je veux jouer au rami, ou simplement regarder la télé.

— Je parie que tu ne me retrouveras pas, Phoebe ! Tu n'arriveras jamais, jamais à me retrouver !

En soupirant, je traverse le palier pour entrer dans la salle de bains ; je regarde derrière l'épais rideau de douche en plastique blanc et soulève le couvercle du panier de linge sale, qui ne contient qu'une serviette violet délavé. Puis je m'approche de la fenêtre et j'écarte les lames du store vénitien. En scrutant le jardin ensoleillé, un minuscule tressaillement me parcourt l'échine. Emma est là – derrière l'énorme platane au bout de la pelouse. Elle pense que je ne la vois pas, mais comme elle est accroupie, un de ses pieds

1. Pièce d'or sud-africaine (N.d.T.).

13

dépasse. Je dévale l'escalier, traverse la cuisine et la buanderie, et ouvre brusquement la porte du jardin.

— Je t'ai trouvée ! m'écrié-je en courant vers l'arbre. Je t'ai trouvée ! répété-je joyeusement, étonnée d'éprouver autant d'euphorie. D'accord, haleté-je, à mon tour de me cacher. Emma ?

Je la regarde. Elle n'est pas accroupie mais allongée sur le côté gauche, parfaitement immobile, les yeux fermés.

— Lève-toi, tu veux bien, Em ?

Elle ne répond pas. Maintenant, je remarque que l'une de ses jambes est repliée sous son corps dans un angle bizarre. Avec un coup au cœur, je comprends qu'Emma ne se cachait pas derrière l'arbre, mais dans l'arbre. Je lève les yeux vers ses branches et j'aperçois des lambeaux bleus dans la verdure. Elle s'est cachée dans l'arbre et elle en est tombée.

— Em, murmuré-je en me penchant pour lui toucher l'épaule.

Je la secoue doucement mais elle ne réagit pas ; je remarque que sa bouche est légèrement entrouverte et qu'un filet de salive luit sur sa lèvre inférieure.

— Emma ! m'écrié-je, réveille-toi !

Mais elle ne s'éveille pas. Je pose la main sur ses côtes pour voir si elles se soulèvent.

— Dis quelque chose, murmuré-je, le cœur battant à tout rompre. Je t'en supplie, Emma !

J'essaie de la relever mais je n'y arrive pas. Je l'agrippe derrière les oreilles.

— Emma !

J'ai la gorge serrée et les yeux qui picotent. Je me retourne vers la maison, en espérant voir la mère d'Emma traverser la pelouse en courant, prête à tout arranger ; mais Mme Kitts n'est toujours pas rentrée de sa partie de tennis. Je lui en veux, car nous sommes trop jeunes pour être laissées toutes seules. Mon ressentiment envers Mme Kitts cède à la terreur en songeant qu'elle me reprochera l'accident d'Emma, puisque c'est moi qui ai voulu jouer à cache-cache. Dans ma tête, j'entends Mlle Grey me demander de « m'occuper » d'Emma, puis je l'entends claquer de la langue, déçue.

— Réveille-toi, Em, l'imploré-je. Je t'en supplie.

Emma gît toujours, l'air… chiffonnée, comme une poupée qu'on aurait jetée par terre. Je sais qu'il faut que j'aille chercher des secours. Mais d'abord, je dois la recouvrir car il commence à faire frais. Je retire mon cardigan et je le drape sur le haut du corps d'Emma, en le lissant rapidement sur sa poitrine et en lui enveloppant les épaules.

— Je reviens tout de suite. N'aie pas peur.

J'essaie de ne pas pleurer.

Tout d'un coup Emma se redresse en souriant comme une folle, les yeux exorbités de plaisir malicieux.

— Je t'ai bien eue ! chantonne-t-elle joyeusement en battant des mains, la tête renversée en arrière. Je t'ai vraiment fait marcher, là, non ? s'écrie-t-elle en se relevant. Tu as eu peur, pas vrai, Phoebe ? Avoue-le. Tu as cru que j'étais morte ! J'ai retenu ma respiration super longtemps ! J'ai failli exploser…

Elle souffle dans ses joues, ce qui soulève un peu sa frange, puis elle me sourit.

— Bon, Phoebe… À toi.

Elle me tend mon cardigan.

— Je commence à compter… jusqu'à vingt-cinq, si tu veux. Tiens, Phoebe, prends ton cardigan. (Emma me fixe.) Qu'est-ce qui se passe ?

Mes poings sont serrés le long de mon corps. Mon visage est brûlant.

— Ne me refais plus jamais ce coup-là !

Emma cligne des yeux, étonnée.

— Mais ce n'était qu'une plaisanterie.

— Une plaisanterie horrible !

Les larmes me montent aux yeux.

— Je... m'excuse.

— Ne me refais plus jamais ce coup-là ! Si tu me refais ce coup-là, je ne t'adresse plus jamais la parole... Plus jamais !

— Ce n'était qu'un jeu, proteste-t-elle en levant les mains. Inutile d'en faire tout un plat. Je jouais... c'est tout. (Elle hausse les épaules.) Mais... si ça t'embête, je ne recommencerai plus. Promis !

Je lui arrache mon cardigan des mains.

— Jure-le ! dis-je en la foudroyant du regard. Il faut que tu le jures.

— D'accord, murmure-t-elle avant d'inspirer profondément. Moi, Emma Mandisa Kitts, je jure que je ne te jouerai plus jamais ce tour-là, Phoebe Jane Swift, plus jamais. Je le jure, répète-t-elle en faisant un signe de croix extravagant. Croix de bois, croix de fer, ajoute-t-elle avec un curieux petit sourire que je n'ai pas oublié après toutes ces années. Si je mens, je vais en enfer !

1

Le mois de septembre est le meilleur moment de l'année pour un nouveau départ, me dis-je en sortant de chez moi, tôt ce matin-là. La rentrée m'a toujours inspiré un plus grand sentiment de renouveau que le Nouvel An. Peut-être parce que septembre me paraît frais et net après la moiteur d'août, constatai-je en traversant Tranquil Vale. Ou parce que c'est le début de l'année scolaire, songeai-je en passant devant Blackheath Books, dont les vitrines affichaient les promotions de rentrée des classes.

Quand la façade fraîchement repeinte de Village Vintage m'apparut, je me permis une brève bouffée d'optimisme. Je déverrouillai la porte, ramassai le courrier sur le paillasson et commençai à préparer la boutique pour son inauguration officielle.

Je travaillai sans répit jusqu'à 16 heures à choisir des vêtements dans la réserve pour les accrocher aux portants. Tout en drapant une robe du soir des années 20 sur mon bras, je caressai son lourd satin de soie ; je parcourus du bout des doigts les entrelacs de ses broderies de perles et ses coutures impeccables. Voilà ce que j'aime dans les vêtements vintage, me dis-je : leurs étoffes magnifiques et leurs finitions parfaites. J'aime le savoir-faire et le talent qu'on a consacrés à les réaliser.

Je consultai ma montre. Plus que deux heures avant la fête. Je me rappelai soudain que j'avais oublié de mettre le champagne au frais. Je me précipitai dans la petite cuisine pour ouvrir les caisses, en me demandant combien de personnes viendraient. J'en avais invité une centaine : il fallait donc sortir environ soixante-dix flûtes. J'empilai les bouteilles dans le réfrigérateur, réglai le thermostat au maximum et me préparai une tasse de thé en vitesse. Tout en sirotant mon Earl Grey, je jetai un coup d'œil à la ronde, histoire d'apprécier le passage du rêve à la réalité.

La décoration intérieure de Village Vintage était moderne et lumineuse. J'avais fait décaper et blanchir le parquet, et repeindre les murs en gris tourterelle ; j'avais accroché de grands miroirs en argent ; j'avais posé des plantes dans des pots vernis sur des supports en chrome ; des spots étaient encastrés dans le plafond peint en blanc et, à côté de la cabine d'essayage, j'avais placé un grand canapé bergère crème. Par la vitrine, la lande de Blackheath ondulait sous la vertigineuse voûte bleue du ciel, ponctuée de majestueux nuages blancs. Au-dessus de l'église, deux cerfs-volants jaunes dansaient dans la brise tandis qu'à l'horizon, les tours de verre de Canary Wharf scintillaient dans le soleil de fin d'après-midi.

Tout d'un coup, je me rendis compte que le journaliste censé m'interviewer avait plus d'une heure de retard. Je ne savais même pas pour quel journal il travaillait. Tout ce dont je me rappelais de notre brève conversation téléphonique de la veille, c'était qu'il s'appelait Dan et qu'il arriverait à 15 h 30. Mon irritation céda à la panique : s'il m'avait posé un lapin ? J'avais besoin de pub. Mes entrailles se tordirent à l'idée du prêt énorme que j'avais contracté. Tout en attachant une étiquette à un sac du soir brodé, je me revis en train de convaincre ma banquière que son argent serait en de bonnes mains.

— Vous dites que vous étiez chez Sotheby's ? m'avait demandé la responsable des prêts tandis qu'elle parcourait mon business plan dans un petit bureau dont chaque centimètre carré, y compris le plafond et la porte, semblait tapissé d'une épaisse serge grise.

— Je travaillais au département textiles, lui avais-je expliqué. J'estimais les vêtements vintage et j'organisais des ventes aux enchères.

— Alors vous devez vous y connaître.

— En effet. (Elle avait noté quelque chose sur le formulaire, le bec de sa plume crissant sur le papier glacé.) Mais vous n'avez jamais travaillé dans la vente au détail.

— Non, avais-je répondu, le cœur serré. C'est vrai. Mais j'ai trouvé un local attrayant et facile d'accès dans un quartier plaisant et très fréquenté où il n'y a pas d'autres boutiques vintage.

Je lui avais tendu la brochure de l'agent immobilier de Montpelier Vale.

— C'est un bel emplacement, avait-elle concédé en l'étudiant. (Je reprenais espoir.) Et le fait qu'il soit à l'angle lui donne une bonne visibilité. (J'imaginais les vitrines resplendissantes de robes sublimes.) Mais le loyer est élevé.

La banquière avait posé la brochure sur son bureau gris et me considérait d'un air sévère.

— Qu'est-ce qui vous fait croire que vos ventes suffiront à couvrir vos frais fixes, sans parler de faire des bénéfices ?

J'avais retenu un soupir de frustration.

— Je sais que la demande existe. Le vintage est tellement à la mode qu'il est pratiquement devenu grand public. Aujourd'hui, on peut même acheter des vêtements vintage dans des magasins comme Miss Selfridge et Top Shop.

Il y avait eu un moment de silence tandis qu'elle griffonnait autre chose.

— Je sais, avait-elle dit en relevant la tête, souriante, cette fois. L'autre jour, chez Jigsaw, j'ai acheté une superbe fausse fourrure griffée Biba – en parfait état, avec les boutons d'origine.

Elle avait poussé le formulaire vers moi en me tendant sa plume.

— Pourriez-vous signer ici, s'il vous plaît… ?

J'accrochai les robes du soir sur un portant et je disposai les sacs, les ceintures et les chaussures. J'étalai les gants dans un panier, les bijoux fantaisie dans des plateaux en velours puis, sur une étagère d'angle en hauteur, je posai soigneusement le chapeau qu'Emma m'avait offert pour mon trentième anniversaire.

Je reculai d'un pas et contemplai cette extraordinaire sculpture en paille bronze, dont la calotte semblait s'élancer à l'infini.

— Tu me manques, Em, murmurai-je. Où que tu sois en ce moment…

J'éprouvai un picotement familier, comme si une épingle me traversait le cœur.

On frappa derrière moi. Un homme d'environ mon âge, peut-être un peu plus jeune, se tenait de l'autre côté de la porte vitrée. Il était grand et costaud, avec d'immenses yeux gris et une tignasse de boucles blond foncé. Il me rappelait quelqu'un de célèbre, mais je n'arrivais pas à le replacer.

— Dan Robinson, déclara-t-il avec un grand sourire quand je le fis entrer. Désolé, je suis un peu en retard.

Je résistai à l'envie de lui rétorquer qu'en fait il était très en retard. Il sortit un calepin d'un sac élimé.

— Mon interview précédente a duré plus longtemps que prévu, et puis j'ai été coincé dans les embouteillages, mais je ne vous retiendrai pas plus de vingt minutes.

Il fourra la main dans une poche de sa veste en lin froissée pour en tirer un crayon.

— J'ai juste besoin de quelques infos sur la boutique et sur votre parcours.

Il jeta un coup d'œil à la pieuvre de foulards étalée sur le comptoir et au mannequin à moitié vêtu.

— Mais je vois que vous êtes occupée, alors si vous n'avez pas le temps, je…

— J'ai le temps, l'interrompis-je. Vraiment… si ça ne vous ennuie pas que je travaille pendant que nous bavardons.

Je glissai une robe de cocktail vert d'eau sur son cintre en velours.

— Vous travaillez pour quel journal, déjà ?

Du coin de l'œil, je remarquai que sa chemise rayée mauve ne s'accordait pas du tout à la couleur sauge de son pantalon en coton.

— C'est un nouveau bihebdomadaire gratuit, le *Black & Green* – le *Blackheath and Greenwich Express*. Comme il n'existe que depuis deux mois, il n'est pas encore très diffusé.

— Toute parution dans la presse est la bienvenue, dis-je en suspendant la robe.

— L'article devrait sortir vendredi.

Dan regarda autour de lui.

— C'est joli, ici, c'est clair. On n'a pas l'impression que vous vendez des vieilles fringues… pardon, du vintage, se reprit-il spontanément.

— Merci, répondis-je d'un ton ironique, bien que je lui sache gré de sa remarque.

Tandis que je découpais rapidement la cellophane des agapanthes blanches, Dan jeta un coup d'œil par la vitrine.

— C'est un emplacement formidable.

Je hochai la tête.

— J'aime bien cette vue sur la lande, et en plus, la boutique est bien visible de la route : j'espère avoir une clientèle de passage en plus des amateurs de vintage.

— C'est comme ça que je vous ai trouvée, m'apprit Dan pendant que je disposais les fleurs dans un grand vase en verre. Hier, je passais par là et j'ai vu (il fouilla la poche de son pantalon pour en tirer un taille-crayon) que vous étiez sur le point d'ouvrir. Je me suis dit que ça ferait un bon sujet pour le numéro de vendredi.

Quand il s'assit dans le canapé, je remarquai qu'il portait des chaussettes dépareillées – une verte et une marron.

— Bien que la mode, ça ne soit pas mon truc, ajouta-t-il.

— Ah bon ? dis-je poliment pendant qu'il faisait vigoureusement tourner son crayon dans le taille-crayon. Vous n'utilisez pas de magnétophone ? ne pus-je m'empêcher de lui demander.

Il examina le crayon fraîchement taillé et souffla dessus.

— Je préfère le *speedwriting*. Bon, alors, fit-il en rempochant son taille-crayon. On y va ? Alors… (Il tapota sa lèvre inférieure de son crayon.) Que dois-je vous demander en premier ?

Je tentai de ne pas trahir la consternation que m'inspirait une telle absence de préparation.

— Ça y est, j'ai trouvé ! Vous êtes du coin ?

— Oui, répondis-je en pliant un cardigan en cachemire bleu ciel. J'ai grandi à Eliot Hill, du côté de Greenwich, mais depuis cinq ans, je vis dans le centreville de Blackheath, près de la gare.

Je songeai à mon cottage de cheminot avec son minuscule jardinet.

— La gare, répéta lentement Dan. Question suivante…

Cette interview allait durer des siècles – il ne manquait plus que ça.

— Vous avez de l'expérience dans le milieu de la mode ? me demanda-t-il. C'est ce genre de chose que les lecteurs veulent savoir, non ?

— Euh… c'est possible.

Je lui expliquai que j'avais étudié l'histoire de la mode à St. Martin's et travaillé chez Sotheby's.

— Combien de temps êtes-vous restée chez Sotheby's ?

— Douze ans, répondis-je en pliant un foulard en soie Yves Saint Laurent pour le poser sur un plateau. D'ailleurs, on venait de me nommer directrice du département costumes et textiles. Mais… j'ai décidé de partir.

Dan releva les yeux.

— Alors que vous veniez d'être promue ?

— Oui… (Mon cœur se serra. J'en avais trop dit.) J'y étais pratiquement depuis que j'avais obtenu mon diplôme, vous comprenez, et j'avais besoin…

Je regardai par la fenêtre, en tâchant d'endiguer le flot d'émotions qui me submergeait.

— J'avais besoin de…

— Faire une pause dans votre carrière ? suggéra Dan.

— De changer. Alors j'ai pris une espèce de congé sabbatique en mars dernier.

Je drapai un rang de fausses perles Chanel autour du cou d'un mannequin argenté.

— On m'a assuré qu'on me garderait mon poste jusqu'en juin... Mais, début mai, quand j'ai vu que le bail de cette boutique était à céder, j'ai décidé de me lancer et de vendre moi-même du vintage. J'y pensais déjà depuis un certain temps.

— Un certain... temps, répéta lentement Dan.

Ce n'était pas franchement du *speedwriting*. Je jetai un coup d'œil à ses curieux gribouillis. Il mâchouilla le bout de son crayon. Ce type était nul.

— Question suivante... Je sais : où trouvez-vous la marchandise ? (Il me regarda.) Ou est-ce que c'est confidentiel ?

J'attachai les agrafes d'un chemisier Georges Rech café au lait.

— Pas vraiment. J'ai beaucoup acheté dans des ventes aux enchères en dehors de Londres, mais aussi chez des marchands spécialisés et des particuliers que j'ai connus par Sotheby's. J'ai aussi trouvé des articles dans des foires du vintage, sur eBay, et je suis allée deux ou trois fois en France.

— Pourquoi en France ?

— On peut y dénicher des choses ravissantes sur les marchés de province – comme ces chemises de nuit brodées, que j'ai achetées à Avignon. Elles ne sont pas très chères, parce que les Françaises sont moins portées sur le vintage que nous.

— Les vêtements vintage sont assez recherchés en Angleterre, non ?

Je disposai rapidement en éventail quelques exemplaires de *Vogue* des années 50 sur la table en verre à côté du canapé.

— Très recherchés. Les femmes ont envie d'originalité, pas de production de masse, et c'est ce qu'elles

24

trouvent grâce au vintage. Un vêtement vintage permet d'avoir un style personnel. Une robe du soir achetée dans un grand magasin pour deux cents livres, poursuivis-je, ne vaut presque plus rien le lendemain. Alors que, pour le même prix, on peut acheter une robe dans un tissu magnifique, que personne d'autre ne portera et qui peut même, si elle est bien entretenue, prendre de la valeur. Comme celle-ci, par exemple.

Je sortis une robe du soir Hardy Amies en taffetas de soie bleu pétrole de 1957.

— C'est ravissant, dit Dan en admirant son encolure à l'américaine, son corsage ajusté et sa jupe à godets. On croirait qu'elle est neuve.

— Tout ce que je vends est en parfait état.

— État…, marmonna-t-il en gribouillant à nouveau.

— Chaque vêtement est lavé ou nettoyé à sec, poursuivis-je en remettant la robe sur le portant. J'ai une couturière géniale qui fait les grosses réparations et les retouches – les petites, je les fais moi-même : j'ai une salle de couture au fond du magasin équipée d'une machine à coudre.

— Et ça se vend combien, ces trucs ?

— Quinze livres pour un foulard en soie à bord roulotté main, soixante-quinze livres pour une robe d'été en coton, de deux cents à trois cents livres pour une robe du soir, et jusqu'à mille cinq cents livres pour une pièce de haute couture.

Je sortis une robe du soir Pierre Balmain du début des années 60 en faille dorée brodée de perles tubes et de paillettes argentées. Je soulevai sa housse.

— Ceci est une pièce importante, créée par un grand couturier à l'apogée de sa carrière. Ou alors, ceci.

Je sortis un pantalon palazzo à motif psychédélique rose et vert sorbet.

— Cet ensemble est d'Emilio Pucci. Il sera très probablement acheté comme investissement plutôt que pour être porté, parce que Pucci, tout comme Ossie Clark, Biba et Jean Muir, est très recherché par les collectionneurs.

— Marilyn Monroe adorait Pucci, déclara Dan. Elle a été enterrée dans sa robe Pucci préférée, en soie verte.

J'acquiesçai, peu encline à avouer mon ignorance à ce sujet.

— Celles-là sont marrantes, reprit Dan.

Il désigna d'un signe de tête le mur derrière moi, où étaient accrochées, comme des tableaux, quatre robes-bustiers en soie – respectivement jaune citron, rose bonbon, turquoise et vert citron – aux vastes jupons mousseux en tulle étincelants de strass.

— Je les ai accrochées au mur parce que je les adore, expliquai-je. Ce sont des *prom dress*[1] des années 50, mais je les surnomme les robes *cupcake*[2] parce qu'elles sont tellement glamour et sucrées. Rien que de les regarder, ça me rend heureuse.

En tout cas, aussi heureuse que je peux l'être dorénavant, songeai-je tristement.

Dan se leva.

— Et ce que vous tenez à la main, c'est quoi ?

— Une jupe à faux-cul de Vivienne Westwood. Ceci, ajoutai-je en sortant un caftan en soie couleur

---

1. Les *proms* sont les bals de fin d'année donnés dans les lycées américains, au cours desquels les élèves portent des tenues de soirée : smokings pour les garçons, robes longues pour les filles. *(N.d.T.)*
2. *Cupcake* est le nom donné en Grande-Bretagne et aux États-Unis aux petits gâteaux cuits dans un moule en forme de tasse ou dans une caissette en papier. Ils sont généralement décorés de glaçages aux couleurs pastel ou acidulées. *(N.d.T.)*

terre cuite, est de Thea Porter ; et cette minirobe en daim est de Mary Quant.

— Et ça ?

Dan avait sorti une robe du soir en satin rose d'huître à col drapé, finement plissée sur les côtés, avec un ourlet en queue de poisson.

— C'est magnifique ! reprit-il. Katharine Hepburn pourrait l'avoir portée, ou Greta Garbo... ou Veronica Lake dans *La Clé de verre*, ajouta-t-il d'un air songeur.

— Ah. Je ne connais pas ce film.

— Il est très sous-estimé – il a été adapté d'un roman de Dashiell Hammett en 1942. Howard Hawks s'en est inspiré pour *Le Grand Sommeil*.

— C'est vrai ?

— Mais vous savez... (Il tendit la robe devant moi d'une façon qui me prit de court.) Elle vous irait. (Il m'évalua du regard.) Vous avez une espèce de langueur très « film noir ».

Une fois de plus, il me désarçonnait.

— Vous croyez ? En fait... cette robe m'appartenait.

— Vraiment ? Vous n'en voulez plus ? me demanda Dan, presque indigné. Elle est très belle.

— En effet, mais... elle a tout simplement... cessé de me plaire.

Je la raccrochai au portant. Inutile de lui raconter que Guy me l'avait offerte, il y avait un peu moins d'un an. Nous sortions ensemble depuis un mois et il m'avait emmenée passer le week-end à Bath. J'avais repéré la robe dans une vitrine et j'étais entrée pour la regarder de plus près, uniquement par intérêt professionnel, car elle valait cinq cents livres. Mais plus tard, alors que je lisais dans la chambre d'hôtel, Guy était sorti en douce et il était revenu avec la robe emballée dans du papier de soie rose. Je la vendais car elle me rappelait une partie de ma vie que je tentais désespérément d'oublier. J'en offrirais le prix à une ONG.

— Selon vous, quel est l'attrait principal des vêtements vintage ? me demanda Dan alors que je rangeais les chaussures dans les cubes de verre illuminés qui tapissaient le mur de gauche. Est-ce parce qu'ils sont de meilleure qualité que les vêtements fabriqués de nos jours ?

— En grande partie, répondis-je en plaçant un escarpin en daim vert des années 60 en équerre par rapport à son partenaire. Porter du vintage, c'est faire un pied de nez à la production de masse. Mais ce que j'aime le plus, dans les vêtements vintage… (Je le regardai droit dans les yeux.) Promettez-moi de ne pas vous moquer de moi.

— Bien sûr que non…

Je caressai la mousseline arachnéenne d'un peignoir des années 50.

— Ce que j'aime vraiment… c'est qu'ils ont une histoire, dis-je en lissant la bordure en marabout du dos de la main. Je me pose toujours des questions sur les femmes qui les ont portés.

— Vraiment ?

— Je m'interroge sur leurs vies. Je ne peux jamais voir un vêtement – comme ce tailleur…

Je m'approchai du portant des vêtements de jour pour en tirer une veste ajustée et une jupe en tweed bleu foncé des années 40.

— … sans songer à la femme à laquelle il appartenait. Quel âge avait-elle ? Travaillait-elle ? Était-elle mariée ? Était-elle heureuse ? (Dan haussa les épaules.) Ce tailleur a une étiquette britannique du début des années 40, repris-je, alors je me demande ce qui est arrivé à cette femme pendant la guerre. Son mari a-t-il survécu ? A-t-elle survécu, elle ?

J'allai jusqu'à la vitrine des chaussures pour en tirer une paire de mules des années 30 en brocart de soie, brodées de roses jaunes.

— Quand je vois ces chaussures exquises, j'imagine leur propriétaire en train de marcher, de danser, d'embrasser un homme.

Je me tournai vers un chapeau tambourin en velours rose.

— Je regarde un petit chapeau comme celui-là, dis-je en soulevant la voilette, et j'essaie d'imaginer la tête qu'il coiffait. Parce qu'en achetant un vêtement vintage, on n'achète pas seulement du tissu et du fil – on achète un morceau du passé d'un être.

Dan hocha la tête.

— Que vous réinscrivez dans le présent.

— Exactement. J'offre une nouvelle vie à ces vêtements. Je suis heureuse de pouvoir les restaurer, repris-je, alors que tant de choses, dans la vie, ne peuvent être réparées.

J'éprouvai soudain un creux familier à l'estomac.

— Je n'aurais jamais envisagé les vêtements vintage sous cet angle, dit Dan au bout d'un moment en jetant un coup d'œil à son calepin. J'aime beaucoup votre passion pour votre métier. Vous m'avez donné un excellent matériel.

— J'en suis heureuse, répondis-je doucement. Ça m'a fait plaisir de vous parler.

Malgré des débuts peu prometteurs, fus-je tentée d'ajouter.

Dan sourit.

— Bon, il vaut mieux que je vous laisse travailler – il faut que j'aille rédiger ce papier, mais…

Il laissa mourir sa phrase tandis que son regard se tournait vers l'étagère d'angle.

— Quel chapeau étonnant. De quelle époque date-t-il ?

— Il est contemporain. Il a été fabriqué il y a quatre ans.

— Il est très original.

— Oui, c'est une pièce unique.

— Il vaut combien ?

— Il n'est pas à vendre. Sa créatrice me l'a offert – c'est une amie. Je voulais simplement l'avoir là parce que…

Ma gorge se serra.

— Parce qu'il est beau ? suggéra Dan.

Je fis signe que oui. Il referma son calepin.

— Assistera-t-elle à l'inauguration ? me demanda-t-il.

Je secouai la tête.

— Non.

— Une dernière chose, dit-il en tirant un appareil photo de son sac. Mon rédacteur en chef m'a demandé de prendre une photo de vous pour illustrer l'article.

Je jetai un coup d'œil à ma montre.

— À condition que ça ne soit pas trop long. Il faut encore que j'accroche les ballons à la façade… et je dois me changer… sans parler du champagne. J'ai beaucoup à faire et mes invités vont commencer à arriver dans vingt minutes.

— Laissez-moi vous donner un coup de main, pour me faire pardonner mon retard, proposa Dan en calant son crayon derrière son oreille. Où sont les verres ?

— Il y en a trois boîtes derrière le comptoir, et il y a douze bouteilles de champagne dans le réfrigérateur de la cuisine, par là. Merci, ajoutai-je.

Je me demandais, inquiète, si Dan en renverserait partout, mais il remplit adroitement les flûtes de veuve-clicquot – millésimé, forcément – tandis que je passais ma tenue, une robe de cocktail en satin gris tourterelle des années 30 avec des escarpins Ferragamo *sling back* argentés. Je me maquillai légèrement et brossai mes cheveux. Enfin, je détachai la grappe de ballons or pâle gonflés à l'hélium qui flottaient au dossier d'une chaise pour les nouer par deux ou trois à la façade de la boutique, où ils sautillèrent et dansèrent dans la brise. Puis, alors que le carillon de l'église sonnait 18 heures, je me tins sur le seuil, flûte à la main, pour que Dan me prenne en photo.

Au bout d'une minute, il abaissa son appareil photo et me dévisagea, manifestement perplexe.

— Excusez-moi, Phoebe – ça vous ennuierait de sourire ?

Ma mère arriva au moment où Dan partait.

— Qui est-ce ? me demanda-t-elle en se dirigeant droit vers la cabine d'essayage.

— Un journaliste. Il s'appelle Dan. Il vient de m'interviewer pour un journal local. J'ai l'impression qu'il est un peu bordélique.

— Il avait l'air assez sympathique en tout cas, dit-elle en s'examinant dans le miroir. Il était très mal fringué, mais j'aime bien les cheveux frisés, chez un homme. C'est peu courant. (Dans la glace, elle m'adressa un regard anxieux.) J'aimerais tellement que tu retrouves quelqu'un, Phoebe – ça me désole de te voir seule. La solitude, ça n'a rien d'amusant. J'en sais quelque chose, ajouta-t-elle amèrement.

— Ça me plaît assez, à moi. J'ai l'intention de rester seule assez longtemps, peut-être pour toujours.

Maman ouvrit son sac à main pour en tirer l'un de ses nouveaux rouges à lèvres hors de prix. On aurait dit une balle de revolver en or.

— Ce sera très probablement mon cas, ma chérie, mais je ne veux pas que ce soit le tien. Je sais que tu as passé une année difficile.

— Oui, murmurai-je.

— Et je sais, ajouta-t-elle en jetant un coup d'œil au chapeau d'Emma, que tu as souffert. (Ma mère ne savait pas à quel point.) Mais, ajouta-t-elle en dévissant le bâton de rouge à lèvres, je ne comprends toujours pas (je savais ce qu'elle allait me dire) pourquoi tu as rompu avec Guy. Je ne l'ai rencontré que trois fois, mais je l'ai trouvé charmant, beau et sympathique.

— En effet, acquiesçai-je. Il était adorable. D'ailleurs, il était parfait.

Dans le miroir, le regard de maman croisa le mien.

— Alors qu'est-ce qui s'est passé, entre vous ?

— Rien, mentis-je. Mes sentiments ont… changé. Tout simplement. Je te l'ai déjà dit.

Maman appliqua la couleur – un ton corail un peu criard – sur sa lèvre supérieure.

— Oui, mais tu ne m'as jamais dit pourquoi. Tout ça me semble un peu tordu, si je puis me permettre. Évidemment, tu étais très malheureuse à l'époque. Mais ce qui est arrivé à Emma…

Je fermai les yeux pour essayer de chasser les images qui me hanteraient à jamais.

— … c'est affreux, soupira-t-elle. Je ne sais pas comment elle a pu faire ça… Quand on songe qu'elle avait tout pour être heureuse…

— Tout…, répétai-je amèrement.

Maman estompa son rouge à lèvres avec un mouchoir en papier.

— Ce que je ne comprends pas, c'est pourquoi, même si tu étais très triste, tu as décidé de mettre fin à une relation apparemment harmonieuse avec un garçon très bien. Je crois que tu as fait une espèce de dépression nerveuse, reprit-elle. Cela n'a rien d'étonnant... (Elle fit claquer ses lèvres.) Tu n'avais plus toute ta tête à l'époque.

— Je savais très bien ce que je faisais, rétorquai-je calmement. Mais maman, je n'ai pas très envie de parler de...

— Tu l'as rencontré comment ? me demanda-t-elle brusquement. Tu ne me l'as jamais dit.

Je sentis mon visage s'enflammer.

— Par Emma.

— Vraiment ? s'étonna maman. Ça lui ressemble bien, reprit-elle en se tournant à nouveau vers le miroir, d'avoir la gentillesse de te présenter un homme aussi charmant.

— Oui, répondis-je, mal à l'aise.

— J'ai rencontré quelqu'un, m'avait appris Emma, tout excitée, au téléphone un an auparavant. Je suis sur un petit nuage, Phoebe. Il est... merveilleux.

Mon cœur s'était serré : Emma n'arrêtait pas d'affirmer qu'elle avait rencontré un type « merveilleux », alors que le type en question était en général tout le contraire. Emma tombait en extase devant lui, et, un mois plus tard, elle le fuyait en affirmant qu'il était « ignoble ».

— Je l'ai rencontré à un gala caritatif, avait-elle expliqué. Il dirige un fonds d'investissement, mais ce qui est bien, avait-elle ajouté avec cette naïveté qui la rendait si attachante, c'est qu'il s'agit d'un fonds éthique.

— Intéressant. Il doit être très intelligent, alors.

— Il est arrivé premier de sa promotion. Il ne s'en est pas vanté, précisa-t-elle aussitôt. Je l'ai appris sur Google. Je ne le connais pas depuis longtemps, mais ça progresse dans le bon sens et j'aimerais que tu me donnes ton avis sur lui.

— Emma, soupirai-je, tu as trente-trois ans. Tu es en pleine ascension professionnelle. Désormais, tes chapeaux coiffent certaines des femmes les plus célèbres du Royaume-Uni. Pourquoi aurais-tu besoin de mon approbation ?

— Eh bien… Parce que les vieilles habitudes ont la vie dure. Je t'ai toujours demandé ton avis sur mes hommes, pas vrai ? Depuis que nous sommes adolescentes.

— Oui, mais nous ne sommes plus des ados. Tu devrais te fier à ton propre jugement, Em.

— Je sais. Mais j'ai quand même envie de te présenter Guy. J'organise un petit dîner la semaine prochaine, je te placerai à côté de lui, d'accord ?

— D'accord…, abdiquai-je.

J'aurais préféré ne pas m'en mêler, songeai-je tout en donnant un coup de main à Emma dans la cuisine de sa maison de Marylebone le jeudi soir suivant. Les rires et les bruits de conversation des neuf invités nous parvenaient du salon. Pour Emma, un « petit » dîner, c'était un repas de cinq plats pour douze personnes. En sortant les assiettes, je repensai aux hommes dont Emma avait été « follement amoureuse » au cours des deux ou trois dernières années : Arnie le photographe de mode qui la trompait avec un mannequin « mains » ; Finian l'architecte-paysagiste qui passait tous ses weekends avec sa fille de six ans – et la mère de celle-ci. Puis il y avait eu Julian, un courtier à lunettes qui s'intéressait à la philosophie mais pas à grand-chose d'autre. Le dernier béguin d'Emma avait été Peter, violoniste au London Philharmonic. Leur liaison semblait prometteuse – il était très gentil et elle pouvait lui parler musique – mais il était parti en tournée mondiale pendant trois mois avec son orchestre et, à son retour, il était fiancé à la deuxième flûtiste.

Ce Guy était peut-être un meilleur parti, espérai-je en fouillant un tiroir pour trouver les serviettes de table.

— Guy est parfait, décréta Emma en ouvrant le four, qui laissa échapper une bouffée de vapeur et un arôme de gigot. Cette fois, c'est le bon, Phoebe !

— C'est ce que tu dis toujours.

Je me mis à plier les serviettes de table.

— Cette fois, c'est vrai. Si ça ne marche pas, je me tue, ajouta-t-elle gaiement.

Je m'arrêtai de plier.

— Ne dis pas de bêtises, Emma. Tu ne le connais pas depuis très longtemps.

— C'est vrai – mais je sais ce que je ressens. Il est en retard, gémit-elle en sortant le gigot pour le laisser reposer.

Elle laissa lourdement tomber le plat à rôtir Le Creuset sur la table, le visage crispé par l'angoisse.

— Tu crois qu'il va venir ?

— Évidemment, répondis-je. Il n'est que 20 h 45 – il a sans doute été retenu au bureau.

Emma referma le four d'un coup de pied.

— Alors pourquoi n'a-t-il pas téléphoné ?

— Il est peut-être coincé dans le métro… (L'angoisse tordit à nouveau ses traits.) Em… ne t'en fais pas…

Elle se mit à arroser la viande.

— C'est plus fort que moi. J'aimerais bien être aussi calme et posée que toi, mais je n'ai jamais eu ton assurance. (Elle se redressa.) Je suis comment ?

— Très belle.

Elle sourit, soulagée.

— Merci. Même si je ne te crois pas... tu dis toujours ça.

— Parce que c'est toujours vrai, répondis-je fermement.

Comme de coutume, Emma était vêtue de façon fantaisiste, d'une robe en soie fleurie Betsey Johnson, avec des collants en résille jaune canari et des bottines noires. Ses boucles auburn étaient retenues par un serre-tête argenté.

— Tu es sûre que cette robe me va bien ?

— Certaine. J'aime beaucoup ce décolleté en cœur, et la coupe t'avantage, ajoutai-je en regrettant aussitôt mes paroles.

— Tu veux dire que je suis grosse ? fit Emma, le visage décomposé. Je t'en supplie, ne me dis pas ça, Phoebe, surtout pas aujourd'hui. Je sais bien que je pourrais perdre quelques kilos, mais...

— Non, non, ce n'est pas ce que j'ai voulu dire. Tu n'es pas grosse, Em, tu es ravissante, je voulais simplement...

— Mon Dieu ! s'écria-t-elle en se plaquant une main sur la bouche. J'ai oublié de faire les blinis !

— Je m'en charge.

J'ouvris le réfrigérateur et en sortis le saumon fumé et le pot de crème fraîche.

— Tu es une amie formidable, Phoebe. Qu'est-ce que je ferais sans toi ? ajouta-t-elle en garnissant le gigot de brins de romarin. Tu sais, fit-elle en agitant un brin vers moi, on se connaît depuis un quart de siècle.

— Si longtemps que ça ? murmurai-je en découpant le saumon fumé.

— Oui. Et on va sans doute se connaître pendant encore, je ne sais pas, cinquante ans.

— À condition de prendre nos Oméga 3.

— On ira dans la même maison de retraite ! gloussa Emma.

— Où tu me demanderas toujours de te donner mon avis sur tes amoureux. « Oh, Phoebe, fis-je d'une voix grognonne, il a quatre-vingt-treize ans, tu crois qu'il est un peu trop vieux pour moi ? »

Emma hoqueta de rire et me lança un bouquet de romarin.

Je fis griller les blinis en essayant de ne pas me brûler les doigts au moment de les retourner. Les amis d'Emma parlaient si fort – et quelqu'un jouait du piano – que j'entendis à peine la sonnette de la porte d'entrée, mais ce son électrifia Emma.

— Il est là !

Elle se regarda dans un petit miroir et rajusta son serre-tête, puis elle dévala l'étroit escalier.

— Bonsoir ! Oh, merci ! l'entendis-je s'écrier. Elles sont magnifiques ! Monte… tu connais la maison.

Je compris ainsi que Guy était déjà venu chez elle – c'était bon signe.

— Tout le monde est arrivé, disait Emma en montant l'escalier. Tu es resté coincé dans le métro ?

J'avais préparé une première fournée de blinis. Je fis tourner le moulin à poivre. Rien. Merde. Où Emma rangeait-elle ses grains de poivre ? J'ouvris deux armoires avant de repérer un bocal tout neuf dans son étagère à épices.

— Je vais te chercher à boire, Guy, lança Emma. Phoebe ?

J'avais retiré le sceau du bocal de grains de poivre et j'essayais de dévisser le couvercle, mais il restait coincé.

— Phoebe ? répéta Emma.

Je me retournai. Elle se tenait à l'entrée de la cuisine, souriante et radieuse, un bouquet de roses blanches à la main ; Guy était derrière elle, encadré par la porte.

Je le fixai, décontenancée. Emma m'avait affirmé qu'il était « sublime », ce qui ne voulait rien dire, car elle le disait toujours, même quand le type en question était affreux. Mais Guy était beau à tomber : grand, large d'épaules, avec un visage ouvert aux traits fins et réguliers, des cheveux bruns adorablement courts et des yeux bleu sombre à l'expression amusée.

— Phoebe, dit Emma, je te présente Guy.

Il me sourit et j'eus un coup au cœur.

— Guy, je te présente ma meilleure amie, Phoebe.

— Bonsoir ! fis-je en lui souriant comme une imbécile, tout en me débattant avec le bocal de poivre.

Pourquoi fallait-il que je le trouve aussi séduisant ?

— Merde !

Le couvercle s'était brusquement décoincé et les grains de poivre avaient jailli comme un geyser noir pour s'éparpiller sur les plans de travail et le carrelage.

— Désolée, Em ! bredouillai-je.

Je saisis un balai et le maniai vigoureusement pour cacher mon trouble.

— Je suis navrée, m'excusai-je en riant. Je suis d'une maladresse !

— Ce n'est pas grave, dit Emma.

Elle planta les roses dans une cruche, puis s'empara d'un plat de blinis.

— Je les apporte au salon. Merci, Phoebe. Ils sont superbes.

Je m'attendais à ce que Guy la suive, mais il alla jusqu'à l'évier et ouvrit le placard du dessous pour en tirer une balayette et une pelle à poussière. Je remarquai avec un pincement au cœur qu'il connaissait bien la disposition de la cuisine d'Emma.

— Ne vous embêtez pas, protestai-je.

— C'est bon… laissez-moi vous aider.

Guy retroussa son pantalon aux genoux et s'accroupit pour ramasser les grains de poivre.

— Il y en a partout, bafouillai-je. Je suis vraiment maladroite.

— Vous savez d'où vient le poivre ? me demanda-t-il tout d'un coup.

— Aucune idée.

— Du Kerala. Au xve siècle, il était si précieux qu'il servait de monnaie.

— Vraiment ? fis-je poliment.

Je songeai qu'il était assez bizarre de se retrouver accroupie dans la cuisine avec un homme que je connaissais depuis une minute à peine, en train de deviser sur l'histoire du poivre noir.

— Enfin… Il vaut mieux que j'y aille.

Guy se redressa et vida la pelle à poussière dans la poubelle.

— Oui, répondis-je en souriant. Emma va se demander où vous êtes passé… Merci.

Le reste du dîner se déroula dans le brouillard. Comme prévu, Emma m'avait placée à côté de Guy, et je luttai pour contrôler mes émotions tout en lui faisant poliment la conversation. Je priais pour qu'il fasse une remarque qui me dégoûte – qu'il venait tout juste de sortir d'une cure de désintoxication, par exemple, ou qu'il avait deux ex-femmes et cinq enfants. J'espérais trouver sa conversation ennuyeuse, mais tous ses propos me le rendaient plus séduisant encore. Il évoquait de façon intéressante son travail et sa responsabilité envers ses clients : il se sentait tenu d'investir leur argent de façon éthique, voire bénéfique pour l'environnement, la santé ou le social. Il expliqua son partenariat avec une ONG qui luttait pour abolir le travail des enfants. Il parla affectueusement de ses parents et de son frère, avec qui il jouait au squash au Chelsea Harbour Club une fois par semaine. Emma avait de la chance. Guy correspondait en tout point au portrait qu'elle m'en avait fait. Au fil du dîner, elle lui lançait de fréquents regards ; elle faisait allusion à lui sous le moindre prétexte.

— Nous sommes allés au vernissage de l'expo Goya l'autre soir, n'est-ce pas, Guy ? (Guy acquiesça.) Et nous essayons de trouver des entrées pour *Tosca* à l'Opéra la semaine prochaine, n'est-ce pas ?

— Oui… en effet.

— C'est complet depuis des mois, précisa-t-elle, mais j'espère trouver des places invendues sur internet.

Les amis d'Emma commençaient petit à petit à comprendre son manège.

— Vous vous connaissez depuis longtemps, vous deux ? demanda Charlie à Guy en souriant d'un air entendu.

Les mots « vous deux », qui m'avaient poignardée d'envie, firent rosir Emma de plaisir.

— Pas très longtemps, répondit posément Guy.

Sa réticence ne faisait que confirmer ses sentiments pour elle…

— Alors, qu'en penses-tu ? s'enquit Emma au téléphone le lendemain matin.

Je tripotai mon carnet d'adresses.

— De quoi ?

— De Guy, évidemment ! Tu ne le trouves pas sublime ?

— Ah… oui. Il est… sublime.

— Il a des yeux bleus magnifiques – surtout avec ses cheveux bruns. C'est un contraste irrésistible.

Je regardai New Bond Street par la fenêtre.

— Irrésistible.

— Et c'est un interlocuteur intéressant, tu ne trouves pas ?

J'entendais le bourdonnement de la circulation.

— En effet...

— En plus, il a le sens de l'humour.

— Mmm.

— Il est tellement gentil et normal, par rapport aux autres hommes avec lesquels je suis sortie.

— C'est vrai.

— C'est quelqu'un de bien. Mais le plus beau, conclut-elle, c'est qu'il est amoureux de moi !

Je fus incapable de lui avouer qu'une heure auparavant Guy venait de me téléphoner pour m'inviter à dîner.

Je n'avais pas su comment réagir. Guy m'avait facilement retrouvée en passant par le standard de Sotheby's. J'avais d'abord été folle de joie, puis horrifiée. Je l'avais remercié, mais j'avais refusé. Il m'avait rappelée trois fois ce jour-là mais je n'avais pas pu lui parler, car j'étais en pleins préparatifs d'une vente aux enchères de vêtements et d'accessoires du XXᵉ siècle. La quatrième fois que Guy avait téléphoné, je lui avais parlé brièvement, en prenant soin de ne pas élever la voix dans le bureau paysager.

— Vous êtes très persévérant, Guy.

— En effet, mais c'est parce que... vous me plaisez, Phoebe, et je pense – sans vouloir me vanter – que je vous plais aussi.

J'attachai le numéro de lot à un tailleur pantalon Pierre Cardin en laine verte mouchetée du milieu des années 70.

— Pourquoi n'acceptez-vous pas ?

— Eh bien… parce que… c'est un peu délicat, non ? Il y eut un moment de silence embarrassé.

— Écoutez, Phoebe… Emma et moi, nous ne sommes qu'amis.

— Vraiment ?

J'inspectai ce qui ressemblait furieusement à un trou de mite dans une jambe du pantalon.

— Vous la voyez souvent, il me semble.

— Eh bien… Emma m'appelle souvent, elle m'invite à des soirées comme le vernissage de l'expo Goya. On passe de bons moments ensemble, mais je ne lui ai jamais laissé croire que j'étais…

Il laissa mourir sa phrase.

— Manifestement, vous êtes déjà allé chez elle. Vous saviez précisément où se trouvaient sa balayette et sa pelle à poussière, chuchotai-je, accusatrice.

— Oui, parce que la semaine dernière, elle m'a demandé de réparer une fuite sous son évier, et qu'il a fallu que je vide tout le placard.

— Ah ! fis-je, brusquement soulagée. Je vois…

Guy poussa un soupir.

— Écoutez, Phoebe. J'aime beaucoup Emma – elle a énormément de talent, et elle est marrante.

— Oui, c'est vrai… elle est géniale.

— Cependant je la trouve un peu trop intense. Voire un peu cinglée sur les bords, me confia-t-il avec un rire nerveux. Mais elle et moi, on n'est pas… ensemble. Elle ne peut pas sérieusement croire ça.

Je ne répondis rien.

— Alors, s'il vous plaît, vous ne voulez pas dîner avec moi ?

Je flanchais.

— Mardi prochain, ça vous irait ? Au Wolseley ? Je réserve une table pour 19 h 30. Vous viendrez, Phoebe ?

Si j'avais pu deviner où tout cela allait mener, j'aurais répliqué : « Non. Absolument pas. Jamais. »

— Oui… m'entendis-je répondre.

J'envisageai de n'en rien dire à Emma, mais je ne pouvais pas le lui cacher, notamment parce que ce serait affreux qu'elle l'apprenne par d'autres. Je la mis donc au courant le samedi suivant lorsque nous nous retrouvâmes chez Amici's, notre café préféré de Marylebone High Street.

— Guy t'a invitée à dîner ? répéta-t-elle d'une petite voix. (Ses pupilles semblèrent se contracter de tristesse.) Ah.

Sa main tremblait lorsqu'elle posa sa tasse.

— Je ne l'ai pas… encouragé, lui expliquai-je doucement. Je n'ai pas… flirté avec lui le soir de ton dîner, et si tu préfères que je n'y aille pas, je n'irai pas. Mais je ne pouvais pas ne pas t'en parler. Em ?

En tendant ma main vers la sienne, je remarquai à quel point le bout de ses doigts était rouge à force de coudre, de coller et d'étirer la paille.

— Emma… ça va ?

Elle touilla son cappuccino, puis se tourna vers la fenêtre.

— Parce que je ne le reverrai pas, pas même une fois, si tu ne veux pas, ajoutai-je.

Tout d'abord, Emma ne répondit rien. Ses grands yeux verts fixèrent un jeune couple qui marchait main dans la main de l'autre côté de la rue.

— Vas-y, me dit-elle au bout d'un moment. Après tout… Je ne le connais pas depuis longtemps, comme tu me l'as fait remarquer – même s'il ne m'a pas dissuadée de m'imaginer que… (Ses yeux se remplirent de larmes.) Et ces roses qu'il m'a offertes. J'ai cru… (Elle se tamponna les paupières d'une serviette en papier marquée du logo « Amici's »). Eh bien, grinça-t-elle, en fin de compte, je n'assisterai pas à la représentation de *Tosca* avec lui. Tu pourrais peut-être l'accompagner, Phoebe. Il m'avait dit qu'il avait très envie d'y aller...

Je poussai un soupir frustré.

— Écoute, Em, je vais me décommander. Si ça doit te rendre malheureuse, ça ne m'intéresse pas.

— Non, murmura Emma au bout d'un moment. Tu devrais y aller... si Guy te plaît, et je suppose que c'est le cas, autrement nous n'aurions pas cette conversation. Enfin... (Elle prit son sac à main.) Il faut que j'y aille. Je dois terminer un chapeau – pour la princesse Eugénie, rien de moins. (Elle me salua gaiement.) On se reparle bientôt.

Mais elle mit six semaines à me rappeler...

— J'aimerais bien que tu rappelles Guy, me dit maman. Je crois qu'il tenait beaucoup à toi. D'ailleurs, Phoebe, je dois t'avouer quelque chose...

Je la regardai, surprise.

— Quoi ?

— Guy m'a téléphoné la semaine dernière.

J'eus l'impression de dévaler une pente escarpée.

— Il aimerait te voir, rien que pour te parler – ne secoue pas la tête comme ça, ma chérie. D'après lui, tu as été « injuste » – c'est le mot qu'il a employé, mais il ne s'en est pas expliqué. Je pense, en effet, que tu as été injuste envers lui, ma chérie – injuste et, pour parler franchement, idiote. (Maman sortit un peigne de son sac.) Après tout, ce n'est pas aussi facile que ça, de trouver un garçon bien. Tu as de la chance qu'il en pince encore pour toi après la façon dont tu l'as laissé tomber.

— Je ne veux plus jamais le revoir, insistai-je. Je n'ai plus... les mêmes sentiments pour lui.

Guy savait très bien pourquoi.

Maman passa le peigne dans sa chevelure blonde ondulée.

— J'espère simplement que tu ne le regretteras pas un jour. Tout comme j'espère que tu ne regretteras pas aussi d'avoir un jour plaqué Sotheby's. C'est dommage. Tu avais du prestige, de la stabilité – sans compter le plaisir de mener des enchères.

— Le stress, tu veux dire.

— Tu avais des collègues pour te tenir compagnie, ajouta-t-elle en faisant comme si elle ne m'avait pas entendue.

— Maintenant, j'aurai des clients – et une assistante à mi-temps, lorsque j'en trouverai une.

Il fallait que je m'en occupe rapidement – je voulais assister à une vente aux enchères chez Christie's d'ici peu.

— Tu avais des revenus réguliers, poursuivit maman en troquant son peigne contre un poudrier. Et maintenant, tu ouvres cette... boutique. (Elle articula ce mot comme si elle disait « bordel ».) Et si ça ne marchait pas ? Tu as emprunté une petite fortune, ma chérie...

— Merci de me le rappeler.

Elle se repoudra le nez.

— Ça va te demander énormément de boulot.

— Ça me plaît, d'avoir énormément de boulot ! répliquai-je d'une voix égale.

De cette façon, j'aurais moins le temps de réfléchir.

— Enfin, j'ai dit ce que j'avais à dire, conclut-elle d'un ton doucereux.

Elle referma son poudrier d'un coup sec et le remit dans son sac.

— Et toi, le boulot, ça va ?

Maman fit la grimace.

— Non. Il y a des problèmes avec cette énorme baraque de Ladbroke Grove – John est en train de péter un plomb, et c'est moi qui prends tout.

Depuis vingt-deux ans, maman était l'assistante de John Cranfield, un architecte très célèbre.

— Ce n'est pas facile, reprit-elle. Mais, bon, j'ai beaucoup de chance d'avoir encore du travail à mon âge. (Elle s'examina dans le miroir.) Regarde mon visage, gémit-elle.

— C'est un visage ravissant, maman.

Elle soupira.

— J'ai plus de sillons que Gordon Ramsay[1] quand il est de mauvais poil. Mes nouvelles crèmes antirides n'y font rien.

Je songeai à la coiffeuse de ma mère. Jadis, on n'y trouvait qu'un flacon d'Huile d'Olaz – maintenant, on dirait le rayon pommades d'une pharmacie, avec ses tubes de Retin-A et de Vitamine C, ses pots de Dermagenèse et de Booster d'Hydratation, ses capsules pseudo-scientifiques de céramides à libération prolongée et d'acide hyaluronique pour restauration cellulaire avec résine époxy…

— Ce sont des rêves en pot, maman.

Elle s'enfonça un doigt dans la joue.

— Peut-être qu'un petit coup de Botox ferait l'affaire… Je commence à y songer. (Elle se remonta le front de l'index et du majeur.) Avec ma chance, tout irait de travers et je me retrouverais avec les paupières autour des narines. Mais je déteste tellement ces rides !

— Apprends à les aimer. C'est normal, d'avoir des rides, à cinquante-neuf ans.

---

1. Célèbre chef cuisinier britannique, né en 1966, au visage très buriné. *(N.d.T.)*

Maman cilla comme si je l'avais giflée.

— Ne dis pas ça. Je suis morte de trouille à l'idée de recevoir ma carte vermeille. Pourquoi est-ce qu'on ne nous donne pas plutôt des tarifs réduits pour les taxis quand on arrive à soixante ans ? Ça me dérangerait moins.

— De toute façon, les rides ne rendent pas les belles femmes moins belles, poursuivis-je en plaçant une pile de sacs Village Vintage derrière la caisse, elles les rendent plus intéressantes.

— Pas aux yeux de ton père. (Je ne répondis rien.) Moi qui pensais qu'il aimait les ruines ! ajouta sèchement maman. Après tout, il est archéologue. Mais voilà qu'aujourd'hui il est avec une fille à peine plus âgée que toi. C'est grotesque, marmonna-t-elle.

— Ça, pour une surprise, ça a été une surprise.

Maman balaya un fil imaginaire de sa jupe.

— Tu ne l'as pas invité ce soir ? Non ?

Je lisais dans ses yeux noisette un mélange déchirant de panique et d'espoir.

— Non, je ne l'ai pas invité, répondis-je doucement. Notamment, parce qu'elle risquait de venir, elle.

Cela ne m'aurait pas étonnée, de la part de Ruth.

— Trente-six ans, articula amèrement maman, comme si c'était le « six » qui l'offusquait.

— Elle en a bien trente-huit, depuis le temps, lui fis-je remarquer.

— Oui… et lui soixante-deux ! Si seulement il n'avait pas tourné cette maudite série télé, maugréa-t-elle.

Je sortis un Kelly vert forêt de son sac cache-poussière et le plaçai dans une vitrine.

— Tu n'aurais pas pu prévoir ce qui allait se passer, maman.

— Dire que je l'ai aidée, elle, à le convaincre de faire cette série !

Elle prit une flûte de champagne ; son alliance, qu'elle portait toujours malgré le fait que papa l'ait abandonnée, scintilla dans un rayon de soleil.

— Je pensais que ça l'aiderait dans sa carrière, poursuivit-elle d'un ton lamentable en sirotant son champagne. Je croyais que ça le ferait connaître, qu'il gagnerait plus d'argent, ce qui nous aurait bien rendu service au moment de la retraite. Puis il est parti tourner *La Grande Fouille* – mais, apparemment, c'est sous les jupes de Ruth qu'il a surtout fouillé, grimaça-t-elle. (Elle sirota à nouveau son champagne.) Quel cauchemar !

Je ne pouvais qu'acquiescer. Il était déjà assez grave que mon père trompe ma mère pour la première fois en trente-huit ans de mariage ; mais qu'elle l'apprenne dans le *Daily Express*, c'était pire que tout. Je frémis en me rappelant la légende sous la photo de mon père, arborant un air sournois qui ne lui ressemblait pas, avec Ruth, devant l'appartement de Notting Hill de cette dernière :

L'INDIANA JONES DE LA TÉLÉ PLAQUE SA FEMME POUR SA MAÎTRESSE ENCEINTE.

— Tu le vois souvent, ma chérie ? me demanda maman d'un air faussement désinvolte. Bien entendu, je ne peux pas te l'interdire. Je me le permettrais pas... c'est ton père, après tout. Mais pour parler franchement, l'idée que tu passes du temps avec lui, et elle... et... et...

Maman était incapable de parler du bébé.

— Je n'ai pas vu papa depuis des siècles.

Maman avala le reste de son champagne, puis rapporta la flûte dans la cuisine.

— J'arrête de boire. Ça va me faire pleurer. Bon, fit-elle brusquement, parlons d'autre chose.

— D'accord. Dis-moi ce que tu penses de la boutique ? Tu ne l'as pas vue depuis des semaines.

Maman en fit le tour, ses petits talons élégants claquant sur le parquet.

— Elle me plaît. Elle ne ressemble absolument pas à un magasin de vêtements d'occasion – on dirait une boutique chic.

— Je suis ravie de te l'entendre dire.

J'alignai les flûtes de champagne, qui pétillaient tranquillement sur le comptoir.

— J'aime bien ces mannequins argent – c'est très élégant, et très aéré.

— Souvent, les boutiques de vintage font fouillis – les portants sont tellement chargés qu'on s'offre une séance de musculation rien qu'à écarter les vêtements. Ici, il y a assez d'air et de lumière pour faire du shopping un plaisir. Si un article ne se vend pas, je le remplacerai tout simplement par un autre. Les vêtements sont ravissants, tu ne trouves pas ?

— Ou... ui, acquiesça maman, si l'on veut. (Elle désigna d'un signe de tête les robes *cupcake*.) Celles-là sont marrantes.

— Je sais, je les adore, dis-je en me demandant vaguement qui les achèterait. Et regarde ce kimono, il date de 1912. Tu as vu ces broderies ?

— Très joli...

— Joli ? C'est une véritable œuvre d'art... Et ce manteau d'opéra Balenciaga ? Regarde la coupe... il n'y a que deux pièces, y compris les manches. La construction est extraordinaire.

— Hum...

— Et cette robe-manteau – elle est de Jacques Fath. Regarde ce brocart avec son motif de petits palmiers.

Où trouverais-tu une pièce comme celle-là, de nos jours ?

— Tout ça est très joli, mais…

— Et ce tailleur Givenchy ? Il t'irait à ravir, maman. Tu peux porter des jupes au genou, tu as des jambes superbes.

— Je ne porterais jamais de vêtements vintage.

— Pourquoi pas ?

— J'ai toujours préféré les trucs neufs, répondit-elle en haussant les épaules.

— Pourquoi donc ?

— Je te l'ai déjà expliqué, ma chérie… j'ai grandi à l'époque du rationnement. Je n'avais que des vêtements affreux, de seconde main – des pulls en laine de Shetland qui grattaient, des jupes en serge grise, des manteaux qui sentaient le chien mouillé dès qu'il pleuvait. Je rêvais de vêtements n'ayant appartenu à personne avant moi, Phoebe. J'en rêve toujours. C'est plus fort que moi. En plus, ça me dégoûte de porter des choses qui ont déjà été portées par d'autres.

— Mais tout a été lavé ou envoyé au pressing. Ce n'est pas un magasin de charité, maman, ajoutai-je en essuyant rapidement le comptoir. Ces vêtements sont dans un état impeccable.

— Je sais. Tout a une délicieuse odeur de frais. Aucune odeur de renfermé. (Elle huma l'air.) Et pas le moindre relent de naphtaline.

Je tapotai les coussins du canapé, là où Dan s'était assis.

— Alors où est le problème ?

— C'est l'idée de porter quelque chose qui ait appartenu à quelqu'un (elle eut un petit frisson) qui est probablement… mort. Ça me fait tout drôle. J'ai toujours été comme ça. Toi et moi, on est différentes, de ce côté-là. Tu es comme ton père. Vous aimez tous les deux les vieux machins… les rafistoler. D'une certaine manière, toi aussi, tu fais de l'archéologie, reprit-elle. De l'archéologie vestimentaire. Oh, regarde, il y a des gens qui arrivent.

Je pris une flûte de champagne puis, l'adrénaline courant dans mes veines et un sourire accueillant aux lèvres, je m'avançai pour accueillir les visiteurs. Village Vintage ouvrait ses portes…

2

Je me réveille toujours au petit matin. Inutile de consulter le réveil pour savoir l'heure – 3 h 50. Je me réveille toutes les nuits à 3 h 50 depuis six mois. D'après ma généraliste, cette insomnie est due au stress ; je sais quant à moi que ce n'est pas de stress qu'il s'agit, mais de culpabilité.

J'évite de prendre des somnifères et, parfois, je tente de tuer le temps en me levant pour travailler. Je fais une lessive – la machine est toujours en marche, chez moi ; je repasse ou je répare quelques articles. Mais je sais qu'il vaut mieux essayer de me rendormir, alors d'habitude, je reste allongée à tenter de me bercer jusqu'à l'inconscience en écoutant la BBC World Service ou une émission à ligne ouverte. Mais hier soir, je n'ai rien fait de tout cela – je suis restée au lit, à penser à Emma. Dès que je ne suis pas occupée, elle tourne dans ma tête en boucle.

Je la vois dans notre petite école primaire avec sa robe d'été verte à rayures ; je la vois embrasser son Krugerrand porte-bonheur avant un match de tennis. Je la vois au Royal College of Art avec ses formes de modiste. Je la vois à Ascot, photographiée par *Vogue* avec l'un de ses chapeaux incroyables.

Ce matin-là, tandis que la lueur grise de l'aube s'infiltrait dans ma chambre, je revis Emma comme je l'avais vue pour la toute dernière fois.

— Je te demande pardon, murmurai-je.

« Tu es une amie formidable. »

— Je suis désolée, Em.

« Qu'est-ce que je ferais, sans toi… ? »

Sous la douche, je m'obligeai à repenser au travail et à la soirée de la veille. Quatre-vingts personnes environ avaient répondu à mon invitation, y compris trois anciens collègues de Sotheby's, deux de mes voisins de Bennett Street et quelques commerçants locaux. Ted, de l'agence immobilière adjacente à la boutique, était passé – il avait acheté un gilet en soie ; puis Rupert, le fleuriste ; et Pippa, gérante du Moon Daisy Café, qui avait amené sa sœur.

Deux des rédactrices de mode que j'avais invitées avaient fait un saut. J'espérais qu'elles deviendraient de bons contacts, et qu'elles emprunteraient certains de mes vêtements pour des prises de vues en échange de publicité.

— C'est très élégant, me déclara Mimi Long de *Woman & Home* alors que je circulais entre mes invités pour leur proposer du champagne.

Elle tendit son verre pour que je la resserve.

— J'adore le vintage, reprit-elle. C'est comme la caverne d'Ali Baba – on a toujours l'impression qu'on va faire des découvertes incroyables. Vous comptez vous occuper seule de la boutique ?

— Non, j'aurai besoin de quelqu'un à mi-temps pour garder la boutique quand j'assisterai à des ventes, et quand je porterai les vêtements au pressing ou chez la couturière. Si vous avez une idée… cette personne doit s'intéresser au vintage, précisai-je.

— J'y penserai, me promit Mimi. Oh ! C'est un vrai Fortuny que je vois, là… ?

Il faudrait que je passe une petite annonce pour trouver une vendeuse, me dis-je en me séchant et en peignant mes cheveux mouillés. Je pourrais la placer dans un journal local – peut-être celui pour lequel travaillait Dan, dont j'avais oublié le nom.

Tout en m'habillant – d'un pantalon ample en lin et d'un chemisier ajusté à col Claudine – je songeai que Dan avait très judicieusement défini mon style. En effet, j'aime les robes taillées en biais et les pantalons larges de la fin des années 30 ou du début des années 40 ; je porte les cheveux aux épaules, avec une mèche qui me retombe sur l'œil. J'aime les manteaux à ligne trapèze, les pochettes, les escarpins à bouts ouverts et les bas à couture. J'aime les étoffes qui glissent sur le corps comme de l'huile.

J'entendis le cliquetis de la boîte aux lettres et descendis : je trouvai trois enveloppes sur le paillasson. Reconnaissant l'écriture de Guy sur la première, je la déchirai et la jetai. Je savais ce qu'elle contenait, pour avoir lu ses précédentes lettres.

L'enveloppe suivante contenait une carte de papa. « Bonne chance dans cette nouvelle aventure, avait-il écrit. Mes pensées t'accompagnent, Phoebe. Mais, je t'en prie, fais-moi signe. Ça fait trop longtemps qu'on ne s'est pas vus. »

En effet. J'avais été tellement préoccupée que je ne l'avais pas vu depuis début février. Nous nous étions retrouvés dans un café de Notting Hill pour un déjeuner de réconciliation. Je ne m'étais pas attendue à ce qu'il amène le bébé. Le spectacle de mon père de soixante-deux ans avec un nourrisson de deux mois suspendu à sa poitrine m'avait fait un choc, c'est le moins qu'on puisse dire.

— Voici... Louis, avait-il annoncé d'un air embarrassé tout en se débattant avec le porte-bébé. Comment ça se défait, ce truc-là ? marmonna-t-il. Ces maudites sangles... je n'y arrive jamais... Ah, voilà !

Il soupira de soulagement, puis souleva le bébé pour le libérer et le berça dans ses bras en affichant une expression à la fois tendre et perplexe.

— Ruth est partie en tournage, alors il a fallu que je le prenne avec moi. Oh... (Papa scruta Louis anxieusement.) Tu crois qu'il a faim ?

Je dévisageai papa.

— Comment veux-tu que je le sache ?

Tandis que papa fouillait dans le sac à couches pour trouver un biberon, je fixai Louis, le menton luisant de bave, sans savoir quoi penser, et encore moins quoi dire. C'était mon petit frère. Comment ne pas l'aimer ? Mais comment l'aimer, alors que sa conception avait fait le malheur de ma mère ?

Entre-temps, Louis, qui ne se rendait pas compte de la complexité de la situation, avait agrippé mon doigt de sa main minuscule et me souriait de toutes ses gencives.

— Enchantée..., dis-je.

La troisième lettre était de la mère d'Emma. Je reconnus aussitôt son écriture. Mon pouce tremblait quand je le glissai sous le rabat.

Je voulais tout simplement te souhaiter bonne chance dans ta nouvelle entreprise, écrivait-elle. *Emma aurait été ravie pour toi. J'espère que tu vas bien. Derek et moi, nous vivons encore au jour le jour. Pour nous, le plus difficile, c'est d'avoir été à l'étranger quand ça s'est passé – tu n'imagines pas à quel point nous le regrettons.* Oh oui, j'imagine, murmurai-je. *Nous n'avons toujours pas eu le courage de trier les affaires d'Emma...* Je sentis mes entrailles se tordre. Emma tenait un journal intime. *Mais lorsque nous le ferons, nous aimerions t'offrir un petit quelque chose lui ayant appartenu, en souvenir. Je voulais aussi te dire qu'il y aura une petite cérémonie pour Emma, pour le premier anniversaire, le 15 février.* Inutile de me rappeler la date – elle resterait brûlée au fer rouge dans ma mémoire jusqu'à la fin de mes jours. *Je te recontacterai d'ici là, mais en attendant, Dieu te bénisse, Phoebe.*

Daphné.

Elle ne me bénirait pas si elle savait la vérité.

Je me ressaisis, sortis des chemises de nuit françaises de la machine à laver, les suspendis pour qu'elles sèchent, puis verrouillai la porte et me rendis à pied jusqu'à la boutique.

J'avais encore du ménage à faire et, dès que j'ouvris, l'odeur aigre du champagne de la veille me sauta au nez. Je renvoyai les flûtes chez Oddbins en taxi, plaçai les bouteilles vides dans le bac à recyclage, balayai le parquet et vaporisai le canapé de Febreze. Puis, alors que le carillon de l'église sonnait les 9 heures, j'affichai la pancarte « ouvert ».

— C'est parti, me dis-je. Jour un.

Je m'assis derrière le comptoir pour réparer la doublure d'une veste Jean Muir. À 10 heures, je me demandais déjà, angoissée, si ma mère n'avait pas raison. J'avais peut-être commis une énorme erreur, songeai-je en regardant les gens passer devant la vitrine en y jetant à peine un coup d'œil. Je m'ennuierais peut-être terriblement, assise dans ma boutique, après l'activité trépidante de Sotheby's. Mais il ne s'agissait pas simplement de rester assise dans la boutique – j'assisterais à des ventes aux enchères, je verrais des marchands, je rendrais visite à des particuliers pour évaluer leurs vêtements. Je parlerais à des stylistes d'Hollywood qui recherchaient des tenues pour leurs clientes et je ferais de temps en temps un voyage en France. De plus, je devais m'occuper du site web de Village Vintage, car je comptais vendre des vêtements en ligne. J'aurais plus qu'assez à faire, me dis-je en enfilant mon aiguille. Puis je me rappelai à quel point mon ancienne vie était stressante.

Chez Sotheby's, j'étais constamment sous pression. Il fallait organiser des ventes et les mener avec compétence ; je redoutais toujours de ne pas avoir assez d'articles pour la vente suivante. Quand j'arrivais à en trouver en quantité suffisante, j'avais peur que les vêtements ne se vendent pas, qu'ils n'atteignent pas des prix assez élevés, ou que les acheteurs ne règlent pas. Je redoutais toujours que les articles soient abîmés ou volés. Mais le pire, c'était l'angoisse constante, lancinante, qu'une collection importante parte chez nos concurrents – mes directeurs me demanderaient de m'en justifier.

Après le 15 février, j'avais été incapable de supporter cela. J'avais compris qu'il fallait décrocher.

Soudain, j'entendis le déclic de la porte. Je levai la tête, en m'attendant à voir mon premier client, mais c'était Dan, vêtu d'un pantalon en velours côtelé saumon et d'une chemise à carreaux lavande. Ce type n'avait aucun sens des couleurs. Mais il avait quelque chose de séduisant ; c'était peut-être sa carrure – il était aussi solide et réconfortant qu'un ours, me dis-je soudain. Ou alors, ses cheveux bouclés…

— Je n'aurais pas oublié mon taille-crayon ici, par hasard ?

— Euh, non, je ne l'ai pas retrouvé.

— Merde, marmonna-t-il.

— Vous… y tenez particulièrement ?

— Oui. Il est en argent massif.

— Vraiment ? Eh bien… je le chercherai.

— Si ça ne vous ennuie pas. Alors, la fête, ça s'est bien passé ?

— Très bien, merci.

— Enfin… (Il brandit un journal.) Je voulais simplement vous apporter ceci.

C'était le *Black & Green*, dont la une affichait mon portrait pris par Dan, avec la légende : LA PASSION DU VINTAGE.

Je l'interrogeai du regard.

— Je croyais que l'article devait sortir vendredi ?

— C'était ce qui était prévu, mais pour diverses raisons, il a fallu annuler la parution de l'article de la une, alors Matt, mon rédacteur en chef, a mis le vôtre à la place. Heureusement, on boucle tard, fit-il en me tendant le journal. Je trouve que c'est assez réussi.

Je parcourus rapidement l'article.

— C'est formidable, dis-je en essayant de cacher mon étonnement. Merci d'avoir mis l'adresse du site web à la fin et – oh ! (La mâchoire m'en tomba.) Pourquoi dit-on qu'il y a cinq pour cent de rabais sur tous les articles la première semaine ?

Une tache rouge envahit le cou de Dan.

— J'ai pensé qu'une promotion, la première semaine, serait… enfin… bonne pour les affaires.

— Je vois. Eh bien, vous ne manquez pas de culot, c'est le moins qu'on puisse dire.

Dan grimaça.

— Je sais. Mais j'étais en train d'écrire l'article quand l'idée m'est venue, et comme je savais que vous étiez avec vos invités, je n'ai pas voulu vous déranger, puis Matt a décidé de passer l'article tout de suite et donc… enfin… (Il haussa les épaules.) Je suis désolé.

— Ce n'est pas grave, fis-je à contrecœur. Vous me forcez un peu la main, mais cinq pour cent… ça va.

En effet, cela serait bon pour les affaires, songeai-je. Mais je n'avais aucune intention de le reconnaître.

— Enfin, soupirai-je, j'avais un peu la tête ailleurs quand nous avons discuté, hier – où est distribué ce journal, déjà ?

— Dans toutes les gares de la région, les mardis et vendredis matin. Il est également déposé chez des commerçants et livré à domicile : il a donc un public local potentiellement assez vaste.

— C'est génial. (Je souris à Dan, sincèrement reconnaissante, cette fois.) Vous travaillez pour ce journal depuis longtemps ?

Il sembla hésiter avant de répondre.

— Deux mois.

— Depuis son lancement, donc.

— Plus ou moins.

— Vous habitez dans le coin ?

— Au bout de la route, à Hither Green.

Il y eut une curieuse petite pause, et je m'attendais à ce qu'il prenne congé, quand il ajouta :

— Vous devriez passer.

— Pardon ? fis-je, surprise.

Il sourit.

— Vous devriez passer un de ces jours.

— Ah.

— Prendre un verre. J'aimerais beaucoup vous montrer...

Quoi ? Ses estampes japonaises ?

— Ma cabane.

— Votre cabane ?

— Oui. J'ai une cabane géniale, expliqua-t-il d'une voix égale.

— Vraiment ?

J'imaginai un fouillis d'outils de jardin rouillés, de vélos recouverts de toiles d'araignée et de pots en terre cuite ébréchés.

— En tout cas, elle le sera quand je l'aurai finie.

— Merci, dis-je, je m'en souviendrai.

— Eh bien… (Dan cala son crayon derrière son oreille.) Il vaut mieux que je cherche mon taille-crayon.

— Bonne chance, souris-je. À bientôt.

Il sortit de la boutique et me salua à travers la vitrine.

— Quel mec bizarre, marmonnai-je.

Dix minutes après le départ de Dan, quelques clients entrèrent : deux d'entre eux tenaient à la main un exemplaire de *Black & Green*. Je m'efforçai de ne pas les embêter en leur offrant mes services, et de ne pas les suivre des yeux trop ostensiblement. Les sacs Hermès et les bijoux les plus coûteux étaient dans des vitrines fermées à clé, mais je n'avais pas fixé d'anti-vols électroniques aux vêtements de crainte d'abîmer les étoffes.

À midi, j'avais eu environ une dizaine de clients et j'avais réalisé ma première vente – une robe-soleil des années 50 en tissu gaufré avec un motif de violettes. J'avais envie d'encadrer la facture.

À 13 h 15, une petite rousse dans la vingtaine entra avec un homme élégant dans la trentaine avancée. Tandis qu'elle regardait les vêtements, il s'assit sur le canapé, une cheville gainée de soie sur le genou, pour tripoter son BlackBerry. La jeune femme fouilla le portant de robes du soir : puis son regard fut attiré par les robes *cupcake* suspendues au mur. Elle désigna la vert citron – la plus petite des quatre.

— Elle vaut combien ? me demanda-t-elle.

— Deux cent soixante-quinze livres. (Elle hocha la tête, pensive.) Elle est en soie, lui précisai-je, avec des strass cousus à la main. Vous voulez l'essayer ? C'est un 36.

— Eh bien… (Elle jeta un coup d'œil angoissé à son petit ami.) Qu'est-ce que tu en penses, Keith ?

Il leva les yeux de son BlackBerry et la jeune femme désigna la robe, que j'étais en train de décrocher, d'un signe de tête.

— Ça n'ira pas, lâcha-t-il.

— Pourquoi pas ?

— Trop criard.

— Mais j'aime les couleurs vives ! protesta faiblement la jeune femme.

Il se pencha à nouveau sur son BlackBerry.

— Ça ne convient pas à l'occasion.

— Mais c'est une soirée dansante.

— Trop criard, insista-t-il. Pas assez chic.

Mon aversion pour ce type vira à la haine.

— Laisse-moi l'essayer, l'implora-t-elle en souriant. Allez…

Il la regarda.

— Bon, d'accord, concéda-t-il. Si tu y tiens…

J'accompagnai la jeune femme à la cabine d'essayage et tirai le rideau. Elle en émergea une minute plus tard. La robe lui allait parfaitement : elle mettait en valeur ses épaules ravissantes et ses bras fins. Le vert citron faisait ressortir ses cheveux blond vénitien et son teint de lait, et le bustier à baleines lui faisait une jolie poitrine. Les jupons en tulle vert flottaient autour d'elle, et les strass étincelaient au soleil.

— C'est… magnifique, murmurai-je.

Je n'imaginais aucune femme à qui cette robe siérait mieux.

— Voudriez-vous essayer des chaussures assorties ? lui proposai-je. Juste pour voir l'effet, avec des talons ?

— Inutile, répondit-elle en se contemplant, sur la pointe des pieds, dans un miroir. (Elle secoua la tête.) C'est… fantastique.

Elle semblait bouleversée, comme si elle venait de découvrir un merveilleux secret.

Entre-temps, une autre cliente était entrée – une brune mince d'environ trente ans, vêtue d'une robe-chemisier à imprimé panthère avec une ceinture en chaîne dorée et des spartiates. Elle s'arrêta tout net pour admirer la jeune femme.

— Vous êtes somptueuse ! s'exclama-t-elle. Une jeune Julianne Moore.

La jeune femme sourit, ravie.

— Merci.

Elle se contempla à nouveau dans le miroir.

— Cette robe me donne la sensation… d'être dans… un conte de fées.

Elle jeta un coup d'œil anxieux à son ami.

— Qu'en penses-tu, Keith ?

Il la regarda, secoua la tête puis se pencha à nouveau sur son BlackBerry.

— Je te l'ai déjà dit. Trop criard. En plus, là-dedans, on dirait que tu es prête à danser dans un ballet, alors qu'il s'agit d'une soirée chic au Dorchester. Tiens… Essaie plutôt ça.

Il se leva, prit une robe de cocktail Norman Hartnell en crêpe noir sur le portant des robes du soir et la lui tendit.

Le visage de la jeune femme se décomposa, mais elle retourna dans la cabine d'essayage et en ressortit une minute plus tard. Le style était bien trop guindé pour elle et le noir lui faisait un teint hâve. On aurait dit qu'elle allait à un enterrement. Je vis la femme en robe panthère lui jeter un coup d'œil, puis grimacer discrètement avant de se retourner vers les portants.

— Voilà, c'est beaucoup mieux, déclara Keith.

Il fit un petit cercle de l'index et la jeune femme pivota lentement sur elle-même, les yeux levés au ciel.

— Parfait, dit Keith en glissant une main dans sa veste. Combien ?

Je jetai un coup d'œil à la jeune femme. Ses lèvres tremblaient.

— Combien ? répéta-t-il en ouvrant son portefeuille.

— Mais je préfère la verte, murmura-t-elle.

— Combien ? répéta-t-il encore.

— Cent cinquante livres.

J'avais le feu aux joues.

— Je n'en veux pas, supplia la jeune femme. J'aime la verte, Keith. Elle me rend… heureuse.

— Alors tu vas devoir te l'acheter toute seule. Si tu en as les moyens, ajouta-t-il d'une voix affable.

Il me regarda à nouveau.

— Cent cinquante livres, c'est ça ? (Il tapota le journal.) J'ai lu ici que vous faites un rabais de cinq pour cent, alors ce sera cent quarante-deux livres cinquante, si je calcule bien.

— C'est exact, répondis-je, impressionnée par la rapidité de son calcul mental, en regrettant de ne pas pouvoir lui demander le double pour offrir la robe *cupcake* à la jeune femme.

— Keith, je t'en prie, gémit-elle.

Ses yeux brillaient de larmes.

— Allez, Kelly. Lâche-moi la grappe. Cette petite robe noire est parfaite, j'ai de gros clients qui viennent, alors je n'ai aucune envie que tu ressembles à la Fée Clochette, tu comprends ? (Il jeta un coup d'œil à sa montre de luxe.) Il faut qu'on y aille – j'ai une téléconférence au sujet du site de Kilburn à 14 h 30, n'oublie pas. Bon – j'achète la robe noire, oui ou non ? Parce que si je ne l'achète pas, tu ne viendras pas au Dorchester samedi, tu peux en être sûre.

Elle se tourna vers la vitrine sans rien dire.

J'arrachai le reçu du terminal ; l'homme tendit la main pour prendre le sac, puis rangea sa carte de crédit dans son portefeuille.

— Merci, lâcha-t-il.

Entraînant la jeune femme éplorée, il partit.

Dès que la porte se referma derrière eux, la femme en robe panthère croisa mon regard.

— J'aurais préféré qu'il lui offre la robe de conte de fées, lâcha-t-elle. Avec un prince dans ce genre-là, elle en aurait bien besoin.

Peu encline à critiquer mes clients avec une autre cliente, je me contentai d'acquiescer avec un sourire triste, puis je raccrochai la robe verte.

— Elle n'est pas simplement sa petite amie – elle travaille pour lui, reprit la femme en inspectant une veste en cuir fuchsia Thierry Mugler du milieu des années 80.

Je lui lançai un regard interrogateur.

— Comment le savez-vous ?

— Parce qu'il est beaucoup plus âgé qu'elle, parce qu'il a du pouvoir sur elle, parce qu'elle a peur de le fâcher… et parce qu'elle connaît son emploi du temps. J'aime bien observer les gens, précisa-t-elle.

— Vous êtes écrivain ?

— Non, j'adore écrire, mais je suis actrice.

— Vous travaillez en ce moment ?

Elle secoua la tête.

— Je suis entre deux rôles, « en repos », comme on dit – d'ailleurs, je me repose plus que la Belle au Bois dormant, ces derniers temps, mais… (elle poussa un soupir théâtral) je refuse de laisser tomber.

Elle contempla à nouveau les robes *cupcake*.

— Elles sont vraiment ravissantes. Mais je n'ai pas assez de courbes pour les porter, hélas, même si j'avais les moyens de m'en offrir une. Elles sont américaines, n'est-ce pas ?

J'acquiesçai.

— Du début des années 50. Elles sont un peu trop froufroutantes pour l'Angleterre de l'après-guerre.

— Le tissu est somptueux, ajouta la femme en les examinant. En général, ce genre de robe est en acétate, avec des jupons en nylon, mais celles-ci sont en soie.

Elle s'y connaissait en vintage, et en plus, elle avait l'œil.

— Vous achetez beaucoup de vintage ? lui demandai-je en repliant un cardigan en cachemire lavande et en le replaçant dans les étagères des tricots.

— J'en achète autant que je peux me le permettre – si je me lasse de quelque chose, je peux toujours le revendre – mais c'est rare, parce qu'en général je fais de bons achats. Je n'ai jamais oublié le frisson de ma première trouvaille, poursuivit-elle en raccrochant la veste Thierry Mugler. C'était un manteau Ted Lapidus en cuir acheté chez Oxfam en 1992 – je l'adore toujours.

Je repensai à ma première trouvaille, à moi. Un chemisier Nina Ricci en guipure déniché au marché de Greenwich quand j'avais quatorze ans. Emma avait sauté dessus pour moi lors de l'une de nos expéditions du samedi.

— Votre robe est de Cerutti, n'est-ce pas ? dis-je à la femme. Mais vous l'avez raccourcie. Normalement, elle arrive à la cheville.

Elle sourit.

— En plein dans le mille. Je l'ai trouvée dans un vide-greniers il y a dix ans, mais l'ourlet était déchiré.

Elle balaya un cheveu imaginaire du corsage.

— Ce sont les cinquante pence les mieux dépensés de ma vie.

Elle alla jusqu'au portant des tenues de jour et en tira une robe à volants en crêpe de Chine turquoise du début des années 70.

— Elle est d'Alice Pollock, non ?

Je hochai la tête.

— Pour Quorum.

— C'est ce que je pensais. (Elle jeta un coup d'œil au prix.) Trop chère pour moi, mais je ne résiste jamais à l'envie de regarder, alors quand j'ai vu dans le journal que vous veniez d'ouvrir, j'ai eu envie de passer voir votre marchandise. Enfin, soupira-t-elle, on peut toujours rêver. (Elle m'adressa un sourire amical.) Au fait, je m'appelle Annie.

— Et moi, Phoebe. Phoebe Swift. (Je l'observai.) Je me demandais… Vous travaillez, en ce moment ?

— Je fais de l'intérim, répondit-elle. Je prends ce que je trouve.

— Et vous habitez près d'ici ?

— Oui, dit Annie en me regardant d'un air interrogateur. Je vis à Darthmouth Hill.

— Si je vous pose la question, c'est parce que… Écoutez, ça ne vous dirait pas de travailler pour moi ? J'ai besoin d'une assistante à mi-temps.

Je lui expliquai pourquoi.

— Deux jours par semaine ? répéta Annie. Ça m'irait très bien… Un travail régulier, ça m'arrangerait assez… à condition que je puisse me rendre à des castings. Bien qu'ils se fassent rares, ajouta-t-elle à regret.

— Les horaires seraient assez flexibles – certaines semaines, j'aurais besoin de vous pour plus de deux jours – et vous avez dit que vous saviez coudre ?

— Je me débrouille pas mal avec une aiguille.

— Parce que vous me rendriez service en faisant quelques réparations aux heures creuses, ou un peu de repassage. Et si vous pouviez m'aider à décorer les vitrines – je m'y prends mal avec les mannequins.

— Ça me plairait beaucoup.

— En plus, vous n'avez pas à vous demander si nous nous entendrons bien, parce que quand vous serez là, je serai en déplacement, c'est justement le but. Voici mon numéro de téléphone. (Je tendis une carte postale de Village Vintage à Annie.) Réfléchissez.

— Eh bien… en fait… (Elle éclata de rire.) C'est inutile. C'est tout à fait dans mes cordes. Mais il vaudrait mieux que je vous donne des références, ajouta-t-elle, ne serait-ce que pour vous assurer que je ne partirai pas avec le stock, parce que ce serait très tentant. (Elle sourit.) Blague à part, je commence quand ?

Le lundi suivant, Annie prit son poste, après avoir fourni deux lettres d'anciens employeurs qui faisaient l'éloge de son honnêteté et de son zèle. Je lui avais demandé d'arriver tôt pour pouvoir lui montrer comment tout fonctionnait avant de partir pour Christie's.

— Prenez un moment pour vous familiariser avec les vêtements, lui conseillai-je. Les robes du soir sont ici. Voici la lingerie… l'homme, ici… les chaussures et les sacs… les lainages sur cette table… Un instant, j'ouvre la caisse. (Je fis jouer la clé électronique.) Et si vous pouviez faire un peu de couture…

— Bien sûr.

Je passai dans l'arrière-boutique pour prendre une jupe Murray Arbeid qui avait besoin d'une petite réparation.

— C'est un Emma Kitts, non ? dit Annie.

Je revins dans la boutique. Elle contemplait le chapeau.

— C'est tellement triste, cette histoire. Je l'ai lue dans les journaux. (Elle se tourna vers moi.) Mais pourquoi l'exposez-vous, puisqu'il n'est pas vintage et que vous dites qu'il n'est pas à vendre ?

Pendant une fraction de seconde, j'envisageai de confesser à Annie que le fait de voir le chapeau tous les jours était, pour moi, une sorte de pénitence.

— Je l'ai connue, expliquai-je en posant la jupe sur le comptoir avec la boîte à couture. Nous étions amies.

— C'est triste, dit doucement Annie. Elle doit vous manquer.

— Oui, répondis-je en toussant pour étouffer le sanglot qui me montait à la gorge. Bon… c'est cette couture, ici… quelques points ont sauté… (J'inspirai profondément.) Il vaudrait mieux que j'y aille.

Annie ouvrit la boîte à couture et choisit une bobine de fil.

— À quelle heure commence la vente ?

— À 10 heures. Je suis allée voir l'exposition hier soir, dis-je en prenant le catalogue. Les lots qui m'intéressent ne seront pas mis en vente avant 11 heures mais je veux arriver plus tôt pour voir ce qui se vend bien.

— Sur quoi comptez-vous enchérir ?

— Sur une robe du soir Balenciaga.

J'ouvris le catalogue à la page du lot 110. Annie l'examina.

— Quelle élégance.

La longue robe sans manches en soie indigo était d'une coupe très simple ; son décolleté rond et son ourlet, un peu plus court devant, étaient incrustés d'une large bande frangée de perles en verre argenté.

— Je la destine à une styliste de Beverly Hills. Je sais exactement ce que recherchent ses clientes et je suis certaine qu'elle la prendra. Et il y a une robe d'Alix Grès que je meurs d'envie d'ajouter à ma propre collection.

J'ouvris le catalogue à la photo du lot 112, un fourreau à la grecque en jersey de soie crème qui retombait en dizaines de plis fins d'un corsage à taille Empire, avec des bretelles croisées et une traîne en mousseline flottant de chaque épaule. Je poussai un soupir nostalgique.

— Elle est magnifique, murmura Annie. Ce serait une robe de mariée fabuleuse, ajouta-t-elle d'un ton taquin.

Je souris.

— Ce n'est pas pour ça que je la veux. Simplement, j'adore le drapé incomparable des robes de Madame Grès. (Je pris mon sac.) Maintenant, il faut vraiment que j'y aille – ah, encore autre chose…

J'étais sur le point d'indiquer à Annie quoi faire si quelqu'un venait proposer des articles à vendre, quand le téléphone sonna.

Je décrochai.

— Village Vintage…

Je frémissais encore de plaisir rien qu'en disant cela, tellement c'était nouveau pour moi.

— Bonjour, fit une voix féminine. Je m'appelle Mme Bell. (La femme, manifestement âgée, avait un accent français presque imperceptible.) J'ai lu dans le journal que vous veniez d'ouvrir votre boutique.

— En effet.

L'article de Dan avait encore des retombées. J'éprouvai une bouffée de reconnaissance pour lui.

— Eh bien… j'ai quelques vêtements dont je voudrais me défaire – des choses ravissantes que je ne porterai plus. Il y a aussi des sacs et des chaussures. Mais je suis âgée. Je ne peux pas me déplacer…

— Non, bien entendu, l'interrompis-je. Je passerai chez vous avec plaisir. Quelle est votre adresse ?

Je pris mon agenda.

— Le Paragon ? répétai-je. C'est à deux pas d'ici. Je pourrais venir à pied. Quand puis-je passer ?

— Pourriez-vous venir aujourd'hui, par hasard ? Je suis d'humeur à me défaire de mes effets assez rapidement. J'ai rendez-vous ce matin, mais 15 heures vous conviendrait-il ?

Je serais rentrée de la vente à cette heure-là, et j'avais Annie pour s'occuper du magasin.

— 15 heures, c'est parfait, dis-je en notant l'adresse.

Tout en marchant jusqu'à la gare de Blackheath, je songeai qu'évaluer une collection de vêtements chez un particulier est tout un art. Le plus souvent, leur propriétaire vient de mourir et on fait affaire avec les membres de sa famille. Ils sont en deuil et il faut montrer beaucoup de tact. Ils sont parfois offusqués qu'on refuse certains vêtements ; ils se fâchent lorsqu'on leur propose une somme inférieure à celle qu'ils avaient espérée. « Seulement quarante livres ? Mais c'est une Hardy Amies ! » Je leur fais poliment remarquer que la doublure est déchirée, qu'il manque trois boutons, et qu'il faudra s'adresser à un teinturier spécialisé pour retirer les taches aux poignets.

Parfois, la famille a du mal à se séparer des vêtements et la présence de l'acheteur éveille son ressentiment, surtout si les articles sont vendus pour acquitter les frais de succession. Dans ce cas, songeai-je en patientant sur le quai de la gare, on a l'impression d'être une intruse. Assez souvent, quand je vais faire ce genre d'évaluation dans un manoir de campagne, la bonne ou le majordome sont en larmes : ils n'arrêtent pas de répéter – c'est énervant – de ne pas toucher les vêtements. Si j'ai affaire à un veuf, il se lance dans des détails à n'en plus finir sur tout ce que portait la défunte, sur ce qu'il a payé pour tel article chez Dickins & Jones en 1965 et sur l'élégance de sa femme à bord du *QE2*.

Le scénario le plus simple, et de loin, me dis-je tandis que le train entrait en gare, c'est quand une femme en instance de divorce se débarrasse de tout ce que son mari lui a acheté. Dans ces cas-là, je peux me permettre d'emballer l'affaire en deux temps, trois mouvements. En revanche, un rendez-vous avec une vieille dame qui vend toute sa garde-robe peut se révéler très éprouvant. Comme je le dis toujours, ce sont plus que des vêtements – c'est le tissu, presque littéralement, de toute une vie. J'adore écouter leurs histoires, mais mon temps est compté. Je dois donc limiter mes visites à une heure au plus, ce que je résolus de faire avec Mme Bell.

En sortant du métro à South Kensington, je téléphonai à Annie. Elle était de bonne humeur, car elle avait déjà vendu un bustier Vivienne Westwood et deux chemises de nuit françaises. Elle m'apprit aussi que Mimi Long de *Woman & Home* avait appelé pour emprunter des vêtements, pour l'une de ses prises de vues. Cela me remonta le moral : je descendis Brompton Road jusqu'à Christie's, puis j'entrai dans le hall, qui était bondé, car les ventes de vêtements sont très populaires. Je fis la queue pour m'enregistrer et demander un paddle, avec mon numéro d'enchérisseur.

La Long Gallery était pleine aux deux tiers environ. Je m'assis au bout d'une rangée vide au milieu de la salle, sur la droite, puis je tentai de repérer mes concurrents : c'est toujours la première chose que je fais lorsque j'assiste à une vente aux enchères. J'aperçus deux ou trois marchands et la propriétaire d'une boutique de vintage à Islington. Je reconnus aussi la rédactrice en chef mode du magazine *Elle* au quatrième rang et, à ma droite, je repérai la créatrice Nicole Farhi. L'air était saturé de parfums de luxe.

— Lot numéro 102 ! annonça le commissaire-priseur.

Je me redressai brusquement. Le lot 102 ? Mais il n'était que 10 h 30 ! Quand j'étais chez Sotheby's, je menais mes ventes tambour battant, certes, mais ce type avait littéralement dévalé la liste à toute vitesse. Le pouls affolé, je jetai un coup d'œil à la robe Balenciaga dans le catalogue, puis à celle d'Alix Grès. Elle avait un prix de réserve de mille livres mais elle atteindrait sûrement un prix beaucoup plus élevé. Je savais qu'il valait mieux ne pas acheter de vêtements que je ne comptais pas revendre, mais celle-ci était une pièce importante, qui prendrait forcément de la valeur. Si je pouvais l'emporter pour mille cinq cents livres ou moins, je n'hésiterais pas.

— Lot 105, maintenant, annonça le commissaire-priseur. Une veste d'Elsa Schiaparelli en soie rose shocking, de sa collection « Cirque » de 1938. Remarquez les boutons en métal en forme d'acrobates. Les enchères débutent à trois cents livres. Merci. Trois cent vingt… trois cent quarante… trois cent soixante livres, merci, madame. Qui dit trois cent quatre-vingts livres ? (Le commissaire-priseur regarda au-dessus de ses lunettes, puis hocha la tête en direction d'une dame blonde au premier rang.) Alors, pour trois cent soixante livres… (Le marteau tomba avec un grand « crac ».) Adjugé. À… ?

La dame leva son paddle.

— À l'acheteur numéro 24. Merci, madame. Passons au lot 106…

Malgré mes années d'expérience en tant que commissaire-priseur, mon cœur battait de plus en plus, à mesure que « mon » lot approchait. Je regardai autour de moi, angoissée, en me demandant quels seraient mes rivaux. La plupart des personnes présentes dans la salle étaient des femmes, mais tout au bout de ma rangée, il y avait un monsieur d'allure distinguée, d'environ quarante-cinq ans. Il feuilletait le catalogue, en cochant ici et là des articles avec une plume en or. Je me demandai distraitement sur quoi il allait enchérir.

Les trois lots suivants furent expédiés en moins d'une minute par enchères téléphoniques. C'était au tour de la Balenciaga. Mes doigts se crispèrent sur mon paddle.

— Lot numéro 110, annonça le commissaire-priseur. Une élégante robe du soir de Cristobal Balenciaga en soie bleu nuit, datant de 1960.

Une photo de la robe fut projetée sur deux immenses écrans plats de part et d'autre de l'estrade.

— Remarquez la simplicité caractéristique de la coupe et l'ourlet légèrement soulevé sur le devant, pour dévoiler les chaussures. Je démarre les enchères à cinq cents livres. (Le commissaire-priseur regarda à la ronde.) Qui dit cinq cents livres ?

Comme personne n'enchérissait, j'attendis.

— Qui m'en offre quatre cent cinquante ?

Il nous regarda par-dessus ses lunettes. À mon grand étonnement, aucune main ne se leva.

— Quatre cents livres, alors ?

Une femme, au premier rang, hocha la tête. Je fis de même.

— J'ai quatre cent vingt… quatre cent quarante… quatre cent soixante. Qui dit quatre cent quatre-vingts ?

Le commissaire-priseur me regarda.

— Merci, madame – c'est à vous, pour quatre cent quatre-vingts livres. Qui dit mieux ?

Il regarda l'autre enchérisseuse mais elle secouait la tête.

— Alors quatre cent quatre-vingts livres.

Le marteau tomba.

— Adjugé à quatre cent quatre-vingts livres à l'acheteur numéro… (Il regarda mon paddle par-dessus ses lunettes.)… 220. Merci, madame.

Mon euphorie d'avoir obtenu la Balenciaga à si bon prix tourna rapidement à une angoisse affreuse, car la robe d'Alix Grès allait bientôt être mise en vente. Je me tortillai sur ma chaise.

— Lot numéro 112, annonça le commissaire-priseur. Une robe de soirée, de 1936 environ, par la grande Alix Grès, réputée pour sa maîtrise des plis et des drapés.

Un porteur en tablier apporta la robe, qui avait été glissée sur un mannequin, sur l'estrade. Je regardai nerveusement autour de moi.

— Je commence à mille livres, annonça le commissaire-priseur. Qui dit mille ?

À mon grand soulagement, une seule main se leva en même temps que la mienne.

— Mille cent ?… Qui dit mille cent cinquante ?

J'enchéris à nouveau.

— J'ai mille cent vingt livres. Merci – qui dit mille deux cent cinquante ?

Le commissaire-priseur nous regarda tour à tour – l'autre enchérisseuse secouait la tête –, puis me regarda de nouveau.

— J'ai toujours mille deux cent cinquante. C'est à vous, madame.

Je retins mon souffle – mille deux cent cinquante livres, ce serait un prix formidable.

— Qui dit mieux ? Qui dit mieux ? répéta le commissaire-priseur.

Merci, mon Dieu. Je fermai les yeux, soulagée.

— Merci, monsieur.

Ébahie, je me tournai vers ma gauche. L'homme au bout de ma rangée avait enchéri.

— Qui dit mille trois cents ? s'enquit le commissaire-priseur.

Il me jeta un coup d'œil et je hochai la tête.

— Qui dit mille trois cent cinquante ? Merci, monsieur.

Mon pouls s'accéléra.

— Qui dit mille quatre cents ? Merci, madame. Mille cinq cents livres ?

L'homme hocha la tête. Et merde.

— Mille six cents ?

Je levai la main.

— Proposez-vous mille sept cents livres, monsieur ? Merci.

Je jetai un autre coup d'œil à mon rival : il ne s'était pas départi de son calme.

— Est-ce que j'entends mille sept cent cinquante livres ?

Il n'allait pas m'empêcher d'avoir cette robe, ce connard, avec son air suffisant ! Je levai de nouveau la main.

— Mille sept cent cinquante, à la dame au bout de la rangée. Merci, monsieur – vous êtes à mille huit cents.

Qui dit mille neuf cents ? Vous êtes toujours preneuse, madame ?

Je hochai la tête, mais je fulminais.

— Et deux mille cents... ? Souhaitez-vous enchérir, monsieur ?

L'homme hocha de nouveau la tête.

— Qui dit deux mille cents ?

Je levai la main.

— Et deux mille deux cents livres ? Merci, monsieur. Vous êtes toujours dans la course, monsieur, à deux mille deux cents... ?

L'homme me jeta un regard à la dérobée. Je levai à nouveau la main.

— J'ai maintenant deux mille trois cents livres, annonça joyeusement le commissaire-priseur. Merci, madame. Et deux mille quatre cents... ?

Le commissaire-priseur me regarda fixement, tout en tendant la main vers mon rival, comme pour nous encourager à nous faire concurrence – une ficelle classique. J'entendais les gens remuer sur leurs chaises. La tension montait.

— Merci, monsieur. J'ai deux mille huit cents livres ? Madame, souhaitez-vous enchérir à deux mille huit cents ?

J'acquiesçai la tête, comme dans un rêve.

— Et deux mille neuf cents, monsieur ? Merci.

J'entendis chuchoter derrière moi.

— Qui dit trois mille livres ?

Le commissaire-priseur me regarda alors que je levais la main.

— Très bien, madame – alors trois mille livres.

Mais qu'est-ce que je faisais ?

— À trois mille livres...

Je n'avais pas trois mille livres – il fallait que je renonce à la robe.

— Trois mille cent ? entendis-je le commissaire-priseur répéter. Non, monsieur ? Vous abandonnez ?

Je regardai mon rival. À ma grande horreur, il secouait la tête. Le commissaire-priseur se tourna vers moi.

— Alors l'enchère est toujours à vous, madame, à trois mille livres…

Mon Dieu !

— Une fois… (Le commissaire-priseur brandit son marteau.) Deux fois… (Il cassa le poignet ; avec un curieux mélange d'euphorie et d'effroi, je vis le marteau descendre.) Trois fois… Adjugé pour trois mille livres à l'acheteur numéro… pourriez-vous me répéter le numéro, s'il vous plaît ? (Je brandis mon paddle d'une main tremblante.)… 220. Merci. Des enchères trépidantes. Maintenant, passons au lot 113.

Je me levai, prise de nausée. Avec la prime de l'acheteur, la robe me reviendrait au total à trois mille six cents livres. Comment, avec mes années d'expérience, sans compter mon prétendu sang-froid, avais-je pu me laisser emporter à ce point ?

En regardant l'homme qui avait enchéri contre moi, je fus submergée d'une haine irrationnelle. C'était un type de la City, impeccablement vêtu d'un costume de Savile Row à fines rayures et de chaussures faites main. Sans doute voulait-il offrir cette robe à sa femme – ou plutôt, à son épouse-trophée. Dans une bouffée de ressentiment, je la vis blonde, parfaite, vêtue de pied en cap de la dernière collection Chanel.

Quand je sortis de la salle des ventes, mon cœur battait encore la chamade. Je ne pouvais pas garder cette robe. Je devrais l'offrir à Cindi, ma styliste d'Hollywood – ce serait une robe de tapis rouge idéale pour l'une de ses clientes. Un instant, je l'imaginai sur Cate Blanchett à la soirée des Oscars – elle lui rendrait justice. Mais je ne voulais pas la vendre, me dis-je en me dirigeant vers la caisse, au rez-de-chaussée. Elle était sublimement belle et je m'étais trop battue pour l'avoir.

Tout en faisant la queue pour payer, je me demandai anxieusement si ma MasterCard ne fondrait pas au contact du terminal dès qu'elle serait introduite. D'après mes calculs, j'avais juste assez de crédit pour rendre la transaction possible.

Alors que j'attendais mon tour, je levai les yeux et vis M. Rayures-Banquier qui descendait l'escalier, le téléphone collé à l'oreille.

— Non, je ne l'ai pas eue, l'entendis-je dire.

Je remarquai qu'il avait une voix très agréable, un peu rauque.

— Je ne l'ai pas eue, c'est tout, répéta-t-il d'une voix lasse. J'en suis désolé, ma chérie.

Sa femme-trophée – ou alors sa maîtresse – était manifestement furieuse qu'il ne lui ait pas acheté la robe de Madame Grès.

— Les enchères ont été intenses, l'entendis-je expliquer en me jetant un coup d'œil. La concurrence était rude.

À mon grand étonnement, il m'adressa un clin d'œil.

— Oui, je sais que c'est décevant, mais il y aura encore des jolies robes, mon trésor. (Apparemment, il se faisait engueuler.) Mais je t'ai obtenu le sac Prada qui te plaisait. Oui, bien sûr, ma chérie. Écoute, il faut que j'aille payer, maintenant. Je te rappelle tout à l'heure, d'accord ?

Il referma son téléphone avec un soulagement manifeste et vint faire la queue derrière moi. Je fis comme s'il n'existait pas.

— Félicitations.

Je me retournai.

— Je vous demande pardon ?

— Félicitations, répéta-t-il. D'avoir remporté le lot, ajouta-t-il jovialement. Cette merveilleuse robe blanche de… qui, déjà ? (Il ouvrit ce catalogue.) Grès. Connais pas.

J'étais outrée. Il ne savait même pas sur quoi il avait enchéri.

— Vous devez être ravie, ajouta-t-il.

— Oui.

Je résistai à l'envie de lui dire que j'étais loin d'être ravie du prix.

Il cala le catalogue sous son bras.

— À vrai dire, j'aurais pu continuer à enchérir.

Je le fixai.

— Vraiment ?

— Mais quand je vous ai regardée, j'ai compris à quel point vous la convoitiez et j'ai décidé de vous laisser l'emporter.

— Ah.

Je souris poliment. Ce con s'attendait-il à ce que je l'en remercie ? S'il avait lâché prise plus tôt, il m'aurait économisé deux mille livres.

— Vous comptez la porter dans une soirée ? me demanda-t-il.

— Non, répondis-je d'un ton glacial. C'est simplement que… j'adore Madame Grès. Je collectionne ses robes.

— Alors je suis ravi que vous ayez remporté celle-ci. Enfin… (Il rajusta le nœud de sa cravate Hermès en soie.) j'ai fini pour aujourd'hui. (Il consulta sa montre, une Rolex ancienne.) Vous comptez enchérir sur autre chose ?

— Bon sang, non ! J'ai explosé mon budget.

— Mon Dieu… vous vous êtes laissé entraîner, c'est ça ?

— Exactement.

— Eh bien… je suis fautif, je suppose.

Il m'adressa un sourire contrit et je remarquai qu'il avait de grands yeux brun foncé, avec des paupières tombantes qui lui donnaient l'air un peu ensommeillé.

— Ce n'est pas votre faute, répliquai-je en haussant les épaules. C'est la règle du jeu, lors des ventes aux enchères.

Comme je le savais bien.

— Oui, s'il vous plaît, madame ? dit la caissière.

Je me retournai et lui tendis ma carte de crédit, en lui demandant d'établir la facture au nom de Village Vintage, puis j'allai m'asseoir sur une banquette en attendant qu'on m'apporte mes lots.

M. Rayures-Banquier paya et s'assit à côté de moi en attendant ses propres achats.

Nous restâmes côte à côte sans parler car il consultait son BlackBerry – avec un air un peu intense que je ne pus m'empêcher de remarquer. Quel âge pouvait-il avoir ? Je contemplai son profil à la dérobée. Son visage était assez marqué. Mais quel que soit son âge, il était plutôt séduisant avec ses cheveux gris acier et son nez aquilin. Il avait environ quarante-trois ans, décidai-je tandis qu'on nous remettait nos sacs respectifs. J'éprouvai le frisson du propriétaire quand on me tendit le mien. J'en vérifiai rapidement le contenu, avant d'adresser un sourire à M. Rayures-Banquier pour prendre congé de lui. Il se leva.

— Vous savez… (Il consulta sa montre.) Toutes ces émotions, ça m'a creusé l'appétit. Je vais faire un saut au café d'en face. Accepteriez-vous de vous joindre à moi ? Après avoir enchéri aussi vigoureusement contre vous, le moins que je puisse faire, c'est de vous offrir un sandwich. (Il tendit la main.) Au fait, je m'appelle Miles. Miles Archant.

— Ah. Moi, c'est Phoebe. Swift. Enchantée, ajoutai-je, faute de mieux, en lui serrant la main.

— Alors ? dit-il en m'interrogeant du regard. Ça vous dirait de déjeuner un peu tôt ?

J'étais stupéfiée par le culot de ce type. Un, parce qu'il ne me connaissait ni d'Ève ni d'Adam et deux, parce que, manifestement, il avait une femme ou une petite amie… Et qu'il savait que je le savais, puisque j'avais surpris sa conversation téléphonique.

— Ou alors, simplement un café ?

— Non merci, dis-je posément. (Il avait sans doute l'habitude de draguer les femmes qu'il rencontrait dans les ventes aux enchères.) Je dois rentrer.

— Pour… travailler ? s'enquit-il d'une voix aimable.

— Oui.

Je n'avais pas à m'expliquer.

— Alors profitez bien de la robe. Elle vous ira à ravir, ajouta-t-il tandis que je me retournais pour partir.

Ne sachant si je devais être indignée ou flattée, je lui adressai un sourire dubitatif.

— Merci.

3

À mon retour, je montrai les deux robes à Annie en lui expliquant que j'avais dû me battre pour remporter la Grès, sans lui parler de M. Rayures-Banquier.

— À votre place, je ne m'en ferais pas pour le prix, conseilla-t-elle en admirant la robe. Une chose aussi magnifique que celle-ci devrait transcender des considérations aussi… mesquines.

— Si seulement c'était possible, soupirai-je. Je n'arrive toujours pas à croire que j'ai dépensé une telle somme.

— Vous ne pouvez pas dire que ça fait partie de votre fonds de pension ? me suggéra Annie en recousant l'ourlet d'une jupe Georges Rech. (Elle changea de position sur son tabouret.) Le fisc vous permettrait peut-être de la déduire de vos impôts.

— J'en doute, mais j'aime bien l'idée d'une pension-à-porter. Tiens, ajoutai-je, vous les avez mis là ?

Pendant mon absence, Annie avait accroché des sacs du soir brodés sur un pan de mur, près de la porte.

— J'espère que ça ne vous ennuie pas ? Je trouvais qu'ils rendaient bien, là.

— C'est vrai. On voit beaucoup mieux les détails.

Je remis les deux robes que j'avais achetées dans leurs housses.

— Il vaut mieux que je les range dans la réserve.

— Je peux vous poser une question ? me demanda Annie alors que je m'apprêtais à monter.

Je me retournai.

— Oui ?

— Vous collectionnez les robes de Madame Grès ?

— En effet.

— Mais vous avez une très belle robe de Madame Grès ici même.

Elle alla vers le portant des robes du soir et en tira la robe que Guy m'avait offerte.

— On l'a essayée ce matin et j'ai vu l'étiquette. La cliente était trop petite pour la porter – mais elle vous irait à merveille. Vous n'en voulez pas pour votre collection ?

Je secouai la tête.

— Je ne raffole pas de cette robe en particulier.

— Ah. (Annie l'examina.) Je vois. Mais…

Je fus soulagée quand le carillon de la porte d'entrée se mit à tinter. Je priai Annie de s'occuper des nouveaux arrivants, un couple dans la vingtaine tardive, pendant que j'étais dans la réserve. Puis je fis un saut au bureau pour jeter un coup d'œil au site web de Village Vintage.

— J'ai besoin d'une robe du soir, expliquait la jeune femme tandis que j'ouvrais mes e-mails. Pour notre fête de fiançailles.

— Carla pense qu'elle trouvera une tenue un peu plus originale dans une boutique comme celle-ci, précisa son fiancé.

— Elle a raison, répondit Annie. Les robes du soir sont ici – vous faites du 38, non ?

— Hélas non ! hoqueta la jeune femme. Je fais du 42. Je devrais suivre un régime.

— Pas du tout ! protesta son fiancé. Tu es très belle comme ça.

— Vous avez de la chance, rigola Annie. Vous avez le futur époux idéal.

— Je sais, fit tendrement la jeune femme. Qu'est-ce que tu regardes, Pete ? Oh, quels beaux boutons de manchettes !

Envieuse du bonheur évident du jeune couple, je consultai mes commandes par e-mail. J'avais vendu cinq chemises de nuit françaises. Une cliente s'intéressait à une robe Dior avec un imprimé à motif bambou, et m'en demandait la taille.

La robe est un 38, répondis-je, *mais il s'agit en réalité d'un 36 car les femmes d'aujourd'hui sont plus solidement bâties que celles d'il y a cinquante ans. Voici ses mensurations, y compris la circonférence de la manche au niveau du poignet. Merci de me faire savoir si je dois vous la mettre de côté.*

— Quand a lieu votre fête ? questionnait Annie.

— Samedi, répliqua la jeune femme. Il ne me reste plus beaucoup de temps pour trouver une tenue. Ce que je vois ici ne correspond pas tout à fait à ce que j'avais en tête, ajouta-t-elle au bout d'un moment.

— Vous pouvez ajouter des accessoires vintage à une robe que vous avez déjà, suggéra Annie. Une veste en soie, par exemple – nous en avons de ravissantes – ou un joli boléro. Si vous venez avec une robe, je pourrais vous aider à trouver un nouveau look.

— Celles-là sont merveilleuses, s'écria soudain la jeune femme. Elles sont tellement… gaies.

Elle parlait forcément des robes *cupcake*.

— Quelle couleur préfères-tu ? lui demanda son fiancé.

— La… turquoise, je crois.

— Elle a la couleur de tes yeux, dit-il.

— Voulez-vous que je vous la décroche ? lui proposa Annie.

Je jetai un coup d'œil à ma montre. Il était temps d'aller chez Mme Bell.

— Elle coûte combien ? s'enquit la jeune femme.

Annie le lui dit.

— Ah. Je vois. Eh bien, dans ce cas…

— Essaie-la, au moins, dit son fiancé.

— Bon… d'accord, répondit-elle. Mais elle est bien au-dessus de notre budget.

J'enfilai ma veste et m'apprêtai à partir.

En passant dans la boutique une minute plus tard, je vis la jeune fille ressortir de la cabine, vêtue de la robe *cupcake* turquoise. Elle n'était absolument pas grosse, juste adorablement voluptueuse. Son fiancé avait raison : ce bleu-vert faisait ressortir la couleur de ses yeux.

— Elle vous va très bien, dit Annie. Il faut une silhouette en forme de sablier comme la vôtre pour porter ce genre de robe.

— Merci. (Elle cala une mèche brune et soyeuse derrière son oreille.) Je dois avouer qu'elle est vraiment… sublime, soupira-t-elle, à la fois heureuse et frustrée. J'adore la jupe en tutu et les strass. Elle me rend… heureuse. Non pas que je ne sois pas déjà heureuse, ajouta-t-elle en adressant un sourire chaleureux à son fiancé. (Elle se tourna vers Annie.) Vous dites qu'elle est à deux cent soixante-quinze ?

— En effet. Elle est en soie, précisa Annie, y compris la bande de dentelle autour du corsage.

— Et nous faisons cinq pour cent de réduction sur tout le magasin en ce moment, ajoutai-je en prenant mon sac, car j'avais décidé de prolonger la période de promotion. Nous pouvons vous la mettre de côté pendant une semaine, si vous voulez réfléchir.

La jeune fille soupira à nouveau.

— Ça n'est pas la peine. Merci.

Elle se contempla dans le miroir. Les jupons en tulle murmuraient à chacun de ses mouvements.

— Elle est ravissante, reprit-elle, mais… je ne sais pas… Peut-être… ce n'est pas vraiment… tout à fait moi.

Elle rentra dans la cabine d'essayage et tira le rideau.

— Je vais… continuer à chercher, l'entendis-je dire alors que je me mettais en route pour le Paragon.

Je connaissais bien le Paragon – j'y prenais jadis mes leçons de piano. Mon professeur s'appelait M. Long, ce qui faisait rire ma mère car M. Long était très petit. Il était également presque aveugle, et ses yeux bruns, agrandis par les verres épais de ses lunettes de la Sécu, roulaient sans cesse dans leurs orbites. Quand je jouais, il faisait les cent pas derrière moi dans ses mocassins usés. Si je me trompais, il me tapait sur les doigts de la main gauche avec une règle. J'étais toujours épatée qu'il vise aussi juste.

Je suis allée chez M. Long tous les mardis après l'école pendant cinq ans jusqu'à ce qu'un jour de juin sa femme appelle ma mère pour lui apprendre que M. Long était mort subitement au cours d'une randonnée dans le Lake District. Malgré les coups de règle, cela m'avait attristée.

Je n'avais pas remis les pieds au Paragon depuis, bien que je sois souvent passée devant. La beauté de cette imposante rue en croissant, avec ses sept grandes demeures de style géorgien reliées par une colonnade, me coupait chaque fois le souffle. À l'apogée de sa gloire, chacune des demeures du Paragon disposait d'une écurie, d'une remise de carrosse, d'un étang à poissons et d'une laiterie, mais pendant la guerre, la rue avait été bombardée. Quand les bâtiments avaient été restaurés, vers la fin des années 50, on les avait découpés en appartements.

Je remontai Morden Road, passai devant le Clarendon Hotel et contournai la lande ; j'arrivai ensuite devant le pub Princess of Wales et l'étang avoisinant, dont la surface ondoyait dans la brise. En longeant le Paragon, j'admirai les marronniers bordant l'immense pelouse, avec leurs feuilles déjà mouchetées d'or. Je gravis l'escalier en pierre du numéro 8 et appuyai sur la sonnette de l'appartement 6. Je consultai ma montre. 14 h 55. À 16 heures, je devais être ressortie.

J'entendis l'interphone grésiller, puis la voix de Mme Bell.

— Je descends. Merci d'attendre un petit instant.

Elle mit au moins cinq minutes à apparaître.

— Excusez-moi, dit-elle en posant sa main sur sa poitrine, tandis qu'elle reprenait son souffle. Je mets toujours un bon moment...

— Ce n'est rien, répondis-je en lui tenant la lourde porte noire. Mais n'auriez-vous pas pu m'ouvrir de chez vous ?

— La fermeture automatique est en panne... c'est un peu ennuyeux, ajouta-t-elle dans une litote élégante. Enfin, je vous remercie infiniment d'être venue, mademoiselle Swift.

— Appelez-moi Phoebe, s'il vous plaît.

Quand je franchis le seuil, Mme Bell me tendit une main fine dont la vieillesse avait rendu la peau translucide ; ses veines ressortaient comme des fils électriques. Lorsqu'elle me sourit, son visage encore beau se plissa en myriades de rides où, çà et là, des particules de poudre rose étaient emprisonnées. Des paillettes gris clair parsemaient son œil pervenche.

— Vous devez regretter qu'il n'y ait pas d'ascenseur, dis-je tandis que nous entamions l'ascension du large escalier en pierre jusqu'au troisième étage.

Ma voix résonna dans la cage d'escalier.

— Un ascenseur me serait extrêmement utile, répondit Mme Bell, agrippée à la rampe en fer. (Elle s'arrêta un moment pour remonter la ceinture de sa jupe en laine caramel.) Mais ce n'est que ces derniers temps que j'ai eu du mal à monter l'escalier. (Nous nous arrêtâmes à nouveau au palier du premier pour qu'elle se repose.) Cependant, il est possible que je parte d'ici peu : je n'aurai donc plus à escalader cette montagne… ce qui m'arrangerait assez, ajouta-t-elle tandis que nous reprenions notre ascension.

— Vous allez loin ?

Mme Bell sembla ne pas m'entendre : j'en conclus qu'en plus d'être fragile, elle devait être un peu dure d'oreille.

Elle poussa sa porte.

— Et voilà…

L'intérieur de l'appartement, comme sa propriétaire, était beau mais défraîchi. Il y avait de jolis tableaux aux murs, dont un petit paysage peint à l'huile représentant un champ de lavande lumineux ; des tapis d'Aubusson recouvraient le parquet, et des abat-jour en soie à franges pendaient au plafond du couloir où Mme Bell me précéda. Elle s'arrêta à mi-chemin et passa dans la cuisine. La pièce était petite, carrée et figée dans une autre époque, avec sa table en Formica rouge et sa cuisinière à gaz sur laquelle étaient posées une bouilloire en aluminium et une seule casserole blanche émaillée. Sur le plan de travail en contre-plaqué, une théière en porcelaine bleue, deux tasses avec leurs soucoupes et un petit pot de lait blanc recouvert d'un mouchoir en mousseline blanche frangée de perles bleues étaient disposés sur un plateau.

— Puis-je vous offrir une tasse de thé, Phoebe ?

— Non, merci, ne vous dérangez pas pour moi.

— Mais j'ai tout préparé et, bien que je sois française, je sais préparer une bonne tasse de Darjeeling anglais.

— Eh bien, fis-je, si ça ne vous ennuie pas.

— Pas du tout. Il faut simplement que je fasse chauffer l'eau.

Elle prit une boîte d'allumettes sur une étagère, en frotta une et la tint au-dessus du gaz d'une main tremblante. Je remarquai que la ceinture de sa jupe était retenue par une grosse épingle de nourrice.

— Je vous en prie, asseyez-vous au salon, dit-elle. C'est là, à gauche.

La pièce était vaste, avec un grand bow-window, et tapissée d'une soie sauvage vert clair dont les lisières se décollaient un peu par endroits. Un petit feu à gaz était allumé malgré la chaleur. Sur la cheminée, la pendule en argent était flanquée d'un couple d'épagneuls hautains en porcelaine de Staffordshire.

Alors que la bouilloire se mettait à siffler, je m'approchai de la fenêtre et contemplai le jardin commun. Enfant, je n'avais pas pu en apprécier la taille. La pelouse, frangée d'arbres magnifiques, faisait toute la longueur de la rue en croissant, comme une rivière d'herbe. Un immense cèdre cascadait jusqu'au sol par gradins, comme une crinoline verte ; il y avait deux ou trois chênes énormes, deux hêtres pourpres et un châtaignier en pleine seconde floraison. Deux petites filles couraient à travers les jupes d'un saule pleureur avec des cris et des rires aigus. Je les observai un moment…

— Voilà, dit Mme Bell.

Je m'approchai et fis mine de lui prendre le plateau des mains.

— Non merci, fit-elle d'un ton presque féroce. Je suis peut-être un peu décatie, mais je me débrouille encore toute seule. Bon, alors, comment prenez-vous votre thé ? (Je le lui précisai.) Noir, sans sucre ? (Elle prit la passoire à thé en argent.) Alors c'est tout simple…

Elle me tendit mon thé puis s'assit dans un petit fauteuil en brocart, près du feu, tandis que je prenais place face à elle dans le canapé.

— Vous habitez ici depuis longtemps, madame Bell ?

— Assez longtemps, soupira-t-elle. Dix-huit ans.

— Vous avez l'intention d'emménager dans un appartement de rez-de-chaussée ?

Je supposais qu'elle allait peut-être s'installer dans l'un des immeubles du bout de la rue.

— Je ne sais pas au juste, répondit-elle au bout d'un moment. J'en saurai plus la semaine prochaine. Mais quoi qu'il arrive, je dois me… comment dire… ?

— Délester ? suggérai-je après un petit silence.

— Me délester ? (Elle eut un sourire mélancolique.) Oui.

Il y eut à nouveau un curieux petit silence, que je comblai en racontant mes leçons de piano à Mme Bell. J'omis cependant de parler des coups de règle.

— Étiez-vous une bonne pianiste ?

Je secouai la tête.

— Je ne suis pas allée au-delà du niveau trois. Je ne répétais pas assez et, après le décès de M. Long, je n'ai plus voulu continuer. Ma mère le souhaitait, mais j'imagine que je n'étais pas assez intéressée… (Le rire cristallin des fillettes nous parvint de la pelouse.) Contrairement à ma meilleure amie, Emma, ajoutai-je spontanément. C'était une pianiste géniale. (Je pris ma cuillère.) Elle est arrivée au niveau huit alors qu'elle n'avait que quatorze ans – avec mention très bien. On l'a annoncé à l'assemblée de l'école.

— Vraiment ?

Je touillai mon thé.

— La directrice a demandé à Emma de venir sur l'estrade pour jouer. Elle a interprété un morceau merveilleux des *Scènes d'enfance* de Schumann, intitulé « Traumerei » – rêveries…

— Quel talent, dit Mme Bell, l'air légèrement perplexe. Et êtes-vous toujours l'amie de cette… petite fille modèle ?

— Non.

Je remarquai une feuille de thé au fond de ma tasse.

— Elle est morte. Elle est morte au début de cette année, le 15 février, vers 3 h 50 du matin. Du moins, c'est ce qu'on croit, mais ce n'est pas certain : il fallait bien qu'on note quelque chose dans le rapport…

— Comme c'est terrible, murmura Mme Bell au bout d'un moment. Quel âge avait-elle ?

— Trente-trois ans. (Je continuai à touiller mon thé en contemplant ses profondeurs topaze.) Elle aurait eu trente-quatre ans aujourd'hui. (La cuillère tinta légèrement contre la tasse. Je regardai Mme Bell.) Emma avait beaucoup d'autres talents. C'était une excellente joueuse de tennis… Quoique… (Je souris malgré moi.) Son service était assez bizarre. On aurait dit qu'elle retournait des crêpes. Mais il était efficace : impossible à retourner.

— Vraiment…

— C'était une nageuse formidable – et une brillante artiste.

— Quelle jeune femme talentueuse.

— Oh oui. Mais elle n'était absolument pas prétentieuse – bien au contraire. Elle doutait sans arrêt d'elle-même.

Je me rendis compte tout d'un coup que mon thé, noir et sans sucre, n'avait pas besoin d'être touillé. Je posai ma cuillère dans ma soucoupe.

— C'était votre meilleure amie ?

— Oui. Mais moi, je n'ai pas été sa meilleure amie, ni même une bonne amie, en fin de compte. (La tasse se brouillait.) D'ailleurs, quand il a fallu lui prouver mon amitié, j'ai été une très mauvaise amie.

J'étais consciente du bruit régulier du feu à gaz, comme d'une exhalaison incessante.

— Je suis désolée, repris-je doucement en posant ma tasse. Je suis venue voir vos vêtements. Je crois que je vais passer à cela, maintenant, si ça ne vous ennuie pas. Merci pour le thé… ça m'a fait du bien.

Mme Bell hésita un moment avant de se lever ; je la suivis jusqu'à la chambre. Comme le reste de son appartement, la pièce semblait figée dans le temps. Elle était décorée en jaune et blanc, avec une couette jaune satinée sur un petit lit double, des rideaux jaunes provençaux et des panneaux assortis sur les armoires blanches du mur du fond. Une lampe en albâtre était posée sur la table de chevet, à côté d'une photo en noir et blanc d'un bel homme brun d'environ quarante-cinq ans. Un portrait de studio de Mme Bell dans sa jeunesse ornait la coiffeuse. Elle avait été frappante plutôt que belle, avec son front haut, son nez romain et sa grande bouche.

Quatre boîtes en carton, alignées contre le mur le plus proche, débordaient de gants, de sacs et de foulards.

Tandis que Mme Bell s'asseyait sur le lit, je m'agenouillai pour les fouiller rapidement.

— Tout cela est très beau – surtout ces carrés en soie – j'adore celui-ci, à motif Liberty fuchsia. Ça aussi, c'est très chic… (Je sortis un petit sac à main Gucci à poignées en bambou.) Et j'aime beaucoup ces deux chapeaux, ajoutai-je en regardant la boîte hexagonale où ils étaient rangés, avec son motif de fleurs printanières sur fond noir. Ce que je vous propose, repris-je alors que Mme Bell marchait, avec un effort visible, jusqu'à sa penderie, c'est de vous offrir un prix d'ensemble pour les vêtements que je souhaite acheter. S'il vous convient, je vous ferai immédiatement un chèque, mais je n'emporterai rien tant qu'il n'aura pas été encaissé. Cela vous va-t-il ?

— Parfaitement, répondit Mme Bell.

Elle ouvrit sa penderie et je devinai le sillage de *Ma Griffe*.

— Allez-y. Les vêtements en question sont à gauche, mais je vous en prie, ne touchez à rien au-delà de cette robe du soir jaune.

J'opinai et me mis à sortir les vêtements sur leurs jolis cintres en satin, en les répartissant sur le lit par piles « oui » et « non ». Ils étaient pour la plupart en excellent état. Il y avait des tailleurs cintrés des années 50, des robes et des manteaux géométriques des années 60 – dont une robe Thea Porter en velours orange et un merveilleux manteau cocon Guy Laroche à manches trois quarts en soie sauvage rose bonbon. Il y avait des robes smockées romantiques des années 70 et quelques tailleurs épaulés des années 80. Plusieurs pièces étaient griffées – Norman Hartnell, Jean Muir, Pierre Cardin, Missoni et Hardy Amies Boutique.

— Vous avez de ravissantes tenues de soirée, fis-je remarquer en examinant un manteau du soir Chanel en faille de soie bleu saphir du milieu des années 60. Ce manteau est magnifique.

— Je l'ai porté à la première *d'On ne vit que deux fois*, précisa Mme Bell. L'agence d'Alastair s'était occupée de la promotion du film.

— Vous avez donc rencontré Sean Connery ?

Le visage de Mme Bell s'éclaira.

— Non seulement je l'ai rencontré, mais j'ai dansé avec lui lors du gala de première.

— Je vous envie ! Et ça… c'est sublime !

Je sortis une robe longue Ossie Clark en mousseline à motif de fleurettes crème et rose.

— J'adore cette robe, fit rêveusement Mme Bell. Elle me rappelle tant de bons souvenirs.

Je palpai la couture de gauche.

— Et voici la petite poche qu'Ossie Clark plaçait dans chacune de ses robes du soir. Juste assez grande pour un billet de cinq livres…

— … et une clé, ajouta Mme Bell. Une idée charmante.

Il y avait aussi beaucoup de pièces Jaeger. Je l'informai que je ne les prendrais pas.

— Mais je les ai à peine portées…

— Là n'est pas la question… Ce n'est pas assez ancien pour être considéré comme du vintage. Je ne vends rien de plus récent que le début des années 80.

Mme Bell caressa la manche d'un tailleur en laine aigue-marine.

— Alors je ne sais pas quoi en faire.

— Ce sont de très jolies pièces – vous pourriez encore les porter, non ?

Elle haussa les épaules.

— J'en doute.

Je regardai les étiquettes – taille 40 – et constatai que Mme Bell faisait au moins deux tailles en dessous.

Il est vrai que les gens rapetissent souvent lorsqu'ils vieillissent.

— Si vous voulez les faire retoucher, je peux les apporter chez ma couturière, lui proposai-je. Elle est très compétente, et pas trop chère. D'ailleurs, je dois y aller demain, et…

— Merci, m'interrompit Mme Bell en secouant la tête, mais j'ai tout ce qu'il me faut. Je n'ai plus besoin de grand-chose. J'en ferai don à une association.

Je sortis une robe du soir en crêpe de chine chocolat à bretelles spaghetti, bordée de paillettes cuivre.

— C'est de Ted Lapidus, non ?

— En effet. Mon mari me l'a achetée à Paris.

Je la regardai.

— C'est de là que vous venez ?

Elle secoua la tête.

— J'ai grandi à Avignon. (Ce qui expliquait le paysage de champ de lavande et les rideaux provençaux.) J'ai lu dans le journal que vous y alliez de temps à autre.

— C'est exact. J'achète sur les marchés de la région.

— Je crois que c'est ce qui m'a décidée à vous téléphoner, dit Mme Bell. Cette coïncidence m'a séduite. Quel genre de choses achetez-vous ?

— Du linge de maison, des robes en coton, des chemises de nuit, des camisoles en broderie anglaise – elles plaisent beaucoup aux jeunes femmes d'ici. J'adore aller à Avignon… d'ailleurs, il va falloir que j'y retourne bientôt. (Je sortis une robe du soir Janice Wainwright en moiré de soie noir et or.) Depuis quand vivez-vous à Londres ?

— Près de soixante et un ans.

J'observai la vieille dame.

— Vous deviez être toute jeune lorsque vous êtes arrivée.

Elle opina avec nostalgie.

— J'avais dix-neuf ans. Maintenant, j'en ai soixante-dix-neuf. Comment se fait-il que le temps ait passé aussi vite ?

Elle me scruta comme si elle croyait sincèrement que je détenais la réponse, puis soupira.

— Qu'est-ce qui vous a amenée en Angleterre ? demandai-je en commençant à fouiller la boîte de chaussures.

Elle avait de petits pieds minces, et les chaussures, pour la plupart de Rayne et Gina Fratini, étaient en excellent état.

— Ce qui m'a amenée en Angleterre ? (Mme Bell esquissa un nouveau sourire nostalgique.) Un homme. Ou, plus précisément, un Anglais.

— Où l'avez-vous rencontré ?

— À Avignon... Pas sur le pont, mais tout près. Je venais de quitter le lycée et je travaillais comme serveuse dans un café chic de la place Crillon. Un homme très séduisant, un peu plus âgé que moi, m'a appelée à sa table et m'a dit, dans un français atroce, qu'il rêvait d'une tasse de vrai thé anglais, en me demandant si je pouvais lui en préparer une. C'est ce que j'ai fait – apparemment, il en a été satisfait car, trois mois plus tard, nous étions fiancés. (Elle désigna la photo de la table de chevet d'un signe de tête.) Voilà Alastair. C'était un homme adorable.

— Il était très séduisant.

— Merci. C'était un bel homme.

— Ça ne vous a pas chagrinée de quitter votre pays ?

Il y eut une courte pause.

— Pas vraiment, répondit Mme Bell. Plus rien n'était pareil après la guerre. Avignon avait été occupé et bombardé – j'avais perdu… (Elle joua avec sa montre en or.) Des amis. J'avais besoin de repartir à neuf – et puis j'ai rencontré Alastair… (Elle caressa la jupe d'un tailleur en gabardine prune.) J'adore ce tailleur, murmura-t-elle. Il me rappelle tellement les débuts de ma vie avec lui.

— Vous avez été mariés longtemps ?

— Quarante-deux ans. C'est pour cela que j'ai emménagé dans cet appartement. Nous avions une très jolie maison de l'autre côté de la lande, mais je n'ai pas supporté d'y rester après…

Mme Bell se tut un moment.

— Que faisait-il, dans la vie ?

— Alastair avait fondé une agence de publicité – l'une des premières. C'était une époque palpitante ; il recevait beaucoup, alors je devais être… présentable.

— Vous deviez être superbe.

Elle sourit.

— Aviez-vous – avez-vous – une famille ?

— Des enfants ? (Mme Bell joua avec son alliance, trop large pour son doigt.) Nous n'avons pas eu cette chance.

Comme le sujet était visiblement douloureux, je revins à ses vêtements, en lui indiquant ceux que je souhaitais acheter.

— Mais vous ne devez les vendre que si vous le souhaitez vraiment, précisai-je. Je ne veux pas que vous ayez des regrets.

— Des regrets ? répéta Mme Bell en posant ses mains sur ses genoux. J'en ai beaucoup. Mais jamais je ne regretterai de me séparer de ces vêtements. J'aimerais qu'ils retrouvent, comme vous le disiez dans cet article de journal, une nouvelle vie…

Je lui proposai un prix.

— Excusez-moi, reprit soudain Mme Bell et, à la voir aussi hésitante, je crus qu'elle allait remettre en question mon estimation. Pardonnez-moi de vous poser la question, mais... (Je l'interrogeai du regard.) Votre amie Emma... j'espère que ça ne vous ennuie pas...

— Non, murmurai-je, en me rendant compte que, curieusement, cela ne m'ennuyait pas.

— Que lui est-il arrivé ? demanda Mme Bell. Pourquoi est-elle... ?

Sa question resta suspendue.

Je posai la robe que je tenais à la main, le cœur battant, comme toujours lorsque je me rappelle les événements de cette nuit-là.

— Elle était malade. Personne n'avait compris à quel point elle l'était, et quand nous l'avons compris, il était déjà trop tard. (Je regardai par la fenêtre.) Alors je passe de longs moments, chaque jour, à regretter de ne pouvoir revenir en arrière.

Mme Bell secouait la tête, avec compassion, comme si ma tristesse la concernait personnellement.

— Comme c'est impossible, poursuivis-je, je dois trouver une façon de vivre avec ce qui s'est passé. Mais c'est difficile. (Je me levai.) J'ai vu tous les vêtements, maintenant, madame Bell – à part cette dernière robe.

On entendit le téléphone sonner au bout du couloir.

— Excusez-moi, s'il vous plaît, dit-elle.

Tandis que ses pas s'éloignaient, je retournai à la penderie et sortis le dernier vêtement – la robe du soir jaune. Le bustier était en soie sauvage jaune citron et la jupe, en mousseline à plissé soleil. Mon regard fut attiré par le vêtement suspendu à côté – un manteau en laine bleue. En l'examinant à travers sa housse protectrice, je constatai qu'il s'agissait d'un manteau d'enfant. Il aurait pu aller à une fillette d'une douzaine d'années.

— Merci de m'avoir rappelée, entendis-je dire Mme Bell. Je ne m'attendais pas à avoir de vos nouvelles avant la semaine prochaine… J'ai vu M. Tate ce matin… Oui, c'est à moi de décider… Je comprends, parfaitement… Merci d'avoir appelé…

Tout en écoutant Mme Bell, je me demandai pourquoi elle conservait ce petit manteau de fillette dans sa penderie. Visiblement, elle y tenait beaucoup. Une explication tragique traversa mon esprit. Mme Bell avait eu un enfant – une fille, à laquelle ce manteau appartenait ; quelque chose d'atroce lui était arrivé et Mme Bell n'avait pu se séparer de son manteau. Elle n'avait pas dit qu'elle n'avait pas eu d'enfants – seulement qu'elle et son mari n'avaient « pas eu cette chance » – sans doute un euphémisme. Une bouffée de compassion pour Mme Bell me submergea. Mais après avoir dézippé furtivement la housse en plastique transparent pour examiner le manteau de plus près, je constatai qu'il était trop ancien pour confirmer mon hypothèse. Il datait des années 40 ; il était en laine peignée, avec une doublure en soie visiblement taillée dans celle d'un autre vêtement, et entièrement cousu à la main, avec beaucoup de savoir-faire.

J'entendis les pas de Mme Bell se rapprocher et refermai rapidement la housse, mais trop tard : elle me vit tenir le manteau à la main et cilla.

— Je ne me défais pas de ce vêtement. Merci de le ranger. (Déconcertée par le ton de sa voix, j'obéis.) Je vous ai expressément demandé de ne rien regarder au-delà de la robe du soir jaune, ajouta-t-elle, debout dans l'encadrement de la porte.

— Je suis navrée, m'excusai-je, le visage brûlant de honte. Ce manteau vous appartenait-il ? ajoutai-je d'une voix douce.

Mme Bell hésita un moment, puis entra dans la chambre. Je l'entendis soupirer.

— C'est ma mère qui me l'a confectionné. C'était en février 1943. J'avais treize ans. Elle avait fait la queue pendant cinq heures pour acheter le tissu et elle avait mis deux semaines à le coudre. Elle en était assez fière, ajouta Mme Bell en se rasseyant sur le lit.

— Ça ne m'étonne pas – il est vraiment très bien fait. Mais vous l'avez conservé pendant… soixante-cinq ans ?

Qu'est-ce qui l'avait motivée à le garder ? Était-ce pour des raisons sentimentales, parce qu'il avait été réalisé par sa mère ?

— Je l'ai gardé soixante-cinq ans, répéta doucement Mme Bell, et je le garderai jusqu'à ma mort.

Je jetai à nouveau un coup d'œil au manteau.

— Il est dans un état étonnant – on dirait qu'il n'a pratiquement jamais été porté.

— C'est parce qu'il n'a pratiquement jamais été porté, en effet. J'ai dit à ma mère que je l'avais perdu. Mais c'était faux – je l'avais simplement caché.

— Vous avez caché votre manteau d'hiver ? Pendant la guerre ? Mais… pourquoi ?

Mme Bell regarda par la fenêtre.

— Parce que quelqu'un en avait beaucoup plus besoin que moi. Je l'ai gardé pour cette personne, et je le lui garde depuis. (Elle poussa à nouveau un soupir qui parut venir du plus profond de son être.) C'est une histoire que je n'ai jamais racontée – pas même à mon mari. (Elle me jeta un coup d'œil.) Mais ces derniers temps, j'ai le sentiment qu'il faut que je la raconte… ne serait-ce qu'à une seule personne. Si une seule personne au monde pouvait entendre mon histoire, me dire qu'elle me comprend, je me sentirais… Mais maintenant… (Mme Bell leva la main, la porta à sa tempe et ferma les yeux.) Je suis fatiguée.

— Bien sûr, dis-je en me levant. Je m'en vais.

J'entendis la pendule sonner 17 h 30.

— Je n'avais pas l'intention de rester aussi longtemps – ça m'a fait plaisir de vous parler. Je vais simplement tout remettre dans la penderie.

Je raccrochai à gauche les vêtements que je voulais acheter et fis à Mme Bell un chèque de huit cents livres. Quand je le lui tendis, elle haussa les épaules comme si cela n'avait aucun intérêt.

— Merci de m'avoir montré vos effets, madame Bell, repris-je en saisissant mon sac. Ils sont très jolis. Je vous téléphonerai lundi prochain, pour voir quand je peux passer les prendre. Puis-je faire quelque chose pour vous avant de partir ?

— Non, merci, mon petit. Mais ne m'en veuillez pas de ne pas vous raccompagner.

— Pas du tout. Alors… (Je lui tendis la main.) À la semaine prochaine, madame Bell.

— À la semaine prochaine, répéta-t-elle.

Elle me regarda puis, soudain, m'agrippa la main.

— Cela me fera très plaisir de vous revoir… très plaisir.

4

Ce matin-là, en me rendant chez Val, ma couturière, je n'arrêtais pas de repenser à ce petit manteau bleu. Il était bleu ciel – le bleu de la liberté – et pourtant, il avait été dissimulé. Tout en roulant au pas sous le crachin, pare-chocs contre pare-chocs, jusqu'à Shooter's Hill Road, je tentai d'en imaginer la raison. Je me rappelais la remarque de ma mère au sujet de l'archéologie vestimentaire. Parfois, je peux présumer l'histoire d'un vêtement rien qu'à la façon dont il a été porté. Par exemple, à l'époque où je travaillais chez Sotheby's, on m'avait proposé trois robes Mary Quant en bon état, mais dont la manche droite était usée jusqu'à la corde. La femme qui me les vendait m'expliqua qu'elles avaient appartenu à sa tante, une romancière qui écrivait tous ses livres à la main. Un pantalon Margaret Howell en lin usé à la hanche gauche appartenait à un mannequin qui avait eu trois bébés en quatre ans. Mais je n'arrivais pas à trouver de théorie sur le manteau de Mme Bell. Qui, en 1943, en avait eu plus besoin qu'elle ? Et pourquoi Mme Bell n'avait-elle jamais raconté cette histoire – pas même à son mari bien-aimé ?

Je n'en avais pas parlé à Annie lorsqu'elle était venue travailler le lendemain matin. Je m'étais contentée de lui annoncer que j'allais acheter plusieurs pièces à Mme Bell.

— Est-ce pour cela que vous allez chez la couturière ? me demanda-t-elle en repliant des tricots. Pour lui faire faire des retouches ?

Je pris mes clés de voiture.

— Non, je dois passer prendre des réparations. Val m'a téléphoné hier soir. Elle n'aime pas que les choses traînent chez elle quand elle a fini de travailler dessus.

Val, qui m'a été recommandée par Pippa du Moon Daisy Café, travaille très rapidement et ses tarifs restent tout à fait abordables. C'est une couturière de génie, capable de rendre sa gloire d'antan à la robe la plus saccagée.

Quand je me garai devant sa maison de Granby Road, le crachin s'était transformé en une pluie battante. Je regardai par le pare-brise embué les gouttes rebondir sur le capot comme des billes d'acier.

Elle ouvrit la porte, un mètre de couturière autour du cou, et son petit visage pointu se froissa en sourire. Puis elle avisa mon parapluie, qu'elle scruta d'un air soupçonneux.

— Vous n'allez pas entrer avec un parapluie ouvert, quand même ?

— Bien sûr que non, répondis-je en le refermant et en le secouant vigoureusement. Je sais que, selon vous, ça porterait...

— ... malheur, compléta Val en secouant la tête. D'autant qu'il est noir.

— C'est pire, dans ce cas-là ?

Je franchis le seuil.

— Bien pire. Et vous n'allez pas le laisser tomber par terre, dites-moi ? ajouta-t-elle anxieusement.

— Non... mais pourquoi ?

— Parce que si vous laissez tomber un parapluie, il y aura un meurtre dans la maison dans un avenir proche, et je préférerais éviter, car mon mari me met hors de moi, ces derniers temps. Et je ne veux pas…

— … tenter le sort ? suggérai-je en plaçant l'instrument dans le porte-parapluies.

— Exactement.

Je la suivis dans le couloir.

Val est petite, mince et pointue comme une épingle. Elle est également superstitieuse jusqu'à l'obsession. Non seulement – elle l'avoue volontiers – elle salue systématiquement les pies solitaires, s'incline sous la pleine lune et évite soigneusement de croiser des chats noirs, mais elle a une connaissance encyclopédique des superstitions et du folklore. Depuis quatre mois que je la connais, j'ai découvert que manger un poisson de la queue à la tête porte malheur, tout comme compter les étoiles ou porter des perles le jour de son mariage. Il est aussi malencontreux de laisser tomber son peigne pendant qu'on se coiffe – cela annonce une déception – ou de planter des aiguilles à tricoter dans une pelote de laine.

Inversement, trouver un clou, manger une pomme la veille de Noël ou enfiler par erreur un vêtement à l'envers portent chance.

Nous passâmes dans la salle de couture, dont la moindre surface était encombrée de boîtes à chaussures débordant de bobines de fil, de zips, de patrons, de cartes de rubans, d'échantillons de tissus et de bobines de biais. Val passa le bras sous la table pour en retirer un grand sac en plastique, qu'elle me remit.

— Je crois que je me suis bien débrouillée.

Je jetai un coup d'œil dans le sac. Elle avait raison. Un manteau long Halston à l'ourlet déchiré avait été raccourci à la mi-mollet ; elle avait retiré les manches d'une robe de cocktail des années 50 qui avait des cernes de transpiration aux aisselles, et rebrodé de paillettes les taches d'une veste Yves Saint Laurent en soie éclaboussée de champagne. Il faudrait que j'indique ces retouches aux acheteuses potentielles, mais au moins, les vêtements avaient été récupérés. Ils étaient beaucoup trop beaux, et en trop bon état, pour être jetés.

— Vous vous êtes très bien débrouillée, en effet, acquiesçai-je en fouillant mon sac pour la payer. Vous êtes vraiment douée.

— Ma mamie, qui m'a appris à coudre, m'a toujours répété que, si un vêtement avait un défaut, il ne fallait pas se contenter de le réparer… Je l'entends encore : « Il faut en faire une vertu, Valérie. » Ah… C'est génial !

Elle avait laissé tomber ses ciseaux et les fixait avec béatitude.

— Qu'est-ce qui est génial ?

— Ils ont atterri avec les deux pointes plantées dans le lino. (Elle se pencha pour les ramasser.) Ça, c'est vraiment signe de chance, m'expliqua-t-elle en les agitant vers moi. En général, ça signifie qu'il y aura encore du travail dans la maisonnée.

— Et c'est le cas.

Je lui appris que j'achetais une collection de vêtements et qu'environ huit articles devraient être réparés.

— Vous me les apporterez, dit Val tandis que je lui tendais l'argent que je lui devais. Merci bien. Oh… (Elle scruta le manteau.) Le dernier bouton est en train de se découdre – je vais vous arranger ça.

Soudain, on sonna trois fois à la porte en succession rapide.

— Val ? s'écria une voix rauque. Tu es là ?

— C'est ma voisine, Maggie, m'expliqua Val en enfilant son aiguille. Elle sonne toujours trois fois pour que je sache que c'est elle. Je ne verrouille pas la porte, parce qu'on n'arrête pas d'aller et de venir entre sa maison et la sienne. On est dans la salle de couture, Mags !

— C'est bien ce que je pensais. Salut !

Maggie remplissait presque le cadre de la porte. Elle était, physiquement, tout le contraire de Val : grande, blonde et ronde. Elle portait un pantalon moulant en cuir noir, des escarpins à talons aiguilles dorés dont ses pieds dodus débordaient, et un top rouge dont le décolleté dévoilait une poitrine généreuse quoiqu'un peu plissée. Elle était maquillée d'un fond de teint orangé, d'eye-liner bleu vif et de faux cils. Quant à son âge... Elle aurait aussi bien pu avoir trente-huit ans que cinquante. Elle laissait dans son sillage de puissants effluves de *Magie noire* et de cigarette.

— Salut, Mags, dit Val. Je te présente Phoebe, marmonna Val en coupant le fil avec ses dents. Phoebe vient d'ouvrir une boutique de vêtements vintage à Blackheath. Au fait, ajouta-t-elle à mon intention, j'espère que vous avez répandu du sel sur le seuil comme je vous l'ai recommandé. Ça protège des malheurs.

J'avais déjà eu tellement de malheurs que cela n'aurait rien changé.

— Non, hélas, j'ai oublié.

Val haussa les épaules en vissant un dé en caoutchouc sur son majeur.

— Alors, ça va, Mags ?

Mags s'affala sur une chaise, manifestement épuisée.

— J'ai eu un de ces emmerdeurs... Il a refusé de s'y mettre pendant des plombes, il avait simplement envie de parler ; puis il a mis des heures à en finir, et ensuite, il m'a fait des chichis pour payer, parce qu'il voulait me régler par chèque. Alors j'ai dit, c'est cash ou rien, comme je l'ai précisé très clairement avant de commencer. (Elle replaça ses seins, l'air indigné.) Quand je l'ai menacé d'appeler Bill, il a sorti les billets en vitesse. Je prendrais bien un petit truc à boire, Val – je suis déjà crevée et il n'est que 11 h 30.

— Va mettre de l'eau à bouillir, alors, dit Val.

Mags disparut dans la cuisine. Son ahanement de fumeuse nous parvenait du couloir.

— Ensuite j'ai eu un mec bizarre, obsédé par sa mère. Il avait même apporté une de ses robes. Très exigeant. J'ai fait ce que j'ai pu, mais il a eu le culot de dire qu'il n'était pas « satisfait » de mes « services ». Tu t'imagines !

La nature de la profession de Maggie était désormais évidente.

— Ma pauvre chérie ! s'exclama chaleureusement Val alors que Maggie reparaissait avec un sachet de biscuits digestifs. Tes clients t'en font voir de toutes les couleurs.

Mags poussa un soupir patient.

— Ça, tu peux le dire. (Elle sortit un biscuit et y mordit.) Ensuite, pour couronner le tout, j'ai eu cette bonne femme qui habite au 29… Sheila Machin-truc. (Les yeux me sortirent de la tête.) Quelle chieuse, celle-là ! Elle voulait contacter son ex-mari. Il est tombé raide mort sur le terrain de golf le mois dernier. Elle a dit qu'elle regrettait tellement la façon dont elle l'avait traité pendant qu'ils étaient mariés qu'elle en avait perdu le sommeil. Alors je l'ai contacté… (Mags s'affala dans un fauteuil.) J'ai commencé à relayer ses messages, mais au bout de deux minutes, elle s'est énervée contre lui et elle s'est mise à hurler comme une chatte enragée…

— Oui, je crois que je l'ai entendue à travers la cloison, fit remarquer Val d'une voix égale en tirant sur le fil. Elle a fait tout un cirque.

— C'est le moins qu'on puisse dire, acquiesça Maggie en balayant des miettes de ses cuisses. Alors je l'ai prévenue : écoutez, mon cœur, vous ne devriez vraiment pas parler aux morts comme ça. C'est leur manquer de respect.

— Alors… vous êtes médium ? intervins-je timidement.

— Médium ? s'exclama Maggie en me regardant d'un air sérieux, comme si je l'avais offensée. Non, je ne suis pas médium, dit-elle. Je suis large ! (À ces mots, Val et elle éclatèrent de rire.) Désolée, hoqueta Maggie, je ne peux jamais résister… (Elle essuya une larme d'une griffe rouge.) Mais pour répondre à votre question… (Elle tapota ses cheveux jaune banane.) Je suis médium – voyante – en effet.

Mon pouls battait à tout rompre.

— Je n'ai jamais rencontré de médium.

— Jamais ?

— Non. Mais…

— Voilà, Phoebe. C'est fait !

Val coupa le fil, l'enroula habilement cinq ou six fois autour du bouton et replia rapidement le manteau pour le replacer dans le sac.

— Quand allez-vous m'apporter les autres affaires ?

— Sans doute mardi prochain. Maintenant, j'ai quelqu'un pour s'occuper du magasin les lundis et mardis. Vous serez là, si je viens à la même heure lundi en huit ?

— Je suis toujours là, répondit Val d'une voix lasse. Pas de repos pour les braves.

Je regardai Maggie.

— Vous savez… je… me demandais… (Une bouffée d'adrénaline m'envahit.) Quelqu'un qui m'était très proche est mort récemment. J'avais beaucoup d'affection pour… cette personne. Elle me manque… (Maggie acquiesça avec sympathie.) Et… Je n'ai jamais fait quoi que ce soit dans le genre, d'ailleurs j'ai toujours été sceptique – mais si je pouvais seulement lui parler, ne serait-ce que pour quelques secondes, ou l'entendre, poursuivis-je anxieusement. J'ai même cherché des noms de voyants dans les Pages Jaunes – j'ai été jusqu'à en choisir un, j'ai composé le numéro, mais je ne suis pas arrivée à parler parce que j'étais trop gênée, mais maintenant que je vous ai rencontrée, j'ai le sentiment que…

— Vous voulez une séance ? m'interrompit Maggie patiemment. C'est ça que vous essayez de me demander, mon chou ?

Je soupirai, soulagée.

— En effet.

Elle fouilla son décolleté et en tira un paquet de Silk Cut, puis un petit agenda noir. Elle extirpa un stylo minuscule de sa tranche, lécha son index et feuilleta les pages.

— Vous pourriez venir quand ?

— Disons… Après avoir déposé les affaires que j'apporte à Val ?

— La semaine prochaine, à la même heure, alors ?

J'acceptai.

— Je prends cinquante livres cash, précisa Maggie, pas de remboursement en cas de mauvaise connexion – et on ne dit pas de mal des défunts, ajouta-t-elle en griffonnant dans son agenda. C'est ma nouvelle règle. Alors… (Elle replaça l'agenda entre ses seins, puis ouvrit son paquet de cigarettes.)… mardi, 11 heures. À la semaine prochaine, mon chou.

En retournant à Blackheath, je tentai d'analyser les raisons pour lesquelles je consultais un médium. J'avais toujours éprouvé de la répugnance pour ce genre d'activité. Tous mes grands-parents étaient morts mais je n'avais jamais ressenti la moindre envie de les joindre « de l'autre côté ». Cependant, depuis la mort d'Emma, le désir de la contacter me tenaillait. Ma rencontre fortuite avec Mags me poussait à essayer.

Mais qu'espérais-je retirer de cette expérience ? me demandai-je en roulant vers Montpelier Vale. Un message d'Emma, sans doute. Lequel ? Qu'elle... allait bien ? Comment pourrait-elle aller bien ? songeai-je en me garant devant la boutique. Elle était probablement en train de flotter dans l'éther, à méditer amèrement : grâce à sa prétendue « meilleure amie », elle n'allait jamais se marier, ni avoir des enfants, fêter ses quarante ans, aller au Pérou comme elle en avait toujours rêvé, encore moins se voir décerner l'Order of the British Empire pour services rendus à l'industrie de la mode, comme nous l'avions souvent prédit après une soirée arrosée. Elle n'atteindrait jamais la fleur de l'âge, ni celui d'une retraite bien méritée, entourée de ses enfants et petits-enfants. Emma avait été privée de tout cela, songeai-je tristement, par ma faute – et celle de Guy. Si seulement Emma n'avait jamais rencontré Guy..., regrettai-je en me garant.

— Les affaires ont été excellentes ce matin ! m'annonça Annie dès que je franchis la porte.

— C'est vrai ?

— On a vendu la robe du soir Pierre Balmain – sauf si c'est un chèque en bois, ce dont je doute.

— Génial, soufflai-je. Ça nous fait des rentrées.

— Et j'ai vendu deux jupes parapluies des années 50. Et en plus, vous savez, cette robe rose pâle de Madame Grès – celle dont vous ne voulez plus ?

— Oui.

— La femme qui l'a essayée l'autre jour est revenue…

— Et ?

— Elle l'a prise.

— Génial.

Je portai la main à la poitrine, soulagée.

Annie me dévisagea, perplexe.

— Oui. Vous avez vendu pour deux mille livres et nous n'en sommes encore qu'à l'heure du déjeuner.

Je ne pouvais pas avouer à Annie que ma réaction en apprenant la vente de la robe n'avait rien à voir avec l'argent.

— Cette femme n'avait pas du tout la bonne sil-houette pour la porter, reprit Annie tandis que je passais au bureau, mais elle a dit qu'il la lui fallait. La transaction a été validée, alors elle est partie avec.

Pendant une fraction de seconde, je me débattis avec ma conscience – les cinq cents livres du prix de la robe me seraient bien utiles, en ce moment. Mais je m'étais juré d'en faire don à une ONG.

Le carillon de la porte d'entrée tinta : c'était la jeune fille qui avait essayé la robe turquoise.

— Je suis revenue, annonça-t-elle gaiement.

Le visage d'Annie s'éclaira.

— J'en suis heureuse, dit-elle en souriant. Cette *prom dress* vous allait à ravir.

Elle fit mine de la décrocher.

— Je ne suis pas revenue pour la robe, expliqua la jeune fille tout en lui lançant un regard teinté de regret. Je voudrais acheter un cadeau à mon fiancé.

Elle s'approcha de la vitrine des bijoux et désigna des boutons de manchettes Art déco octogonaux en or 18 carats avec des incrustations d'abalone.

— J'ai vu que Pete les admirait quand nous sommes passés l'autre jour, et je me suis dit que ce serait un cadeau de mariage idéal. Ils coûtent combien ?

Elle ouvrit son sac.

— Cent livres, répondis-je, mais avec le rabais de cinq pour cent, cela fait quatre-vingt-quinze livres, et je vous les réduis encore de cinq pour cent parce qu'on a eu une bonne journée, donc vous me devez quatre-vingt-dix livres.

— Merci, fit la jeune fille avec un sourire. Marché conclu.

Comme Annie avait fait ses deux jours, je pris le relais à la boutique pour le restant de la semaine. Quand je ne m'occupais pas des clients, j'évaluais les vêtements qu'on m'apportait, j'en photographiais pour le site web et je traitais les commandes en ligne ; je faisais de petites réparations, je parlais aux marchands et je tenais à jour ma comptabilité. Je postai le chèque de la robe de Guy à l'Unicef, soulagée de ne plus rien posséder qui me rappelle nos quelques mois ensemble. J'avais jeté les photos et les lettres, et supprimé tous ses e-mails ; je m'étais débarrassée des livres et du souvenir le plus abhorré de tous, la bague de fiançailles. Maintenant que la robe était vendue, je poussais un soupir de soulagement. Guy était enfin sorti de ma vie.

Le vendredi matin, mon père me téléphona pour me supplier de lui rendre visite.

— Ça fait trop longtemps, Phoebe…

— Je suis désolée, papa. J'ai été très prise ces derniers mois.

— Je sais, ma chérie, mais j'aimerais tellement te voir, et j'aimerais beaucoup que tu revoies Louis. Il est adorable, Phoebe. Tout simplement…

Sa voix se voila. Mon père est parfois un peu émotif, mais il est vrai qu'il a traversé une période difficile, même s'il en est responsable.

— Dimanche, ça t'irait ? Après déjeuner ?

Je regardai par la fenêtre.

— Ce serait possible, papa, mais je préférerais ne pas voir Ruth… excuse-moi d'être aussi directe.

— Je comprends. Je sais que la situation est difficile pour toi, Phoebe. Elle est difficile pour moi aussi.

— Tu ne veux tout de même pas que je te plaigne, papa ?

Je l'entendis soupirer.

— Je ne le mérite pas, c'est vrai. (Je ne répondis rien.) Enfin, reprit-il, Ruth part dimanche matin pour une semaine de tournage en Libye, alors j'ai pensé que ce serait un bon moment pour que tu passes.

— Dans ce cas, je viendrai.

Le vendredi après-midi, la rédactrice de mode Mimi Long vint choisir des vêtements pour une prise de vue – une série de style années 70 pour le numéro de janvier. Je venais de lui faire un reçu et j'étais sur le point d'encaisser le dépôt de garantie lorsque je levai les yeux : par la vitrine, je vis Peter, le futur marié, qui courait à toutes jambes vers Village Vintage, la cravate sur l'épaule.

Il poussa la porte.

— Je suis descendu du bureau en vitesse, ahana-t-il. (Il désigna la robe turquoise d'un signe de tête.) Je la prends. (Il sortit son portefeuille.) Carla n'a toujours pas trouvé sa tenue pour la fête demain soir, elle panique, et je sais que si elle n'a rien trouvé, c'est parce que cette robe lui a vraiment plu. D'accord, elle est un peu chère, mais je veux qu'elle l'ait, tant pis pour l'argent.

Il posa cinq billets de cinquante livres sur le comptoir.

— Mon assistante avait raison, dis-je en pliant la robe pour la glisser dans un grand sac. Vous êtes bien le futur mari idéal.

Tandis que Peter attendait sa monnaie, il se tourna vers le présentoir de boutons de manchettes.

— Ces boutons de manchettes en or et en abalone, que j'avais vus l'autre jour – est-ce que par hasard… ?

— Désolée, ils sont vendus.

Après le départ de Peter, je me demandai qui achèterait les autres robes *cupcake*. Je repensai à la jeune femme triste qui était si ravissante dans la vert citron. Je l'avais aperçue de l'autre côté de la rue à une ou deux reprises, l'air préoccupé, mais elle n'était pas entrée. J'avais aussi vu une photo de son petit ami dans le *South London Times*. Il avait été l'invité d'honneur du Business Network Dinner au club de golf de Blackheath. Il était, apparemment, propriétaire d'une société de promotion immobilière florissante, Phoenix Land.

Le samedi démarra sur le mauvais pied et alla de mal en pis. D'abord, il y avait eu beaucoup de clients. J'en étais ravie, mais j'avais du mal à surveiller la marchandise. Quelqu'un entra en mangeant un sandwich et je dus lui demander de sortir, ce qui me fut désagréable, surtout devant les autres clients. Puis maman m'appela pour se faire remonter le moral, car elle était souvent déprimée, le week-end.

— J'ai décidé de laisser tomber le Botox, déclarat-elle.

— Très bien, maman. Tu n'en as pas besoin.

— Là n'est pas la question... À la clinique où je suis allée, on m'a dit qu'il était trop tard pour le Botox.

— Alors... laisse tomber.

— Je vais me faire poser des fils d'or dans le visage.

— Quoi ?

— On insère des fils d'or sous la peau. Ils ont de petits crochets aux extrémités : quand on tire dessus, le fil se tend – et le visage avec ! Malheureusement, ça coûte quatre mille livres. Mais c'est de l'or 24 carats.

— Tu n'y penses pas sérieusement ? Tu es encore très belle, maman.

— Vraiment ? dit-elle d'un ton lugubre. Depuis que ton père m'a quittée, j'ai l'impression d'être une gargouille.

— Rien n'est moins vrai.

D'ailleurs, comme beaucoup d'épouses abandonnées, maman n'avait jamais eu aussi belle allure. Elle avait minci, acheté de nouveaux vêtements et elle était bien plus soignée qu'à l'époque où elle était avec papa.

Puis, à l'heure du déjeuner, la femme qui avait acheté la robe de Guy revint.

— Je suis vraiment désolée, dit-elle en posant un sac Village Vintage sur le comptoir. En fin de compte, je crois que la robe ne me va pas.

Comment avait-elle pu se l'imaginer ? Comme l'avait fait remarquer Annie, cette femme n'avait pas du tout la silhouette qui convenait, car elle était petite et large – on aurait dit un pot à tabac.

— Je suis vraiment désolée, répéta-t-elle en sortant la robe du sac.

— Ce n'est pas un problème, mentis-je.

Tout en la remboursant, je regrettai d'avoir aussi rapidement envoyé les cinq cents livres à l'Unicef.

C'était maintenant un luxe que je ne pouvais pas me permettre.

— Je me suis laissé séduire, m'expliqua la femme tandis que j'arrachais le reçu du terminal. Mais ce matin, j'ai passé la robe, je me suis regardée dans le miroir et j'ai compris que…

Elle retourna les paumes en l'air comme pour dire : « Je ne suis pas Keira Knightley, n'est-ce pas ? »

— Je ne suis pas assez grande, reprit-elle. Mais vous savez, je ne peux pas m'empêcher de penser qu'elle vous irait, à vous.

Après le départ de la femme, les clients se succédèrent, dont un homme dans la cinquantaine qui portait un intérêt malsain aux corsets : il voulut même en essayer un, ce que je lui refusai. Une femme m'appela pour me proposer des fourrures ayant appartenu à sa tante, y compris – et c'était censé être l'argument décisif – un chapeau fait d'une peau de bébé léopard. Je lui expliquai que je ne vendais pas de fourrure, mais la femme soutenait que ces fourrures-là étaient vintage, ce qui réglait le problème, selon elle. Je lui répondis donc que j'étais bien incapable de toucher, encore moins de vendre, des bouts de bébé léopard mort, même si la pauvre créature avait été assassinée depuis des lustres. Un peu plus tard, ma patience fut à nouveau mise à rude épreuve par une femme qui voulait me vendre un manteau Christian Dior. En un coup d'œil, je constatai qu'il s'agissait d'une contrefaçon.

— Il est bien de chez Dior, protesta-t-elle. Et d'après moi, cent livres, c'est un prix très raisonnable pour un authentique manteau Christian Dior d'une telle qualité.

— Je suis désolée. Mais je travaille dans la mode vintage depuis douze ans et je peux vous assurer que ce manteau n'est pas de chez Dior.

— Mais l'étiquette…

— L'étiquette est authentique. Mais elle a été cousue sur un vêtement qui n'est pas de chez Dior. Le manteau est mal construit, les coutures ne sont pas bien finies, et la doublure, si vous l'inspectez de plus près, est de Burberry.

Je lui désignai le logo.

La femme vira au rouge prune.

— Je vois ce que vous essayez de faire, grimaça-t-elle. Vous essayez de l'avoir à meilleur prix, pour pouvoir le revendre à cinq cents livres, comme celui-là, là-bas.

Elle désigna d'un signe de tête le mannequin que j'avais revêtu d'un manteau d'hiver Christian Dior de 1955, en gros-grain gris tourterelle.

— Je n'essaie pas de « l'avoir », expliquai-je d'un ton affable. Je n'en veux pas.

La femme replia le manteau et le rangea dans son sac en fulminant d'indignation.

— Alors je vais le proposer ailleurs.

— Bonne idée ! répliquai-je calmement, en résistant à la tentation de lui proposer d'en faire don à Oxfam.

La femme tourna les talons, et tandis qu'elle sortait d'un air outré, un autre client, qui entrait, lui tint poliment la porte. C'était un élégant quadragénaire vêtu d'un chino gris et d'un blazer bleu marine. Mon cœur fit un bond.

— Bon sang ! (Le visage de M. Rayures-Banquier s'était éclairé.) Mais c'est ma rivale aux enchères – Phoebe ! (Il se rappelait donc mon nom…) Ne me dites pas que c'est votre boutique ?

— Si.

L'euphorie que j'avais éprouvée en le revoyant se dissipa dès que la porte s'ouvrit derrière lui : c'était Mme Rayures-Banquier, dans un nuage de parfum.

Comme je me l'étais imaginé, elle était grande et blonde – mais tellement jeune que je dus me retenir pour ne pas appeler la police. Ce ne pouvait pas être sa femme, décidai-je alors qu'elle repoussait ses lunettes de soleil sur son front. C'était sa toute jeune maîtresse – ce type se croyait vraiment tout permis. Son parfum – *J'adore* – me donna la nausée.

— Je suis Miles. Miles Archant.

— Je me souviens de vous, répondis-je poliment. Et qu'est-ce qui vous amène ? ajoutai-je, en tentant de ne pas regarder de travers sa compagne, qui fouillait dans les robes du soir.

— Roxy...

Évidemment. Un nom sexy qui convenait parfaitement à une poule de luxe.

— Ma fille, compléta-t-il.

— Ah.

La bouffée de soulagement que j'éprouvai à ces mots me déconcerta.

— Roxanne cherche une tenue spéciale pour porter à un bal au National History Museum, n'est-ce pas, Rox ? (La jeune fille opina.) Je te présente Phoebe.

Quand Roxy m'adressa son sourire tiède, je pus constater combien elle était jeune.

— Nous nous sommes rencontrés chez Christie's, lui expliqua son père. C'est Phoebe qui a remporté cette robe blanche qui te plaisait.

Le « oh » de la jeune fille fut peu amène.

— Vous enchérissiez sur la robe de Madame Grès pour..., repris-je en désignant la jeune fille.

— Oui. Elle l'avait vue sur le site de Christie's et elle en était tombée amoureuse... N'est-ce pas, ma chérie ? Elle ne pouvait pas assister aux enchères parce qu'elle était en classe.

— Quel dommage.

— Oui, fit Roxy. J'avais un cours d'anglais.

Alors c'était Roxy qui engueulait Miles après la vente… Je fus surprise qu'on soit prêt à dépenser quatre mille livres pour une robe destinée à une adolescente.

— Roxanne veut travailler dans la mode, m'expliqua-t-il. Elle s'intéresse beaucoup au vintage.

Roxanne hocha à nouveau la tête. Tandis qu'elle farfouillait dans les portants, je m'interrogeai sur sa mère. Sans doute la même, avec vingt ans de plus.

— Quoi qu'il en soit, nous cherchons encore, dit Miles. C'est pourquoi nous sommes venus ici. Le bal est en novembre, mais comme nous passions par Blackheath, et que nous avons remarqué cette boutique…

Roxy adressa à son père un regard perplexe.

— … nous nous sommes dit que nous passerions faire un saut – nous ne nous attendions pas à vous trouver ici !

Je me demandais ce que penserait sa femme si elle l'entendait me parler sur un ton aussi ouvertement chaleureux.

— Quelle coïncidence étonnante ! conclut-il.

Je me tournai vers Roxanne.

— Quel style préférez-vous ? lui demandai-je pour ramener la conversation sur le plan professionnel.

— Eh bien… (Elle repoussa ses Ray-Ban un peu plus haut sur sa tête.) J'avais envie d'un truc un peu dans le style de Keira Knightley dans *Reviens-moi* ou de… comment ça s'appelait, déjà, ce film ?… *Gosford Park*.

— Je vois. Donc du milieu à la fin des années 30. Taillé en biais. Dans le style de Madeleine Vionnet…, réfléchis-je à haute voix tout en me dirigeant vers les robes du soir.

Roxanne haussa ses épaules menues.

— Ouais…

Je songeai, cynique, que ce serait l'occasion idéale de me débarrasser de la robe de Guy. Mais Roxy était trop mince… Sur elle, la robe pendouillerait.

— Tu vois quelque chose qui te plaît, ma chérie ? lui demanda son père.

Elle secoua la tête et ses cheveux, une crinière de soie blonde, froufroutèrent sur ses épaules. Son portable sonna – quelle était cette chanson ? Ah oui. *The Most Beautiful Girl in the World.*

— Salut, fit Roxy d'une voix traînante. Non. Avec mon père. Dans un magasin de fringues vintage… Hier soir ? Ouais… Chez Mahiki's. C'était cool… Après ça, c'était chaud… Super chaud. Ouais. Cool.

Je jetai un coup d'œil subreptice au thermostat.

— Prends cet appel dehors, tu veux, ma chérie ? suggéra son père.

Roxy glissa son sac Prada sur son épaule et poussa la porte. Elle s'appuya contre la vitrine, sa jambe de pouliche croisée devant l'autre. Manifestement, sa « conversation » n'allait pas être brève.

Miles leva les yeux au ciel, faussement désespéré.

— Ah, les ados…

Il sourit avec indulgence, puis se mit à regarder autour de lui dans le magasin.

— Vous avez des choses ravissantes, ici.

— Merci.

Je remarquai de nouveau combien sa voix était séduisante – un peu cassée, ce que je trouvais étrangement émouvant.

— J'achèterais bien une paire de ces bretelles.

J'ouvris le comptoir et sortis le plateau.

— Elles datent des années 50, expliquai-je. Il s'agit d'un stock d'invendus, elles n'ont donc jamais été portées. Elles sont de chez Albert Thurston, qui fabriquait

des bretelles anglaises de première qualité. (Je désignai les courroies.) Comme vous le voyez, le cuir est
piqué à la main.

Miles les examina.

— Je prends celles-ci, dit-il en choisissant une paire
rayée blanche et verte. Combien valent-elles ?

— Quinze livres.

Il me regarda.

— Je vous en donne vingt.

— Pardon ?

— Alors vingt-cinq.

J'éclatai de rire.

— Quoi ?

— D'accord. Je suis prêt à aller jusqu'à trente livres,
si vous tenez à être aussi intraitable, mais c'est mon
dernier mot.

Je souris.

— Ce n'est pas une vente aux enchères… Hélas,
vous allez devoir payer le prix indiqué.

— Vous êtes dure en affaires, lâcha Miles. Dans ce
cas, je prends les bleu marine aussi.

Alors que j'emballais les bretelles, je me rendis
compte que Miles me détaillait et je sentis mon visage
s'enflammer. Je me surpris à regretter qu'il soit marié.

— Ça m'a fait plaisir d'enchérir contre vous l'autre
jour, me dit-il tandis que j'ouvrais la caisse. J'imagine
que vous n'avez pas éprouvé la même chose, en
revanche.

— Non, en effet, répondis-je d'un ton affable. À
vrai dire, j'étais furieuse contre vous. Mais comme
vous sembliez prêt à dépenser une telle somme pour
cette robe, j'ai supposé qu'elle était destinée à votre
épouse.

Miles secoua la tête.

— Je n'ai pas d'épouse.

Donc, il vivait avec quelqu'un… ou bien il était père célibataire, ou encore veuf.

— Ma femme est morte.

À ma grande honte, j'éprouvai une nouvelle bouffée d'euphorie.

— Je suis désolée.

Miles haussa les épaules.

— Ce n'est rien – dans la mesure où ça s'est passé il y a dix ans, ajouta-t-il aussitôt, j'ai eu le temps de m'y faire.

— Dix ans ? répétai-je, étonnée.

Cet homme ne s'était pas remarié après une décennie entière ? Alors que tant de veufs convolaient moins d'une semaine après les obsèques de leur femme ?

Ma froideur se mit à fondre.

— À la maison, il n'y a que Roxy et moi. Elle vient de s'inscrire à Bellingham College, sur Portland Place.

J'en avais entendu parler. Une boîte à bac haut de gamme.

— Je peux vous demander quelque chose ? ajouta Miles.

Je lui tendis son reçu.

— Bien sûr.

— Je me demandais simplement…

Il jeta un regard anxieux vers Roxanne, mais elle bavardait toujours, une mèche blond-blanc enroulée autour d'un doigt.

— Je me demandais simplement si vous… dîneriez avec moi, un de ces soirs…

— Ah…

— Je suis sûr que vous me trouvez trop vieux, reprit-il rapidement, mais j'aimerais beaucoup vous revoir, Phoebe. D'ailleurs… puis-je vous faire un aveu ?

— Lequel ?

— Ce n'est pas entièrement pas hasard que je suis ici. En fait, pour être parfaitement honnête, le hasard n'a rien à voir là-dedans.

Je lui lançai un regard surpris.

— Mais… comment avez-vous pu me retrouver ?

— En payant pour la robe chez Christie's, je vous ai entendu dire « Village Vintage ». Je vous ai immédiatement recherchée sur Google et je suis tombé sur votre site.

Voilà donc pourquoi il fixait si intensément son BlackBerry lorsqu'il était assis à côté de moi !

— Comme je n'habite pas loin d'ici – à Camberwell –, j'ai pensé que je ferais un saut pour vous saluer.

L'aveu de sa petite ruse me fit sourire. Il haussa les épaules d'un air bon enfant.

— Vous avez refusé de déjeuner avec moi, et même de prendre un café. Vous avez sans doute cru que j'étais marié.

— Je l'ai cru, en effet.

— Maintenant que vous savez qu'il n'en est rien, accepteriez-vous de dîner avec moi ?

— Je… ne sais pas, dis-je en me sentant rougir.

Miles jeta un coup d'œil à sa fille, toujours en pleine conversation.

— Vous n'êtes pas obligée de répondre tout de suite. Voici…

Il ouvrit son portefeuille et en tira sa carte de visite. *Miles Archant LLB, Associé principal, Archant, Brewer & Clark, Avocats.*

— Laissez-moi savoir, si jamais vous êtes tentée.

Tout d'un coup, je me rendis compte que je l'étais. Miles était très séduisant, il avait une belle voix rauque – et c'était un vrai adulte, songeai-je, contrairement à tant d'hommes de mon âge. Comme Dan, me dis-je soudain, avec ses cheveux en bataille, ses vêtements mal assortis, son taille-crayon et sa... cabane. Pourquoi diable irais-je voir la cabane de Dan ? Je regardai Miles. C'était un homme, pas un gamin monté en graine. Cependant, songeai-je en revenant à la réalité, je le connaissais à peine et, en effet, il était beaucoup plus âgé que moi – quarante-trois, quarante-quatre ans.

— J'ai quarante-huit ans, annonça-t-il. Et ne prenez pas un air aussi scandalisé.

— Désolée ! Pas du tout ! Mais... vous n'avez pas l'air aussi...

— Vieux ? compléta-t-il d'un ton ironique.

— Ce n'est pas ce que je voulais dire. C'est vraiment gentil à vous de m'inviter mais, en fait, je suis plutôt prise en ce moment.

Je me mis à ranger les foulards.

— Et je dois me consacrer à mon affaire, bafouillai-je. (Près de cinquante ans...). Et en plus... Oh ! (Le téléphone sonnait.) Excusez-moi.

Je décrochai, heureuse de cette diversion.

— Phoebe ?

Mon cœur se mit à battre la chamade.

— Je t'en prie, parle-moi, Phoebe, dit Guy. Je dois te parler, insista-t-il. Tu n'as pas répondu à mes lettres, et...

— C'est... vrai, répondis-je d'une voix posée, en luttant pour contenir mes émotions face à Miles, qui s'était assis sur le canapé et contemplait le ciel nuageux de Blackheath.

Je fermai les yeux et inspirai profondément.

— J'ai besoin de te parler, continuait Guy. Je refuse d'en rester là, et je ne vais pas renoncer jusqu'à ce que je puisse te...

— Je suis désolée, ce ne sera pas possible, énonçai-je avec un calme que je n'éprouvais pas. Merci d'avoir appelé.

Je raccrochai sans une ombre de culpabilité. Guy savait très bien ce qu'il avait fait.

« Tu sais qu'Emma exagère toujours, Phoebe. »

J'activai la boîte vocale.

— Désolée, Miles. Vous disiez ?

— Eh bien… (Il se leva.) Je vous disais simplement que… j'ai quarante-huit ans, et que si vous êtes disposée à ne pas tenir compte de ce handicap, je serais ravi que vous dîniez avec moi un de ces soirs. Mais vous n'avez pas l'air d'en avoir très envie.

Il m'adressa un sourire anxieux.

— En fait, Miles… j'en serais ravie.

5

Le dimanche après-midi, je me rendis chez papa – ou, plus précisément, chez Ruth. Je l'avais déjà rencontrée – une fois, dix secondes – mais je n'avais jamais mis les pieds dans son appartement. J'avais demandé à papa de le rejoindre en terrain neutre, mais il avait répondu qu'à cause de Louis ce serait plus simple que je passe « à la maison ».

« À la maison », songeai-je, rêveuse, en descendant Portobello Road. Toute ma vie, « à la maison », ça avait été la villa édouardienne où j'avais grandi et où ma mère, pour l'instant, habitait encore. Je n'arrivais toujours pas à assimiler l'idée qu'« à la maison », pour papa, c'était désormais un duplex chic de Notting Hill, avec cette Ruth au visage en lame de couteau et leur petit garçon. En m'y rendant, cet état de fait prenait une réalité déprimante.

Papa n'avait tout simplement pas le genre Notting Hill, me dis-je en longeant les boutiques branchées de Westbourne Grove. Que lui importaient L.K. Bennett ou Ralph Lauren ? Il était chez lui dans les quartiers conviviaux de Blackheath.

Depuis la séparation, papa affichait en permanence une expression un peu stupéfaite, comme s'il venait d'être giflé par un inconnu. C'était la tête qu'il avait lorsqu'il m'ouvrit la porte du numéro 8 de Lancaster Road.

— Phoebe ! Je suis tellement heureux de te voir.

Papa se pencha pour me serrer dans ses bras, mais c'était difficile car il portait Louis : le bébé, écrasé entre nous, se mit à pleurer. Papa m'invita à entrer.

— Dis, ça ne t'embête pas de retirer tes chaussures ? C'est la règle, ici.

Sans doute une parmi tant d'autres, songeai-je en ôtant mes escarpins pour les glisser sous un fauteuil.

— Tu m'as manqué, Phoebe, déclara papa en me précédant dans le couloir en dalles de calcaire.

— Toi aussi, tu m'as manqué, papa.

Je caressai la tête blonde de Louis, calé dans les bras de papa, assis à la table de cuisine en acier brossé.

— Et toi, tu as changé, trésor.

Louis était passé du petit bout de chair ridé couleur de foie cru au nourrisson adorable, qui agitait ses petits membres flexibles vers moi comme un bébé pieuvre.

Je scrutai les surfaces métalliques étincelantes de la cuisine de Ruth : elles me semblaient beaucoup trop hygiéniques pour un homme qui avait passé le plus clair de son temps à fouiller la terre. Ça ne ressemblait même pas à une cuisine – on aurait plutôt dit une morgue. Je songeai à la vieille table en pin brossé et aux piles de vaisselle Portmeirion à motif « Jardin Botanique » de sa « vraie » maison. Que diable faisait mon père ici ?

Je lui souris.

— Louis te ressemble.

— Tu crois ? dit joyeusement papa.

Je n'en croyais rien, mais je ne voulais pas que Louis ressemble à Ruth. J'ouvris le sac de chez Hamley que j'avais apporté et je tendis à papa un gros ours en peluche blanc avec un ruban bleu autour du cou.

— Merci ! fit mon père en agitant l'ourson devant Louis. Il est joli, non, mon garçon ? Oh, regarde, Phoebe, il lui sourit.

Je caressai les petites jambes dodues du bébé.

— Tu ne crois pas que Louis devrait être un peu plus couvert, papa ?

— Ah oui, dit-il distraitement. J'étais en train de le changer quand tu es arrivée. Où est-ce que j'ai bien pu fourrer ses vêtements ? Voilà. Allez, mon gars.

Un peu consternée, je regardai papa plaquer un Louis étonné contre sa poitrine, puis insérer ses membres tant bien que mal dans une grenouillère à rayures bleues. Après y être parvenu, il l'installa dans sa chaise haute en inox, mais les deux jambes passées dans le même trou, de sorte que Louis était coincé comme dans un bobsleigh. Dans le réfrigérateur américain étincelant, papa sélectionna un assortiment de petits pots. Il dévissa le couvercle du premier.

— Voyons voir… Je le passe à la nourriture solide, m'expliqua-t-il par-dessus son épaule. On va essayer celui-là, d'accord, Louis ?

Louis ouvrit grande la bouche comme un oisillon, et papa y fourra la cuillère.

— Quel gentil garçon. Très bien, mon fils. Oh…

Louis venait d'asperger papa d'une bouillie beige.

— Je pense qu'il n'aime pas ça, dis-je à papa tandis qu'il nettoyait ses lunettes éclaboussées par le ragoût bio au poulet et aux lentilles.

Papa prit une lingette pour essuyer le menton de Louis.

— Parfois il aime bien. Il est d'humeur bizarre, aujourd'hui – probablement parce que sa mère est encore partie. Bon, on va essayer celui-là, maintenant. D'accord, Louis ?

— Tu n'es pas censé le réchauffer d'abord, papa ?

— Ça ne le gêne pas de le manger directement à la sortie du réfrigérateur. (Papa décapsula un second bocal.) Agneau marocain avec abricots et couscous… Miam.

Louis ouvrit à nouveau sa bouche minuscule et papa y déposa quelques cuillerées.

— Ah, ça il aime ! fit-il d'un air triomphant. C'est certain.

Soudain, Louis tira la langue et expulsa l'agneau marocain dans une coulée orangée qui lui dégoulina sur la poitrine comme de la lave.

— Tu aurais dû le protéger avec un bavoir, fis-je remarquer à papa tandis qu'il retirait de la grenouillère ce que Louis avait éjecté. Non, papa. Ne lui remets pas dans la bouche.

Une brochure intitulée « Réussir le sevrage » était posée sur la table.

— Je ne suis pas très doué, se lamenta papa en jetant le petit pot dédaigné dans une poubelle en chrome étincelant. C'était tellement plus facile quand on lui donnait le biberon.

— Je te donnerais bien un coup de main, papa, mais je ne suis pas très douée non plus – pour des raisons évidentes. Mais pourquoi est-ce toi qui dois constamment t'occuper de lui ?

— Eh bien… parce que Ruth est encore en déplacement, répondit-il d'une voix lasse. Elle est très occupée en ce moment. Et, en plus, je tiens à le faire. D'abord, parce qu'il est inutile de payer une nounou, maintenant que… (Papa grimaça) je suis sans emploi. En plus, quand tu étais bébé, toi, j'étais tellement occupé que j'ai raté les joies de la paternité.

— C'est vrai, tu étais souvent absent. Toutes ces expéditions, ces excavations… Je passais mon temps à te dire au revoir, ajoutai-je tristement.

— Je sais, ma chérie, soupira-t-il. Et je le regrette. Alors maintenant, avec ce petit bonhomme (il caressa la tête de Louis), j'ai le sentiment qu'on m'a donné la chance d'être un père plus présent.

L'expression de Louis indiquait qu'il aurait préféré que son père le soit un peu moins.

Soudain, le téléphone sonna.

— Excuse-moi, ma chérie. C'est sans doute Radio Lincoln. Je fais une interview téléphonique.

— Radio Lincoln ?

Papa haussa les épaules.

— Ça vaut mieux que Radio Silence.

Pendant que papa donnait son interview, en tenant le combiné de la main droite tandis que de la gauche, il faisait manger Louis, je repensai à sa déchéance professionnelle. L'an dernier, papa était un professeur très respecté d'archéologie comparée au Queen Mary's College de Londres. Puis il avait tourné *La Grande Fouille* ; suite à une couverture médiatique humiliante – le *Daily Mail* l'avait surnommé « Le Grand Fouilleur de jupons » –, on avait prié papa de prendre une retraite anticipée, sans préavis. Ce scandale avait amputé sa carrière de cinq ans, le privant d'une bonne part de sa pension de retraite, et malgré six semaines en *prime time* le dimanche soir, sa carrière à la télé avait été étouffée dans l'œuf.

— S'il fallait définir l'archéologie, disait papa en enfournant une purée mangue-litchi dans la bouche de Louis, on pourrait dire que c'est l'étude des artefacts et des habitations – voire la découverte – des civilisations « perdues », à l'aide des moyens de plus en plus perfectionnés dont on dispose aujourd'hui pour interpréter les sociétés du passé, le principal demeurant, bien sûr, le carbone 14. Toutefois, il ne faut pas oublier que le terme de « civilisations » est une définition moderne imposée au passé par la perspective intellectuelle occidentale… (Il prit un linge souillé.) Pardon, vous voulez refaire cette prise ? Vous avez bien dit que l'émission était préenregistrée, n'est-ce pas ? Oh, je suis désolé…

Papa était très bien passé à la télé, notamment parce qu'un scénariste avait traduit en langage courant ses phrases les plus érudites. Sans le brouhaha des médias au sujet de la grossesse de Ruth, il aurait peut-être décroché d'autres contrats de présentateur, mais tout ce qu'on lui avait offert depuis la fin de la série, c'était de passer comme invité dans une émission de cuisine. La carrière de Ruth, en revanche, était florissante. On l'avait nommée producteur délégué ; elle tournait actuellement un portrait du colonel Kadhafi, raison pour laquelle elle était en ce moment même en route pour Tripoli.

Tout d'un coup, nous entendîmes la porte d'entrée s'ouvrir avec fracas.

— Tu le crois ? hurlait Ruth. On a encore fermé Heathrow à cause de ces connards de terroristes ! Sauf que ce n'étaient pas des terroristes, figure-toi. Non ! Évidemment ! (Elle en semblait presque déçue.) C'était un cinglé sur le tarmac qui essayait de s'embarquer clandestinement sur un vol pour Tenerife. Ils ont bouclé le terminal 3 – on a poireauté deux heures, avec mon équipe, avant qu'on nous laisse ressortir. Je vais essayer de réserver sur le vol de demain – et merde, c'est le bordel, ici ! Ne pose pas de sacs sur la table ! (Elle retira le sac de chez Hamley.) Ils charrient des bactéries. Et pas de jouets ici, s'il te plaît, c'est une cuisine, pas une salle de jeux – et je t'en prie, referme

132

les portes des armoires, je ne supporte pas de les voir ouvertes… Oh.

Elle m'avait enfin aperçue.

— Bonjour, Ruth, dis-je tranquillement. Je suis venue voir mon père. (Je le regardai, qui rangeait frénétiquement.) Si ça ne vous ennuie pas.

— Pas du tout, répliqua-t-elle avec désinvolture. Faites comme chez vous.

J'aurais du mal, fus-je tentée de répliquer.

— Phoebe a offert à Louis cet ourson magnifique, fit remarquer papa.

— Merci, dit Ruth, c'est très gentil.

Elle embrassa Louis sur le front, ignorant ses bras tendus, et monta à l'étage. Louis renversa la tête en arrière et se mit à hurler.

— Désolé, Phoebe, reprit papa en m'adressant un sourire contrit. On peut se revoir un autre jour ?

Le lendemain matin, tout en me rendant à pied à Village Vintage, je songeai à papa et à la façon dont il semblait s'être engagé dans cette liaison presque sans le vouloir, et sans aucune idée des répercussions. Maman était convaincue qu'il ne l'avait jamais trompée auparavant, malgré les occasions qui avaient pu se présenter au fil des ans avec les jolies étudiantes en archéologie qui s'accrochaient à ses moindres propos, au-dessus des excavations. À en juger par la façon inepte dont papa avait géré sa relation avec Ruth, il n'avait pas une grande expérience de l'adultère.

Après son départ, papa m'avait écrit pour me dire qu'il aimait toujours maman, mais que quand Ruth était tombée enceinte, il avait décidé qu'il devait rester auprès de cette dernière. Il avait ajouté qu'il avait une affection sincère pour Ruth et que je devais le comprendre. Je ne le comprenais pas. Je ne le comprends toujours pas.

Je voyais parfaitement pourquoi Ruth avait été séduite par mon père, malgré une différence d'âge de vingt-quatre ans. Papa était l'un de ces hommes grands et burinés qui deviennent plus beaux en vieillissant ; il était intelligent, facile à vivre et gentil. Mais que voyait-il en Ruth ? Elle n'était ni douce, ni jolie comme maman, mais dure comme une planche – et à peu près aussi sensible. Le traumatisme de voir papa déménager ses effets du foyer conjugal avait été exacerbé par la présence de Ruth, enceinte jusqu'aux yeux, l'attendant ostensiblement dans la voiture.

Maman et moi étions restées assises ce soir-là, à détourner les yeux des trous béants dans les étagères, là où les livres et les trésors de papa s'étaient jadis alignés. Son artefact le plus précieux, un petit bronze d'une femme aztèque en train d'accoucher – qui lui avait été offert par le gouvernement mexicain –, n'était plus sur la cheminée de la cuisine. Vu les circonstances, maman prétendit que l'objet ne lui manquerait pas.

— Si seulement il n'y avait pas ce bébé, se plaignait-elle. Je ne peux pas en vouloir à un pauvre petit bébé qui n'est même pas encore né – mais je ne peux pas m'empêcher de regretter que ce bébé-là, en particulier, ait été conçu. Sans cela, j'aurais pu pardonner, oublier – alors que, maintenant, je vais devoir passer le restant de ma vie toute seule !

Le cœur serré, je me rendis compte que j'allais passer, quant à moi, le restant de sa vie à lui remonter le moral.

J'avais tenté de convaincre papa de ne pas quitter maman. Je lui avais fait remarquer qu'à son âge, ce n'était pas juste.

— Je me sens très coupable, avait-il dit au téléphone. Mais je me suis mis dans cette… situation, Phoebe, et j'ai le sentiment qu'il faut que je fasse ce qui est bien.

— Et tu crois que c'est bien, de quitter ta femme après trente-huit ans de mariage ?

— Et toi, tu crois que c'est bien, de ne pas être présent, pour mon enfant ?

— Tu n'as jamais été présent pour moi, papa.

— Je sais… et c'est en partie ce qui m'a décidé, soupira-t-il. C'est peut-être parce que j'ai vécu toute ma vie plongé dans le passé, mais j'ai le sentiment qu'aujourd'hui, avec cet enfant, on m'offre une part de l'avenir – et à mon âge, c'est une perspective réjouissante. En plus, je veux vivre avec Ruth. Je sais que c'est dur pour toi d'entendre ça, Phoebe, mais c'est vrai. Je laisse à ta mère la maison et la moitié de ma pension. Elle a son travail, son cercle de bridge et ses amis. J'aimerais bien qu'on reste amis elle et moi, ajouta-t-il. Comment ne pas être amis, après tant d'années de mariage ?

— Comment pourrait-on être amis, après qu'il m'a abandonnée ? avait protesté maman lorsque je lui rapportai ces propos.

Je la comprenais parfaitement…

Je remontai Tranquil Vale en regrettant de ne pas avoir, moi-même, l'esprit plus tranquille. Annie n'arriverait pas avant le milieu de la matinée : elle avait un casting. Tout en déverrouillant la porte, j'espérai, avec un pincement de culpabilité, qu'elle ne décrocherait pas le rôle, car c'était pour une tournée de deux mois en province. J'aimais bien Annie. Elle était toujours ponctuelle et souriante, elle prenait souvent l'initiative de présenter autrement la marchandise. Elle représentait un atout pour Village Vintage.

Je commençais la journée par une vente, constatai-je joyeusement en lisant mes e-mails. Cindi m'avait écrit de Beverly Hills pour me dire qu'elle voulait la robe du soir de Balenciaga : l'une de ses clientes la porterait à la remise des Emmy Awards. Elle m'appellerait pour me payer en fin de journée.

À 9 heures, je plaçai la pancarte « ouvert », puis j'appelai Mme Bell pour lui demander quand je pouvais passer prendre ses vêtements.

— Vous pouvez venir ce matin ? me demanda-t-elle. Disons, à 11 heures ?

— On peut dire 11 h 30 ? Mon assistante sera arrivée à cette heure-là. Je viendrai en voiture.

— Très bien, je vous attends.

Le carillon de l'entrée sonna et une blonde mince d'environ trente-cinq ans entra. Elle passa quelques instants à fouiller les portants d'un air intense et un peu égaré.

— Vous cherchez quelque chose en particulier ? lui demandai-je au bout d'une minute.

— Oui, je cherche quelque chose… d'heureux. Une robe heureuse.

— Très bien. Une robe de jour ou du soir ?

Elle haussa les épaules.

— Peu importe. Pourvu qu'elle soit gaie.

Je lui montrai une robe-soleil Horrocks en coton glacé du milieu des années 50, avec un motif de bleuets. Elle caressa la jupe.

— C'est ravissant.

— Horrocks faisait des robes en coton superbes – à l'époque, elles coûtaient une semaine de salaire moyen. Et avez-vous vu celles-ci ?

Je désignai les *cupcakes* d'un mouvement de la tête.

— Oh ! s'écria la femme en écarquillant les yeux. Elles sont fabuleuses. Je peux essayer la rose ?

demanda-t-elle d'un ton presque enfantin. J'aimerais essayer la rose !

— Bien sûr. (Je la décrochai.) C'est du 38.

— Elle est merveilleuse ! s'enthousiasma-t-elle tandis que je l'accrochais dans la cabine d'essayage.

Elle entra et tira le rideau. J'entendis le bruit du zip de sa jupe, puis le doux froufrou des jupons en tulle quand elle passa la robe.

— Elle a l'air tellement… gai, l'entendis-je dire. J'adore les jupes en tutu – j'ai l'impression d'être une fée des fleurs. (Elle sortit la tête du rideau.) Vous pourriez monter le zip ? Je n'y arrive pas… merci.

— Vous êtes superbe. Elle vous va parfaitement.

Elle s'admira dans le miroir.

— C'est vrai. C'est exactement ce que j'avais en tête – une robe heureuse et ravissante.

— Vous fêtez quelque chose ?

— Eh bien…

Elle fit bouffer le millefeuille de tulle empesé.

— … j'essaie d'avoir un bébé.

Je hochai poliment la tête, sans trop savoir quoi dire.

— Je n'arrivais pas à tomber enceinte naturellement, alors au bout de deux ans et demi, on a décidé de tenter une FIV… Une horreur, lança-t-elle par-dessus l'épaule.

— Vous n'êtes pas obligée de me raconter tout ça, protestai-je. Vraiment…

La femme recula d'un pas pour évaluer son reflet.

— Je prenais ma température dix fois par jour, je me bourrais de produits chimiques, et j'ai eu tellement de piqûres que ma hanche ressemblait à une pelote d'épingles. J'ai vécu cet enfer cinq fois de suite – ça m'a ruinée. Il y a quinze jours, j'ai entamé le sixième cycle de traitement. C'est ma dernière tentative : mon mari m'a annoncé qu'il ne voulait plus revivre ça. (Elle s'interrompit pour reprendre son souffle.) J'ai eu mes résultats d'analyse ce matin. Mon gynécologue m'a appelée pour me dire… (Elle tapota son ventre.) que ça n'avait pas marché.

— Oh, murmurai-je, je suis navrée.

Évidemment. Pourquoi achèterait-elle une *prom dress* si elle était enceinte ?

— Alors aujourd'hui, j'ai appelé au bureau pour dire que j'étais malade et je cherche une façon de me remonter le moral. (Elle se sourit dans le miroir.) Cette robe est un bon début, s'exclama-t-elle, enthousiaste, en se retournant vers moi. Comment être triste dans une robe pareille ? Ce serait impossible, n'est-ce pas ? (Ses yeux scintillaient.) Tout à fait impossible…

Elle s'affala sur la chaise de la cabine d'essayage, le visage tordu de chagrin.

Je courus vers la porte pour retourner la pancarte.

— Je suis désolée ! sanglota la femme. Je n'aurais pas dû venir. Je me sens… fragile.

— C'est tout à fait compréhensible, dis-je doucement.

Je lui tendis des mouchoirs en papier.

Elle leva les yeux vers moi. Une grosse larme lui roula sur la joue.

— J'ai trente-sept ans. Des femmes bien plus âgées que moi ont des bébés, alors pourquoi pas moi ? Rien qu'un, sanglota-t-elle. Est-ce trop demander ?

Je tirai le rideau pour qu'elle puisse se rhabiller.

Deux minutes plus tard, la femme apporta la robe au comptoir. Elle s'était reprise, mais elle avait les yeux rouges.

— Vous n'êtes pas obligée de l'acheter, dis-je.

— Je la veux, protesta-t-elle doucement. Quand je serai déprimée, je la passerai, ou je l'accrocherai au mur comme vous l'avez fait ici. Rien qu'en la regardant, ça me remontera le moral.

— J'espère qu'elle produira l'effet désiré mais, si vous changez d'avis, rapportez-la. Vous devez être sûre de cet achat.

— J'en suis sûre, protesta-t-elle à nouveau. Merci...

Je lui adressai un sourire impuissant.

— Enfin... J'espère que tout ira pour le mieux pour vous.

Puis je lui tendis la robe « heureuse » dans son sac.

Annie rentra de son casting à 11 heures.

— Le metteur en scène a été ignoble, s'exclama-t-elle. Il m'a littéralement demandé de me retourner, comme à un bout de viande !

Je me rappelai l'immonde Keith, demandant lui aussi à sa petite amie de se retourner.

— J'espère que vous avez refusé.

— Bien entendu... je l'ai planté là ! Je devrais le dénoncer pour discrimination au travail, marmonna-t-elle en retira sa veste. Enfin, après cette pénible expérience, il fait bon se retrouver chez vous.

Je me sentais un peu coupable d'être aussi ravie que le casting d'Annie n'ait rien donné. Je lui racontai l'histoire de la femme qui avait acheté la robe *cupcake* rose.

— La pauvre, murmura-t-elle. Vous voulez des enfants ? ajouta-t-elle en se passant du gloss.

— Non, répondis-je, les bébés ne sont pas au programme.

Sauf celui de mon père.

— Vous avez quelqu'un dans votre vie ? me demanda Annie en zippant son sac à main. Pardon, ça ne me regarde pas.

— Non. Je suis célibataire… à part un rendez-vous de temps en temps. (Je songeai à mon dîner prochain avec Miles.) Ma priorité, pour l'instant, c'est le travail. Et vous ?

— Je sors avec un garçon, Tim, depuis quelques mois, répliqua Annie. Il est peintre, il vit à Brighton. Mais je suis encore trop axée sur ma carrière pour avoir envie de me fixer, et en plus, je n'ai que trente-deux ans… j'ai le temps. (Elle haussa les épaules.) Vous aussi.

Je consultai ma montre.

— En fait, non… je vais être en retard. Je vais chercher les vêtements de Mme Bell.

Je confiai la boutique à Annie et rentrai à pied chez moi ; je pris deux valises et me rendis en voiture au Paragon.

Depuis la semaine précédente, la porte du numéro 8 avait été réparée, de sorte que Mme Bell ne fut pas obligée de descendre : c'était une bonne chose, songeai-je lorsqu'elle vint m'ouvrir, car elle me parut encore plus frêle que la dernière fois.

Elle m'accueillit chaleureusement, posant sa main mince et tavelée sur mon bras.

— Allez chercher les vêtements… J'espère que vous resterez prendre un café avec moi ?

— Merci, avec plaisir.

Je passai dans la chambre avec les valises ; je rangeai les sacs, les chaussures et les gants dans l'une, puis j'ouvris le dressing pour sortir les vêtements. Ce faisant, j'aperçus le petit manteau bleu et m'interrogeai de nouveau sur son histoire.

J'entendis les pas de Mme Bell.

— Avez-vous fini maintenant, Phoebe ?

Elle rajusta la ceinture de sa jupe en écossais vert et rouge, qui lui glissait sur les hanches.

— Presque, répondis-je.

Je mis les deux chapeaux dans la jolie boîte ancienne, que Mme Bell m'offrait ; puis je pliai la robe longue Ossie Clarke dans la seconde valise.

— Les Jaeger…, dit Mme Bell tandis que je rabattais les fermoirs. J'aimerais en faire don à une association car je voudrais me débarrasser du plus de choses possible pendant que je suis d'humeur à le faire. Je demanderais bien à mon aide ménagère, Paola, de s'en occuper, mais elle est en vacances. Pourriez-vous, par hasard, me rendre ce service, Phoebe ?

Je rangeai les vêtements dans un grand cabas.

— Bien sûr. Je peux en faire don à Oxfam. Ça vous va ?

— S'il vous plaît, dit Mme Bell, merci. Maintenant, mettez-vous à l'aise pendant que je prépare le café.

Dans le salon, le feu à gaz émettait son sifflement grave. Le soleil brillait à travers les petits carreaux du bow-window, jetant une grille d'ombres à travers la pièce, comme les barreaux d'une cage.

Mme Bell revint avec un plateau et, d'une main tremblante, nous versa à chacune du café de la cafetière en argent. Pendant que nous le buvions, elle me posa des questions sur la boutique, et sur la raison pour laquelle je l'avais ouverte. Je lui parlai un peu de moi et de mon parcours. J'appris qu'elle avait un neveu par alliance vivant dans le Dorset qui lui rendait parfois visite, et une nièce à Lyon qu'elle ne voyait jamais.

— Mais c'est difficile pour elle, car elle s'occupe de ses deux petits-enfants qui sont très jeunes. Elle m'appelle de temps en temps. C'est ma plus proche parente. La fille de mon défunt frère, Marcel.

Nous bavardâmes encore quelques minutes, puis la pendule sonna midi et demi.

Je posai ma tasse.

— Il faudrait que j'y aille, maintenant. Merci pour le café, madame Bell. J'ai été ravie de vous revoir.

Une expression de regret traversa son visage.

— Moi aussi, cela m'a fait très plaisir de vous voir, Phoebe. J'espère que nous nous reverrons… toutefois vous êtes une jeune femme très occupée. Pourquoi vous embêteriez-vous… ?

— J'aimerais beaucoup vous revoir, l'interrompis-je. Mais pour l'instant, il vaudrait mieux que je retourne à la boutique. En plus, je ne veux pas vous fatiguer.

— Je ne suis pas fatiguée, protesta Mme Bell. Pour une fois, je suis remplie d'une curieuse énergie.

— Eh bien… puis-je faire quelque chose pour vous avant de partir ?

— Non, répondit-elle. Merci.

— Je vais vous dire au revoir, alors… Pour l'instant.

Je me levai.

Mme Bell me scrutait comme si elle évaluait quelque chose.

— Restez encore un petit moment, dit-elle soudain. Je vous en prie.

Mon cœur se gonfla de pitié. Cette pauvre dame était esseulée et elle avait besoin de compagnie. J'étais sur le point de lui dire que je pouvais rester encore vingt minutes lorsque Mme Bell disparut, traversant le couloir pour entrer dans la chambre ; je l'entendis ouvrir la penderie. Quand elle revint, elle tenait le manteau bleu.

Elle me fixa d'un regard étrangement intense.

— Vous vouliez connaître son histoire…

— Non, fis-je en secouant la tête. Ça ne me regarde pas.

— Vous étiez curieuse.

— Un peu, concédai-je, gênée. Mais ce ne sont pas mes affaires, madame Bell. Je n'aurais pas dû y toucher.

— Mais je veux vous en parler, moi. Je veux vous parler de ce petit manteau bleu et de la raison pour laquelle je l'ai caché. Par-dessus tout, Phoebe, je veux vous dire pourquoi je l'ai conservé pendant toutes ces années.

— Vous n'avez pas à me raconter quoi que ce soit, protestai-je faiblement. Vous me connaissez à peine.

Mme Bell soupira.

— C'est vrai. Mais, ces derniers temps, j'éprouve un grand besoin de raconter l'histoire à quelqu'un – cette histoire que j'ai enfouie depuis tant d'années ici, *ici même*. (Elle enfonça les doigts de la main gauche dans sa poitrine.) Et, je ne sais pas pourquoi, j'ai le sentiment que si je dois la raconter à quelqu'un, c'est à vous.

— Pourquoi ?

— Je n'en sais rien. Je sais seulement que je ressens une… affinité entre nous, Phoebe, un lien que je ne saurais expliquer.

— Mais… pourquoi tenez-vous à en parler maintenant, insistai-je doucement, après aussi longtemps ?

— Parce que… (Mme Bell s'affala dans le canapé, le visage anxieux.) La semaine dernière – en fait, pendant que vous étiez ici –, j'ai reçu les résultats de certaines analyses médicales. Elles ne me laissent rien présager de bon pour l'avenir, poursuivit-elle calmement. J'avais déjà deviné que les nouvelles ne seraient pas favorables à la façon dont j'avais perdu du poids ces derniers temps.

Je comprenais mieux, maintenant, la curieuse réaction de Mme Bell lorsque je lui avais suggéré qu'elle souhaitait « se délester ».

— On m'a proposé un traitement, que j'ai refusé. Ce serait très pénible, je ne gagnerais que très peu de temps et à mon âge… (Elle leva les mains, en signe de reddition.) J'ai près de quatre-vingts ans, Phoebe. J'ai vécu plus longtemps que la plupart des gens – comme vous ne le savez que trop bien. (Je songeai à Emma.) Mais maintenant que j'ai le sentiment que la vie se retire, la douleur que j'éprouve depuis si longtemps devient plus aiguë.

Elle m'adressa un regard implorant.

— J'ai besoin de parler à quelqu'un de ce manteau, pendant que j'ai encore ma lucidité. J'ai besoin qu'une seule personne m'écoute, qu'elle comprenne, peut-être, ce que j'ai fait, et pourquoi je l'ai fait.

Elle se tourna vers le jardin ; les ombres jetées par les carreaux lui découpaient le visage.

— En vérité, poursuivit-elle, je crois que j'ai besoin de me confesser. Si je croyais en Dieu, j'irais voir un prêtre. (Elle tourna à nouveau son regard vers moi.) Puis-je vous raconter, Phoebe ? S'il vous plaît ? Ce ne sera pas long, je vous le promets – pas plus de quelques minutes.

J'acceptai, perplexe, et me rassis. Mme Bell se pencha en avant et caressa le manteau qui gisait sur ses genoux. Elle inspira profondément et plissa les yeux en regardant la fenêtre derrière moi comme s'il s'agissait d'un portail sur le passé.

— Je viens d'Avignon, comme vous le savez. (Je hochai la tête.) J'ai grandi dans un gros bourg à deux kilomètres de la ville. C'était un lieu endormi, avec des rues étroites donnant sur une grande place ombragée de platanes, avec quelques magasins et un café très

144

agréable. Au nord de la place, il y avait une église : au-dessus du portique, les mots *Liberté, Égalité, Fraternité* étaient gravés en grandes lettres romaines.

À ces mots, un petit sourire cynique traversa le visage de Mme Bell.

— Le village donnait sur la campagne, reprit-elle ; une voie ferrée le longeait. Mon père travaillait dans le centre-ville d'Avignon comme gérant de quincaillerie. Il avait aussi un petit vignoble, non loin de chez nous. Ma mère était femme au foyer : elle s'occupait de mon père, de mon petit frère Marcel et de moi. Pour gagner un peu d'argent, elle faisait de menus travaux de couture.

Mme Bell se cala une mèche de cheveux blancs derrière l'oreille.

— Marcel et moi allions à l'école communale. Celle-ci était toute petite : pas plus d'une centaine d'élèves qui, pour la plupart, descendaient de familles installées dans le village depuis plusieurs générations. Les mêmes noms revenaient sans arrêt, Caron, Paget, Marigny – et Aumage.

Manifestement, ce dernier patronyme avait un sens particulier pour elle. Mme Bell changea de position.

— En septembre 1940, quand j'avais onze ans, une nouvelle élève entra dans ma classe. Je l'avais déjà aperçue une ou deux fois durant l'été, sans lui parler. Ma mère avait entendu dire que sa famille venait de Paris ; elle avait ajouté que, depuis le début de l'Occupation, plusieurs familles dans ce genre avaient fui vers le sud. (Mme Bell me regarda.) Je ne pouvais pas le deviner à l'époque, mais ces petits mots, « dans ce genre », prendraient une importance énorme par la suite. Cette petite fille s'appelait… (La voix de Mme Bell s'enroua.)… Monique, murmura-t-elle au bout d'un

145

moment. Elle s'appelait Monique… Richelieu. J'étais chargée de m'occuper d'elle.

À ces mots, Mme Bell se mit à caresser le manteau, comme pour le consoler, puis elle se tourna de nouveau vers la fenêtre.

— Monique était une petite fille très gentille, très amicale. Elle était intelligente et bonne élève ; elle était aussi très jolie, avec de ravissantes pommettes, des yeux sombres et vifs, et des cheveux si noirs que, dans certaines lumières, ils paraissaient presque bleus. Même si elle essayait de le cacher, elle avait un léger accent étranger qui contrastait avec l'accent provençal de ses camarades. Quand on la taquinait à ce sujet, à l'école, elle répondait qu'elle avait l'accent parisien. Cependant, selon mes parents, ce n'était pas un accent parisien, mais allemand.

Mme Bell joignit les mains ; son bracelet en émail cliqueta légèrement contre le bracelet en or de sa montre.

— Monique a commencé à venir jouer chez moi ; nous gambadions ensemble à travers les prés et les collines en cueillant des fleurs des champs et en parlant de ce dont parlent les fillettes. Je lui posais parfois des questions sur Paris, que je n'avais vu qu'en photo. Monique me parlait de sa vie de citadine, mais elle était toujours vague sur l'endroit dont ses parents étaient originaires. En revanche, elle parlait souvent de sa meilleure amie Miriam. Miriam… (le visage de Mme Bell s'éclaira soudain) Lipietzka. Ce nom vient tout juste de me revenir – après tant d'années.

Elle me regardait en secouant la tête, émerveillée.

— Voilà ce qui arrive, Phoebe, quand on vieillit. Des souvenirs longtemps enfouis resurgissent tout d'un coup avec une étonnante netteté. Lipietzka, murmura-t-elle. Bien sûr… Je crois que sa famille venait de l'Ukraine. Monique répétait sans arrêt que Miriam lui manquait énormément, mais qu'elle en était très fière, car Miriam était une brillante violoniste. J'éprouvais un pincement d'envie quand Monique me parlait de Miriam ; j'espérais qu'avec le temps je deviendrais à mon tour la meilleure amie de Monique – même si je n'avais aucun talent musical. J'aimais beaucoup aller chez elle. C'était assez loin, à l'autre bout du village, près de la voie ferrée. Il y avait un joli jardin, devant, avec des tas de fleurs, et un puits, et au-dessus de la porte il y avait un cartouche avec une tête de lion sculptée dans la pierre.

Mme Bell posa sa tasse.

— Le père de Monique était un homme rêveur, dénué de sens pratique. Chaque jour, il se rendait en vélo à Avignon, où il travaillait dans un cabinet comptable. Sa mère restait à la maison pour s'occuper des frères jumeaux de Monique, Olivier et Christophe, qui avaient alors trois ans. Je me rappelle qu'une fois, quand j'étais là, Monique avait préparé tout le dîner, alors qu'elle n'avait que dix ans. Elle me dit qu'elle avait appris à faire la cuisine quand sa mère avait dû rester deux mois au lit après la naissance des jumeaux. Monique était excellente cuisinière, même si je me souviens ne pas avoir beaucoup aimé le pain. Enfin… la guerre continuait. Nous, les enfants, nous en avions conscience, mais nous n'en savions pas grand-chose parce qu'évidemment il n'y avait pas la télé, peu de postes radio, et que les adultes nous en protégeaient autant que possible. D'ailleurs, ils en parlaient très peu devant nous, sauf pour se plaindre du rationnement – mon père regrettait surtout de ne pas trouver de bière.

Mme Bell se tut un moment en se pinçant un peu les lèvres.

— Un jour de l'été 1941, alors que nous étions devenues amies intimes, Monique et moi sommes allées nous promener. Au bout d'un kilomètre environ sur l'un des petits chemins de campagne qui sillonnaient les environs, nous sommes tombées sur une vieille grange délabrée. Au moment où nous y sommes entrées, nous parlions de prénoms. Je lui disais que je n'aimais pas beaucoup le mien, Thérèse. Je le trouvais trop ordinaire. J'aurais préféré que mes parents m'appellent Chantal. J'ai demandé à Monique si elle aimait le sien. À mon grand étonnement, elle a rougi violemment… Puis, tout d'un coup, elle a lâché que Monique n'était pas son vrai prénom, qu'elle s'appelait en réalité Monika – Monika Richter. J'étais… (Mme Bell secoua la tête)… stupéfaite. Monique m'a alors appris que sa famille était partie de Mannheim pour s'installer à Paris cinq ans auparavant, et que son père avait changé de nom pour qu'ils puissent s'intégrer. Il avait choisi Richelieu à cause du cardinal.

Mme Bell regarda au loin, en direction de la fenêtre.

— Lorsque j'ai demandé à Monique pourquoi ils avaient quitté l'Allemagne, elle m'a répondu que c'était parce qu'ils ne s'y sentaient pas en sécurité. Au début, elle refusait de m'expliquer pourquoi, mais lorsque je l'ai pressée, elle m'a avoué que c'était parce que sa famille était juive. Elle m'a dit qu'ils n'en parlaient jamais à personne, et qu'ils avaient supprimé tous leurs signes extérieurs du judaïsme. Elle m'a fait jurer de ne jamais révéler à âme qui vive ce qu'elle venait de me confier : autrement, nous ne serions plus amies. J'ai accepté, bien entendu, même si je ne comprenais pas pourquoi le fait d'être juif devait être tenu secret – je savais que les juifs étaient implantés à Avignon depuis plusieurs siècles ; il y avait une vieille synagogue au centre-ville. Mais si c'était le souhait de Monique, je le respecterais.

Mme Bell se mit à caresser les manches du manteau.

— J'ai alors éprouvé le besoin de confier à mon tour un secret à Monique. Je lui ai donc raconté que j'étais amoureuse d'un garçon de notre école – Jean-Luc Aumage. (Mme Bell pinça ses lèvres, qui ne formèrent plus qu'une mince ligne.) Quand j'ai parlé à Monique de Jean-Luc, j'ai remarqué qu'elle avait l'air un peu mal à l'aise. Mais elle m'a répondu qu'il semblait gentil et qu'il était très beau garçon.

« Puis le temps a passé. Nous faisions de notre mieux pour ignorer la guerre ; nous étions heureux de vivre en zone libre. Mais un matin – fin juin 1942 –, j'ai remarqué que Monique était bouleversée. Elle m'a confié qu'elle venait de recevoir une lettre de Miriam, dans laquelle Miriam lui apprenait que, comme tous les juifs de la zone occupée, elle devait désormais porter une étoile jaune. Cette étoile à six pointes devait être cousue au revers gauche de sa veste, avec un mot au milieu : « Juif ».

La vieille dame réarrangea le manteau sur ses genoux, en lissant plusieurs fois l'étoffe bleue.

— À compter de ce jour-là, j'ai pris conscience de la guerre. La nuit, je m'asseyais sur le palier, devant la porte de la chambre de mes parents, pour m'efforcer d'entendre les transmissions de la BBC Londres, qu'ils écoutaient clandestinement ; comme bien d'autres, mon père avait acheté notre premier poste TSF expressément dans ce but. Je me rappelle que, pendant qu'ils écoutaient ces bulletins, mon père poussait des exclamations de dégoût et de désespoir. Ce sont ces émissions qui m'ont appris qu'il y avait désormais des lois spéciales pour les juifs dans les deux zones. Ils n'avaient plus le droit de servir dans l'armée, d'occuper des postes importants dans l'administration ou d'acheter des propriétés. Ils devaient respecter le couvre-feu et voyager dans la dernière voiture du métro.

« Le lendemain, j'ai demandé à ma mère la raison de tout cela, mais elle s'est contentée de me dire que nous traversions une époque difficile et qu'il valait mieux ne pas penser à cette guerre atroce qui serait bientôt finie, grâce au ciel.

« Nous avons donc essayé de vivre le plus normalement possible. Mais en novembre 1942, mon père est rentré de bonne heure, essoufflé : il avait aperçu deux soldats allemands, avec des mitrailleuses attachées aux side-cars de leurs motos, garés sur la route principale qui allait de notre village au centre-ville.

« Le lendemain matin, comme bien d'autres, mes parents, mon frère et moi nous sommes rendus à Avignon où nous avons découvert, horrifiés, des soldats allemands plantés à côté de leurs Citroën noires, garées en files devant le palais des Papes. D'autres soldats allemands étaient garés devant l'hôtel de ville, ou roulaient en véhicules blindés, coiffés de casques, avec des lunettes protectrices. Pour nous, les enfants, ils nous semblaient aussi bizarres que des extraterrestres. Nos parents nous ont grondés, Marcel et moi, parce que nous les montrions du doigt en riant. Ils nous ont recommandé de regarder à travers eux comme s'ils n'existaient pas, en nous expliquant que si tout le monde, à Avignon, faisait de même, la présence des Allemands ne nous affecterait pas. Mais Marcel et moi, nous savions que c'était par bravade qu'ils disaient cela – nous avions très bien compris que la zone libre n'existait plus et que, désormais, nous étions tous sous la botte !

Mme Bell se tut un instant et cala une autre mèche derrière son oreille.

— À partir de ce jour-là, Monique est devenue plus distante : on aurait dit qu'elle était aux aguets. Après l'école, elle rentrait directement chez elle. Elle n'avait plus le droit de jouer avec moi le dimanche et je n'étais plus invitée chez elle. Cela me blessait, mais lorsque j'ai tenté de lui en parler, elle s'est contentée de me répondre qu'elle avait moins de temps libre, maintenant, parce que sa mère avait besoin de son aide à la maison.

« Un mois plus tard, alors que je faisais la queue pour acheter de la farine, j'ai entendu un homme devant moi se plaindre que désormais, tous les juifs de notre région auraient le mot « juif » tamponné sur leurs cartes d'identité et de rationnement. Cet homme, qui devait lui-même être juif, je l'avais compris, considérait cela comme un affront épouvantable. Sa famille vivait en France depuis trois générations – ne s'était-il pas battu pour la France lors de la Grande Guerre ? (Mme Bell plissa ses yeux bleu clair.) Il a brandi le poing en direction de l'église en demandant où étaient les notions de « Liberté, Égalité, Fraternité » dans tout cela ? J'ai pensé, naïvement : « Au moins il n'est pas obligé de porter l'étoile jaune comme Miriam… ça doit être horrible. » (Elle me regarda, puis secoua la tête.) J'étais loin de me rendre compte qu'il aurait été infiniment préférable de porter l'étoile jaune, plutôt que d'avoir ses papiers officiels tamponnés.

Mme Bell ferma les yeux un instant, comme si ses souvenirs l'épuisaient. Puis elle les rouvrit et regarda droit devant elle.

— Début 1943, vers le milieu de février, j'ai surpris Monique devant les grilles de l'école, en grande conversation avec Jean-Luc, qui était maintenant un très beau jeune homme de quinze ans. Je voyais, à la façon dont il resserrait l'écharpe de Monique autour de son cou – il faisait un froid cinglant – qu'il était très attiré par elle. Je voyais aussi qu'il lui plaisait, à elle, à la façon dont elle lui souriait, pas pour l'encourager tout à fait, mais très doucement et… un peu anxieusement, je suppose. (Mme Bell soupira.) J'étais toujours éprise de Jean-Luc, bien qu'il ne m'ait jamais regardée. Quelle idiote j'étais, ajouta-t-elle tristement. Quelle idiote !

Elle se frappa la poitrine, comme si elle se flagellait.

— Le lendemain, j'ai demandé à Monique si Jean-Luc lui plaisait. Elle s'est contentée de me fixer intensément, presque tristement, puis elle a dit « Thérèse, tu ne comprends pas », ce qui m'a semblé confirmer en effet qu'il lui plaisait. Je me suis alors rappelé sa réaction quand je lui avais avoué mon béguin. Elle avait paru mal à l'aise et je comprenais enfin pourquoi. (Mme Bell se frappa à nouveau la poitrine.) Mais Monique avait raison… je n'avais rien compris. Si seulement j'avais compris, gémit-elle en secouant la tête. Si seulement…

Mme Bell se tut un moment pour retrouver son sang-froid avant de reprendre son récit.

— Après l'école, je suis rentrée chez moi en larmes. Ma mère m'a demandé pourquoi je pleurais, mais j'étais trop gênée pour le lui avouer. Elle m'a enlacée et m'a suggéré de sécher mes larmes, parce qu'elle avait une surprise pour moi. Elle est allée à son coin couture et elle a pris un sac. À l'intérieur du sac, il y avait un ravissant petit manteau bleu, d'un bleu de matin clair de juin. Pendant que je l'essayais, elle m'a raconté qu'elle avait fait la queue pendant cinq heures pour acheter le tissu et qu'elle l'avait cousu pour moi durant la nuit, quand j'étais au lit. J'ai serré ma mère dans mes bras en lui disant que j'aimais tellement ce manteau que j'allais le garder pour toujours. Elle a éclaté de rire en répondant : « Ne dis pas de bêtises. » (Mme Bell me sourit tristement.) Mais c'est ce que j'ai fait.

Elle caressa les revers. Les rides de son front s'étaient creusées.

— Un jour d'avril, Monique n'est pas venue en classe. Elle n'est pas venue le lendemain non plus, ni le surlendemain. Quand j'ai demandé à l'institutrice où était Monique, elle m'a répondu qu'elle n'en savait rien, mais que Monique reviendrait sûrement bientôt. Les vacances de Pâques sont arrivées. Je n'avais toujours pas revu Monique et je demandais sans cesse à mes parents où elle pouvait bien être ; ils me répondaient qu'il valait mieux l'oublier, que je devais me faire de nouveaux amis. Mais je ne voulais pas de nouveaux amis – je voulais Monique. Le lendemain matin, j'ai donc couru chez elle. J'ai frappé. Rien. En regardant entre les volets, j'ai vu les restes d'un repas sur la table et une assiette cassée par terre. Devinant qu'ils avaient dû partir en toute hâte, j'ai décidé d'écrire à Monique. Je me suis assise près du puits pour rédiger une lettre dans ma tête, avant de comprendre que je ne pouvais pas lui écrire, puisque je n'avais pas la moindre idée de l'endroit où elle se trouvait. Cela m'a bouleversée…

Mme Bell déglutit.

— À cette époque de l'année, reprit-elle, il faisait encore frais. (Elle frissonna malgré elle.) Le printemps était avancé mais je portais toujours mon manteau bleu. Je me demandais sans arrêt où Monique pouvait bien être allée, pourquoi sa famille était partie aussi brusquement. Mais mes parents refusaient d'en parler. Dans mon égoïsme puéril, j'ai compris ce que la situation avait d'avantageux pour moi. Monique allait sans doute rentrer, sinon tout de suite, en tout cas quand la guerre serait finie… Et, en son absence, Jean-Luc me remarquerait peut-être. Je faisais l'impossible pour attirer son attention. Je venais d'avoir quatorze ans et j'empruntais le rouge à lèvres de ma mère ; je me mettais des papillotes dans les cheveux la nuit, comme elle, et je noircissais mes cils avec du cirage – avec des résultats parfois comiques. Je me pinçais les joues pour les faire rosir. Marcel, de deux ans mon cadet, l'avait remarqué et me taquinait impitoyablement.

« Un samedi matin, je me suis querellée avec Marcel – j'en avais assez qu'il se moque de moi. Je suis sortie de la maison en claquant la porte. Après avoir marché pendant une heure environ, je me suis retrouvée devant la vieille grange délabrée. Je suis entrée et je me suis assise par terre dans un rayon de soleil, le dos contre une botte de paille, à écouter les martinets qui pépiaient sous le toit, et le grondement lointain des trains. Soudain, j'ai été submergée de tristesse. Je me suis mise à pleurer, sans pouvoir m'arrêter. J'étais assise, le visage baigné de larmes, lorsque j'ai entendu un léger bruissement derrière moi. J'ai cru que c'était un rat ; j'ai eu peur. Puis ma curiosité a repris le dessus. Je me suis levée, je suis allée jusqu'au fond de la grange, et là, derrière une pile de bottes de foin, allongée par terre sous une couverture en laine grise grossière, j'ai découvert… Monique.

Mme Bell me regarda, comme hébétée.

— J'étais stupéfaite. Je ne comprenais pas pourquoi elle était là. Je l'ai appelée à voix basse, sans qu'elle réagisse. Je me suis mise à paniquer. J'ai tapé des mains à côté de ses oreilles, puis je me suis agenouillée à côté d'elle et je l'ai secouée doucement…

— Elle s'est réveillée ? demandai-je, le cœur battant. Elle s'est réveillée ?

Mme Bell me fixa avec curiosité.

— Oui, elle s'est réveillée, Dieu merci. Mais je n'oublierai jamais son expression à ce moment-là. Bien qu'elle m'ait reconnue, elle regardait par-dessus mon épaule : elle a d'abord eu l'air terrifié, puis elle m'a semblé soulagée et perplexe. Elle m'a chuchoté qu'elle ne m'avait pas entendue m'approcher parce qu'elle s'était assoupie : elle avait tellement de mal à dormir la nuit qu'elle était épuisée. Elle s'est levée, ankylosée, et elle est restée debout à me regarder : puis elle m'a enlacée, elle s'est agrippée à moi très fort, pendant que j'essayais de la réconforter...

Mme Bell se tut. Ses yeux brillaient de larmes.

— Nous nous sommes assises sur une botte de foin. Monique m'a raconté qu'elle se cachait dans cette grange depuis huit jours. Ou plutôt dix, car nous étions le 29. Le 19 avril, la Gestapo avait débarqué chez elle alors qu'elle était sortie acheter du pain : ses parents et ses frères avaient été emmenés, mais ses voisins, les Antignac, l'avaient vue rentrer et l'avaient prévenue à temps. Ils l'avaient cachée dans leur grenier, puis, la nuit tombée, l'avaient emmenée ici, dans cette grange abandonnée – par coïncidence, c'était justement la grange où Monique m'avait dévoilé sa véritable identité. M. Antignac lui avait recommandé d'y rester jusqu'à ce que le danger soit passé. Il ne savait pas combien de temps il faudrait attendre : Monique devait faire preuve de patience et de courage. Il lui avait conseillé de ne pas faire de bruit et de ne jamais quitter la grange, sauf pour ramper sur quelques mètres jusqu'au ruisseau, dans la nuit, pour prendre de l'eau avec la cruche qu'il lui avait laissée.

À présent ses lèvres tremblaient.

— J'avais le cœur brisé pour Monique : elle était seule, séparée de sa famille, elle ignorait où ils étaient et leur disparition la tourmentait jour et nuit. J'essayais d'imaginer comment je réagirais, face à une telle situation. Maintenant, je comprenais vraiment l'horreur de la guerre.

Mme Bell me regarda, l'œil étincelant.

— Comment est-il possible que des gens qui n'ont commis aucun crime, des hommes, des femmes – et des enfants…, ajouta-t-elle, véhémente. (Une larme coula sur sa joue.) Comment est-il possible qu'on ait pu les arracher à leurs foyers, comme ça, pour les entasser dans des trains à destination de… « Nouveaux horizons » ? énonça-t-elle dédaigneusement. C'était l'euphémisme employé, nous l'avons appris par la suite. Dans des « camps de travail à l'Est ». (Sa voix se brisa :) Vers des « destinations inconnues »…

Elle couvrit son visage de ses mains. J'entendais le tic-tac de la pendule.

— Vous êtes sûre de vouloir continuer ? lui demandai-je doucement.

— J'en suis sûre.

Elle fouilla la manche de son chemisier pour en tirer un mouchoir.

— Il le faut…

Elle pressa le mouchoir à ses yeux et cligna plusieurs fois les paupières avant de poursuivre son récit, la voix cassée par l'effort et l'émotion.

— Monique était déjà pâle et amaigrie. Ses cheveux étaient emmêlés, son visage et ses vêtements étaient sales. Mais autour du cou, elle portait le magnifique collier en verre vénitien que sa mère lui avait offert pour son treizième anniversaire. Les perles étaient grandes et rectangulaires, avec un motif en spirale rose et bronze. Monique le tripotait constamment en parlant, comme si le fait de le toucher la réconfortait. Elle m'a dit qu'elle désirait ardemment découvrir où sa famille avait été emmenée, mais qu'elle savait que, pour l'instant, elle devait rester cachée. Elle a ajouté que les Antignac étaient très gentils, mais qu'ils ne pouvaient pas lui apporter à manger tous les jours.

« Alors je lui ai promis que, moi, je le ferais. Monique m'a répondu qu'il ne fallait pas, que je courrais des dangers. « Personne ne me verra ! ai-je protesté. Je dirai que je vais cueillir des fraises des bois – qui se soucie de ce que je fais, moi ? » Pour la seconde fois dans ce lieu, Monique m'a fait jurer de garder le secret. Elle m'a demandé de ne révéler à personne que je l'avais vue – pas même à mes parents ou à mon frère. Je lui ai juré de ne rien dire et je suis rentrée chez moi en courant, prise de vertige. Dans la cuisine, j'ai pris du pain sur ma ration, que j'ai tartiné d'un peu de beurre, et j'ai coupé un bout de fromage de ma maigre portion. J'y ai ajouté une pomme et j'ai rangé le tout dans un panier. J'ai dit à ma mère que je ressortais pour cueillir des iris sauvages. Elle s'est exclamée que j'avais vraiment beaucoup d'énergie, et m'a recommandé de ne pas aller trop loin. Je suis retournée en courant à la grange, je m'y suis introduite très discrètement et j'ai donné la nourriture à Monique. Elle en a dévoré la moitié, en me disant qu'il lui faudrait faire durer l'autre moitié pendant deux jours. Comme elle avait peur que les rats la mangent, elle a caché le reste des provisions sous un vieux broc. Je lui ai promis de revenir bientôt, avec d'autres provisions, et je lui ai demandé si elle avait besoin d'autre chose. Elle m'a répondu que bien qu'elle ait assez chaud dans la journée, elle avait tellement froid la nuit qu'elle n'arrivait pas à dormir. En plus de sa robe en coton et de son cardigan, elle n'avait qu'une mince couverture grise. « Il te faut un manteau, lui ai-je dit. Un manteau bien chaud – il te faut… » C'est alors que l'idée m'est venue. « Je t'apporterai le mien. Demain, en fin d'après-midi. Mais il vaut mieux que j'y aille, maintenant, mes parents vont se demander où je suis passée. » Je l'ai embrassée et je l'ai quittée.

« Ce soir-là, j'ai à peine dormi. J'étais tourmentée de savoir Monique toute seule dans la grange, sursautant lorsqu'elle entendait les rats, les souris et le hululement des hiboux, obligée d'endurer un froid si mordant que, le lendemain, elle se réveillerait endolorie tant elle avait frissonné. J'ai songé au manteau, qui la tiendrait bien au chaud : j'étais folle de joie à l'idée de le lui donner. Monique était mon amie… et j'allais m'occuper d'elle.

Je détournai le regard, presque incapable de supporter cette histoire qui faisait douloureusement écho à la mienne.

Mme Bell caressait à nouveau le manteau, comme pour s'apaiser.

— Je prévoyais toutes les choses merveilleuses que j'apporterais à Monique – ce manteau ; des crayons et du papier pour passer le temps ; quelques livres ; une savonnette et du dentifrice. Et de la nourriture, bien entendu – plein… (Au loin, je crus entendre qu'on sonnait.) Je me suis endormie en rêvant au festin que je déposerais aux pieds de Monique. (La vieille dame se frappa à nouveau la poitrine.) Mais je n'en ai rien fait. Au lieu de cela, je l'ai laissée tomber… de manière affreuse. Et catastrophique…

Drrrrrring.

Mme Bell leva les yeux, troublée : elle venait d'entendre qu'on sonnait à la porte. Elle se leva, étendit soigneusement le manteau sur le dossier de son fauteuil, et quitta la pièce en se lissant les cheveux. J'entendis son pas dans le couloir, puis une voix féminine :

158

— Madame Bell ?... infirmière de quartier... pour bavarder... Désolée, on ne vous a pas prévenue, à la clinique ?... environ une demi-heure... vous êtes sûre que je ne vous dérange pas ?

— Si, soufflai-je.

Quand Mme Bell revint au salon, suivie de l'infirmière, une blonde dans la cinquantaine, elle attrapa prestement le manteau et le remporta dans sa chambre.

L'infirmière me sourit.

— J'espère que je ne vous interromps pas.

Je résistai à l'envie de lui dire que pourtant c'était le cas.

— Vous êtes une amie de Mme Bell ? me demanda-t-elle.

— Oui. Nous étions en train de... bavarder.

Je me levai et regardai Mme Bell, qui était revenue. L'émotion de son récit était encore gravée sur ses traits.

— Je vais partir, maintenant, madame Bell – mais je vous rappellerai bientôt.

Elle posa la main sur mon bras en me dévisageant intensément.

— Oui, Phoebe, murmura-t-elle. Je vous en prie.

Je descendis l'escalier comme si j'étais accablée sous le poids d'un fardeau, ce n'était pas celui des deux valises, dont je remarquai à peine la charge. Parcourant en voiture la courte distance qui me séparait de ma maison, je repensai à l'histoire de Mme Bell. Je la plaignais d'être encore bouleversée par des événements qui s'étaient produits tant d'années auparavant.

Arrivée chez moi, je triai les vêtements que je devais porter chez Val – je repensai en frissonnant à ma séance de voyance – et ceux que je devais laver ou porter au pressing.

En retournant à la boutique, je m'arrêtai chez Oxfam, où je remis les affaires de Mme Bell à la bénévole, une septuagénaire un peu grognon que j'y avais souvent croisée.

— Ce sont tous des Jaeger en excellent état, lui expliquai-je.

Du coin de l'œil, je vis remuer le rideau en indienne de la cabine d'essayage. Je sortis le tailleur aigue-marine.

— Neuf, il vaudrait deux cent cinquante livres – il n'a que deux ans.

— C'est une jolie couleur, fit remarquer la femme.

— Oui, elle est subtile, n'est-ce pas ?

On tira le rideau : c'était Dan, vêtu d'une veste en velours côtelé turquoise et d'un pantalon rouge vif. Je faillis chausser mes lunettes de soleil.

— Salut, Phoebe. Je me disais bien que c'était vous. (Il se regarda dans le miroir.) Que pensez-vous de cette veste ?

— Ce que je pense de cette veste ? (Qu'en penser, en effet ?) La coupe n'est pas mal mais la couleur est… affreuse. (Son visage se décomposa.) Désolée. Vous m'avez posé la question.

— J'aime bien cette couleur, protesta Dan. Elle est… enfin… comment la décririez-vous ?

— Bleu paon, suggérai-je. Non… cyan.

— Ah, dit-il en se scrutant. Comme dans « cyanure » ?

— Exactement. Elle est effectivement un peu… toxique. (J'adressai une grimace à la bénévole.) Désolée.

Elle haussa les épaules.

— Ce n'est pas grave. Moi aussi, je la trouve immonde. Mais il peut presque se la permettre, dit-elle en le désignant d'un signe de tête. Il a un très joli visage en dessous de ses cheveux.

Je regardai Dan, qui souriait à la femme, reconnaissant. Je me rendis compte qu'il avait un très beau visage, en effet : un nez fort et droit, des jolies lèvres qui se terminaient en fossettes, un regard clair et gris. Qui me rappelait-il donc ?

— Mais avec quoi porteriez-vous cette veste ? exigea de savoir la bénévole. Il faut que vous y pensiez. Comme vous êtes un bon client, je me sens dans l'obligation de vous conseiller.

— Ah, mais ça ira avec des tas de choses, répliqua Dan d'un ton affable. Ce pantalon, par exemple.

— Je n'en suis pas tout à fait sûre, intervins-je.

La philosophie vestimentaire de Dan semblait tendre vers le désassorti systématique.

Il retira la veste.

— Je la prends, annonça-t-il joyeusement. Avec ces livres.

Il désigna d'un signe de tête la pile de livres sur le comptoir. Celui du dessus était une biographie de Garbo. Dan tapa dessus, puis me regarda.

— Saviez-vous que Louis B. Mayer voulait que Garbo change de nom, parce que d'après lui le sien ressemblait trop à *garbage*, détritus ?

— Euh, non, je ne le savais pas.

Je contemplai le visage sublime qui ornait la couverture.

— J'adore les films de Garbo. Mais je n'en ai pas vu depuis des siècles, ajoutai-je tandis que Dan tendait ses billets à la bénévole.

— Alors c'est votre jour de chance. Le Greenwich Picture House démarre une saison « Mère Russie » à la fin du mois, et *Anna Karenine* est au programme.

Il prit sa monnaie.

— On ira ensemble.

Je fixai Dan.

— Je… ne sais pas.

— Pourquoi pas ?

Il déposa les pièces de monnaie dans la boîte de collecte à côté de la caisse.

— Il faut que je réfléchisse.

— Je ne vois pas pourquoi, intervint la bénévole en remettant à Dan son ticket de caisse. Ça me plairait beaucoup, à moi, de voir un film de Greta Garbo avec un charmant jeune homme.

— Oui, mais…

Je ne voulais pas dire qu'en plus de réprouver la façon présomptueuse dont il m'avait invitée, je n'avais rencontré Dan que deux fois.

— … je ne sais pas si je serai libre.

— Attendez, dit Dan en ouvrant son sac, j'ai le programme sur moi. (Il le sortit et le consulta.) La projection a lieu… Mercredi 24 à 19 h 30. Ça vous va ?

Il me dévisagea, dans l'expectative.

— Eh bien…

La bénévole poussa un grand soupir.

— Si vous ne l'accompagnez pas, j'irai, moi. Je ne suis pas allée au cinéma depuis cinq ans, ajouta-t-elle. Depuis la mort de mon mari – nous y allions tous les vendredis, mais je n'ai plus personne pour m'accompagner, maintenant. Qu'est-ce que je ne donnerais pas pour une invitation comme celle-là…

Elle grimaça, comme si ma grossièreté lui paraissait inconcevable, puis remit ses sacs à Dan avec un sourire réconfortant :

— Voilà, mon grand. À bientôt.

— Vous pouvez y compter, dit Dan.

Nous sortîmes du magasin ensemble.

— Vous allez où ? me demanda-t-il alors que nous descendions Tranquil Vale.

— Je dois passer à la banque – j'ai oublié d'y aller ce matin.

— Je vais dans cette direction, moi aussi – je vais faire un bout de chemin avec vous. Alors, comment vont les affaires, chez Village Vintage ?

— Bien, répondis-je. En grande partie grâce à votre article, ajoutai-je, car je me sentais un peu coupable maintenant de mon irritabilité. (Mais une fois de plus, Dan m'avait prise de court par sa… spontanéité.) Et le journal, ça va ?

— Ça va. Le tirage est passé de dix à onze mille exemplaires, ce qui est bon signe. Mais nous cherchons encore des annonceurs – la plupart des commerçants locaux ne savent pas encore que nous existons.

Nous descendîmes la colline et traversâmes à l'intersection. Dan s'arrêta devant l'Age Exchange Reminiscence Centre.

— Je dois entrer ici.

Je scrutai la façade bordeaux.

— Pourquoi ?

— Je voudrais écrire un papier sur eux, je dois faire un petit repérage.

— Je n'y ai pas mis les pieds depuis des années, réfléchis-je à haute voix en contemplant la vitrine.

— Entrez donc avec moi.

— Eh bien… Je ne sais pas si j'ai le temps, je ne crois pas, Dan. Je vais…

Pourquoi refusais-je ? me demandai-je. Annie s'occupait de la boutique – je n'étais pas spécialement pressée.

— Bon, d'accord, dis-je. Rien qu'une minute.

L'Age Exchange était une espèce de machine à remonter dans le temps. L'intérieur était aménagé comme un magasin général à l'ancienne : les rayons croulaient sous des emballages d'avant-guerre de savon Sunlight, de Brown & Polson Custard, d'œufs en poudre Eggo et de cigarettes Player's Senior Service. La caisse enregistreuse en cuivre ouvragé ressemblait à une machine à écrire ; un poste TSF en bakélite et des appareils photo Brownie étaient exposés ; les petits tiroirs d'un coffre en bois regorgeaient de vieilles médailles, d'aiguilles et de crochets, de poupées tricotées et de bobines de fil – tout le bric-à-brac d'une époque révolue.

Dan et moi traversâmes le magasin jusqu'à la galerie du fond, où l'on exposait des photos en noir et blanc sur la vie dans l'East End dans les années 1930-1940. L'un des personnages, une fillette jouant dans une rue bombardée à Stepney, était encerclé : aujourd'hui octogénaire, elle vivait à Blackheath.

— Cet endroit est une sorte de musée, constatai-je.

— Plutôt un centre communautaire, précisa Dan, où les personnes âgées peuvent retrouver leurs souvenirs de jeunesse. Il y a un théâtre au fond, et un café. D'ailleurs, fit-il en désignant du menton le comptoir de cuisine, je prendrais bien un café. Vous m'accompagnez ?

Nous prîmes place à une table. Dan sortit son calepin et son crayon, qu'il se mit à tailler.

— Vous l'avez donc retrouvé, dis-je en désignant le taille-crayon.

— Oui, Dieu merci.

— Vous y tenez particulièrement ?

Dan le posa sur la table.

— Ma grand-mère me l'a légué. Elle est morte il y a trois ans.

— Elle vous a légué un taille-crayon ? (Il acquiesça.) C'est tout ? ne pus-je m'empêcher d'ajouter.

— Non, dit Dan en soufflant sur la mine. Elle m'a aussi légué un tableau franchement hideux. J'ai été un peu... déçu, je l'avoue, conclut-il avec délicatesse. Mais j'aime bien le taille-crayon.

Tandis que Dan griffonnait quelques notes dans son calepin avec son curieux système de « sténo », je lui demandai depuis combien de temps il était journaliste.

— Quelques mois seulement, répondit-il. Je débute.

Ce qui expliquait sa technique d'interview assez inepte.

— Que faisiez-vous avant ?

— Je travaillais pour une agence de marketing, où je concevais des campagnes de promotion pour des produits de grande consommation – des prix, des cartes de fidélité, des coupons de remboursement, des offres deux pour le prix d'un...

— Cinq pour cent de réduction la première semaine ? l'interrompis-je, ironique.

— Oui, fit Dan en rougissant. Ce genre de truc.

— Pourquoi avez-vous décroché ?

Il hésita.

— Je faisais la même chose depuis dix ans et j'avais envie de bouger. Un ancien copain de fac, Matt, venait de quitter le *Guardian* où il était chef du service économie, pour créer son propre journal – un vieux rêve – et il m'a demandé... de l'aider. Après avoir réfléchi, j'ai décidé d'accepter.

— Il vous a demandé d'écrire dans son journal ?

— Non, il avait déjà embauché deux journalistes à plein temps ; je m'occupe du marketing, mais j'ai carte blanche pour écrire sur tout ce qui m'intéresse.

— Alors je devrais être flattée.

Dan me dévisagea.

— Je vous ai vue, la veille de l'ouverture de la boutique – je crois que je vous l'ai dit. Je marchais sur le trottoir d'en face, et vous étiez dans la vitrine, en train d'habiller une poupée...

— Un mannequin, le repris-je.

— … il vous donnait du fil à retordre – l'un des bras n'arrêtait pas de tomber.

Je levai les yeux au ciel.

— J'ai horreur de me battre contre ces foutus machins.

— Vous étiez tellement déterminée à rester calme que je me suis dit « J'aimerais bien connaître cette femme », et maintenant, c'est fait. Voilà ce qui est bien, dans le journalisme, conclut-il en souriant.

— Deux cafés ! annonça la bénévole en les posant sur le comptoir.

J'allai les chercher et les tendis à Dan.

— Vous préférez quelle tasse, la rouge ou la verte ?

— La… (Il hésita.) Rouge.

Il tendit la main.

— Vous avez pris la verte !

Dan la scruta.

— En effet.

Je fis enfin « tilt » – un tilt assourdissant.

— Dan, êtes-vous daltonien ?

Il hocha la tête en pinçant les lèvres. Qu'est-ce que j'avais mis du temps à comprendre…

— Ça… vous complique la vie ?

— Pas vraiment, dit-il, philosophe. Mais je n'aurais pas pu devenir électricien.

— Ah oui, avec tous ces fils de couleurs différentes.

— Ou contrôleur de trafic aérien – ou pilote, d'ailleurs. Quand on est daltonien, les chats tigrés ont des rayures vertes, on n'arrive pas à cueillir des fraises, et on porte des vêtements mal assortis – comme vous avez pu le remarquer.

Mes joues s'enflammèrent.

— Si j'avais su, j'aurais eu plus de tact.

— Les gens font parfois des commentaires désobligeants sur mes tenues – mais je ne m'en explique jamais, sauf quand j'y suis obligé.

— Quand l'avez-vous découvert ?

— Lors de mon premier jour d'école. On nous a demandé de dessiner un arbre – le mien avait des feuilles rouge vif et un tronc vert. Mon institutrice a demandé à mes parents de me faire faire un examen de la vue.

— Alors votre pantalon n'est pas écarlate, pour vous ?

Dan le regarda.

— Je ne sais pas ce que signifie le mot « écarlate » – c'est un concept abstrait, comme un son de cloche pour un sourd : pour moi, ce pantalon est vert olive.

Je sirotai une gorgée de café.

— Quelles couleurs distinguez-vous ?

— Les tons pastel – bleu clair, mauve – et, bien sûr, le noir et le blanc, ajouta-t-il en désignant l'exposition d'un mouvement de la tête. Le monochrome me…

J'entendis soudain la chanson *As Time Goes By* et, pendant un moment, je crus qu'elle était diffusée par la sono, mais je me rendis compte que c'était la sonnerie du téléphone de Dan.

Il eut un regard d'excuse et prit l'appel.

— Salut, Matt, chuchota-t-il. Je suis au coin de la rue, à l'Age Exchange… Oui, je peux parler une minute… Désolé, articula-t-il à mon intention. Bon, d'accord…

Dan se leva. Il semblait sérieux, à présent.

— Si elle accepte de confirmer son témoignage, précisa-t-il en s'éloignant. Des preuves concrètes, l'entendis-je dire en sortant dans le jardin. Il ne faut pas qu'on puisse nous faire un procès en diffamation… Je serai là dans deux minutes.

Il revint à notre table, l'air préoccupé.

— Désolé. Matt veut discuter avec moi… Il faut que j'y aille.

— Et moi, j'ai des trucs à faire, répondis-je en prenant mon sac. Mais je suis heureuse d'être venue, et merci pour le café.

Nous sortîmes du Centre et restâmes plantés un moment sur le trottoir.

— Je vais par là, dit Dan en indiquant la droite. Les bureaux du *Black & Green* sont à côté du bureau de poste. Et vous, vous allez par là. Mais… on ira voir *Anna Karenine* ensemble.

— Eh bien… je vais y réfléchir, d'accord ?

Dan haussa les épaules.

— Pourquoi ne pas accepter, tout simplement ?

Puis, comme si c'était la chose la plus normale du monde, il m'embrassa sur la joue et tourna les talons.

En franchissant la porte de Village Vintage cinq minutes plus tard, je vis Annie raccrocher le téléphone.

— C'était Mme Bell. Apparemment, vous avez oublié la boîte à chapeaux, quand vous êtes partie, ce matin.

— J'ai oublié la boîte à chapeaux ?

Je ne l'avais même pas remarqué.

— Elle vous propose de passer la prendre demain à 16 heures. Elle vous demande de rappeler seulement si vous ne pouvez pas y aller. Mais je peux faire un saut…

— Non, non, j'irai moi-même – merci. Demain à 16 heures, c'est bien. Très bien…

Annie me regarda d'un air perplexe.

— Et alors, elle est comment, cette Mme Bell ? me demanda-t-elle en ramassant une robe du soir en satin qui avait glissé de son cintre.

— Elle est… charmante ; très intéressante.

— J'imagine que certaines de ces personnes âgées bavardent avec vous, parfois.

— En effet.

— Je parie qu'elles ont des histoires incroyables à raconter. Ce doit être fascinant, cet aspect du boulot, poursuivit Annie. J'adore écouter les personnes âgées raconter leur vie – je crois que nous devrions les écouter plus souvent.

J'étais en train de parler à Annie d'Age Exchange, où elle n'était jamais entrée, quand le téléphone sonna. C'était un producteur de Radio London : il avait lu mon interview dans *Black & Green* et aurait aimé m'inviter le lundi matin suivant pour parler des vêtements vintage. J'acceptai avec plaisir. Puis Miles m'envoya un SMS pour me dire qu'il avait réservé une table à l'Oxo Tower pour 20 heures. Je dus ensuite m'occuper de plusieurs commandes par internet, dont cinq pour des chemises de nuit françaises. Comme mon stock diminuait, je réservai un billet sur l'Eurostar pour aller à Avignon fin septembre. Je passai le reste de l'après-midi à recevoir des gens venus me proposer des vêtements.

— Je n'arriverai pas avant l'heure du déjeuner, demain, annonçai-je à Annie en fermant la boutique pour la journée. Je vais chez Val, ma couturière.

Je n'ajoutai pas que j'allais aussi consulter une voyante. Je trouvais soudain cette idée terrifiante.

6

Le lendemain matin, je postai la robe Balenciaga à Cindi à Beverly Hills tout en me demandant distraitement à quelle star elle était destinée, puis, avec des papillons dans l'estomac, je me rendis en voiture à Kidbrooke. Dans mon sac, j'avais glissé trois photos d'Emma et moi. La première avait été prise lorsque nous avions onze ans, sur la plage de Lyme Regis, où papa nous avait emmenées pour une chasse aux fossiles. Sur la photo, Emma brandissait la grande ammonite qu'elle avait trouvée et, je le savais, toujours conservée. Je me rappelais que nous avions toutes les deux obstinément refusé de croire mon père lorsqu'il nous avait dit qu'elle avait environ deux cents millions d'années. La deuxième photo avait été prise lors du défilé de fin d'études d'Emma au Royal College of Art. La troisième était un instantané de nous deux, durant ce qui allait se révéler être le dernier anniversaire d'Emma. Elle portait, ce qu'elle faisait rarement, l'un des chapeaux qu'elle avait créés – une cloche en paille verte avec une rose en soie rose amidonnée qui « poussait » dessus. « J'aime bien ! avait-elle dit, faussement surprise, en se regardant dans un miroir à main. Voilà le chapeau avec lequel je serai enterrée ! »

Je sonnai chez Val. Lorsqu'elle ouvrit, elle m'apprit qu'elle était contrariée parce qu'elle venait de renverser un bocal de grains de poivre. Cela me rappela, avec un pincement au cœur, le dîner d'Emma.

— C'est embêtant. Après, on en retrouve partout.

— Je ne suis pas contrariée parce qu'on en retrouve partout, mais parce que renverser des grains de poivre, ça porte malheur.

Je la regardai, surprise.

— En quoi ?

— En général, ça annonce la fin d'une grande amitié. (Un frisson me parcourut le dos.) Alors il va falloir que je marche sur des œufs avec Mags, pas vrai ? ajouta-t-elle. Bon… Vous m'avez apporté quoi, aujourd'hui ?

Toujours troublée, je lui montrai les six robes et les trois tailleurs de Mme Bell. Elle les examina.

— Rien que des petites réparations, alors. Oh, j'adore cette robe Ossie Clarke. Je l'imagine très bien sur King's Road en 1969. (Elle la retourna.) La doublure est déchirée ? Laissez-moi faire, Phoebe. Je vous appellerai dès que j'aurai terminé.

— Merci. Bon, alors, lançai-je, faussement gaie, je crois que je vais faire un saut à côté.

Val m'adressa un sourire d'encouragement.

— Bonne chance.

En sonnant chez Maggie, mon cœur battait comme un tam-tam.

— Entrez, mon chou ! hurla Maggie, je suis dans le salon.

Je suivis le sillage de *Magie noire* et de cigarette dans le couloir et trouvai Mags assise derrière une petite table carrée. Elle me fit signe de m'asseoir en face d'elle. Ce faisant, je regardai autour de moi. Rien n'indiquait l'activité qui se déroulait régulièrement ici : ni abat-jour frangés, ni boules de cristal, ni jeu de tarots. Simplement un canapé et deux fauteuils, un gigantesque écran plasma, un buffet en chêne sculpté et une étagère sur laquelle était posée une énorme poupée en porcelaine à boucles brunes et au regard vide.

— Si vous vous attendiez à voir une planche oui ja, vous allez être déçue, lâcha Maggie.

C'était comme si elle avait lu dans mon esprit, ce que je trouvai encourageant.

— Tout ce cinéma, genre « tenons-nous par la main en attendant l'esprit frappeur », ça n'est pas mon truc. Non, ce que je vais faire, c'est vous connecter à la personne aimée. Je suis, en quelque sorte, votre standardiste : je vous passe la communication.

— Mags…, fis-je, soudain effrayée, maintenant que je suis ici, je suis un peu… inquiète. Enfin, vous ne croyez pas que c'est un peu grossier de… disons… déranger les morts ?

Surtout dans le « living », songeai-je brusquement.

— Non, pas du tout, répondit Mags. Parce que justement, ils ne sont pas vraiment morts, vous comprenez ? Ils sont ailleurs, mais (elle brandit son index) ils sont joignables. Bon, alors, Phoebe. On y va.

Maggie m'observait, dans l'expectative.

— On y va, d'accord ? répéta-t-elle en désignant mon sac d'un signe de tête.

— Ah. Pardon.

Je pris mon sac.

— Les affaires avant le plaisir, dit Mags. Merci.

Elle prit mes cinquante livres et les fourra entre ses seins. J'imaginai le billet s'y réchauffant. Puis je me demandai quoi d'autre elle rangeait là. Une poinçonneuse ? Son carnet d'adresses ? Un petit chien ?

Maintenant que Mags était prête, elle posa ses mains à plat sur la table, en pressant ses doigts contre le bois comme pour résister aux turbulences du voyage psychique qui l'attendait. Ses ongles vermillon étaient si longs qu'ils se recourbaient au bout, comme de petits cimeterres.

— Donc… vous avez perdu quelqu'un.

— Oui.

J'avais décidé de ne pas montrer les photos à Mags, et de ne lui donner aucun indice sur Emma.

— Vous avez perdu quelqu'un. Quelqu'un que vous aimiez.

— Oui.

Ma gorge se serra, comme toujours.

— Beaucoup.

— Oui, répétai-je.

— Une personne dont vous étiez très proche, à laquelle vous teniez plus que tout au monde.

Je hochai la tête en luttant pour ne pas pleurer.

Maggie ferma les yeux, puis aspira profondément par le nez avec un sifflement.

— Et que voudriez-vous dire à cette personne… ?

Je fus prise de court, car je ne m'étais pas attendue à devoir parler la première. Je fermai les yeux un moment et pensai que, par-dessus tout, je voulais dire à Emma « Je te demande pardon », puis « Tu ne sais pas à quel point tu me manques… je ressens comme une douleur permanente au cœur ». Enfin, je voulais dire à Emma : « Je suis en colère contre toi d'avoir fait ce que tu as fait. »

Je regardai Mags, soudain submergée par l'angoisse.

— Je… je ne trouve rien à dire pour l'instant.

— Ce n'est pas grave, mon chou, mais… (Elle fit une pause théâtrale.) Cette personne veut vous dire quelque chose.

— Quoi ? fis-je faiblement.

— C'est très important.

— Dites-moi ce que c'est…, suppliai-je, le cœur affolé. Je vous en prie.

— Eh bien…

— Dites-moi.

Elle inspira profondément.

— Il dit que…

Je battis des paupières.

— Ce n'est pas un homme.

Mags ouvrit les yeux et me regarda, bouche bée.

— Ce n'est pas un homme ?

— Non.

— Vous en êtes sûre ?

— Évidemment que j'en suis sûre.

— C'est curieux… C'est le nom de Robert que je capte, fit-elle en me scrutant. Je le capte très fort.

— Je ne connais personne du nom de Robert.

— Alors Rob ?

Je secouai la tête. Mags pencha la sienne sur son épaule.

— Bob ?

— Non.

— Et David, ça vous dit quelque chose ?

— Maggie, il s'agit d'une femme.

Elle m'observa à travers ses faux cils.

— Naturellement, dit-elle d'un ton conciliant. C'est bien ce que je pensais… (Elle referma les yeux et inspira bruyamment.) D'accord. Je l'ai. Elle arrive… Je vous passe la communication dans un petit instant.

Je m'attendais à moitié à entendre le « bip » d'un second appel, ou une musique de standard du genre *Les Quatre Saisons*.

— Alors, quel nom captez-vous ? lui demandai-je.

Mags pressa ses index sur ses tempes.

— Je ne peux pas encore vous répondre… mais je peux vous assurer que je capte un rapport avec un pays étranger.

— Un pays étranger ! m'exclamai-je. C'est juste. Et quel est ce rapport ?

Maggie me fixa.

— Votre amie aimait bien voyager… à l'étranger.

— Ou…ui.

Comme tout le monde.

— Mags, pour m'assurer que vous captez la bonne personne, pourriez-vous me préciser le pays avec lequel mon amie avait un rapport particulier – un pays qu'elle avait d'ailleurs visité trois semaines à peine avant de…

— Passer de l'autre côté ? Je peux vous le dire.

Mags referma les yeux. Ses paupières étaient bordées d'eye-liner bleu électrique en œil de biche.

— Ça y est, je la capte ! Le signal est clair et net !

Elle se boucha les oreilles en regardant le plafond d'un air contrarié.

— Je t'entends, mon cœur ! Pas la peine de hurler !

Elle me fixa.

— Le pays avec lequel votre amie a un rapport particulier est… l'Amérique… du Sud.

Je gémis malgré moi.

— Non. Elle n'y a jamais mis les pieds. Mais elle en a toujours rêvé, précisai-je.

Maggie me regarda d'un œil vide.

— Eh bien c'est… ce que je capte. Votre amie a toujours rêvé d'y aller, et elle n'a pas pu… et maintenant, ça la tourmente. (Mags se gratta le nez.) Bon, et cette amie… s'appelait…

Elle ferma les yeux.

— Lisa ?

— Emma, lâchai-je d'une voix lasse.

— Emma, fit Maggie en claquant la langue. Bien sûr. Bon… Emma était une personne très raisonnable, très terre à terre, n'est-ce pas ?

— Non, répondis-je. (C'était désespérant.) Pas du tout. Elle était intense, un peu naïve – voire légèrement… névrosée. Elle pouvait être très drôle, mais elle avait souvent tendance à broyer du noir. Elle était également imprévisible – elle pouvait faire des choses… imprudentes. (Je songeai amèrement au dernier acte d'imprudence d'Emma.) Mais pouvez-vous me parler de sa carrière ? Juste pour être sûre que vous ne vous trompez pas d'Emma ?

Elle ouvrit les yeux puis les écarquilla.

— Je vois un chapeau…

Une bouffée d'euphorie et de terreur mêlées m'envahit.

— Un chapeau noir, reprit Maggie.

— De quelle forme ? demandai-je, le cœur battant comme un tambour.

Maggie plissa les yeux.

— Plat… avec quatre coins et… un long gland noir.

— Ce que vous décrivez, c'est une toque universitaire, lâchai-je, découragée.

Mags sourit.

— Exactement… Emma était prof, non ?

— Non.

— Eh bien… a-t-elle porté une toque universitaire pour sa remise de diplôme ? Parce que c'est ça que je vois.

Maggie plissa à nouveau les paupières et étira un peu le cou, comme si elle tentait de distinguer quelque chose qui disparaissait à l'horizon.

— Non, soupirai-je, exaspérée. Emma était diplômée du Royal College of Art.

— Je me disais bien qu'elle était artiste, fit joyeusement Maggie. Alors je ne m'étais pas trompée.

Elle remua les épaules puis referma les yeux, comme si elle priait. J'entendis une sonnerie de téléphone quelque part. Quelle était cette chanson ? Ah oui – *Spirit in the Sky*. Je me rendis compte qu'elle sortait du décolleté de Maggie.

— Excusez-moi, dit-elle en tirant d'entre ses seins d'abord un paquet de Silk Cut, ensuite son téléphone portable. Bonjour, dit-elle. Je vois… Vous ne pouvez pas… Ce n'est pas grave. Merci de m'avoir prévenue.

Elle referma le téléphone d'un coup sec et le renfonça entre ses seins, en le poussant délicatement du majeur.

— Vous avez de la chance, dit-elle, mon rendez-vous de midi vient d'être annulé – on peut continuer.

Je me levai.

— C'est gentil, Maggie, mais non merci.

Ça m'apprendra à faire un truc aussi nul, me dis-je en rentrant à Blackheath. J'étais furieuse de l'avoir même envisagé. Et si Maggie avait réussi à contacter Emma ? Le choc aurait pu me faire faire une dépression nerveuse. J'étais ravie que Mags soit un charlatan. Mon indignation s'apaisa et céda au soulagement.

Je me garai devant chez moi à mon emplacement habituel, et entrai pour vider la machine à laver et lancer une autre lessive, avant de me rendre à pied à la boutique. Comme j'avais faim, je m'arrêtai au Moon Daisy Café pour déjeuner rapidement. Je m'installai à une table en terrasse et Pippa, la gérante du café – c'est elle qui m'a fait connaître Val –, m'apporta un exemplaire du *Times*. Je lus en diagonale les nouvelles nationales et internationales, et parcourus un article sur la *London Fashion Week* qui venait de commencer. En passant au cahier « affaires », je me retrouvai nez à nez avec une photo de Guy, légendée LE CHEVALIER BLANC DES FONDS D'INVESTISSEMENT. Je lus l'article, la bouche sèche comme du feutre. *Guy Harrap... trente-six ans... chez l'assureur Friends Provident... fondé Ethix... investit dans des sociétés qui n'ont aucun impact négatif sur l'environnement... technologies propres... ne recourent pas au travail des enfants... ne maltraitent pas les animaux... sociétés qui s'engagent à améliorer la santé et la sécurité des êtres humains.*

J'en eus la nausée. Le moins qu'on puisse dire, c'était que Guy n'avait pas amélioré la santé et la sécurité d'Emma. « Tu sais qu'elle exagère toujours, Phoebe. Elle cherche probablement à attirer l'attention. » Il n'était pas aussi « chevalier blanc » qu'il le prétendait.

Je scrutai l'omelette que Pippa venait de m'apporter. Soudain, je n'en avais plus envie. Puis mon portable sonna. C'était maman.

— Tu vas bien, Phoebe ?

— Très bien, mentis-je. Et toi ?

D'une main tremblante, je refermai le journal pour ne pas avoir Guy sous les yeux.

— Très bien, répondit-elle d'un ton insouciant. Je vais bien, très bien... En fait, ça va très mal, ma chérie.

Je sentis qu'elle retenait ses larmes.

— Que se passe-t-il, maman ?

— Je suis allée sur un chantier ce matin, à Ladbroke Grove. J'apportais des plans à John et... (Elle déglutit.).

Ça m'a déprimée, d'être aussi près de l'endroit où vit ton père avec... elle... et... et...

— Ma pauvre maman... Essaie de ne pas y penser. Pense à l'avenir.

— Oui, tu as raison, ma chérie, renifla-t-elle. C'est ce que je vais faire. Et c'est justement pour ça que j'ai rendez-vous... (j'espérai qu'elle dirait « avec un monsieur ») pour un nouveau traitement. (Ma joie retomba.) Ça s'appelle le laser fractionné, ou Fraxel – c'est très scientifique. Ça inverse littéralement le processus de vieillissement.

— Vraiment ?

J'entendis le crissement du papier glacé.

— Ça agit – j'ai la brochure sous les yeux – en « éliminant les vieilles cellules épidermiques pigmentées. Il restaure le visage du patient une section à la fois, tout comme on restaure un tableau ancien par sections ». Le seul inconvénient, précisa maman, c'est que ça entraîne une « exfoliation vigoureuse ».

— Alors garde l'aspirateur sous la main.

— Et qu'il faut six séances au minimum.

— Qui coûtent... ?

Je l'entendis inspirer.

— Trois mille livres. Mais la différence entre les photos « avant » et « après » est stupéfiante.

— C'est parce que, dans les photos d'« après », les femmes sourient et sont maquillées.

— Attends d'avoir soixante ans, se lamenta maman. Tu verras que tu les voudras, tous ces traitements, sans compter les trucs qu'on aura inventés d'ici là.

— Pas du tout, protestai-je. Je ne fuis pas le passé, maman... Il m'est au contraire très précieux. C'est pour ça que je fais ce que je fais.

— Pas la peine de me donner des leçons de morale, fit maman, vexée. Alors dis-moi, et toi ? Que deviens-tu ?

Je décidai de ne pas avouer à maman que je venais de consulter un médium. Je lui racontai que j'irais en France à la fin du mois ; puis, spontanément, je lui parlai de Miles. Je n'en avais pas eu l'intention, mais je crus que ça pourrait lui remonter un peu le moral.

— Ça me semble très prometteur, tout ça, dit-elle quand je le lui décrivis. Une fille de seize ans ? Eh bien, tu ferais une belle-mère adorable, et tu peux avoir des enfants à toi. Alors il est divorcé, c'est ça ?... Veuf ? Ah... parfait... Et il a quel âge, ce Miles ?... Ah. Je vois. D'un autre côté, ajouta-t-elle, ragaillardie, ça veut dire qu'il a déjà une situation, à son âge. Oh, John me fait signe. Il faut que j'y aille, ma chérie.

— Haut les cœurs, maman !

Je passai les deux heures qui suivirent à faire l'inventaire, à téléphoner à des marchands et à consulter les sites des maisons de ventes aux enchères, en notant les ventes auxquelles je souhaitais assister. Puis, à 15 h 50, j'enfilai ma veste et me dirigeai vers le Paragon.

Mme Bell m'ouvrit de chez elle et je gravis les trois étages ; mes pas résonnaient sur les marches en pierre.

— Ah, Phoebe ! Je suis si heureuse de vous revoir. Entrez.

— Je suis désolée d'avoir oublié les chapeaux, madame Bell.

Sur la table du hall d'entrée, je vis une brochure de l'association caritative Macmillan, qui gérait un réseau d'infirmières spécialisées dans les soins palliatifs.

— Ça n'a absolument aucune importance. Je vais préparer du thé. Allez vous asseoir.

J'allai dans le salon et restai debout devant la fenêtre, à contempler le jardin désert, à l'exception d'un garçonnet en short gris qui cherchait des marrons en donnant des coups de pied dans les feuilles mortes.

Mme Bell revint avec le plateau, mais cette fois, quand je lui offris de le prendre, elle me laissa faire.

— Mes bras ne sont pas aussi forts qu'avant. Mon corps passe à l'ennemi. Apparemment, pendant le premier mois, je me sentirai assez bien, puis… assez mal.

— Je suis… désolée, bredouillai-je, impuissante.

— C'est comme ça, dit-elle. Il n'y a rien à faire, sauf savourer chaque instant du bref délai qui m'est accordé, pendant que j'en suis encore capable.

Elle souleva la théière, mais dut utiliser ses deux mains.

— Comment était l'infirmière ?

Mme Bell soupira.

— Aussi sympathique et compétente qu'on puisse l'espérer. D'après elle, je pourrai peut-être rester ici jusqu'à ce que… Je préférerais éviter l'hôpital.

— Je comprends.

Nous demeurâmes assises en silence, en buvant notre thé. Il était clair, désormais, que Mme Bell n'allait pas reprendre son récit. Pour une raison quelconque, elle avait changé d'avis. Elle regrettait peut-être de s'être confiée à moi. Elle posa la tasse, puis repoussa une mèche de son front.

— La boîte à chapeaux est dans la chambre, Phoebe. Si vous le voulez bien, vous pouvez aller la prendre.

Ce que je fis. En prenant la boîte, je l'entendis me lancer du salon :

— Et auriez-vous la gentillesse de m'apporter le manteau bleu ?

Mon pouls s'accéléra en prenant le manteau dans la penderie. Je le sortis de sa housse et l'apportai dans le salon, où je le remis à Mme Bell.

Elle l'étala sur ses genoux et caressa le revers.

— Bon, dit-elle d'une voix posée tandis que je me rasseyais. Où en étais-je ?

— Eh bien…, fis-je en posant la boîte à chapeaux à mes pieds. Vous… disiez que vous aviez retrouvé votre amie, Monique, dans la grange, et qu'elle se cachait là depuis dix jours. (Mme Bell hocha lentement la tête.) Vous lui avez apporté des provisions et…

— Oui, murmura-t-elle. Je lui ai apporté des provisions, et je lui ai promis de lui apporter mon manteau.

— C'est ça.

C'était comme si Mme Bell me mêlait à son histoire.

Elle regarda par la fenêtre en se laissant envahir par les souvenirs.

— Je me rappelle combien j'étais heureuse de pouvoir aider Monique. Mais je ne l'ai pas aidée, ajouta-t-elle doucement. Je l'ai trahie… (Elle pinça les lèvres un moment, puis je l'entendis inspirer.) J'étais censée retourner la voir en fin d'après-midi, et je pensais constamment à tout ce que je ferais pour mon amie…

La vieille dame fit une pause avant de poursuivre :

— Après le déjeuner, je suis passée à la boulangerie pour prendre ma ration de pain. J'ai fait la queue pendant une heure, en écoutant les autres clients se plaindre du marché noir. Enfin, j'ai obtenu le demi-pain auquel j'avais droit et, alors que je traversais la place, j'ai vu Jean-Luc assis tout seul à la terrasse du café Mistral. À mon grand étonnement, il ne m'a pas regardée comme si j'étais transparente : il m'a regardée dans les yeux. J'ai été encore plus étonnée qu'il me fasse signe d'approcher. J'étais tellement contente que j'arrivais à peine à parler. Il m'a offert un verre de jus de pomme, que j'ai siroté pendant qu'il buvait sa bière. J'étais folle de joie de me retrouver là, tout à coup, assise dans le soleil d'avril avec ce garçon beau comme un dieu dont je rêvais depuis si longtemps.

« La radio du café diffusait une chanson de Frank Sinatra, *Night and Day*, qui était très populaire à l'époque. J'ai soudain pensé à Monique qui était dans sa grange nuit et jour et je me dis que j'allais devoir partir bientôt. Mais le garçon apportait déjà une autre bière à Jean-Luc, qui m'a demandé si j'en avais déjà bu. J'ai répondu que non, bien sûr, car je n'avais que quatorze ans. Il a éclaté de rire en disant qu'il était grand temps. Il m'en a offert une gorgée, ce qui m'a semblé très romantique, notamment parce que la bière était strictement rationnée. J'en ai donc bu une gorgée, puis une autre, et une autre encore – alors que ça ne me plaisait pas du tout. Je voulais faire croire à Jean-Luc que ça me plaisait. La nuit tombait. Je savais que je devais partir – tout de suite. Mais j'avais la tête qui tournait, il faisait presque noir et j'ai compris, honteuse, que je ne pourrais pas me rendre à la grange ce soir-là. J'ai résolu d'y aller dès l'aube, en me consolant à l'idée que je n'aurais que quelques heures de retard.

Mme Bell ne cessait de caresser le manteau, comme pour le réconforter.

— Jean-Luc m'a proposé de me raccompagner chez moi. C'était tellement romantique de traverser la place au crépuscule et de passer devant l'église, alors que les premières étoiles sortaient dans le ciel nocturne. Je me suis dit que la nuit allait être dégagée – et froide.

Les doigts fins de Mme Bell recherchèrent distraitement les boutons du manteau.

— J'étais maintenant tourmentée par un sentiment de culpabilité – mais j'éprouvais une curieuse sensation, comme si ma tête ne pesait rien. J'ai pensé, tout d'un coup, que Jean-Luc pourrait aider Monique. Son père était gendarme, après tout – les autorités avaient dû faire erreur. Et alors... juste avant d'arriver chez moi... (Mme Bell agrippa le manteau. Ses jointures avaient blanchi.) J'ai parlé de Monique à Jean-Luc... Je lui ai dit que je l'avais retrouvée dans la vieille grange. Je lui ai expliqué que je lui racontais tout ça au cas où il pourrait l'aider. Jean-Luc avait l'air tellement préoccupé que j'en ai éprouvé un petit pincement de jalousie ; je me rappelais son geste affectueux, avec l'écharpe de Monique. Enfin... (Mme Bell déglutit.) Il m'a demandé où se trouvait la grange et je lui ai décrit le lieu. (Elle secoua la tête.) Pendant un moment, Jean-Luc s'est tu, puis il a dit qu'il avait entendu parler d'autres enfants qui se cachaient dans des endroits semblables, ou qui étaient dissimulés dans des maisons. Il a ajouté que la situation était difficile pour tous ceux qui y étaient mêlés. Nous sommes arrivés chez moi et nous nous sommes dit au revoir.

« Mes parents écoutaient de la musique sur le poste TSF et ils ne m'ont pas entendue monter l'escalier sur la pointe des pieds. J'ai bu beaucoup d'eau parce que j'avais soif et je me suis mise au lit. Sur ma chaise, le manteau bleu était éclairé par la lune... (Mme Bell le souleva et le serra contre elle.) Le lendemain matin, je me suis réveillée – non pas à l'aube, comme j'en avais eu l'intention, mais deux heures plus tard que d'habitude. J'étais désolée de ne pas avoir tenu parole. Mais je me consolais à l'idée que j'irais bientôt à la grange pour donner à Monique mon joli manteau – un sacrifice important. Monique pourrait dormir la nuit, et tout s'arrangerait – Jean-Luc pourrait peut-être l'aider.

À ces mots, Mme Bell eut un sourire sinistre.

— Je me sentais tellement coupable de ne pas être allée la rejoindre la veille que j'ai fourré dans le panier toute la nourriture que je pouvais subtiliser sans éveiller les soupçons de ma mère, puis je me suis mise en route pour la grange. J'y suis entrée en chuchotant « Monique », tout en retirant mon manteau. Pas de réponse. Puis j'ai vu sa couverture, en tas. Je l'ai encore appelée mais elle ne répondait toujours pas – je n'entendais que les martinets voletant sous les avant-toits. J'avais maintenant l'estomac noué – sauf que c'était comme un nœud dans tout le corps. Je suis allée jusqu'au fond de la grange, derrière les bottes de foin, et sur le sol, là où Monique dormait, j'ai vu ses perles en verre éparpillées dans la paille.

Mme Bell agrippa l'une des manches.

— Je ne savais pas où Monique avait pu aller. Je me suis rendue jusqu'au ruisseau, mais elle n'y était pas. J'espérais qu'elle reparaîtrait tout d'un coup, pour que je puisse lui donner le manteau, car elle en avait besoin.

Sans le vouloir, Mme Bell m'offrit le manteau, à moi, puis, prenant conscience de son geste, elle le laissa retomber sur ses genoux.

— J'ai attendu environ deux heures, puis j'ai supposé qu'il devait être l'heure de déjeuner et que mes parents se demanderaient où j'étais passée. Alors je suis partie. À mon retour, mes parents ont remarqué que j'étais bouleversée et m'ont demandé pourquoi. Je leur ai menti en leur racontant que j'avais le béguin pour un garçon, Jean-Luc Aumage, qui ne s'intéressait pas à moi. « Jean-Luc Aumage ! s'est exclamé mon père. Le fils de René Aumage ? Tel père, tel fils – l'un ne vaut pas mieux que l'autre. Ne perds pas ton temps, ma fille – tu peux trouver mieux que ça ! »

Les yeux de Mme Bell brillaient d'indignation.

— J'aurais voulu gifler mon père d'avoir fait des remarques aussi désobligeantes sur Jean-Luc. Il ne savait pas ce que je savais, moi – que Jean-Luc avait accepté d'aider Monique. C'était peut-être déjà fait. Voilà pourquoi elle avait quitté la grange ; à l'heure qu'il était, Jean-Luc l'emmenait peut-être rejoindre ses parents et ses frères. J'étais certaine qu'il ferait tout ce qui était en son pouvoir. Pleine d'espoir, j'ai couru jusque chez lui ; mais la mère de Jean-Luc m'a appris qu'il était parti à Marseille et qu'il ne rentrerait que le lendemain après-midi.

« Ce soir-là, je suis retournée à la grange, mais Monique n'y était toujours pas. Il faisait froid, mais je n'arrivais pas à passer le manteau, parce qu'il lui appartenait, désormais. Quand je suis rentrée chez moi, je suis montée dans ma chambre ; sous mon lit, l'une des lattes du plancher pouvait être soulevée. C'était là que je cachais mes affaires secrètes. J'ai décidé d'y dissimuler le manteau jusqu'à ce que je puisse le remettre à Monique. Mais je devais d'abord l'emballer dans du papier journal pour le protéger. J'ai pris un exemplaire de la *Gazette provençale* que mon père avait fini de lire. En séparant les pages, mon regard a été attiré par un article relatant « l'arrestation réussie » d'« étrangers » et d'« apatrides » à Avignon, Carpentras, Orange et Nîmes, les 19 et 20 avril. Le « succès » de cette rafle, disait-on, était dû au fait que les cartes de rationnement des juifs étaient tamponnées, trahissant ainsi leur identité ethnique.

Mme Bell me regarda avec insistance.

— Je comprenais maintenant ce qui était arrivé à la famille de Monique. L'article parlait de trains qui se dirigeaient vers le nord, « chargés » de « juifs » et d'« autres étrangers ». Après avoir caché le manteau, je suis descendue, prise de vertige.

« Le lendemain après-midi, je suis retournée chez Jean-Luc. À ma grande joie, c'est lui qui m'a ouvert ;

le cœur battant, je lui ai demandé en chuchotant s'il avait pu aider Monique. Il a éclaté de rire en me répondant qu'il l'avait bien aidée, « tu parles ». Affolée, je lui ai demandé ce qu'il voulait dire par là. Il ne m'a pas répondu, alors je lui ai répété qu'il fallait s'occuper de Monique. Jean-Luc m'a rétorqué qu'on allait bien s'occuper d'elle, en effet – avec les « gens de sa race ». J'ai exigé de savoir où elle était : il m'a raconté qu'il avait aidé son père à l'escorter jusqu'à la prison Saint-Pierre, à Marseille, d'où elle partirait en train pour Drancy dès que possible. Je savais ce qu'était Drancy – un camp d'internement aux abords de Paris. Ce que j'ignorais, c'était que Drancy était l'endroit d'où les juifs étaient envoyés à l'Est – à Auschwitz, Buchenwald et Dachau. (Ses yeux brillaient.) Alors que Jean-Luc refermait la porte, j'ai mesuré l'horreur de la situation.

« Je me suis assise sur un muret. Qu'est-ce que j'avais fait ? Au lieu d'aider mon amie, ma naïveté et ma stupidité avaient provoqué sa découverte et son départ pour…

Les livres de Mme Bell tremblèrent et deux larmes tombèrent sur le manteau.

— J'entendais le train siffler au loin, et j'ai songé que Monique s'y trouvait peut-être – je voulais courir jusqu'à la voie ferrée pour l'arrêter…

Elle prit le mouchoir en papier que je lui tendais et le pressa contre ses yeux.

— Après la guerre, lorsque nous avons appris le sort réservé aux juifs, j'ai… (Sa voix se brisa :) Tous les jours, j'imaginais le calvaire de mon amie. L'idée qu'à cause de moi, elle était sûrement morte, Dieu sait dans quel enfer – et dans quelle terreur –, me tourmentait sans répit. (La vieille dame se frappa le sternum avec un petit bruit sourd.) Je ne me le suis jamais pardonné, et je ne me le pardonnerai jamais.

Ma gorge se serra – autant pour moi que pour Mme Bell.

— Quant au manteau… (Elle serra le mouchoir en papier dans son poing.) Il est resté caché sous le plancher, malgré la colère de ma mère qui exigeait que je le retrouve. Cela m'importait peu – il appartenait à Monique. J'aurais tant voulu le lui donner, l'aider à le passer, le boutonner pour elle… (Elle caressa l'un des boutons.) Et puis j'aurais aussi tant aimé lui remettre ça…

Elle glissa la main dans une poche du manteau et en tira un collier. Les perles roses et bronze scintillèrent au soleil. Mme Bell les enroula autour de sa main et les pressa contre sa joue.

— C'était mon rêve… pouvoir rendre à Monique ce manteau et ce collier. Et le croirez-vous, Phoebe ? J'en rêve encore. (Elle sourit faiblement.) Vous trouvez sans doute cela très étrange.

— Non.

— J'ai laissé le manteau dans sa cachette jusqu'en 1948 quand, comme je vous l'ai dit, j'ai quitté Avignon pour recommencer ma vie à Londres – loin du lieu où s'étaient déroulés ces événements ; une vie où je ne croiserais ni Jean-Luc Aumage, ni son père dans la rue ; où je ne passerais pas devant la maison où avaient vécu Monique et sa famille : je ne supportais plus de la voir, sachant qu'ils n'y étaient jamais revenus. Et je ne l'ai jamais revue. (Elle soupira profondément.) Malgré cela, en partant m'installer à Londres, j'ai emporté le manteau, dans l'espoir d'accomplir un jour ma promesse à mon amie – je sais, c'était fou, car je savais que Monique avait été vue pour la dernière fois le 5 août 1943 lors de son arrivée à Auschwitz. (Mme Bell cligna des yeux.) J'ai néanmoins gardé le manteau toutes ces années. C'est ma... ma...

Elle s'arrêta pour me regarder.

— Quel est ce mot que je recherche ? me demanda-t-elle.

— Pénitence.

— Ma pénitence, répéta Mme Bell. Bien sûr.

Elle glissa à nouveau le collier dans la poche d'où elle l'avait tiré.

— Voilà l'histoire du petit manteau bleu, conclut-elle en se levant. Je vais le ranger, maintenant. Merci de m'avoir écoutée, Phoebe. Vous n'avez aucune idée de ce que vous venez de m'offrir. Toutes ces années, j'ai attendu quelqu'un qui puisse écouter mon histoire, sinon pour me condamner, du moins pour me... comprendre. (Elle me lança un regard inquiet.) Vous me comprenez, Phoebe ? Vous comprenez pourquoi j'ai fait ce que j'ai fait ? Pourquoi je ressens encore ce que je ressens ?

— Oui, je comprends, madame Bell, murmurai-je. Plus que vous ne vous l'imaginez.

Mme Bell retourna dans la chambre, où je l'entendis refermer la porte de la penderie, puis elle revint au salon et s'assit, le visage ravagé par l'émotion.

— Mais... pourquoi ne jamais en avoir parlé à votre mari ? D'après tout ce que vous m'avez dit, vous l'aimiez, c'est évident.

— Beaucoup. Et c'est justement parce que je l'aimais que je n'ai jamais osé lui en parler. J'étais terrifiée à l'idée qu'il me regarde différemment, qu'il me condamne.

— Pourquoi ? Pour avoir été une jeune fille qui a essayé de faire le bien, et qui a finalement...

— ... fait le mal, conclut Mme Bell. La pire chose... Bien sûr, ce n'était pas une trahison intentionnelle. Comme l'avait dit Monique, je n'avais rien compris. J'étais très jeune, et j'ai souvent tenté de me consoler en songeant que Monique aurait pu être découverte de toute façon, qui sait...

— Oui, dis-je aussitôt, c'était possible. Elle aurait pu mourir, sans que vous y soyez pour rien, madame Bell – pour rien, absolument rien.

Mme Bell me regardait avec curiosité.

— Vous avez commis une erreur de jugement, c'est tout, ajoutai-je plus calmement.

— Le fait que ce soit une erreur de jugement ne m'a pas rendu cela plus facile à vivre, car cette erreur a provoqué la mort de mon amie. (Elle inspira, puis expira lentement.) Voilà ce qui est difficile à supporter.

Je pris la boîte à chapeaux et la posai sur mes genoux.

— Je comprends... en effet. Je ne le comprends que trop bien. C'est comme si on portait un énorme rocher dans ses bras, qu'on est la seule à pouvoir porter, et qu'on ne peut poser nulle part...

Le silence nous enveloppa. Je pris conscience du doux sifflement du feu.

— Phoebe, reprit Mme Bell, qu'est-il réellement arrivé à votre amie ? À Emma ?

Je fixai les petits bouquets de fleurs sur la boîte à chapeaux ; les fleurs étaient stylisées, mais je reconnaissais des tulipes et des campanules.

— Vous disiez qu'elle était malade...

Je hochai la tête, consciente du tic-tac léger de la pendule.

— Tout a commencé il y a près d'un an, début octobre.

— La maladie d'Emma ?

Je secouai la tête.

— Les événements qui l'ont précédée... qui l'ont, d'une certaine manière, provoquée.

Et je me mis à parler de Guy à Mme Bell.

— Emma a dû souffrir.

— Je ne mesurais pas à quel point. Elle soutenait qu'elle s'en remettrait, mais elle n'y arrivait pas – elle avait trop mal.

— Et vous vous le reprochez ?

J'avais la bouche sèche.

— Oui. Emma et moi, nous étions amies depuis près de vingt-cinq ans. Quand j'ai commencé à sortir avec Guy, ses coups de fil quotidiens ont... cessé : quand j'essayais de la joindre, elle ne me répondait pas, ou alors, elle était distante. Elle s'était tout simplement retirée de ma vie.

— Mais vous avez poursuivi votre relation avec Guy ?

— Oui, vous comprenez, c'était plus fort que nous – nous étions tombés amoureux l'un de l'autre. Pour Guy, nous n'avions rien fait de mal. Ce n'était pas notre faute, disait-il, si Emma avait mal interprété son amitié pour elle. D'après lui, elle finirait par se faire à l'idée. Il estimait que, si c'était une véritable amie, elle devait accepter la situation et essayer d'être heureuse pour moi.

Mme Bell acquiesça.

— Croyez-vous qu'il y ait eu du vrai, là-dedans ?

— Oui, bien sûr. Mais c'est plus facile à dire qu'à faire quand on est blessée. Et j'ai compris, quand Emma a fait ce qu'elle a fait par la suite, à quel point elle l'était.

— Qu'a-t-elle fait ?

— Après Noël, Guy et moi sommes partis skier. La veille du jour de l'an, nous sommes allés dîner ; nous avons bu du champagne en apéritif. Quand Guy m'a tendu ma flûte, j'ai vu qu'elle contenait quelque chose.

— Ah, fit Mme Bell. Une bague.

— Un magnifique solitaire. J'étais folle de joie – mais aussi stupéfaite, car nous ne nous connaissions que depuis trois mois. Mais alors même que j'acceptais de l'épouser par un baiser, j'étais tourmentée à l'idée de la façon dont Emma prendrait la nouvelle. J'allais le découvrir bientôt, car le lendemain matin, à mon grand étonnement, elle m'a appelée pour me souhaiter la bonne année. Nous avons bavardé un moment, puis elle m'a demandé où j'étais. Je lui ai répondu que j'étais à Val-d'Isère. Quand elle m'a demandé si j'y étais avec Guy, je lui ai répondu que oui. Et j'ai laissé échapper que nous venions de nous fiancer. Il y a eu… un silence.

— Pauvre petite, murmura Mme Bell.

— Puis, d'une petite voix et tremblante, Emma m'a souhaité beaucoup de bonheur. J'en ai profité pour lui dire que j'aimerais beaucoup la revoir et que je la rappellerais dès mon retour.

— Alors vous tentiez de sauver votre amitié ?

— Oui. Je croyais que, si elle pouvait simplement s'habituer à voir Guy avec moi, elle finirait par le considérer d'un autre œil. J'étais également persuadée qu'elle retomberait bientôt amoureuse et que notre amitié reprendrait son cours.

— Mais cela ne s'est pas produit.

— Non. (Je fis glisser le cordon de la boîte à chapeaux entre mes doigts.) Elle éprouvait manifestement des sentiments très forts pour Guy. Elle s'était persuadée que leur amitié aurait été plus loin, si seulement… il…

— ... n'était pas tombé amoureux de vous.

— Quand je suis rentrée à Londres le 6 janvier, continuai-je, j'ai téléphoné à Emma, mais elle n'a pas décroché. J'ai essayé son portable, mais elle ne répondait pas. Je lui ai envoyé des SMS et des e-mails, auxquels elle n'a pas répondu non plus. Son assistante, Sian, était en voyage et ne pouvait donc pas me dire où se trouvait Emma, alors j'ai fini par téléphoner à la mère d'Emma, Daphné. Elle m'a appris qu'Emma avait décidé, trois jours auparavant, d'aller rendre visite à de vieux amis en Afrique du Sud ; là où elle se trouvait, dans le Natal, la réception du signal téléphonique était très mauvaise. Daphné m'a demandé si, d'après moi, Emma allait bien parce qu'elle avait l'air triste ces derniers temps, mais qu'elle refusait de dire pourquoi. J'ai fait semblant de ne pas savoir ce qui se passait. Daphné a ajouté qu'Emma était parfois d'humeur sombre et qu'il fallait laisser faire le temps. J'ai acquiescé, avec le sentiment d'être une parfaite hypocrite.

— Emma vous a-t-elle donné des nouvelles pendant qu'elle était en Afrique du Sud ?

— Non. Mais la troisième semaine de janvier, j'ai su qu'elle était rentrée parce que j'ai reçu sa réponse à notre invitation à la fête de fiançailles que Guy et moi donnions le samedi suivant. Elle regrettait de ne pouvoir y assister.

— Cela a dû vous blesser.

— Oui, murmurai-je, je ne peux pas vous dire à quel point. Puis, le jour de la Saint-Valentin... (J'hésitai.) Guy avait réservé une table au Bluebird Café à Chelsea, non loin de chez lui. Nous nous apprêtions à sortir quand, à mon grand étonnement, Emma m'a téléphoné – c'était la première fois qu'elle m'appelait depuis le jour de l'an. Je trouvais sa voix un peu bizarre – comme si elle était à bout de souffle – et je lui ai demandé si tout allait bien. Elle m'a dit qu'elle se sentait « très mal ». Elle semblait faible et on aurait dit qu'elle frissonnait, comme si elle avait la grippe. Je lui ai demandé si elle avait pris quelque chose, et elle m'a répondu qu'elle avait avalé du paracétamol. Elle a ajouté qu'elle se sentait « tellement mal » qu'elle « voulait mourir ». Ces mots m'ont alertée : je lui ai promis de passer chez elle. Et elle a murmuré : « Tu veux bien ? Tu veux bien venir, Phoebe ? Viens, s'il te plaît. » Je lui ai assuré que j'y serais dans une demi-heure.

« En raccrochant, j'ai constaté que Guy était très énervé. Il nous avait prévu un beau dîner de la Saint-Valentin et il voulait en profiter – en plus, il ne croyait pas qu'Emma allait aussi mal que ça. « Tu sais qu'elle exagère toujours. Elle cherche sans doute à attirer l'attention. » J'ai soutenu qu'Emma paraissait vraiment malade et lui ai rappelé l'épidémie de grippe qui sévissait. Guy a répondu que, connaissant Emma, il s'agissait sans doute simplement d'un gros rhume. D'après lui, si je réagissais de façon disproportionnée, c'était à cause d'un sentiment de culpabilité déplacée, alors que c'était Emma qui aurait dû se sentir coupable. Elle avait boudé pendant trois mois, elle avait refusé de venir à nos fiançailles. Et maintenant, je lui offrais d'accourir à l'instant même où elle daignait m'appeler. J'ai répliqué à Guy qu'Emma était quelqu'un de fragile, qu'il fallait manier avec précaution. Il a dit qu'il en avait assez de la « chapelière folle », comme il l'appelait ces derniers temps. Nous allions dîner. Il a passé son manteau.

« Tous mes instincts me disaient qu'il fallait que j'aille chez Emma, mais je ne supportais pas de me disputer avec Guy. Je me rappelle être restée plantée là, à tortiller ma bague de fiançailles, en répétant : « Je ne sais pas quoi faire… » Puis… en guise de compromis… (Je me rappelai la scène.)… Guy m'a proposé d'aller dîner et de rappeler Emma en rentrant. Alors nous sommes allées au Bluebird. Je me souviens que nous avons parlé du mariage, qui aurait eu lieu ce mois-ci. C'est curieux d'y repenser maintenant.

— Vous le regrettez ?

Je fixai Mme Bell.

— C'est étrange, mais je n'éprouve… presque rien. Enfin… quand nous sommes rentrés chez Guy à 22 h 30, j'ai rappelé Emma. En m'entendant, elle s'est mise à pleurer. Elle m'a demandé pardon de ne pas avoir été plus gentille avec Guy et moi. Elle m'a dit qu'elle s'était conduite en mauvaise amie. Je lui ai répondu que ce n'était pas grave, qu'il ne fallait pas qu'elle s'inquiète, que j'allais m'occuper d'elle. (Les larmes me chatouillaient les cils.) « Ce soir, Phoebe ? » a-t-elle bredouillé. « Oui, ce soir », j'ai répété. J'ai regardé Guy, mais il secouait la tête en mimant la conduite en état d'ivresse, et je me suis rendu compte que j'avais sans doute dépassé la limite autorisée, alors… (Je tentai de déglutir, mais c'était comme si ma gorge était bourrée de coton.) Je lui ai dit… que je passerais le lendemain matin. (Je me tus un instant.) Au début, Emma n'a pas répondu, puis je l'ai entendue murmurer : « … dormir, maintenant. » Alors j'ai répondu : « Oui, dors. Je passe te voir demain matin à la première heure. Dors bien, Em. »

Je regardai la boîte à chapeaux. Les tulipes et les campanules s'étaient brouillées.

— Je me suis réveillée à 6 heures avec un nœud à l'estomac. Je me demandais si je devais appeler Emma mais je ne voulais pas la réveiller. Alors j'ai pris ma voiture jusqu'à Marylebone et je me suis garée tout près de la maison qu'elle louait sur Nottingham Street. Comme je savais où elle cachait sa clé de secours, j'ai pu entrer. La maison était en désordre. Il y avait un gros tas de courrier sur le paillasson. L'évier de la cuisine débordait de vaisselle sale.

« C'était la première fois que je revenais chez Emma depuis ce dîner fatidique. Je me rappelais combien j'avais été décontenancée, quand Emma m'avait présenté Guy, puis mon euphorie lorsqu'il m'avait appelée. Notre amitié avait été mise à l'épreuve et elle avait failli sombrer, mais à présent tout allait s'arranger. Je suis passée au salon, qui était également sens dessus dessous – des serviettes gisaient sur le canapé et la corbeille débordait de Kleenex usagés et de bouteilles d'eau vides. Emma était en pleine dépression, c'était évident. J'ai gravi l'étroit escalier, le long duquel elle avait accroché des photos de mannequins portant ses magnifiques chapeaux, jusqu'à la porte de sa chambre. Elle semblait silencieuse. Je me rappelle avoir été soulagée : Emma dormait profondément, c'était ce qu'il lui fallait.

« J'ai poussé la porte et je suis entrée sur la pointe des pieds. En m'approchant du lit, j'ai constaté qu'Emma dormait si profondément que je ne l'entendais même pas respirer. Brusquement, je me suis souvenue que, depuis l'enfance, elle était capable de retenir très longtemps sa respiration. Quand nous étions petites, elle me faisait peur en tombant et en retenant son souffle pendant des siècles. Puis je me suis demandé pourquoi Emma me referait ce coup-là maintenant, alors que nous avions toutes les deux trente-trois ans. Dans ma tête, j'entendais le morceau qu'elle jouait au piano quand nous étions au lycée – *Traumerei*. Elle rêve, me suis-je dit.

« Emma, ai-je chuchoté, c'est moi. Elle n'a pas bougé. « Emma, réveille-toi. » Toujours rien. Mon cœur battait à tout rompre. « Réveille-toi, Emma. S'il te plaît. Il faut que je sache comment tu vas. Allez, Em. » Elle ne répondait pas. J'ai paniqué : « Emma, tu veux bien te réveiller, s'il te plaît ? » J'ai tapé dans mes mains, deux fois, à côté de sa tête. Ce qui m'a rappelé la fois où, quand nous jouions à cache-cache, elle avait fait la morte de façon tellement convaincante que je l'avais réellement crue morte, ce qui m'avait affolée ; mais alors, elle avait bondi tout d'un coup en hurlant de rire. J'étais tellement bouleversée et furieuse que j'avais fondu en larmes.

« Je m'attendais à moitié à ce qu'Emma bondisse maintenant en riant, jusqu'à ce que je me rappelle qu'elle avait juré de ne plus jamais le refaire. Emma ne bougeait toujours pas. J'ai gémi : « Ne me fais pas ça, Em. Je t'en supplie. » J'ai tendu la main pour la toucher…

Je fixai la boîte à chapeaux. J'y distinguais maintenant des lupins – ou alors, des digitales ?

— J'ai rabattu la couette. Emma était allongée sur le côté, en jean et en tee-shirt, les yeux entrouverts, le regard fixe. Son teint était gris. Ses doigts étaient enroulés autour du téléphone.

« Je me rappelle avoir crié, avant de prendre mon téléphone. Ma main tremblait tellement que je n'arrêtais pas de rater le 9. J'ai dû m'y reprendre à trois ou quatre fois. J'ai vu un flacon de paracétamol à côté du lit et je l'ai ramassé – il était vide. J'entendais maintenant la standardiste du 999 me demander quel service d'urgence j'appelais. J'hyperventilais et j'avais du mal à parler, mais j'ai réussi à dire que mon amie avait besoin d'une ambulance tout de suite, à l'instant, qu'il fallait en envoyer une maintenant, immédiatement…

(Je tentai de déglutir.) Mais tout en disant cela, je savais que c'était… qu'Em… qu'Emma était…

Une larme atterrit sur la boîte à chapeaux avec un petit « floc ».

— Oh, Phoebe ! entendis-je Mme Bell murmurer.

Je relevai la tête et me tournai vers la fenêtre.

— On m'a dit, par la suite, qu'elle était morte environ trois heures avant mon arrivée.

Je restai assise en silence pendant quelques instants, la boîte à chapeaux dans les bras, à tortiller le cordon vert pâle entre mes doigts.

— Comme c'est affreux d'avoir fait ça, dit doucement Mme Bell. Quelle qu'ait été sa tristesse… de commettre…

Je la regardai.

— Ce n'est pas ce qui s'est passé – bien qu'on n'ait pas compris, au début, ce qui était arrivé à Emma… ce qui avait provoqué sa…

Le visage de Mme Bell s'était brouillé. Je baissai la tête.

— Je suis désolée, Phoebe. Ça vous remue trop d'en parler.

— Oui, c'est vrai. Parce que j'ai le sentiment que c'est ma faute.

— Ce n'est pas votre faute que Guy soit tombé amoureux de vous plutôt que d'Emma.

— Je savais à quel point elle l'aimait. Certains diront que je n'aurais pas dû poursuivre cette relation, sachant cela.

— C'était peut-être votre seule et unique chance de trouver l'amour.

— C'est ce que je me disais : que je n'éprouverais peut-être jamais plus ces sentiments pour un homme. Et je me consolais en me persuadant qu'Emma oublierait Guy, qu'elle tomberait amoureuse d'un autre homme, parce que c'était ce qu'elle avait toujours fait jusque-là. Mais pas cette fois, soupirai-je. Et je peux comprendre qu'elle détestait l'idée de le voir avec moi, alors qu'elle avait espéré être avec lui, elle.

— Vous ne pouvez pas vous reprocher les faux espoirs d'Emma, Phoebe.

— Non. Mais je peux me reprocher de ne pas être allée la voir ce soir-là alors que, d'instinct, je savais qu'il le fallait.

— Eh bien… (Mme Bell secoua la tête.) Cela n'aurait peut-être rien changé.

— C'est ce que m'a dit ma généraliste. Elle m'a expliqué qu'à ce stade Emma était déjà en train de tomber dans le coma dont elle ne se… (J'inspirai.) Je ne le saurai jamais. Mais je crois que si j'y étais allée la première fois qu'elle m'a appelée, plutôt que douze heures plus tard, Emma serait toujours vivante.

Je posai la boîte à chapeaux et m'approchai de la fenêtre. Je contemplai le jardin désert.

— Voilà pourquoi vous vous sentiez une affinité pour moi, madame Bell. Nous avions toutes les deux des amies qui nous ont attendues en vain.

7

Tout en allant à mon rendez-vous avec Miles ce jeudi soir-là, je pensais à ces gens qui se prétendent capables de « compartimenter » leur esprit, comme s'il était possible de ranger ses pensées négatives ou tristes dans des tiroirs pour les ressortir quand ça nous arrange. C'est une idée séduisante, mais je n'y ai jamais cru. D'après mon expérience, la tristesse et le regret s'infiltrent dans notre conscience qu'on le veuille ou non ; ils nous sautent dessus pour nous matraquer quand on s'y attend le moins. Le seul véritable remède, c'est le temps, bien qu'une vie entière ne suffise pas toujours à les dissiper, comme le démontrait l'histoire de Mme Bell. Le travail est un autre antidote à la tristesse, bien sûr, comme le sont les distractions. Miles était une distraction bienvenue, décidai-je.

J'avais revêtu une petite robe de cocktail des années 60 en soie de sari rose, sur laquelle je portais un pashmina vieil or.

— M. Archant est déjà arrivé, m'annonça le maître d'hôtel du restaurant de l'Oxo Tower.

J'aperçus Miles attablé à côté de l'immense baie vitrée, en train d'étudier le menu. Je remarquai, un peu démoralisée, ses cheveux gris et ses demi-verres de presbyte. Quand il me vit en relevant la tête, son visage s'éclaira d'un sourire ravi mais anxieux qui dissipa ma déception. Il se leva en rangeant ses lunettes dans la poche de sa veste et en retenant sa cravate en soie jaune pour l'empêcher de ballotter. C'était attendrissant de voir un homme aussi raffiné se comporter avec autant d'empressement.

— Phoebe.

Il m'embrassa sur les deux joues en posant la main sur mon épaule, comme s'il voulait m'attirer vers lui. Je fus étonnée de constater à quel point ce geste me troublait.

— Voulez-vous du champagne ? me demanda-t-il.

— J'aimerais beaucoup.

— Dom Pérignon, ça vous irait ?

— S'il n'y a rien de mieux, plaisantai-je.

— Le Krug millésimé est en rupture de stock – j'ai déjà posé la question.

J'éclatai de rire, avant de comprendre que Miles ne plaisantait pas.

Nous bavardâmes en admirant le panorama du fleuve jusqu'au Temple et St. Paul. J'étais touchée par les efforts de Miles pour faire bonne impression, et par le plaisir qu'il semblait prendre à ma compagnie. Je l'interrogeai sur son travail : il m'expliqua qu'il était l'associé fondateur du cabinet d'avocats où il donnait encore des consultations trois jours par semaine.

— Je suis en demi-retraite, maintenant, précisa-t-il en sirotant son champagne. Mais j'aime bien garder la main et ramener de nouveaux clients. Parlez-moi de votre boutique, Phoebe – qu'est-ce qui vous a décidée à l'ouvrir ?

Je racontai brièvement à Miles mes années chez Sotheby's. Il écarquilla les yeux.

— Alors je rivalisais avec une professionnelle.

— En effet, répondis-je tandis qu'il rendait la carte des vins au sommelier. Mais je me suis comportée comme un vulgaire amateur. Je me suis laissé emporter.

— Je dois avouer que vous aviez l'air d'être en transe. Mais ce qui est merveilleux chez… désolé, comment s'appelle ce couturier, déjà ?

— Madame Grès, dis-je patiemment. Pour moi, c'est le plus grand couturier du monde. Elle drapait et plissait ses étoffes à même le corps pour créer des robes d'une beauté insensée, qui transformaient la femme en statue magnifique – comme la Spirit of Ecstasy de Rolls Royce. Madame Grès était un sculpteur qui se servait du tissu comme matériau. Elle était aussi très courageuse.

— Comment s'est manifesté ce courage ?

— Lorsqu'elle a ouvert la maison Grès à Paris en 1942, elle a accroché un énorme drapeau français à la fenêtre, pour défier l'occupant. Chaque fois que les Allemands le décrochaient, elle en accrochait un autre. Ils savaient qu'elle était juive, mais ils l'ont laissée tranquille avec l'espoir qu'elle habillerait les épouses des officiers. Lorsqu'elle a refusé, sa maison a été fermée. Elle est morte, hélas, dans l'obscurité et la pauvreté, mais c'était un génie.

— Que comptez-vous faire de cette robe ?

Je haussai les épaules.

— Je n'en sais rien.

Il eut un petit sourire.

— Gardez-la pour vous marier.

— C'est ce qu'on m'a suggéré de faire, en effet, mais je doute qu'elle soit portée un jour dans ces circonstances.

— Avez-vous déjà été mariée ?

Je secouai la tête.

— Avez-vous déjà failli vous marier ?

J'acquiesçai.

— Avez-vous été fiancée ?

Je hochai une nouvelle fois la tête.

— Puis-je me permettre de vous demander ce qui s'est passé ?

— Désolée… je préfère ne pas en parler, dis-je en repoussant Guy de mes pensées. Et vous ? m'enquis-je tandis qu'on nous servait nos entrées. Vous êtes seul depuis dix ans – pourquoi ne pas vous être… ?

— … remarié ? (Miles haussa les épaules.) J'ai eu des petites amies, bien sûr. (Il prit sa cuillère à soupe.) Elles étaient toutes charmantes, mais… ça n'est pas allé plus loin, en fin de compte.

La conversation se porta tout naturellement sur l'épouse de Miles.

— Ellen était une femme adorable. D'ailleurs, je l'adorais. C'était une Américaine, une portraitiste réputée, surtout pour les portraits d'enfants. Elle est morte il y a dix ans, en juin.

Il inspira, puis retint son souffle comme s'il soupesait une question difficile.

— Elle s'est effondrée un après-midi.

— Pourquoi ?

Il reposa sa cuillère.

— Elle a fait une hémorragie cérébrale. Elle avait un mal de tête épouvantable ce jour-là, mais comme elle avait souvent des migraines, elle n'a pas compris qu'il ne s'agissait pas d'un mal de tête normal. Vous pouvez imaginer le choc…

— Oui.

— Au moins, je peux me consoler en me disant que ce n'est la faute de personne. (J'éprouvai un pincement d'envie.) C'était simplement une chose épouvantable, inévitable… la main de Dieu, en quelque sorte.

— Ça a dû être affreux pour Roxanne.

— Oui. Elle n'avait que six ans. Je l'ai assise sur mes genoux et j'ai essayé de lui expliquer que sa maman… (Sa voix se brisa :) Je n'oublierai jamais son expression, pendant qu'elle luttait pour comprendre l'incompréhensible – la moitié de son univers avait purement et simplement… disparu, soupira Miles. Je sais que c'est toujours présent, chez Roxy – juste sous la surface. Elle a un sentiment de manque… un sentiment de… de…

— Privation ? suggérai-je doucement.

Miles me regarda.

— De privation, oui, c'est ça.

Soudain, son BlackBerry sonna. Il retira ses lunettes de sa poche de veste et les posa sur le bout de son nez pour scruter l'écran.

— C'est Roxy, justement. Pourriez-vous m'excuser, Phoebe ?

Il retira ses lunettes et sortit sur la terrasse ; je le vis s'appuyer sur la rambarde, sa cravate flottant au vent : manifestement, il avait une conversation sérieuse avec Roxanne. Puis je le vis rempocher le téléphone.

— Désolé, dit-il en revenant à la table. J'ai dû vous paraître grossier, mais quand il s'agit de son enfant…

— Je comprends.

— Elle sèche sur une dissertation d'histoire ancienne, m'expliqua-t-il alors que le serveur nous apportait nos plats. C'est au sujet de Boadicée.

— On ne l'appelle pas Boudicca, de nos jours ?

— J'oublie tout le temps. Je dois encore me rappeler que Bombay est devenu « Mumbai »… Bref, Roxy doit remettre cette dissertation demain et elle vient à peine de commencer à la rédiger. Elle n'est pas très organisée.

Il poussa un soupir exaspéré.

Je pris ma fourchette.

— Son lycée lui plaît bien ?

Miles plissa les yeux.

— Je crois, mais c'est encore un peu tôt pour le savoir... elle ne le fréquente que depuis deux semaines.

— Où était-elle auparavant ?

— St. Mary's – un collège de filles à Dorking. Mais... Ça n'a pas marché.

— Elle n'aimait pas la vie de pensionnaire ?

— Si, mais il y a eu... (Miles hésita.)... un malentendu, quelques semaines avant qu'elle passe son brevet. Les choses ont été... tirées au clair, reprit-il, mais après cela, j'ai pensé qu'il valait mieux qu'elle reparte de zéro. Donc, maintenant, elle est à Bellingham. Elle semble s'y plaire. Je croise les doigts pour qu'elle ait de bons résultats aux A-levels.

Il sirota une gorgée de vin.

— Elle veut aller à l'université ?

Miles secoua la tête.

— Roxanne considère qu'il s'agit d'une perte de temps.

— Vraiment ? (Je posai ma fourchette.) Eh bien... elle se trompe. Vous n'avez pas dit qu'elle voulait travailler dans le milieu de la mode ?

— Oui, mais à faire quoi, je l'ignore. Elle aimerait travailler pour un magazine de luxe comme *Vogue* ou *Tatler*.

— Mais c'est un milieu où la compétition est féroce... si elle l'envisage sérieusement, il est préférable qu'elle ait un diplôme.

— Je le lui ai déjà dit, fit Miles d'une voix lasse. Mais elle est très têtue.

Le serveur vint prendre nos assiettes, et je profitai de l'interruption pour changer de sujet.

— Vous avez un patronyme peu courant, lui fis-je remarquer. J'ai connu un Sebastian Archant, propriétaire de Fenley Castle. J'y suis allée pour évaluer une collection de textiles du XVIIIe siècle.

Je me rappelais un habit des années 1780, avec des broderies magnifiques en forme d'anémones et de pensées.

— L'essentiel de cette collection est partie dans les musées, précisai-je.

— Sebby est mon cousin au deuxième degré, expliqua Miles d'un ton un peu excédé. Bon… ne me dites rien : il a essayé d'attenter à votre vertu derrière la pergola.

— Pas exactement, répondis-je en levant les yeux au ciel. Mais j'ai dû dormir au château trois nuits parce qu'il y avait beaucoup de travail, et aucun hôtel dans les environs et… (Je cillai en y repensant.) Il a essayé d'entrer dans ma chambre. J'ai été obligée de bloquer ma porte avec un coffre… L'horreur !

— C'est Sebby tout craché, hélas… Non pas que je lui reproche d'avoir tenté le coup. (Miles plongea son regard dans le mien un moment.) Vous êtes ravissante, Phoebe.

Son compliment me coupa le souffle. Je sentis une petite vague de désir onduler en moi.

— Je suis plus proche du côté français de la famille, dit Miles. Ce sont des viticulteurs.

— Où ?

— À Châteauneuf-du-Pape, à quelques kilomètres au nord…

— … d'Avignon, complétai-je.

— Vous connaissez la région ?

— Je vais à Avignon de temps à autre pour acheter de la marchandise ; d'ailleurs, j'y retourne le week-end prochain.

Miles posa son verre de vin.

— Où descendez-vous ?

— À l'Hôtel d'Europe.

Il parut à la fois enchanté et surpris.

— Alors, mademoiselle Swift, si vous le voulez bien, je vous emmènerai dîner là-bas, car je serai dans la région, moi aussi.

— Vraiment ? (Miles acquiesça joyeusement.) Pourquoi ?

— Un de mes cousins, Pascal, est propriétaire d'un vignoble. Nous avons toujours été très liés et je vais chez lui chaque année en septembre pour les vendanges. Elles viennent de commencer et j'y serai pendant trois jours. Quand arrivez-vous ?

Je le lui dis.

— Nous y serons en même temps ! s'exclama-t-il avec un plaisir qui m'émut. Vous savez, ajouta-t-il tandis qu'on nous apportait nos cafés, je ne peux pas m'empêcher de penser que c'est le destin qui nous réunit.

Il grimaça tout d'un coup et porta la main à son téléphone.

— Encore ? Excusez-moi, Phoebe.

Il chaussa ses lunettes et fixa l'écran, le front plissé.

— Roxy sèche toujours sur sa dissertation. Elle dit qu'elle est « désespérée » en majuscules avec plusieurs points d'exclamation. (Il soupira.) Il vaut mieux que je rentre. Me le pardonnerez-vous ?

— Bien sûr.

De toute façon, nous avions pratiquement fini de dîner, et je trouvais son amour pour sa fille assez touchant. Miles fit signe au serveur, puis se tourna vers moi.

— J'ai beaucoup apprécié cette soirée.

— Moi aussi, avouai-je sincèrement.

Miles me sourit.

— Tant mieux.

Il régla l'addition et nous prîmes l'ascenseur pour descendre. Alors que je m'apprêtais à prendre congé de Miles et à marcher cinq minutes jusqu'à la station de London Bridge, un taxi se rangea devant nous.

Le chauffeur baissa la vitre.

— Monsieur Archant ?

Miles lui fit un signe et se tourna vers moi.

— J'ai réservé un taxi pour m'amener à Camberwell et vous déposer ensuite à Blackheath.

— J'allais prendre le train.

— Il n'en est pas question.

Je consultai ma montre.

— Il n'est que 22 h 15, protestai-je. Je ne risque rien.

— Mais si je vous raccompagne, j'aurai le plaisir de rester un peu plus longtemps en votre compagnie.

— Dans ce cas…, fis-je. Merci.

Tout en traversant South London, Miles et moi tentâmes de nous souvenir de ce que nous savions au sujet de Boudicca. Nous nous rappelions seulement que c'était une reine de l'âge de fer qui s'était révoltée contre les Romains. Mon père aurait pu nous renseigner, mais il était trop tard pour l'appeler, car il devait se lever la nuit pour s'occuper de Louis.

— Elle a rasé Ipswich, non ? dis-je alors que nous descendions Walworth Road.

Miles surfait sur le Net avec son BlackBerry.

— Non, c'était Colchester, répondit-il en scrutant l'écran à travers ses lunettes en demi-lune. Tout est là, sur Britannica point com. Quand je rentrerai, je vais en copier des extraits et les récrire.

Je songeai qu'à seize ans Roxy aurait été parfaitement capable d'en faire de même.

Le taxi traversa Camberwell Green et prit Camberwell Grove où il se gara. C'était donc là qu'habitait Miles. Alors que j'admirais son élégante maison géorgienne, qui se dressait un peu en retrait de la rue, je vis qu'on tirait un rideau au rez-de-chaussée, et j'aperçus le visage pâle de Roxy.

Miles se tourna vers moi.

— J'ai été ravi de vous revoir, Phoebe.

Il se pencha pour m'embrasser sur la joue, et pressa son visage contre le mien un instant.

— Alors… Rendez-vous en France.

Son expression anxieuse m'indiqua qu'il s'agissait d'une question plutôt que d'une affirmation.

— Rendez-vous en France, répondis-je.

J'étais ravie d'avoir été sollicitée par Radio London pour parler des vêtements vintage jusqu'à ce que je me rappelle que leur studio était sur Marylebone High Street. Je m'armai de courage en parcourant Marylebone Lane ce lundi matin-là. En passant devant la mercerie où Emma achetait ses matériaux, j'essayai d'imaginer sa maison, à quelques rues de là. Elle avait sans doute de nouveaux occupants. Je tentai d'imaginer ses effets, rangés dans des malles, dans le garage de ses parents. Puis je songeai, angoissée, au journal intime qu'Emma rédigeait chaque jour. Sa mère le lirait sûrement d'ici peu.

En m'approchant d'Amici's, le café où Emma et moi nous retrouvions toujours, je me figurai soudain que je l'apercevais, assise à la vitrine, qui me dévisageait avec une expression peinée et perplexe. Évidemment, il ne s'agissait pas d'Emma, simplement d'une femme qui lui ressemblait vaguement.

Je poussai les portes vitrées de Radio London. Le portier me tendit un badge et me demanda d'attendre. Je m'assis à l'accueil et écoutai le direct. *Et maintenant, les infos sur la circulation... accident à Highbury Corner... 94.9 FM... la météo à Londres... maximum 22... avec moi en studio, Ginny Jones... dans quelques minutes, je vais parler chiffons – ou plutôt, vieilles nippes – avec la propriétaire d'une boutique de vêtements vintage, Phoebe Swift.* Une nuée de papillons s'envola dans mon estomac. Le producteur, Mike, vint me chercher, une écritoire à pince à la main.

— Ce n'est qu'une petite conversation amicale de cinq minutes, m'informa-t-il en me précédant dans un couloir vivement éclairé.

Il poussa de l'épaule la lourde porte du studio : elle s'ouvrit avec un chuintement sourd.

— Pour l'instant, on passe une bande préenregistrée, on peut parler, m'expliqua-t-il en me faisant entrer. Ginny... voici Phoebe.

— Bonjour, Phoebe, me dit Ginny alors que je m'asseyais.

Elle désigna le casque posé devant moi d'un signe de tête. Je m'en coiffai et écoutai la fin de la bande préenregistrée. Elle bavarda un peu avec le chroniqueur sportif au sujet des Jeux olympiques de Londres.

— Et maintenant, dit Ginny en me souriant, des chiffons aux millions – c'est du moins ce qu'espère Phoebe Swift. Elle vient d'ouvrir une boutique de vêtements vintage à Blackheath, Village Vintage, et elle vient de me rejoindre en studio. Phoebe, la *London Fashion Week* vient de se terminer... le vintage était un thème important cette année, non ?

— En effet. Plusieurs grandes marques s'étaient ins-
pirées du vintage pour leurs collections.

— Pourquoi cet engouement pour le vintage, d'après
vous ?

— Je crois que le fait qu'une icône de la mode comme
Kate Moss aime s'habiller en vintage y est pour beaucoup.

— Elle a porté une robe en satin doré des années 30
qui a été déchirée en lambeaux, me semble-t-il.

— Oui. En quelque sorte, elle est passée des millions aux chiffons, comme vous dites – il paraît que la
robe valait deux mille livres. Beaucoup de stars d'Hollywood portent du vintage sur le tapis rouge de nos
jours – songez à Julia Roberts aux Oscars en Valentino
vintage, ou à Renée Zellweger dans sa robe Jean
Dessès jaune serin. Tout cela a changé la perception
du vintage, qu'on considérait jadis comme un style
bohème, excentrique, plutôt que comme un choix vestimentaire extrêmement raffiné.

Ginny griffonna quelque chose sur son script.

— Alors dites-moi, quel effet ça fait, de porter du
vintage ?

— Rien que de savoir qu'on porte un vêtement à la
fois unique et très bien fait, ça peut être euphorisant.
En plus, le vêtement a une histoire – un patrimoine, en
quelque sorte – ce qui lui donne du caractère. Aucun
vêtement contemporain ne peut offrir cette dimension
supplémentaire.

— Quels conseils donneriez-vous pour acheter du
vintage ?

— Soyez préparés à passer beaucoup de temps à
chercher, et sachez ce qui vous va. Si vous avez des
courbes, évitez les années 20 ou 60, car les coupes
taille basse de l'époque ne vous iront pas ; préférez les
silhouettes plus ajustées des années 40 et 50. Si vous

aimez les années 30, sachez que les robes taillées en biais ne pardonnent pas aux petits bedons ou aux poitrines généreuses. J'ajouterais qu'il faut rester réaliste : n'entrez pas dans une boutique de vintage en vous attendant à être transformée, par exemple, en Audrey Hepburn dans *Diamants sur canapé*. Ce style pourrait ne pas vous convenir, et vous risquez de passer à côté d'une tenue qui vous irait parfaitement.

— Et vous, que portez-vous aujourd'hui, Phoebe ?

Je jetai un coup d'œil à ma robe.

— Une robe sans griffe en mousseline fleurie des années 30 – mon époque préférée – avec un cardigan vintage en cachemire.

— C'est ravissant. Vous êtes très chic. (Je souris.) Vous portez toujours du vintage ?

— Toujours… si ce n'est tout l'ensemble, au moins des accessoires. Les jours où je ne porte pas de vintage sont assez rares.

— Mais, grimaça Ginny, ça me gênerait, moi, de porter de vieilles fringues qui ont appartenu à quelqu'un d'autre.

— Certaines personnes éprouvent ce sentiment, dis-je en songeant à maman. Mais l'amour du vintage est inné. Et quand on l'aime, on n'éprouve pas ce genre de répugnance. Pour les amoureux du vintage, une petite tache ou un accroc est un prix minime à payer pour porter une pièce toujours originale, et parfois de marque légendaire.

Ginny brandit son stylo.

— Quels sont les problèmes principaux, quand on achète du vintage ? Les prix ?

— Non, pour leur qualité, les pièces sont d'un prix assez abordable – ce qui est un plus, en cette époque de crise. Le problème, ce sont les tailles : les vêtements vintage sont souvent assez petits. Des années 40 à 60, les femmes avaient la taille très fine ; les robes et les vestes étaient très ajustées, d'autant plus qu'on portait des guêpières ou des gaines en dessous. De plus, les femmes d'aujourd'hui sont, tout simplement, plus grandes et plus fortes. Mon conseil, quand on achète du vintage, c'est d'oublier la taille indiquée par l'étiquette et d'essayer.

— Comment entretient-on ces vêtements anciens ? me demanda Ginny. Pourriez-vous nous expliquer comment laver « vintage » ?

Je souris.

— Il faut observer quelques règles de base. Les tricots se lavent à la main avec du shampooing pour bébés : ne les faites surtout pas tremper, vous risquez de distendre les fibres. Ensuite, faites-les sécher à l'envers et à plat.

— Et l'odeur de naphtaline ? s'enquit Ginny en se pinçant le nez.

— Effectivement, la naphtaline sent très mauvais et les alternatives moins malodorantes sont également moins efficaces. Le mieux, c'est de ranger tout ce qui risque d'être attaqué par les mites dans des sacs en polyéthylène. Un pschitt de parfum dans le placard peut faire des merveilles – des jus épicés et sucrés comme *Theorema* de Fendi dissuaderont les mites.

— En tout cas, ils me dissuaderaient, moi, gloussa Ginny.

— Pour la soie, poursuivis-je, rangez-la sur des cintres matelassés, à l'abri de la lumière du jour, car elle se décolore facilement. Quant au satin, il ne supporte pas le contact de l'eau – il se froisse. N'achetez jamais un satin cassant ou élimé, car il se déchirera dès que vous le porterez.

— Comme l'a constaté Kate Moss.

— En effet. Je conseillerais aussi à vos auditrices d'éviter tout ce qui doit absolument être nettoyé, car certains vêtements ne résistent pas au pressing. Les paillettes en gélatine fondent lorsqu'on utilise les techniques modernes de nettoyage à sec. Les perles en verre ou en bakélite peuvent se fêler.

— Voilà un mot bien vintage, « bakélite », fit Ginny, l'air amusé. Mais où acheter les vêtements vintage… à part dans des boutiques comme la vôtre ?

— Dans les ventes aux enchères et dans les brocantes spécialisées – il y a des marchés plusieurs fois par an dans les grandes villes. Il y a aussi eBay, bien entendu, mais assurez-vous de demander au vendeur toutes les mensurations, sans exception.

— Et les magasins de charité ?

— Vous y trouverez du vintage, mais ne vous attendez pas à faire de bonnes affaires, car les magasins de charité connaissent de mieux en mieux sa valeur.

— J'imagine que vous recevez sans arrêt des gens qui vous apportent des vêtements à vendre, ou qui vous demandent d'expertiser ce qu'ils ont dans leurs placards ou leurs greniers ?

— En effet, et j'adore ça, parce que je ne sais jamais ce que je vais y découvrir ; quand je vois quelque chose qui me plaît, j'éprouve une sensation merveilleuse… *Ici*… (Je posai la main sur ma poitrine.) C'est comme si… je tombais amoureuse.

— Comme dans les chansons d'amour… vintage.

Je souris.

— En quelque sorte.

— Vous avez d'autres conseils ?

— Oui. Si vous vendez, vérifiez le contenu des poches.

— On y trouve beaucoup de choses ?

— Toutes sortes de choses… des clés, des plumes, des crayons.

— Vous avez déjà retrouvé des billets ? plaisanta Ginny.

— Non, hélas – mais une fois, j'ai retrouvé un mandat postal, d'une valeur de deux shillings et six pence.

— Alors fouillez les poches, dit Ginny, et rendez-vous à la boutique de Phoebe Swift, Village Vintage, à Blackheath. (Ginny m'adressa un sourire chaleureux.) Phoebe Swift – merci.

Maman m'appela alors que je regagnais la station de métro. Elle avait écouté l'émission au bureau.

— Tu as été formidable, s'enthousiasma-t-elle. C'était captivant. Qu'est-ce qui t'a valu cette invitation ?

— Mon interview dans le journal. Celle de ce garçon, Dan, juste avant la fête. Tu te souviens de lui ? Il partait quand tu es arrivée.

— Je vois. Le type mal fringué avec les cheveux frisés. J'aime bien les cheveux frisés, pour un homme, ajouta maman. C'est peu courant.

— Oui, maman. Enfin, le producteur de l'émission avait lu l'article et il avait l'intention de faire un sujet sur le vintage pour la *Fashion Week*, alors il m'a contactée.

Je me rendis compte, soudain, que tout ce qui m'était arrivé de bien dernièrement était dû à l'article de Dan. C'était grâce à lui qu'Annie était passée à la boutique, que Mme Bell m'avait appelée, que j'avais été invitée sur cette émission, sans compter tous les clients qui étaient venus après l'avoir lu. J'éprouvai soudain une bouffée d'affection pour Dan.

— Je laisse tomber le Fraxel, lâcha soudain maman.

— Tant mieux.

— J'ai opté pour le rajeunissement par photo-fréquence.

— Qu'est-ce que c'est ?

— On chauffe la couche la plus profonde de la peau avec des lasers et la peau rétrécit, alors elle ne pend plus autant. En gros, on cuit la peau. Betty, de mon club de bridge, se l'est fait faire. Elle est ravie… Sauf que, d'après elle, c'est comme si on vous écrasait des cigarettes sur les joues pendant une heure et demie.

— Quelle torture. Et Betty, quelle tête a-t-elle, maintenant ?

— À vrai dire, la même qu'avant ; mais elle est convaincue d'avoir l'air plus jeune : donc, ça en vaut la peine. (La logique de ce raisonnement m'échappait.) Bon, il faut que j'y aille, Phoebe, John me fait signe…

Je poussai la porte de la boutique. Annie leva les yeux de son ouvrage.

— Malheureusement, je n'ai entendu que la moitié de l'émission, parce que j'ai eu des démêlés avec un voleur à l'étalage.

Mon cœur s'arrêta de battre un instant.

— Que s'est-il passé ?

— J'étais en train de mettre la radio quand un homme a essayé de glisser un portefeuille en croco dans sa poche. (Annie désigna d'un signe de tête le panier de portefeuilles et de porte-monnaie posé sur le comptoir.) Heureusement, j'ai jeté un coup d'œil dans le miroir au moment critique, alors au moins, je n'ai pas été obligée de lui courir après dans la rue.

— Avez-vous appelé la police ?

Elle secoua la tête.

— Il m'a suppliée de ne pas le faire, mais je lui ai juré que si jamais je le revoyais, je l'appellerais sans hésiter. Ensuite, fit-elle en levant les yeux au ciel, une bonne femme a pris la minirobe Bill Gibb en dentelle argentée, l'a posée sur le comptoir et m'a annoncé qu'elle m'en donnait vingt livres.

— Quel culot !

— Je lui ai expliqué qu'à quatre-vingts livres la robe était déjà une bonne affaire, et que si elle voulait marchander, elle n'avait qu'à aller dans un souk.

Je hoquetai de rire.

— Ensuite, j'ai eu un grand moment d'émotion : Chloë Sevigny est entrée. Elle tourne dans le sud de Londres en ce moment – nous avons bavardé du métier d'acteur.

— Elle porte beaucoup de vintage, non ? Elle a acheté quelque chose ?

— L'un des tops « tatouage » de Jean-Paul Gaultier. Et j'ai des messages pour vous, dit Annie en prenant un bout de papier. Dan a téléphoné – il a pris des billets pour *Anna Karenine* mercredi prochain, il vous demande de le rejoindre devant le Greenwich Picture House à 19 heures.

— Ah, bon, voyez-vous ça…

Annie s'étonna :

— Vous n'aviez pas rendez-vous ?

— Pas vraiment… mais… il semble qu'il ait décidé pour moi, ajoutai-je, agacée.

Annie m'adressa un regard perplexe.

— Ensuite, Val a téléphoné : elle a terminé vos réparations et vous demande de passer les prendre. Et un certain Rick Diaz, de New York, a laissé un message sur la boîte vocale.

— C'est mon marchand américain.

— Il dit qu'il a des *prom dress* pour vous.

— Formidable ! On en aura besoin pour la saison des fêtes.

— En effet. Il dit aussi qu'il a plein de sacs à main qu'il aimerait que vous preniez.

Je gémis.

— J'ai déjà des centaines de sacs à main.

— Je sais. Il vous demande de lui envoyer un e-mail. Et enfin, on vous a livré ceci.

Annie passa dans la cuisine et ressortit en brandissant un bouquet de roses rouges si énormes qu'il lui cachait tout le haut du corps.

Je les fixai.

— Trois douzaines, dit-elle derrière les fleurs. C'est ce Dan qui vous les envoie ? me demanda-t-elle alors que je détachais l'enveloppe et en retirais la carte. Excusez-moi, votre vie privée ne me regarde pas, ajouta-t-elle en posant les roses sur le comptoir.

Love Miles. S'agissait-il d'une salutation ou d'un ordre ? me demandai-je.

— C'est un monsieur dont j'ai fait la connaissance assez récemment, expliquai-je à Annie. En fait, je l'ai rencontré à la vente aux enchères chez Christie's.

— Vraiment ?

— Il s'appelle Miles.

— Il est gentil ?

— Je crois.

— Qu'est-ce qu'il fait dans la vie ?

— Il est avocat.

— Et il a bien réussi, à en juger d'après ce bouquet. Il a quel âge ?

— Quarante-huit ans.

— Ah, fit Annie en haussant un sourcil. Alors il est vintage, lui aussi.

Je confirmai :

— 1960. Un peu usé sur les bords… quelques faux plis…

— Mais beaucoup de caractère ?

— Je crois… je ne l'ai rencontré que trois fois.

— En tout cas, il est très amoureux, c'est évident. J'espère que vous allez le revoir.

— Peut-être.

Je ne voulais pas lui avouer que je reverrais Miles ce week-end même, en Provence.

— Voulez-vous que je les mette dans un vase ?

— Oui, s'il vous plaît.

Elle coupa le ruban.

— D'ailleurs, il en faudra bien deux.

Je retirai mon manteau.

— Au fait, vous êtes toujours d'accord pour travailler vendredi et samedi, non ?

— Oui, répondit Annie en retirant la cellophane. Mais vous serez bien rentrée mardi, c'est sûr ?

— Je rentre lundi soir. Pourquoi ?

Annie élaguait les feuilles les plus basses à l'aide de ciseaux.

— J'ai encore un casting mardi matin, donc je ne pourrai pas arriver avant l'heure du déjeuner. Je rattraperai les heures le vendredi suivant, si ça ne vous ennuie pas.

— Pas du tout. C'est pour quoi ? lui demandai-je, le cœur serré.

— Pour un théâtre de répertoire en province, répliqua-t-elle d'une voix lasse. Trois mois à Stoke-on-Trent.

— Eh bien… je croise les doigts pour vous.

Je n'étais pas sincère, mais je me sentais coupable d'espérer qu'Annie n'obtiendrait pas le rôle. Tôt ou tard, elle finirait bien par trouver un rôle, et alors…

Mes réflexions furent interrompues par le carillon. J'étais sur le point de laisser Annie s'occuper de la cliente lorsque je la reconnus.

— Bonjour, dit la rousse qui avait essayé la robe *cupcake* vert citron trois semaines auparavant.

— Bonjour, lui répondit chaleureusement Annie en disposant la moitié des roses dans un vase.

La jeune femme resta clouée sur place à fixer la robe *cupcake* verte, puis elle ferma lentement les yeux.

— Dieu merci, souffla-t-elle, elle est encore là.

— Elle est encore là ! répéta joyeusement Annie en posant le premier vase sur la table basse.

— J'étais certaine qu'elle n'y serait plus, dit la jeune femme en se tournant vers moi. J'avais presque peur d'entrer…

— Nous avons vendu deux de ces robes récemment, mais pas la vôtre… Je veux dire celle-là, me repris-je. La verte.

— Je la prends, dit-elle gaiement.

— Vraiment ?

Tout en la décrochant, je remarquai à quel point la jeune femme semblait plus sûre d'elle que la première fois qu'elle était venue avec ce… comment s'appelait-il, déjà ?

— Keith ne l'aimait pas, dit la jeune femme en ouvrant son sac, mais moi, je l'adorais. (Elle me regarda.) Et il le savait. Pas la peine que je l'essaie, ajouta-t-elle alors que j'accrochais la robe dans la cabine d'essayage. Elle est parfaite.

— Elle est parfaite, répétai-je. Pour vous. Je suis enchantée que vous soyez revenue la prendre, lui confiai-je en emportant la robe à la caisse. Quand un vêtement va aussi bien à une cliente, j'ai vraiment envie qu'elle le prenne. Vous comptez la porter à une soirée ?

Je l'imaginai au Dorchester, sinistre dans sa robe noire, avec les « gros clients » de l'horrible Keith.

— Je n'en sais absolument rien, répondit calmement la jeune femme. Je sais seulement qu'il me la fallait. Dès que je l'ai essayée, eh bien… la robe m'a appelée.

Je la pliai en appuyant sur ses jupons volumineux pour qu'ils ne débordent pas du sac.

La jeune femme sortit une enveloppe rose de son sac à main et me la tendit. C'était une enveloppe Disney Princess ornée d'une image de Cendrillon. Je l'ouvris. Elle contenait deux cent soixante-quinze livres, en liquide.

— Je serai ravie de vous offrir un rabais de cinq pour cent, dis-je.

La jeune femme hésita une seconde.

— Non, merci.

— Ça me ferait vraiment plaisir...

— Deux cent soixante-quinze livres, insista-t-elle. C'est le prix, ajouta-t-elle fermement, avec un soupçon d'agressivité. On s'y tient.

— Eh bien... d'accord, fis-je, un peu décontenancée.

Lorsque je lui tendis le sac, elle poussa un petit soupir, presque un soupir d'extase.

Puis, elle partit, la tête haute.

— Alors elle l'a eue, finalement, sa robe de conte de fées ! s'exclama Annie tout en disposant le reste des roses, tandis que je regardais la jeune femme traverser la rue. Je regrette seulement qu'elle n'ait pas un prince de conte de fées assorti. Mais elle était très différente aujourd'hui, vous ne trouvez pas ? ajouta Annie en posant le vase sur le comptoir. (Elle s'approcha de la vitrine.) Elle se tient même plus droite... Regardez.

Elle plissa les yeux en la suivant du regard dans la rue.

— Les vêtements vintage ont parfois cet effet, ajouta-t-elle au bout d'un moment. Ils peuvent vous... transformer subtilement.

— En effet. Mais c'est curieux qu'elle ait refusé le rabais.

— Je pense qu'elle tenait beaucoup à payer la robe de ses propres deniers. Je me demande ce qui s'est passé, pour qu'elle ait les moyens de se l'offrir, réfléchit Annie à voix haute.

— Peut-être que Keith a fini par céder et qu'il lui a donné la somme en liquide.

Annie secoua la tête.

— Ça ne lui ressemblerait pas. Elle lui a peut-être volé l'argent, suggéra-t-elle.

J'imaginai soudain la jeune femme, vêtue de sa robe, derrière les barreaux d'une prison.

— Ou alors quelqu'un lui a prêté la somme.

— Qui sait ? dis-je en retournant derrière le comptoir. En tout cas, je suis ravie qu'elle ait trouvé l'argent, même si nous ne saurons sans doute jamais comment elle l'a obtenu.

Annie regardait toujours par la fenêtre.

— Nous le saurons peut-être un jour.

Je relatai l'incident à Dan lorsque je le rejoignis au cinéma mercredi. Je m'étais dit que ce serait un sujet de conversation, au cas où nous ne trouvions pas grand-chose à nous raconter.

— Elle a acheté l'une des *prom dress* des années 50, lui expliquai-je.

Nous nous étions rejoints au bar avant la séance.

— Je vois… Celles que vous appelez les robes *cupcake*.

— Voilà. Je lui ai offert cinq pour cent de réduction. Elle a refusé.

Dan sirota sa bière italienne.

— C'est curieux.

— Ce n'est pas curieux, c'est insensé. Vous en connaissez beaucoup, vous, des femmes qui refuseraient de payer quinze livres de moins pour une robe ? Mais cette fille a tenu à régler les deux cent soixante-quinze livres en entier.

— Vous avez bien dit deux cent soixante-quinze ? répéta Dan.

Quand je lui narrai la première visite de la jeune femme à la boutique, il fit une drôle de tête.

— Ça va ? lui demandai-je.

— Quoi ? Oui, pardon… (Il revint à lui.) Je suis un peu préoccupé, en ce moment… J'ai beaucoup de travail. Enfin… (Il se leva.) La séance va commencer. Vous voulez encore boire quelque chose ? On peut apporter ses consommations dans la salle.

— Je reprendrais bien un verre de vin rouge.

Tandis que Dan allait le commander, je repensai au début de la soirée. Au moment où j'arrivais au cinéma, Dan m'avait appelée pour me prévenir qu'il aurait un peu de retard. Je m'étais donc installée à l'étage, dans l'un des canapés, pour admirer la vue de Greenwich par les fenêtres panoramiques. J'avais feuilleté un journal dont la dernière page affichait une publicité pour « Le Monde des Cabanes », en me demandant à quoi pouvait bien ressembler la fameuse cabane de Dan. Était-ce un « Tiger Shiplap Apex » ou un « Walton's Premium Overlap » avec portes doubles ; un « Norfolk Apex Xtra » ou un « Tiger Mini-barn » ? J'étudiais les caractéristiques de la « Titanium Wonder » aux « fonctionnalités hors pair » lorsque Dan déboula en courant.

Il s'affala à côté de moi, saisit ma main gauche et la porta rapidement à ses lèvres avant de la reposer sur mes genoux.

Je lui lançai un regard perplexe.

— Ça vous prend souvent, de faire le baisemain aux femmes que vous n'avez rencontrées que deux fois ?

— Non, vous êtes la première. Désolé, je suis un peu en retard, reprit-il alors que je m'efforçais de retrouver mon sang-froid. Mais j'étais pris par une enquête… compliquée.

— Au sujet de l'Age Exchange ?

— Non, ça, c'est bouclé. C'est un article… sur le monde des affaires, expliqua-t-il, un peu évasif. Matt l'écrit, mais j'y… participe. Nous avons eu quelques problèmes – et maintenant, c'est réglé. Bon. (Il tapa dans ses mains.) On va vous chercher à boire. Vous avez envie de quoi ? Laissez-moi deviner… « Donne-moi un verre de *visky*, énonça-t-il d'une voix grave, un verre de *ginger ale*, et ne sois pas radin, mon petit ».

— Pardon ?

— Ce sont les premières paroles prononcées par Garbo à l'écran. Jusque-là, tous ses films étaient muets. Heureusement, sa voix ne déparait pas ses traits… Sérieusement, vous voulez quoi ?

— Sûrement pas du « visky » – mais un verre de vin rouge, j'aimerais bien.

Dan prit la carte des consommations.

— Vous avez le choix entre un merlot – Le Carredon du Pays d'Oc, qui est apparemment « doux, rond et facile à boire, avec beaucoup de corps » – ou un châteauneuf-du-pape Chante le Merle, qui a « un nez magnifique de fruits rouges et un bouquet séduisant ». Alors ?

Je songeai à mon voyage en Provence.

— Le châteauneuf-du-pape… le nom me plaît bien.

Une demi-heure plus tard – la conversation était allée bon train –, Dan me commandait un deuxième verre de Chante le Merle avant que nous descendions dans la salle. Nous nous calâmes dans les fauteuils en cuir noir et nous abandonnâmes à *Anna Karenine* et à la beauté lumineuse de Garbo.

— Chez Garbo, tout est dans le visage, déclara Dan alors que nous sortions du cinéma. Son corps ne compte pas – pas plus que son jeu, même si c'était une grande actrice. On ne parle toujours que du visage de Garbo – de cette perfection d'albâtre.

— Sa beauté est presque un masque, dis-je. Elle ressemble à un sphinx.

— C'est un sphinx. Elle projette une distance, une autosuffisance, teintée de mélancolie. Comme toi, ajouta-t-il d'un ton désinvolte.

Une fois de plus, Dan me décontenançait. Mais j'avais un peu bu, j'aimais sa compagnie et je ne voulais pas gâcher la soirée : je décidai donc de ne pas m'en formaliser.

— On va grignoter quelque chose ? dit-il.

Sans attendre ma réponse, il passa un bras sous le mien. Son attitude chaleureuse, physique, ne me gênait pas. Au contraire, elle me plaisait assez. Elle… simplifiait tout.

— Le Café rouge, ça te va ? Ce n'est pas aussi chic que le Rivington Grill, mais bon.

— Le Café rouge, c'est parfait…

Nous y trouvâmes tout de suite une table.

— Pourquoi Garbo a-t-elle mis un terme à sa carrière aussi tôt ? lui demandai-je en attendant que le serveur prenne nos commandes.

— On raconte qu'une mauvaise critique de son dernier film, *La Femme aux deux visages*, l'a tellement contrariée qu'elle a décidé d'abandonner le cinéma. Mais il est plus plausible de supposer qu'elle savait sa beauté à son apogée ; elle ne voulait pas voir son image ternie par le temps. Marilyn Monroe est morte à trente-six ans – éprouverions-nous la même chose pour elle si elle était morte à soixante-seize ans ? Garbo voulait vivre, mais pas en public.

— Tu sais vraiment des tas de choses.

Dan déplia sa serviette de table.

— J'adore le cinéma. Surtout les films en noir et blanc.

— Est-ce parce que tu as du mal à distinguer les couleurs ?

Le serveur lui offrit du pain.

— Non. C'est parce que la couleur, à l'écran, a quelque chose de prosaïque. Nous voyons le monde en couleur tous les jours : le noir et blanc suggère tacitement qu'il s'agit d'art.

— Tu as de la peinture sur les mains. Tu es en train de bricoler ?

Dan examina ses doigts.

— J'ai travaillé à ma cabane hier soir – j'y mets les dernières touches.

— Mais qu'est-ce que c'est que cette mystérieuse cabane ?

— Tu le verras le 11 octobre lors de la soirée de gala de l'inauguration officielle… Je vais bientôt envoyer les invitations. Tu viendras, n'est-ce pas ?

Je songeai que la soirée m'avait plu.

— Oui, je viendrai. Quel sera le *dress code ?* Tenue de jardinage ? Bottes en caoutchouc ?

Dan prit l'air offusqué.

— Chic désinvolte.

— Pas de smoking ?

— Ce serait un peu excessif, mais tu peux porter l'une de tes robes du soir vintage si tu veux… D'ailleurs, tu devrais mettre la rose pâle, celle qui t'appartenait.

— Sûrement pas !

— Pourquoi pas ?

— Je ne l'aime pas… tout simplement.

— Tu es un sphinx, toi aussi, dit Dan. Ou, en tout cas, une énigme. Et je crois que quelque chose te tourmente.

Il m'avait à nouveau décontenancée.

— Oui, dis-je tranquillement, en effet. Ce qui me tourmente, c'est que tu sois aussi… effronté.

— Effronté ?

Je hochai la tête.

— Tu fais toujours des remarques très directes et franchement indiscrètes. Tu n'arrêtes pas de dire et de faire des choses qui me… prennent de court. Tu es toujours… Comment dire…

— Spontané ? Je suis toujours spontané ?

— Non. Tu es toujours en train de me décontenancer… de me déconcerter… de me bousculer ! Voilà : tu passes ton temps à me bousculer, Dan.

Il sourit.

— J'adore la façon dont tu dis « bousculer » – tu pourrais le répéter ? C'est un joli mot, poursuivit-il. On ne le répétera jamais assez souvent. Bous-cu-ler ! ajouta-t-il gaiement.

Je levai les yeux au ciel.

— Et maintenant, tu essaies de… m'énerver.

— Désolé. C'est peut-être parce que tu es tellement calme et réservée. Je t'aime beaucoup, Phœbe. Mais, de temps en temps, j'ai envie de… je ne sais pas… de te faire perdre un peu ton sang-froid.

— Ah. Je vois. Eh bien, tu n'y es pas arrivé. Je n'ai pas perdu mon… sang-froid. Et alors, toi, Dan ? poursuivis-je, déterminée à reprendre l'initiative de la conversation. Tu sais beaucoup de choses sur moi – après tout, tu m'as interviewée. Mais je ne sais pas grand-chose de toi…

— Sauf que je suis effronté.

— Extrêmement. (Je souris et me détendis.) Alors pourquoi ne me parles-tu pas un peu de toi ?

— D'accord. Je suis né dans le Kent, près d'Ashford. Mon père était médecin généraliste ; ma mère, institutrice. Ils sont à la retraite, maintenant. Je crois que le plus intéressant, dans ma famille, c'est que notre Jack Russell, Percy, a vécu dix-huit ans, ce qui en années humaines aurait fait cent seize ans. Je suis allé à l'école dans le coin, puis à York pour faire des études d'histoire. J'ai ensuite passé une décennie glorieuse dans le marketing direct, et maintenant, je travaille pour *Black & Green*. Pas de mariages, pas d'enfants, quelques histoires sérieuses dont la dernière s'est terminée il y a trois mois, sans acrimonie. Et toc ! Mon histoire en accéléré.

— Ça te plaît, de travailler pour le journal ? lui demandai-je, plus calme, maintenant.

— C'est une aventure intéressante, mais je n'ai pas l'intention d'y passer ma vie.

Avant que je puisse lui demander à quoi il voulait passer sa vie, Dan avait déjà changé de sujet.

— Bon, on a vu *Anna Karenine*. Vendredi, dans le cadre du même programme, on passe une copie neuve du *Dr Jivago*... ça t'intéresse ?

— En fait, ça m'aurait bien plu, mais c'est impossible.

— Ah. Et pourquoi ?

— Pourquoi ? répétai-je. Dan... tu recommences.

— À te bousculer ?

— Oui. Parce que... écoute... je n'ai pas à te dire pourquoi je ne peux pas venir.

— Non, en effet. J'ai déjà deviné. C'est parce que tu as un mec qui, s'il nous voyait en ce moment, me casserait la figure. C'est ça ?

— Non, soupirai-je. C'est parce que je vais en France pour acheter de la marchandise.

— Ah oui, je me rappelle, maintenant. Tu vas en Provence. Dans ce cas, on ira au cinéma à ton retour. Non, pardon, il te faut six semaines pour y réfléchir, c'est ça ? Alors je t'appelle à la mi-novembre, d'accord ? Ne t'en fais pas, je t'enverrai d'abord un e-mail pour te dire que je t'appelle, peut-être même que je devrais t'écrire la semaine d'avant pour te dire que je vais t'envoyer un e-mail, pour que tu ne me taxes pas d'effronterie.

Je regardai Dan.

— Je pense que ce serait beaucoup plus simple d'accepter tout de suite.

8

Tôt ce matin-là, je montai à bord de l'Eurostar à la gare de St. Pancras pour me rendre à Avignon. Je décidai de profiter du trajet pour me détendre – j'en avais pour six heures environ, avec une correspondance à Lille. En attendant le départ du train, je feuilletai le *Guardian*. Dans le cahier « City », je fus étonnée de découvrir une photo de Keith. Un article était consacré à sa société de promotion immobilière, Phoenix Land, dont la spécialité était d'acheter des friches industrielles pour les réaménager. Elle avait récemment été estimée à vingt millions de livres et elle était sur le point d'être lancée sur le marché d'échanges public. Keith avait d'abord vendu des cuisines en kit par correspondance, mais en 2002, son entrepôt avait été détruit par un incendie volontaire, allumé par un employé mécontent. « Ça a été la pire nuit de ma vie, déclarait Keith. Mais en regardant l'entrepôt brûler, je me suis juré de faire renaître quelque chose de valable de ces cendres. » D'où le nom de sa nouvelle société, songeai-je alors que le train s'ébranlait.

Je feuilletai ensuite l'exemplaire de *Black & Green* que j'avais pris à la gare de Blackheath. On y trouvait les infos locales habituelles, des articles sur la hausse du coût des baux commerciaux, les commerces indépendants menacés par les grandes chaînes, les problèmes de circulation et de stationnement. Il y avait également une chronique « people », avec des photos des célébrités aperçues dans le secteur, y compris une image de Chloë Sevigny penchée devant la vitrine de Village Vintage, ou de celles qui habitaient dans le coin, comme Glenda Jackson assistant à un concert au bénéfice d'une organisation caritative à Blackheath Halls.

L'article des pages centrales était celui de Dan sur l'Age Exchange, intitulé « À la recherche du temps perdu » : *Age Exchange est un lieu où l'on tient beaucoup au passé*, écrivait-il. *Un lieu où les personnes âgées peuvent venir partager leurs souvenirs, entre elles et avec les jeunes générations... l'importance des témoignages... l'histoire orale... des objets d'époque soigneusement sélectionnés aident à déclencher les souvenirs... Le centre contribue à la qualité de vie des personnes âgées en valorisant leur mémoire...*

C'était un article sympathique et bien écrit.

Tandis que le train accélérait, je refermai le journal et contemplai la campagne du Kent. On venait de finir les moissons et les champs pâles étaient noircis çà et là par des brûlis ; des fumerolles d'albâtre s'élevaient encore de la terre dans l'air de fin d'été. Lorsque le train traversa Ashford, j'imaginai soudain Dan sur le quai, dans ses vêtements mal assortis, me saluant de la main alors que je filais à toute allure. Puis le train plongea sous la Manche, pour émerger en France, dans le plat pays de Calaisis aux champs vides enjambés par des pylônes gigantesques.

À Lille, je pris ma correspondance pour Avignon. La tête contre la vitre, je m'endormis en rêvant de

Miles, d'Annie, de la jeune femme qui était revenue prendre la robe *cupcake* verte et de celle qui avait pris la rose et qui n'arrivait pas à tomber enceinte. Je rêvai de Mme Bell, jeune fille, marchant à travers champs dans son manteau bleu, cherchant désespérément l'amie qu'elle ne retrouverait jamais. Quand je rouvris les yeux, je découvris, stupéfaite, la campagne provençale avec ses maisons couleur de terre cuite, sa terre argentée et ses cyprès vert sombre dressés dans le paysage comme autant de points d'exclamation.

Des vignobles s'étalaient à perte de vue dans toutes les directions, en rangs si droits qu'on aurait cru qu'ils avaient été peignés. Des travailleurs agricoles vêtus de couleurs vives suivaient les machines à vendanger qui avançaient entre les vignes dans de grands nuages de poussière. Les vendanges battaient leur plein.

« Nous entrons en gare d'Avignon TGV, annonça le haut-parleur. Avignon TGV, cinq minutes d'arrêt. »

Je sortis de la gare en clignant des yeux dans le soleil ; je pris ma voiture de location et roulai vers la ville, longeant les remparts médiévaux avant de négocier les rues étroites menant à mon hôtel.

Je m'enregistrai, pris une douche et me changeai avant d'aller me promener rue de la République, où magasins et cafés bourdonnaient d'activité. Je m'arrêtai quelques minutes place de l'Horloge. Là, devant l'imposant hôtel de ville, un manège tournait doucement. Tout en regardant les enfants monter et descendre sur leurs chevaux de bois or et crème, j'imaginai Avignon à une époque plus tragique. J'imaginai les soldats allemands, debout à l'endroit même où je me tenais, leur mitrailleuse sous le bras. J'imaginai Mme Bell et son frère rire en pointant le doigt vers eux, et leurs parents angoissés qui les faisaient taire. Je marchai ensuite jusqu'au palais des Papes et je m'assis à une terrasse de café, sous un ciel presque turquoise. Mme Bell m'avait raconté que, vers la fin de la guerre, les caves du Palais avaient servi d'abris antiaériens. Tout en contemplant l'immense édifice, j'imaginai les foules s'y précipitant dans le vacarme des sirènes.

Revenant à l'époque actuelle, je pensai aux expéditions que je devais faire au cours des deux prochains jours. Je consultais la carte de la région quand mon téléphone sonna. Je scrutai l'écran et appuyai sur le bouton « répondre ».

— Miles ! dis-je joyeusement.

— Phoebe… vous êtes déjà à Avignon ?

— Je suis assise devant le palais des Papes. Et vous, où êtes-vous ?

— Nous venons d'arriver chez mon cousin.

Je remarquai que Miles avait dit « nous », ce qui signifiait que Roxy était du voyage. Cela n'avait rien d'étonnant, mais j'en fus un peu dépitée.

— Vous faites quoi, demain ? me demanda Miles.

— Le matin, je vais au marché de Villeneuve-lès-Avignon, puis à celui de Pujaut.

— Pujaut est à mi-chemin de Châteauneuf-du-Pape. Pourquoi ne venez-vous pas directement ici quand vous aurez terminé ? Je vous emmènerai dîner dans le coin.

— Je veux bien, Miles, mais où est-ce, « ici » ?

— Ça s'appelle le Château du Bosquet. C'est facile à trouver. Vous traversez Châteauneuf-du-Pape puis, en sortant du village, vous prenez la route d'Orange : c'est une grande maison carrée, à environ un kilomètre et demi, sur la droite. Venez dès que vous le pourrez.

— D'accord.

Le lendemain matin, je traversai donc le Rhône en direction de Villeneuve-lès-Avignon. Je me garai au bout du village et revins à pied par l'étroite rue principale vers la place du marché, où les brocanteurs avaient étalé leur bric-à-brac sur des bâches à même le sol. Il y avait de vieux vélos et des transats déteints, des porcelaines ébréchées et des cristaux taillés rayés ; de vieilles cages à oiseaux, des outils rouillés et des ours en peluche pelés avec des pattes en cuir crevassées. Certains étals proposaient de vieux tableaux et des courtepointes en indienne délavée ; sur des cordes à linge tendues entre les platanes, des vêtements anciens claquaient et tournoyaient au vent.

— Ce sont de vraies antiquités, madame, m'affirma l'une des marchandes d'un ton rassurant alors que je regardais ses vêtements. Tout est en très bon état.

J'avais l'embarras du choix. Je passai deux heures à choisir des petites robes imprimées toutes simples des années 40 et 50, et des chemises de nuit blanches des années 20 et 30. Certaines étaient en lin rustique, d'autres en métis, un mélange de lin et de coton, et d'autres encore en Valenciennes, un voile de coton léger comme une gaze, qui flottait dans la brise. Plusieurs de ces chemises de nuit étaient magnifiquement brodées. Je songeai à celles dont les mains avaient semé les petites fleurs et les feuilles parfaites que je parcourais maintenant des doigts ; je me demandai si elles avaient pris du plaisir à réaliser un travail aussi minutieux, et si elles avaient pu s'imaginer que les générations suivantes l'admireraient, en s'interrogeant sur leurs auteurs.

Une fois mes emplettes terminées, je m'assis à une terrasse de café pour déjeuner. Je me permis enfin de songer à la date. Je m'étais imaginé que je serais triste, mais ce n'était pas le cas, bien que je sois heureuse d'être à l'étranger ce jour-là. Je me demandai brièvement ce que faisait Guy, et ce qu'il éprouvait. Puis je téléphonai à Annie.

— La boutique n'a pas désempli. J'ai déjà vendu la jupe Vivienne Westwood à faux-cul et le manteau Dior en gros-grain.

— Bien joué.

— Mais vous savez ce que vous disiez à la radio au sujet d'Audrey Hepburn ?

— Oui.

— Eh bien, j'ai eu une cliente ce matin qui m'a demandé de la transformer en Grace Kelly. Ce n'était pas évident.

— Elle n'était pas assez belle ?

— Ah, pour ça, elle était à tomber. Mais j'aurais eu moins de mal à la transformer en Grace Jones.

— Ah.

— Et votre mère est passée pour voir si vous vouliez déjeuner avec elle… Elle avait oublié que vous étiez en France.

— Je vais l'appeler.

Ce que je fis aussitôt. Mais elle se mit à me parler du nouveau traitement pour lequel elle avait eu une consultation – la régénération par le plasma.

— J'ai pris la matinée pour aller dans la clinique où l'on pratique ce traitement, m'expliqua-t-elle tandis que je sirotais mon café. C'est excellent pour les rides profondes. Ils utilisent du plasma à l'azote pour stimuler le processus régénérateur naturel – ils l'injectent sous la peau et ça fait travailler les fibroblastes. Le résultat, apparemment, est un épiderme tout neuf. (Je levai les yeux au ciel.) Phoebe ? Tu es là ?

— Oui, mais il faut que j'y aille, maintenant.

— Si je ne me fais pas faire la régénération par le plasma, poursuivit maman, je vais peut-être essayer des techniques de comblement – il y a le Restylane, le

Perlane ou le Sculptra – et ils m'ont parlé aussi de l'autogreffe de cellules adipeuses. On retire de la graisse des fesses pour l'injecter dans le visage – d'une joue à l'autre, pour ainsi dire, mais le problème, c'est que…

— Pardon, maman. Je vais raccrocher, dis-je, au bord de la nausée.

Je remontai dans ma voiture, en m'obligeant à ne pas penser aux traitements grotesques que ma mère venait de décrire, et me mis en route pour Pujaut.

En passant devant le panneau routier indiquant Châteauneuf-du-Pape, j'éprouvai un agréable frisson à l'idée de revoir Miles. J'avais emporté une robe : je comptais me changer avant d'arriver, pour être fraîche après ma longue journée.

Le marché de Pujaut était tout petit, mais j'achetai encore six chemises de nuit et des cache-corsets en broderie anglaise : les filles aiment bien les porter sur un jean. Il était maintenant 15 h 30. Je trouvai un café pour passer ma robe bain de soleil St. Michael du début des années 60, en coton à rayures marine et blanches.

En sortant de Pujaut, je vis des travailleurs agricoles penchés dans les vignobles qui s'étalaient à perte de vue. Des affiches, tout le long de la route, m'invitaient à m'arrêter à tel ou tel domaine ou château pour une dégustation de vin.

Châteauneuf-du-Pape se dressait maintenant devant moi sur sa colline, avec ses bâtisses crème blotties autour d'une tour médiévale. Je traversai le village et pris la direction d'Orange. À un kilomètre et demi de là, je repérai le panneau indiquant le Château du Bosquet.

Je m'engageai dans l'allée bordée de cyprès, au bout de laquelle je distinguais une grande maison carrée surmontée de créneaux. Dans les vignobles, de part et d'autre de l'allée, des hommes et des femmes coiffés de chapeaux se penchaient sur les vignes. En entendant le crissement de mes roues, une silhouette aux cheveux gris se redressa, abrita ses yeux de sa main en visière et agita l'autre. Je lui rendis son salut.

En me garant, je vis Miles marcher à grands pas à travers les vignes pour me rejoindre. Quand je baissai la vitre, il sourit ; son visage était tellement poussiéreux que ses pattes-d'oie ressortaient comme des rayons de roue.

— Phoebe ! s'exclama-t-il en m'ouvrant la portière. Bienvenue au Château du Bosquet.

Je sortis et il m'embrassa.

— Vous... tu feras la connaissance de Pascal et Cécile plus tard – pour l'instant, tout le monde travaille d'arrache-pied. (Il désigna le vignoble d'un signe de tête.) Demain, c'est le dernier jour, alors c'est la course contre la montre.

— Je peux donner un coup de main ?

Miles me regarda.

— Ça te dirait ? C'est très poussiéreux, comme boulot, je vous... je te préviens.

Je haussai les épaules.

— Peu importe.

Je contemplai les vendangeurs avec leurs seaux noirs et leurs sécateurs.

— Vous n'utilisez pas de machine à vendanger ?

— À Châteauneuf-du-Pape, les raisins doivent être vendangés à la main pour être en conformité avec les lois régissant les appellations – c'est pour ça qu'on recrute cette petite armée. (Il regarda mes espadrilles.) Tes chaussures feront l'affaire, mais il te faudra un tablier. Attends-moi ici.

Alors que Miles se dirigeait vers la maison, je remarquai soudain Roxy, assise sur un banc sous un immense figuier, en train de lire un magazine.

— Bonjour, Roxy ! lançai-je en m'avançant de quelques pas vers elle. Roxy, bonjour !

Roxanne leva les yeux ; sans soulever ses lunettes de soleil, elle m'adressa un petit sourire avant de reprendre sa lecture. Je fus un peu vexée qu'elle me snobe, jusqu'à ce que je me rappelle que la plupart des adolescents de seize ans n'étaient pas très sociables ; de plus, elle ne m'avait rencontrée qu'une fois. Pourquoi se montrerait-elle amicale ?

Miles sortit de la maison avec un bob bleu.

— Tu vas en avoir besoin, dit-il en m'en coiffant. Tu auras aussi besoin de ceci… (Il me tendit une bouteille d'eau.) Et de ce tablier, pour ne pas tacher ta robe. Il appartenait à la mère de Pascal – une dame un peu forte, mais adorable, n'est-ce pas, Roxy ?

Roxy sirota son Coca.

— Grosse, tu veux dire.

Miles déplia le volumineux tablier et le passa par-dessus ma tête, puis m'enlaça pour l'attacher, en effleurant mon oreille de son souffle. Il noua les cordons devant.

— Voilà, dit-il en serrant le nœud.

Il recula d'un pas pour me regarder.

— Tu es ravissante, comme ça.

Je pris soudain conscience que Roxy me scrutait derrière ses Ray-Ban, ce qui me mit un peu mal à l'aise. Miles ramassa deux seaux et se dirigea vers le vignoble en les balançant.

— Allez, viens, Phoebe.

— Il y a une technique particulière ? lui demandai-je en le rattrapant.

— Pas spécialement, répondit-il tandis que nous avancions entre les ceps tordus.

Ici et là, un moineau s'envolait à notre approche, ou une sauterelle bondissait devant nous. Miles cueillit une grappe et me la tendit.

Je fis éclater un grain sur ma langue.

— Délicieux. C'est quoi, comme cépage ?

— De la grenache – ce sont de vieilles vignes. Elles ont été plantées en 1960, comme moi. Mais elles sont toujours vigoureuses, ajouta-t-il d'un air entendu.

Il scruta le ciel en s'abritant les yeux de la main.

— Dieu merci, il a fait beau, reprit-il. En 2002 nous avons eu des inondations catastrophiques et les raisins ont pourri – nous avons produit cinq mille bouteilles cette année-là, au lieu de cent mille – ça a été un désastre. Le curé du village bénit la récolte – il semble avoir fait du bon boulot cette année, car elle est abondante.

D'énormes cailloux ronds étaient éparpillés à nos pieds ; à l'intérieur de ceux qui étaient fendus, je devinais l'éclat du quartz blanc.

— Ces gros cailloux doivent vous gêner, commentai-je en les contournant.

— Un peu, acquiesça Miles. C'est le Rhône qui les a déposés ici, il y a une éternité. Mais ils nous sont utiles car la chaleur qu'ils emmagasinent pendant la journée est libérée durant la nuit : c'est l'une des raisons pour lesquelles c'est une bonne terre pour la vigne. Bon, tu pourrais commencer par ici ?

Miles se pencha sur un cep et repoussa les feuilles rouge et or pour dévoiler une énorme grappe de raisins noirs.

— Tiens-les par en dessous. (Ils étaient tièdes dans ma main.) Maintenant, coupe la tige – sans les feuilles, s'il te plaît – puis place-les dans le premier seau, en les manipulant le moins possible.

— Que met-on dans le deuxième seau ?

— Ceux qu'on rejette – nous jetons vingt pour cent de ce que nous cueillons. On en fait du vin de table.

Tout autour de nous régnait une ambiance festive – la dizaine de vendangeurs bavardaient en riant – certains avaient des lecteurs MP3 ou des iPods. L'une des jeunes filles chantait – c'était un air de *La Flûte enchantée*, celui qui parle des maris et des femmes. Sa voix claire et douce de soprano résonnait dans le vignoble.

Mann und Weib, und Weib und Mann

Comme c'est curieux, d'entendre cet air aujourd'hui, précisément, songeai-je.

Reichen an die Gottheit an.

— Qui sont les vendangeurs ? demandai-je à Miles.

— Des gens du coin qui nous aident chaque année, quelques étudiants et des travailleurs étrangers. Sur ce domaine, les vendanges durent environ dix jours, ensuite Pascal donne une grande fête pour remercier tout le monde.

Je coinçai une tige dans mon sécateur.

— Je coupe ici ?

Miles s'inclina et posa sa main sur la mienne.

— Là, c'est mieux, dit-il. Comme ça.

Je sentis un courant électrique de désir me parcourir.

— Maintenant, coupe… Attention, ils sont lourds, ne les laisse pas tomber.

Je plaçai soigneusement la grappe dans le premier seau.

— Je serai là-bas, précisa Miles en retournant à ses propres seaux, à quelques mètres de là.

Il faisait chaud et le travail était ardu. J'étais heureuse d'avoir de l'eau – et, surtout, un tablier, déjà poudré de poussière pâle. Je me redressai pour me soulager le dos. Ce faisant, je jetai un coup d'œil à Roxy, assise à l'ombre avec son exemplaire de *Heat* et sa boisson fraîche.

— Je devrais demander à Roxy de donner un coup de main, entendis-je Miles dire, comme s'il avait lu dans mes pensées. Mais il peut être contre-productif de trop pousser les ados.

Une goutte de sueur me dégoulina entre les omoplates.

— Et alors, sa dissertation d'histoire, ça s'est bien passé, en fin de compte ?

— On s'en est très bien sortis. J'espère décrocher un « A », ajouta-t-il ironiquement. Je le mérite, j'ai passé la nuit à la rédiger.

— Tu mérites un « A » en tant que père. Mon seau est plein… Je fais quoi ?

Miles vint trier les raisins, plaçant les moins bons dans le deuxième seau, puis il les prit tous les deux.

— On les emporte au pressoir, maintenant.

Il indiqua les grandes remises en béton à droite de la maison.

En entrant dans la première remise, nous fûmes assaillis par une puissante odeur de levure et le vacarme produit par l'énorme cylindre blanc qui vibrait devant nous. Un grand escabeau y était appuyé, au sommet duquel se tenait un homme trapu en bleu de travail, qui y versait le raisin tendu par une petite femme blonde en robe jaune.

— Voilà Pascal, dit Miles, et Cécile. (Il les salua tous deux d'un signe.) Pascal ! Cécile ! Je vous présente Phoebe !

Pascal m'adressa un signe de tête amical, puis il prit le seau que lui avait passé Cécile pour déverser le raisin dans le cylindre. Elle se retourna et me sourit chaleureusement.

Miles m'indiqua les quatre grandes citernes rouges qui s'alignaient contre le mur du fond.

— Ce sont les cuves de fermentation. Le jus de raisin est déversé directement du pressoir par ce tuyau. Et maintenant, on passe ici...

Je le suivis dans la seconde remise, qui était plus fraîche, et où se trouvaient plusieurs cuves en acier où des dates étaient inscrites à la craie sur des ardoises.

— Voici où l'on fait vieillir le jus de raisin fermenté. Nous le faisons ensuite vieillir dans ces fûts en chêne, puis, au bout d'un an environ, il est prêt à être mis en bouteille.

— Quand peut-on le boire ?

— Le vin de table, au bout de dix-huit mois, les vins de meilleure qualité, au bout de deux ou trois ans ; les vins de garde peuvent être conservés jusqu'à quinze ans. On produit surtout du vin rouge.

D'un côté de la pièce, il y avait une table avec des bouteilles à moitié vides fermées par des bouchons gris, des verres, des tire-bouchons et quelques ouvrages de référence sur le vin. Les murs étaient ornés de diplômes d'honneur remportés par les vins du Château du Bosquet dans diverses foires internationales.

Je remarquai que l'une des bouteilles avait une jolie étiquette, avec un merle tenant une grappe dans son bec. Je l'examinai plus attentivement.

— Chante le Merle, lus-je à Miles. J'en ai bu la semaine dernière, au Greenwich Picture House.

— La chaîne Picture House achète nos vins, en effet. Il t'a plu ?

— Il était délicieux. Il avait un bouquet... séduisant, si je me souviens bien.

— Quel film es-tu allée voir ?

— *Anna Karenine*.

— Avec… ?

— Greta Garbo.

— Non, je veux dire… avec qui es-tu allée voir le film ? Je… me posais simplement la question, ajouta-t-il, faussement désinvolte.

L'insécurité de Miles me touchait d'autant plus qu'il m'avait semblé tellement sophistiqué et sûr de lui, la première fois que je l'avais rencontré.

— Je suis allée avec un copain à moi, Dan. Il est très cinéphile.

Miles hocha la tête.

— Bien… (Il consulta sa montre.) Il est presque 18 heures. Il vaut mieux qu'on aille se préparer. Nous dînons au village. Roxy va sans doute rester avec Pascal et Cécile. Elle pourra pratiquer son français, ajouta-t-il. J'imagine que tu aimerais bien te laver…

Je lui montrai mes mains tachées de pourpre.

Tandis que nous contournions la maison, je vis que Roxy avait abandonné son poste en laissant derrière elle sa bouteille de Coca vide, dont quelques guêpes exploraient le goulot. Miles poussa l'énorme porte d'entrée et nous pénétrâmes dans la fraîcheur de la maison. Le vestibule était immense, avec des plafonds voûtés, des poutres apparentes et une cheminée caverneuse à côté de laquelle étaient empilées des bûches. Un long banc à dossier fait de vieux tonneaux était appuyé contre un mur. Au pied de l'escalier, un ours empaillé montait la garde, griffes et crocs exposés.

— N'aie pas peur, plaisanta Miles. Il n'a jamais mordu personne. On monte ?

Nous traversâmes le palier et Miles poussa une porte à panneaux, révélant une grande baignoire en calcaire en forme de sarcophage. Il prit une serviette sur le porte-serviette.

— Je vais prendre un bain.

— Ailleurs, je suppose ? badinai-je en me demandant si Miles allait se déshabiller devant moi.

Je me rendis compte, soudain, que cela ne m'aurait
pas du tout ennuyée.

— J'ai une salle de bains dans ma chambre, au bout
du palier, là. On se retrouve en bas dans, disons…
vingt minutes ? Roxy… ! lança-t-il en sortant. Roxy, je
dois te parler…

Je dénouai le tablier, qui avait parfaitement protégé
ma robe, et j'époussetai mes espadrilles. Je me dou-
chai avec un pommeau en cuivre à l'ancienne, coiffai
mes cheveux mouillés en chignon, me rhabillai et me
maquillai légèrement.

Au moment où je ressortais sur le palier, j'entendis
le chuchotement de Miles et la voix plaintive de Roxy
qui montaient du rez-de-chaussée.

— Je ne serai pas sorti longtemps, ma chérie…

— Et pourquoi elle est là, elle ?

— Elle avait du travail dans la région…

— … je veux pas que tu sortes…

— Alors viens avec nous.

— J'ai pas envie…

La première marche craqua sous mes pieds. Miles
releva la tête, l'air un peu surpris.

— Te voilà, Phoebe. Alors, tu es prête ? (J'acquiesçai.)
Je demandais justement à Roxy si elle voulait se
joindre à nous, ajouta-t-il tandis que je descendais
l'escalier.

— J'espère bien, dis-je à Roxy, déterminée à la
charmer. On pourrait parler chiffons… votre père me
dit que vous voulez faire carrière dans la mode.

Elle m'adressa un regard maussade.

— Ouais.

245

— Alors pourquoi ne pas te joindre à nous ? dit son père d'une voix chaleureuse.

— Je veux pas sortir.

— Dans ce cas, tu peux dîner avec les vendangeurs.

Elle fit la moue.

— Non merci.

— Roxy, il y a des jeunes très sympathiques parmi eux. La Polonaise, Beata, fait des études pour devenir cantatrice. Elle parle parfaitement l'anglais, tu pourrais bavarder avec elle. (Roxy fit la moue.) Alors mange avec Pascal et Cécile. (La jeune fille gémit et croisa les bras.) Ne fais pas de caprices. S'il te plaît, Roxanne, j'aimerais simplement que tu…

Mais elle avait déjà franchi la moitié du vestibule.

Miles se tourna vers moi.

— Je suis désolé, Phoebe, soupira-t-il. Roxy est à l'âge difficile.

J'approuvai poliment en me rappelant l'expression française désignant l'adolescence : l'âge ingrat.

— Elle peut très bien passer deux heures seule. Bon… (Il fit tinter ses clés de voiture.) On y va ?

Nous roulâmes jusqu'au village ; Miles gara sa Renault de location sur la rue principale. Alors que nous descendions de voiture, il désigna un restaurant avec des tables dressées en plein air, dont les nappes blanches claquaient dans la brise. Nous nous y rendîmes. Miles poussa la porte.

— Ah… monsieur Archant, dit un maître d'hôtel à l'air onctueux en nous tenant la porte. C'est un plaisir de vous revoir. Un grand plaisir.

Soudain, l'homme sourit largement et tous deux se tapèrent dans le dos en riant aux éclats.

— Je suis content de te revoir, Pierre, dit Miles. Permets-moi de te présenter la belle Phoebe.

Pierre porta ma main à ses lèvres.

— Enchanté.

— Pierre et Pascal sont allés à l'école ensemble, m'expliqua Miles tandis que Pierre nous installait à une table d'angle. Nous passions nos vacances d'été ensemble, il y a, quoi, trente-cinq ans, Pierre ?

Pierre souffla dans ses joues.

— Trente-cinq ans, oui. Vous n'étiez pas née, ajouta-t-il à mon intention en gloussant.

J'imaginai soudain Miles, à quinze ans, me tenant dans ses bras quand j'étais bébé.

— Tu veux un verre de vin ? proposa Miles en ouvrant la carte des vins.

— J'aimerais bien, répondis-je prudemment, mais ce n'est pas très indiqué, parce que je dois rentrer en voiture à Avignon.

— C'est toi qui décides, dit Miles en chaussant ses lunettes de lecture pour consulter la liste. Tu vas manger, n'oublie pas.

— Alors juste un verre… Pas plus.

— Si jamais tu décidais de boire un peu plus, tu peux toujours dormir à la maison, ajouta-t-il d'un ton désinvolte. Il y a une chambre d'amis… et un coffre que tu peux pousser contre la porte !

— Inutile… Pour la chambre, je veux dire, me repris-je en rougissant. Je veux dire que je ne vais pas rester, merci. (Miles souriait de mon embarras.) Alors… tu viens faire les vendanges chaque année ?

— Oui. Je me sens très proche de cette branche de ma famille – le domaine a été fondé par mon arrière-grand-père, Philippe, qui était aussi l'arrière-grand-père de Pascal. Par ailleurs, j'ai hérité de parts dans l'affaire, et j'aime bien mettre la main à la pâte.

— Alors le Château du Bosquet, c'est ton « village vintage » à toi.

— Si l'on veut, sourit Miles. J'adore tout le processus de fabrication du vin. J'aime les machines, le bruit, l'odeur du raisin, le lien à la terre. J'aime le fait que la viticulture relève d'autant de disciplines différentes – la géographie, la chimie, la météorologie, l'histoire… J'aime le fait que le vin soit l'une des rares choses qui se bonifient au fil du temps.

— Comme toi ? suggérai-je, enjouée.

Il sourit.

— Alors, que veux-tu boire ?

Je choisis le châteauneuf-du-pape Fines Roches.

— Et moi, je prendrai un verre de Cuvée de la Reine, dit Miles à Pierre. Je bois des vins qui ne sont pas du Bosquet quand je sors, précisa-t-il. J'aime bien savoir ce que fabrique la concurrence.

Pierre posa nos verres devant nous avec une assiette de grosses olives vertes. Miles leva son verre.

— Je suis heureux de te revoir, Phoebe. Quand j'ai dîné avec toi la semaine dernière, j'espérais que ce serait bientôt, mais je n'imaginais pas que nous serions… zut ! (Il fouilla sa poche pour en tirer son BlackBerry.) Écoute, Roxy, chuchota-t-il tandis que j'étudiais le menu. Je t'ai dit où j'allais… nous sommes chez Mirabelle. (Il se leva.) Mais si, je t'ai invitée ! (Je l'entendis soupirer tandis qu'il se dirigeait vers la porte.) Tu le sais bien, ma chérie. À quoi rime toute cette histoire ?

Miles sortit un moment pour parler à Roxy, avant de rentrer, l'air exaspéré.

— Désolé, soupira-t-il en rempochant son téléphone. Maintenant, elle est furieuse de ne pas être venue. Je dois avouer que Roxy est assez difficile, par moments – mais au fond, c'est une gentille fille.

— Bien entendu, murmurai-je.

— Elle ne ferait jamais rien… (il hésita)… de mal.

Pierre vint prendre nos commandes.

— Mais parle-moi de toi, Phoebe, reprit Miles. Quand nous avons dîné la semaine dernière, tu as esquivé toutes mes questions... J'aimerais en savoir un peu plus.

Je haussai les épaules.

— À propos de quoi ?

— Eh bien... ta vie. Parle-moi de ta famille.

Je parlai donc à Miles de mes parents, et de Louis. Miles secoua la tête.

— C'est dur. Tu dois te sentir déchirée, ajouta-t-il tandis que Pierre nous apportait nos entrées.

J'étalai ma serviette de table sur mes cuisses.

— En effet. J'aimerais voir Louis plus souvent, mais c'est très délicat. J'ai décidé de lui rendre visite sans en parler à ma mère. Normalement, elle adore les bébés, ajoutai-je, mais comment pourrait-elle adorer celui-là ?

— Ça me semble difficile, reconnut Miles.

— Elle se sent très vulnérable en ce moment, repris-je en cassant un petit pain. Elle n'avait jamais imaginé que mon père la quitterait, mais quand j'y réfléchis, ils n'ont jamais rien fait ensemble — en tout cas, pas depuis des années, pas autant que je m'en souvienne.

— Ça doit être dur à vivre, pour elle.

— Oui... mais, au moins, elle a son travail.

Je parlai à Miles du travail de maman.

Il prit sa cuillère à soupe.

— Alors elle travaille pour ce type depuis vingt-deux ans ?

J'opinai.

— C'est une sorte de mariage professionnel. Quand John prendra sa retraite, elle en fera de même — mais comme il veut travailler jusqu'à l'âge de soixante-dix ans, ça n'est pas pour demain, heureusement. Elle a besoin de cette distraction, et de l'argent qu'elle gagne, d'autant que mon père traverse une période… creuse.

— Il n'y a aucune chance que ta mère et son patron… ?

— Oh non, gloussai-je. John l'adore, mais les femmes, ce n'est pas son truc.

— Je vois.

Je sirotai mon vin.

— Et tes parents à toi, ils sont restés ensemble ?

— Pendant cinquante-trois ans – jusqu'à ce que la mort les sépare. Ils sont décédés à quelques mois d'intervalle. Ce qui est arrivé à tes parents a-t-il ébranlé ta foi dans le mariage ?

Je posai ma fourchette.

— Tu présupposes que je crois au mariage.

— Oui, puisque tu m'as dit que tu avais été fiancée.

Miles désigna ma main droite d'un signe de tête.

— C'est ta bague de fiançailles ?

Je jetai un coup d'œil à l'émeraude taillée en losange flanquée de deux petits diamants.

— Ça ? Non. Je la tiens de ma grand-mère. J'aime beaucoup cette bague, surtout parce que je l'ai souvent vue au doigt de ma grand-mère.

— Ces fiançailles, c'était il y a longtemps ?

Je secouai la tête.

— Au début de cette année. (Miles parut surpris.) D'ailleurs… (Je me tournai vers la fenêtre.) Je devais me marier aujourd'hui.

— Aujourd'hui ?

Miles posa son verre.

— Oui, je devais me marier aujourd'hui à la mairie de Greenwich à 15 heures, avant de donner un dîner dansant pour quatre-vingts personnes au Clarendon Hotel à Blackheath. Au lieu de cela, j'ai fait les vendanges en Provence avec un homme que je connais à peine.

Miles semblait perplexe.

— Ça n'a pas l'air… de te bouleverser outre mesure ?

— C'est curieux, mais je n'éprouve… presque rien.

— Donc, c'est toi qui as rompu.

— Oui.

— Mais… pour quelle raison ?

— Parce que… il le fallait. C'était évident pour moi.

— Tu n'aimais pas ton fiancé ?

Je bus une gorgée de vin.

— Je l'aimais. Ou plutôt, je l'avais aimé – énormément. Mais quelque chose s'est produit qui a transformé en profondeur mes sentiments pour lui, alors j'ai rompu. (Je regardai Miles.) Tu me trouves dure ?

— Un peu, admit-il en fronçant légèrement les sourcils. Mais sans rien connaître de la situation, je ne peux pas me permettre de te juger. Je suppose qu'il t'a été infidèle, ou qu'il t'a trahie…

— Non. Mais il a fait quelque chose que je n'ai pas pu lui pardonner. (Je regardai le visage perplexe de Miles.) Je peux te le raconter – si tu veux. Ou alors, nous pouvons parler d'autre chose.

Miles hésita.

— D'accord, lança-t-il au bout d'un moment. J'avoue que je suis curieux, maintenant.

Je lui parlai donc brièvement d'Emma et de Guy. Miles cassa un gressin.

— C'était une situation délicate.

— En effet, dis-je en buvant une gorgée de vin. J'aurais préféré ne jamais avoir rencontré Guy.

— Mais… qu'est-ce qu'il t'a fait, ce pauvre garçon ?

Je vidai mon verre et, tout en sentant la chaleur du vin pénétrer mes veines, je racontai mes fiançailles, puis le jour de la Saint-Valentin, le coup de fil d'Emma et ce qui était arrivé quand j'étais allée chez elle.

— Quel traumatisme pour toi, Phoebe.

— Traumatisme ? répétai-je. *(Traumerei.)* Oui. Ça me hante. Je rêve souvent que je suis dans la chambre d'Emma, que je rabats la couette…

Le visage de Miles s'assombrit.

— Elle avait pris tout le paracétamol ?

— Oui, mais d'après le médecin légiste, elle n'avait absorbé que quatre comprimés – les derniers, manifestement, puisque la bouteille était vide.

— Alors pourquoi est-elle… ? fit Miles, stupéfait.

— Au début, on n'a pas compris. On a cru à une overdose. (Je froissai ma serviette de table dans mon poing.) Mais par une triste ironie du sort, c'est une sous-dose qui l'a…

Miles me fixait.

— Tu m'as bien dit que tu pensais qu'elle avait la grippe ?

— Oui, c'est ce qui m'a semblé lorsqu'elle m'a appelée la première fois.

— Et elle était allée récemment en Afrique du Sud ?

Je confirmai.

— Elle était rentrée depuis trois semaines.

— C'était la malaria, alors ? me demanda-t-il d'une voix douce. Une malaria non diagnostiquée ?

J'éprouvai la sensation de chute familière, comme si je dévalais une pente à toute allure.

— Oui, murmurai-je, c'est ça. (Je fermai les yeux.) Si seulement je l'avais compris en un quart de tour, comme toi.

— Ma sœur Trish a contracté la malaria il y a quelques années, lors d'un séjour au Ghana. Elle a eu de la chance d'y survivre, parce que c'était une variété mortelle…

— *Plasmodium falciparum*, l'interrompis-je. Transmis par un anophèle infecté – mais seulement la femelle. Je suis une experte, maintenant… Hélas !

— Trish n'avait pas fini de prendre son traitement préventif. Est-ce cela qui est arrivé à Emma ? Je suppose que c'est ce que tu veux dire, quand tu parles de « sous-dose ».

J'acquiesçai.

— Quelques semaines après sa mort, sa mère a retrouvé ses médicaments antimalariens dans sa trousse de toilette. D'après les blisters, elle a constaté qu'Emma n'avait suivi le traitement que pendant dix jours, au lieu de huit semaines. En plus, elle l'avait commencé trop tard – il aurait fallu qu'elle l'entame une semaine avant son départ.

— Elle était déjà allée en Afrique du Sud ?

— Souvent… C'est là qu'elle avait grandi.

— Elle savait donc à quoi s'en tenir.

— Oh oui. (Je me tus pendant que Pierre débarrassait nos assiettes.) Et bien que le risque de contracter la malaria ait été minime, Emma m'avait toujours donné l'impression de prendre son traitement sérieusement. Mais, cette fois-là, il semble qu'elle ait été imprudente.

— Pourquoi, d'après toi ?

Je tripotai le pied de mon verre à vin.

— J'ai l'impression que c'était délibéré de sa part…

— Tu veux dire qu'elle aurait fait exprès ?

— Peut-être. Elle était très déprimée… Je pense que c'est pour cette raison qu'elle a brusquement décidé d'aller là-bas. Soit elle a tout bêtement oublié de prendre son traitement, soit elle a voulu jouer à la roulette russe avec sa santé. Tout ce que je sais, c'est que j'aurais dû aller la voir quand elle m'a appelée la première fois.

Je détournai le regard.

Miles posa sa main sur la mienne.

— Tu ne pouvais pas savoir à quel point elle était malade.

— Non, dis-je tristement. Je n'ai pas imaginé une seule seconde qu'elle pouvait être… Les parents d'Emma auraient compris, mais ils étaient en randonnée en Espagne et ils n'étaient pas joignables – apparemment, elle a tenté deux fois d'appeler sa mère.

— Voilà un regret avec lequel ils devront vivre toute leur vie.

— Oui. En plus, la façon dont ça s'est passé… le fait qu'Emma était seule… C'est très dur pour eux – et pour moi. C'est moi qui ai dû leur annoncer… (Mes yeux s'emplirent de larmes.) J'ai dû leur dire que…

Miles me prit la main.

— Quelle épreuve affreuse.

Ma gorge était tellement nouée qu'elle me faisait mal.

— Oui. Mais les parents d'Emma ne savent toujours pas qu'elle souffrait par ma faute, au cours des semaines qui ont précédé sa mort. Si elle n'avait pas été déprimée, elle ne serait peut-être pas allée en Afrique du Sud, et elle ne serait pas tombée malade. (Mon cœur se serra brusquement en pensant au journal intime d'Emma.) J'espère qu'ils ne l'apprendront jamais… Miles, je peux avoir un autre verre de vin, s'il te plaît ?

— Bien sûr. (Il fit un signe à Pierre.) Mais si tu bois, il vaudrait peut-être mieux que tu dormes à la maison… D'accord ?

— Ce ne sera pas la peine.

Miles m'observa.

— Je ne comprends toujours pas pourquoi tu as rompu tes fiançailles.

Je tripotai le pied de mon verre à vin.

— L'attitude de Guy a été impardonnable : c'est lui qui m'a convaincue de ne pas aller chez Emma. Selon lui, elle ne cherchait qu'à attirer l'attention. (Une bouffée de colère m'envahit en me rappelant les paroles de Guy.) Il a dit qu'elle n'avait sans doute qu'un gros rhume.

— Mais… tu lui reproches vraiment la mort d'Emma ?

J'attendis que Pierre ait servi mon vin.

— C'est à moi que je la reproche, d'abord et avant tout, parce que je suis la seule qui aurait pu la prévenir. Je la reproche à Emma, parce qu'elle n'a pas pris ses médicaments. Mais, oui, je la reproche à Guy aussi, parce que, sans lui… je serais allée tout de suite chez elle… Sans lui, j'aurais vu à quel point elle était malade, j'aurais appelé une ambulance, et elle aurait pu survivre. Au lieu de cela, Guy m'a convaincue d'attendre, je n'y suis allée que le lendemain matin, et…

Je fermai les yeux.

— Tu as dit tout ça à Guy ?

Je pris une gorgée de vin.

— Pas tout de suite. J'étais encore en état de choc, j'essayais d'assimiler. Mais le matin des obsèques d'Emma… (Je me tus en me rappelant son cercueil, surmonté de son chapeau vert favori, dans un océan de roses.)… J'avais retiré ma bague de fiançailles. Quand Guy m'a raccompagnée chez moi, il m'a demandé ce que j'en avais fait : je lui ai répondu que je me sentais incapable de la porter devant les parents d'Emma. Nous nous sommes disputés. Guy soutenait que je n'avais aucune raison de me sentir coupable. Pour lui,

Emma était morte à cause de sa propre négligence ; non seulement cette négligence lui avait coûté la vie, mais elle avait infligé une douleur atroce à sa famille et à ses amis. J'ai répondu à Guy que je me sentais coupable, que je me sentirais toujours coupable. Je lui ai dit que j'étais tourmentée par l'idée que, pendant que nous étions assis tous les deux au Bluebird, Emma était en train de mourir. Puis je lui ai dit ce que je brûlais de lui dire depuis deux semaines : sans lui, elle serait peut-être toujours vivante.

« Guy m'a regardée comme si je l'avais giflé. Il était outré par cette accusation, mais je l'ai maintenue. Je suis allée chercher la bague et je la lui ai rendue – c'est la dernière fois que je l'ai vu. Voilà pourquoi je ne me suis pas mariée aujourd'hui, conclus-je d'une voix blanche.

Je poussai un soupir.

— Tu m'as dit que tu ne connaissais aucun détail personnel sur moi... Maintenant, tu sais, conclus-je. Mais c'était peut-être un peu plus personnel que tu ne l'aurais souhaité.

— Eh bien... (Miles me prit la main.) Je suis navré que tu aies traversé une épreuve aussi... affreuse. Mais je suis heureux que tu m'en aies parlé.

— Je m'en étonne. Je te connais à peine.

— Non... tu ne me connais pas. Du moins, pas encore, ajouta-t-il doucement.

Il caressa mes doigts ; une décharge électrique me parcourut le corps.

— Miles, dis-je en le regardant. Je prendrais bien un troisième verre de vin, en fin de compte.

Nous ne nous attardâmes pas au restaurant, notamment parce que Roxy avait encore téléphoné. Miles lui dit qu'il serait rentré vers 22 heures. Puis, au moment où l'on nous servait nos desserts, elle appela de nouveau. Je dus me mordre les lèvres. Roxy avait refusé de sortir avec son père mais elle semblait décidée à lui gâcher sa soirée.

— Elle ne pourrait pas lire un livre ? suggérai-je.

Ou peut-être de vieux numéros de *Heat*, songeai-je avec une pointe de mépris.

Miles tripota sa serviette de table.

— Roxy est une fille intelligente mais elle n'est pas aussi… autonome que je le souhaiterais. Sans doute parce que je l'ai un peu trop couvée, ces dernières années. (Il leva les mains comme pour plaider coupable.) Mais quand on élève seul une enfant unique, c'est presque inévitable – j'essaie de compenser pour ce qui lui est arrivé. J'en suis conscient.

— Mais dix ans, c'est long. Tu es un homme très séduisant, Miles. Je suis étonnée que tu n'aies pas trouvé quelqu'un qui puisse servir de mère à Roxy, tout en comblant tes propres besoins affectifs.

Miles soupira.

— Rien ne m'aurait fait plus plaisir – ne me ferait plus plaisir. Il y avait une personne, en effet, il y a plusieurs années, à laquelle j'étais très attaché, mais ça n'a pas marché. Peut-être que maintenant, ce serait différent… (Il sourit brièvement et le delta de rides sous ses yeux se creusa.) Enfin… (Il repoussa sa chaise.) Je crois qu'il vaut mieux qu'on rentre.

Lorsque nous arrivâmes à la maison, Pascal apprit à Miles que Roxy venait de se coucher. Après avoir fait rentrer son père du restaurant plus tôt que prévu. Miles expliqua à Pascal que je dormais là ce soir.

— Mais avec plaisir, dit Pascal en souriant. Vous êtes la bienvenue.

— Merci.

— Je vais faire le lit de la chambre d'amis, dit Miles. Tu me donnes un coup de main, Phoebe ?

— Bien sûr.

Je le suivis dans l'escalier, les jambes un peu flageolantes à cause du vin. Au sommet de l'escalier, il ouvrit une armoire gigantesque qui sentait bon le coton tiède, et en tira de quoi faire mon lit.

— Ma chambre est au bout du couloir, m'expliqua-t-il. Celle de Roxy est en face. Tu seras là.

Il poussa une porte et nous passâmes dans une grande chambre à coucher aux murs tendus de toile de Jouy rose foncé représentant une scène pastorale où des garçons et des filles cueillaient des pommes.

C'était une curieuse sensation que de faire le lit avec Miles. J'étais à la fois déconcertée et troublée par l'intimité de nos gestes, tandis que nous nous débattions avec la couette dodue. Alors que nous lissions les draps, nos doigts se rencontrèrent par hasard et je sentis à nouveau une décharge électrique me parcourir. Miles enfila la housse en lin sur le polochon.

— Voilà…, dit-il en me souriant timidement. Je peux te prêter une chemise pour dormir ? Rayée ou unie ?

— Un tee-shirt, s'il te plaît.

Il se dirigea vers la porte.

— Et un tee-shirt, un !

Miles revint bientôt avec un tee-shirt Calvin Klein gris et me le tendit.

— Eh bien… je suppose qu'il est temps que j'aille me coucher. (Il m'embrassa sur la joue.) J'ai encore une longue journée dans le vignoble demain.

Il m'embrassa l'autre joue, puis me tint contre lui quelques secondes.

— Bonne nuit, douce Phoebe, murmura-t-il.

Je fermai les yeux, savourant la sensation d'être enlacée par lui.

— Je suis tellement heureux que tu sois là, chuchota-t-il, son haleine chaude dans mon oreille. Mais comme c'est étrange de penser que ce devrait être ta nuit de noces.

— Étrange, en effet.

— Et maintenant, tu es là. Dans une chambre en Provence avec un quasi-étranger. Mais... j'ai un problème.

Je regardai Miles – son visage paraissait soudain anxieux.

— Quoi ?

— J'aimerais t'embrasser.

— Ah.

— T'embrasser vraiment.

— Je vois.

Il caressa ma joue du bout du doigt.

— Eh bien, murmurai-je, tu peux.

— T'embrasser ? chuchota-t-il.

— M'embrasser, chuchotai-je en retour.

Miles prit mon visage entre ses mains, puis se pencha et frôla ma lèvre supérieure de la sienne – elle était sèche et fraîche – et nous restâmes ainsi pendant quelques instants. Puis nous nous embrassâmes plus intensément, avec une urgence croissante, et je sentis Miles passer la main dans mon dos pour dézipper ma robe : mais il n'y arrivait pas.

— Désolé, dit-il en riant. Il y a un moment que je n'ai pas fait ça. (Il tâtonna encore maladroitement.) Ah... voilà.

Il repoussa les bretelles de mes épaules et la robe tomba par terre. Je m'en extirpai d'un pas. Miles m'attira vers le lit. Pendant qu'il déboutonnait sa chemise, je dézippai son jean, libérant son érection, puis je m'allongeai sur le lit pour le regarder pendant qu'il se déshabillait. Il avait beau avoir près de cinquante ans, son corps était mince et musclé, et il était en effet, comme les ceps plantés l'année de sa naissance, « toujours vigoureux ».

— Tu veux, Phoebe ? souffla-t-il en s'allongeant près de moi pour caresser mon visage. Parce que le coffre dont je t'ai parlé est juste là. (Il m'embrassa.) Il te suffit de le pousser contre la porte.

— Pour t'empêcher d'entrer ?

— Oui, dit-il en m'embrassant à nouveau. Pour m'empêcher d'entrer.

— Mais je ne veux pas t'empêcher d'entrer.

Je l'embrassai en retour, avec plus d'urgence maintenant, puis, tremblante de désir, je l'attirai vers moi.

— Je veux que tu entres.

9

Mann und Weib, und Weib und Mann...

Le chant de la jeune Polonaise dans les vignobles me réveilla.

Reichen an die Gottheit an...

Miles était parti en ne laissant qu'un creux dans le polochon et son odeur masculine dans les draps. Je m'assis et m'entourai les genoux des bras en réfléchissant au tour que venait de prendre ma vie. La chambre était encore plongée dans l'obscurité, à l'exception de quelques lamelles de lumière sur le parquet, là où le soleil perçait entre les volets. Dehors, j'entendais le roucoulement dès tourterelles, et au loin, les grondements et vrombissements du pressoir.

J'ouvris les fenêtres et contemplai le paysage rouge clair, ponctué de cyprès bleu-vert et de pins aux branches agitées par le vent. Au loin, je distinguais Miles qui chargeait des seaux dans une remorque. Je restai quelques instants à l'observer, en songeant à la façon intense, presque révérencieuse dont il m'avait fait l'amour et au plaisir qu'il avait pris à mon corps. Sous ma fenêtre se dressait le grand figuier, où deux colombes picoraient les fruits pourprés bien mûrs.

Je me lavai et m'habillai, défis le lit et descendis. Dans la lumière du matin, l'ours empaillé semblait plutôt sourire que rugir.

Je traversai le vestibule vers la cuisine. Au bout d'une longue table, Roxy prenait son petit déjeuner avec Cécile.

— Bonjour, Phoebe, dit chaleureusement Cécile.

— Bonjour, Cécile. Bonjour, Roxanne.

Roxanne haussa un sourcil épilé.

— Tiens, vous êtes encore là ?

— Oui, répondis-je d'une voix égale. Je ne voulais pas rentrer en voiture à Avignon dans le noir.

— Vous avez bien dormi ? me demanda Cécile avec un petit sourire avisé.

— Très bien, merci.

Elle m'indiqua la pile de croissants et de biscottes en me passant une assiette.

— Voulez-vous du café ?

— S'il vous plaît.

Tandis que Cécile me versait du café du percolateur qui hoquetait sur le feu, j'admirai l'immense cuisine avec son sol en tommettes, ses guirlandes d'ail et de piments et ses vieilles casseroles en cuivre luisant sur les étagères.

— C'est ravissant… Vous avez une maison merveilleuse, Cécile.

— Merci, dit-elle me tendant un morceau de brioche. J'espère que vous reviendrez nous voir.

— Alors, vous partez, là ? s'enquit Roxanne en étalant une épaisse couche de beurre sur sa tartine.

Elle avait parlé d'un ton neutre mais son hostilité était manifeste.

— Je partirai après le petit déjeuner, répliquai-je en me tournant vers Cécile. Je dois aller à L'Isle-sur-la-Sorgue.

— Ce n'est pas très loin, dit-elle tandis que je sirotais mon café. Une heure de route environ.

J'opinai. J'étais déjà allée à L'Isle-sur-la-Sorgue, mais pas depuis cet endroit. Il faudrait que je détermine mon itinéraire.

Tandis que Cécile et moi bavardions en franglais, une jolie petite chatte noire entra, la queue à quatre-vingt-dix degrés. Je lui fis des bruits de baiser et, à mon grand étonnement, elle sauta sur mes genoux et s'y roula en boule en ronronnant de bonheur.

— C'est Minette, précisa Cécile tandis que je caressais la tête de la chatte. Je crois qu'elle vous aime bien.

Je remarquai que Cécile regardait attentivement ma main droite.

— Quelle jolie bague, dit-elle d'un ton admiratif.

— Merci. Elle appartenait à ma grand-mère.

Roxanne repoussa sa chaise et se leva. Elle prit une pêche dans le bol à fruits et la lança en l'air, puis la rattrapa habilement.

— Tu as assez mangé, Roxanne ? lui demanda Cécile.

— Oui, répliqua Roxy d'un ton désinvolte. À plus.

— On ne se reverra pas ici, dis-je. Mais j'espère qu'on aura bientôt l'occasion de se croiser, Roxy.

Elle ne répondit rien et, après son départ, un silence gênant tomba sur la pièce – Cécile avait remarqué que Roxy me snobait.

— Roxanne est très belle, dit-elle en débarrassant sa place.

— Elle est belle, oui.

— Miles l'adore.

— Naturellement, acquiesçai-je en haussant les épaules. C'est sa fille.

— Oui, soupira Cécile. Mais c'est aussi… comment dire ? Son talon d'Achille.

Je feignis de m'intéresser à la chatte, qui s'était retournée sur le dos pour se faire gratter le ventre. Je finis mon café et consultai ma montre.

— Il faut que j'y aille, maintenant, Cécile. Mais je vous remercie infiniment de votre hospitalité.

La chatte sauta par terre lorsque je me levai. Je fis mine de mettre mon assiette et ma tasse dans le lave-vaisselle mais Cécile me les prit des mains avec un « tut-tut ». Elle m'accompagna jusqu'à la porte.

— Au revoir, Phoebe, me dit-elle alors que nous sortions dans la journée ensoleillée. Je vous souhaite un bon séjour en Provence. (Elle me fit la bise sur les deux joues.) Et je vous souhaite… (Elle jeta un coup d'œil à Roxanne, assise au soleil.)… bonne chance.

En marchant vers ma voiture, je regrettai que Cécile ait prononcé ces paroles. Roxy était snob, égoïste et exigeante, certes, mais pas plus que beaucoup d'adolescentes. De toute façon, je venais à peine de rencontrer Miles, alors il ne s'agissait pas encore d'avoir de la « chance » avec lui. Mais il me plaisait… il me plaisait beaucoup.

Abritant mes yeux du soleil, je scrutai le vignoble pour repérer Miles et le vis marcher vers moi avec l'air anxieux qu'il affichait toujours, comme s'il avait peur que je ne m'enfuie. Je trouvais ce mélange de sophistication et de vulnérabilité très attachant.

— Tu ne pars pas, dis ? fit-il en s'approchant.

— Si. Mais… merci pour… tout.

Miles sourit et porta ma main à ses lèvres d'une façon qui me chamboula le cœur. Il désigna d'un signe de tête ma carte routière, étalée sur le capot.

— Tu as trouvé ton itinéraire pour arriver à L'Isle-sur-la-Sorgue ?

— Oui. C'est assez facile. Bon…

En m'installant derrière le volant, j'entendis les arpèges argentins d'un merle.

— Chante le Merle, dis-je.

— Exactement.

Miles se pencha pour m'embrasser par la vitre ouverte.

— Je te reverrai à Londres. Du moins, je l'espère.

Je posai ma main sur la sienne et l'embrassai à nouveau.

— Tu me reverras à Londres.

Je savourai le trajet vers L'Isle-sur-la-Sorgue, sur des routes impeccablement entretenues et sous un soleil éclatant, le long de vergers de cerisiers et de vignobles fraîchement vendangés ; les taches carmin des coquelicots éclaboussaient les bas-côtés dorés. Je pensai à Miles et à mon attirance pour lui. Mes lèvres étaient encore meurtries de ses baisers.

Je me garai à l'entrée de la jolie petite ville et me joignis à la foule qui se dirigeait vers le marché. Des étals vendaient du savon à la lavande, des pichets d'huile d'olive, des piles de charcuteries odorantes, des courtepointes provençales et des paniers en osier couleur terre cuite, jaunes et verts. L'ambiance, dans cette partie du marché, était commerciale et bruyante.

— Vingt euros !

— Merci, monsieur.

— Je vous en prie.

Je traversai le petit pont en bois qui enjambait la rivière. Dans la haute ville, l'ambiance était plus feutrée : les promeneurs examinaient tranquillement les stands des brocanteurs et des antiquaires. Je m'arrêtai à l'un d'entre eux, qui exposait une vieille selle, une paire de gants de boxe rouges, un navire dans une bouteille, plusieurs albums de timbres de collection et une pile de magazines *L'Illustration* dont les couvertures affichaient des photos de l'agence Magnum du Débarquement, des résistants avec les troupes alliées, et des célébrations en Provence à la fin de l'Occupation. « L'Entrée des Alliés », annonçait la une. « La Provence libérée du joug allemand. »

Je fouillai dans les vêtements pour choisir des chemises en percale blanche, des robes imprimées, des combinaisons et des cache-corsets en broderie anglaise, tous dans un état impeccable. Le carillon de l'église sonna 15 heures. J'imaginai Miles en train de peiner dans le vignoble pour finir de récolter les grappes, avant la fête donnée dans la soirée pour les vendangeurs.

Je rangeai mes achats dans le coffre et montai dans la voiture, baissant toutes les vitres pour faire sortir la chaleur. L'itinéraire vers Avignon ne me semblait pas compliqué, mais je compris bientôt que je m'étais trompée de direction : je ne roulais pas vers le sud, mais vers le nord. J'étais d'autant plus contrariée de m'être fourvoyée que je ne trouvais aucun endroit pour faire demi-tour. Une longue file de voitures me suivait. J'entrais maintenant dans un village appelé Rochemare.

Je jetai un coup d'œil dans le rétroviseur. Une voiture me collait au pare-chocs, de si près que je distinguais pratiquement le blanc des yeux du conducteur. Il m'énervait en klaxonnant sans arrêt. Pour m'en débarrasser, je tournai à droite en poussant un soupir de soulagement. Je suivis cette rue sur environ huit cents mètres jusqu'à ce qu'elle débouche sur une grande et jolie place. D'un côté, il y avait quelques petits commerces et un café avec une terrasse, ombragée par des platanes noueux, où un vieillard buvait une bière. De l'autre côté se dressait une église d'allure imposante. Tout en la dépassant, je jetai un coup d'œil au portique. Je sursautai.

J'entendais à nouveau la voix de Mme Bell.

« J'ai grandi dans un gros village à deux kilomètres du centre-ville. C'était un lieu assoupi, avec des rues étroites donnant sur une grande place ombragée de platanes, avec quelques magasins et un café très agréable… »

Je me garai devant une boulangerie, puis je revins sur mes pas vers l'église ; j'entendais toujours la voix de Mme Bell.

« Au nord de la place, il y avait une église : au-dessus du portique, les mots *Liberté, Égalité, Fraternité* étaient gravés en grandes lettres romaines… »

Le cœur battant, j'étudiai la fameuse inscription gravée dans la pierre en lettres romaines pleines d'emphase, puis je me retournai pour examiner la place. Voilà donc où Mme Bell avait grandi. Il n'y avait aucun doute possible. L'église était là. Et le café Mistral où elle s'était assise ce soir fatidique. Je songeai soudain que le vieillard installé en terrasse pouvait être Jean-Luc Aumage. Il semblait octogénaire : c'était donc plausible. Tandis que je le fixais, il vida son verre, se leva, coiffa son béret et traversa lentement la place en s'appuyant lourdement sur sa canne.

Je retournai à ma voiture et repris mon chemin. Les maisons s'espacèrent ; je voyais des petits vignobles, des vergers, et, au loin, le passage à niveau du chemin de fer.

« Le village donnait sur la campagne, reprit-elle ; une voie ferrée le longeait. Mon père travaillait dans le centre-ville d'Avignon comme gérant de quincaillerie. Il avait aussi un petit vignoble, non loin de chez nous… »

Je me rangeai sur le bas-côté, et restai assise dans la voiture en imaginant Thérèse et Monique traversant ces champs, ces vignobles et ces vergers. Puis Monique se cachant dans la grange pour survivre. Les cyprès noirs me semblaient maintenant des doigts accusateurs pointés vers le ciel. Je tournai la clé dans le contact et redémarrai. Aux confins du village, il y avait plusieurs maisons assez récentes, mais aussi une rangée de quatre demeures beaucoup plus anciennes. Je me garai à la hauteur de la dernière et descendis de voiture.

Devant, il y avait un joli jardin avec des pots de géraniums roses et blancs, mais aussi un vieux puits et, au-dessus de la porte, un cartouche ovale où était gravée la tête d'un lion. Je tentai d'imaginer la maison soixante-dix ans auparavant, les protestations des voix apeurées…

Soudain, je vis quelqu'un bouger derrière les volets – une ombre fugitive, rien de plus, mais curieusement, mes cheveux se dressèrent sur ma nuque. J'hésitai un moment, avant de retourner à la voiture, le pouls affolé.

Je m'assis derrière le volant en regardant la maison dans le rétroviseur ; puis, les mains tremblantes, je démarrai.

En retraversant le centre du village, mes battements de cœur s'apaisèrent. J'étais heureuse que le hasard m'ait conduite à Rochemare, mais il était temps de rentrer. Alors que je tentais de repérer la sortie, je pris à gauche sur une petite rue étroite. Arrivée au bout, je m'arrêtai et baissai la vitre. J'étais arrivée devant un monument aux morts. « À nos Morts Glorieux », affirmait-il en lettres noires sur une fine colonne en marbre blanc. Les noms des soldats disparus au cours de la Première et de la Seconde Guerre mondiale y étaient gravés, des noms que j'avais déjà entendus :

Caron, Didier, Marigny et Paget. Puis, en sursautant comme si je l'avais connu personnellement, je lus : 1954. Indochine. J.-L. Aumage.

Mme Bell le savait sans doute, me dis-je ce mardi-là en disposant quelques-uns de ses vêtements dans la boutique. Elle avait dû retourner à Rochemare à quelques reprises, songeai-je en accrochant son tailleur Pierre Cardin pied-de-poule. Tout en le brossant, je me demandai ce qu'elle avait éprouvé en apprenant le sort de Jean-Luc Aumage.

J'avais l'intention de mettre en boutique les robes du soir de Mme Bell mais je me rappelai que la plupart d'entre elles étaient encore chez Val. Je me demandais quand je pourrais passer les prendre lorsque le carillon de la porte tinta. Deux lycéennes entrèrent : c'était l'heure du déjeuner. Tandis qu'elles fouillaient les portants, j'enfilai le manteau Jean Muir en daim vert de Mme Bell sur un mannequin. Tout en le boutonnant, je jetai un coup d'œil à la dernière robe *cupcake* suspendue au mur. Qui l'achèterait ?

— Excusez-moi.

Je me retournai. Les deux jeunes filles étaient devant le comptoir. Elles avaient l'âge de Roxy – un peu moins, peut-être.

— Je peux vous aider ?

— Eh bien…

La première jeune fille, qui avait des cheveux bruns aux épaules et un teint presque méditerranéen, tenait à la main un portefeuille en peau de serpent qu'elle avait pris dans le panier contenant les portefeuilles et porte-monnaie.

— J'étais en train de regarder celui-ci.

— Il date de la fin des années 60, lui expliquai-je. Je crois qu'il est à huit livres.

— Oui, c'est ce que dit l'étiquette. Mais en fait…

Elle veut marchander, me dis-je avec lassitude.

— Il a un compartiment secret.

Je la regardai, stupéfaite.

— Là…

Elle souleva un rabat en cuir pour révéler un zip caché.

— Vous ne vous en étiez pas aperçue ? demanda-t-elle.

— Non.

J'avais acheté ces portefeuilles dans une vente aux enchères et je m'étais contentée de les essuyer rapidement avant de les mettre dans le panier.

La jeune fille dézippa le compartiment.

— Regardez.

Il y avait une liasse de billets à l'intérieur. Elle me remit le portefeuille et je les sortis.

— Quatre-vingts livres, m'émerveillai-je.

Ginny Jones de Radio Londres m'avait demandé si j'avais déjà retrouvé de l'argent dans les articles que je vendais. J'eus envie de l'appeler pour lui apprendre la nouvelle.

— J'ai pensé qu'il valait mieux vous prévenir, dit la jeune fille.

Je n'en revenais pas.

— C'est incroyablement honnête de votre part.

Je pris deux des billets de vingt livres et les lui tendis.

— Tenez.

La jeune fille rougit.

— Je ne l'ai pas fait pour…

— Je sais, mais je vous en prie… C'est la moindre des choses.

— Alors, merci ! s'exclama joyeusement la jeune fille en prenant les billets. Tiens, Sarah…

Elle offrit l'un des billets à son amie, une gamine qui faisait à peu près la même taille qu'elle, mais qui avait des cheveux courts et blonds.

Sarah secoua la tête.

— C'est toi qui les as trouvés, Katie – pas moi. Allez, il faut qu'on fasse vite – on n'a plus beaucoup de temps.

— Vous cherchez quelque chose en particulier ? leur demandai-je.

Elles m'expliquèrent qu'elles cherchaient des tenues pour le bal du Teenage Leukemia Trust.

— Il a lieu au Natural History Museum, précisa Katie.

C'était à ce bal que se rendait Roxy.

— Comme on va être au moins mille, on voudrait absolument sortir du lot. Malheureusement, on n'a pas un budget énorme, ajouta-t-elle comme si elle s'en excusait.

— Eh bien… regardez. Certaines de ces robes des années 50 sont très marrantes – celle-ci, par exemple.

Je décrochai une robe sans manches en popeline glacée avec un imprimé géométrique de cubes et de cercles, très graphique.

— Elle est à quatre-vingts livres.

— Très originale…, fit Sarah.

— Elle vient de chez Horrocks – ils faisaient de très jolies robes en coton dans les années 40 et 50. Cet imprimé a été dessiné par Eduardo Paolozzi.

Les filles hochèrent la tête, puis je vis que le regard de Katie était attiré par la robe *cupcake* jaune.

— Elle est à combien ?

Je lui indiquai le prix.

— Ah. C'est trop cher. Pour moi, je veux dire, ajouta-t-elle aussitôt. Mais je suis certaine qu'elle sera achetée, parce qu'elle est tout simplement… géniale, soupira-t-elle.

— Il faudrait que tu gagnes au Loto, dit Sarah en admirant la robe. Ou que tu te trouves un boulot du samedi plus payant.

— J'aimerais bien, dit Katie. Je ne gagne que quarante-cinq livres par jour chez Costcutter's. Il faudrait que je travaille… quoi… deux mois pour acheter cette robe. D'ici là, le bal aura eu lieu.

— Tu as déjà quarante livres, dit Sarah. Il ne t'en manque plus que deux cent trente-cinq.

Katie leva les yeux au ciel.

— Essaie-la, insista son amie.

Katie secoua la tête.

— À quoi bon ?

— Je pense qu'elle t'irait.

— Même si c'était le cas, elle n'est pas dans mes moyens.

— Essayez-la, l'encourageai-je. Rien que pour le plaisir – j'adore voir mes vêtements portés.

Katie regarda à nouveau la robe.

— D'accord.

Je la décrochai et la suspendis dans la cabine d'essayage. Katie y entra et émergea quelques minutes plus tard.

— Tu ressembles à… un tournesol, dit Sarah en souriant.

— Elle vous va à ravir, acquiesçai-je tandis que Katie se contemplait dans le miroir. Le jaune est difficile à porter, mais avec votre teint chaud, c'est parfait.

— Il faudrait que tu rembourres ton soutien-gorge, conseilla Sarah d'un air avisé tandis que Katie ajustait son corsage. Tu pourrais acheter ces machins qui ressemblent à des blancs de poulet.

Katie se tourna vers elle d'un air las.

— Tu parles comme si j'allais acheter la robe – mais c'est impossible.

— Ta mère ne peut pas t'aider ?

— Elle est un peu juste en ce moment. Je pourrais peut-être me trouver un boulot du soir, réfléchit-elle tout haut en posant les mains sur les hanches pour virevolter, en faisant bruisser ses jupons.

— Tu pourrais faire du babysitting, suggéra Sarah. Je gagne cinq livres de l'heure en gardant les enfants de mes voisins. Une fois qu'ils sont couchés, je fais mes devoirs.

— Ce n'est pas une mauvaise idée, dit Katie en se dressant sur la pointe des pieds pour se regarder de profil. Je pourrais mettre une annonce dans le magasin de jouets – ou dans la vitrine de Costcutter's. En tout cas, ça m'a fait très plaisir de l'essayer.

Elle se contempla quelques instants, comme si elle essayait de graver dans sa mémoire son reflet ravissant. Puis, avec un soupir, elle tira le rideau.

— Quand on veut, on peut ! lança gaiement Sarah.

— Oui, répondit Katie. Mais d'ici à ce que j'aie économisé assez de sous, quelqu'un d'autre l'aura achetée, ça me pend au nez.

Une minute plus tard, elle sortit de la cabine d'essayage et contempla d'un air dépité le blazer et la jupe grise de son uniforme.

— J'ai l'impression d'être Cendrillon après le bal.

— Je vais ouvrir l'œil, au cas où une marraine fée passerait dans les parages, dit Sarah. Combien de temps pouvez-vous mettre un article de côté ?

— D'habitude, pas plus d'une semaine. J'aimerais bien les réserver plus longtemps, mais…

— Mais non, vous ne pouvez pas, dit Katie en prenant son sac à dos. Vous ne pouvez pas savoir, si ça se trouve je ne repasserai jamais la prendre. (Elle consulta sa montre.) 13 h 45… Il faut qu'on file. (Elle regarda Sarah.) Mlle Doyle pète un plomb quand on arrive en retard ! Enfin… (Elle me sourit.) Merci.

Annie rentra au moment où les lycéennes partaient.

— Elles ont l'air sympathique.

— Elles sont adorables.

Je relatai à Annie le geste de Katie.

— Je suis impressionnée.

— Elle est tombée amoureuse de la robe *cupcake* jaune, expliquai-je. J'aimerais bien la lui mettre de côté au cas où elle réussirait à économiser assez d'argent pour l'acheter, mais…

— C'est risqué, opina Annie. Vous pourriez perdre une vente.

— C'est vrai… au fait, comment s'est passé votre casting ? lui demandai-je anxieusement.

Elle retira sa veste.

— Je n'ai pas grand espoir. Toutes les actrices de Londres y étaient.

— Eh bien… on croise les doigts, dis-je sans le penser. Mais votre agent ne peut pas vous trouver des rôles ?

Annie passa les doigts dans ses cheveux.

— Je n'en ai plus. J'ai viré mon dernier agent, qui était nul, et je n'arrive pas à en retrouver un parce que je ne joue dans rien en ce moment. Alors j'envoie mon CV partout et, de temps en temps, je décroche un casting.

Elle se mit à essuyer le comptoir.

— Ce que je déteste, dans le métier d'acteur, c'est qu'on ne contrôle rien, reprit-elle. Je ne supporte pas l'idée qu'à mon âge je sois toujours obligée d'attendre le coup de fil d'un metteur en scène. Je devrais écrire mon propre matériel.

— Vous m'avez dit que vous aimiez écrire.

— Oui. J'aimerais trouver une histoire que je puisse transformer en one woman show. Je pourrais l'écrire, la jouer et la mettre en scène – la patronne, ce serait moi.

Je songeai aussitôt à l'histoire de Mme Bell, mais même si j'avais pu la raconter à Annie, son dénouement était trop triste.

J'entendis mon téléphone biper et regardai l'écran. Je sentis mon visage s'empourprer de plaisir. C'était Miles, qui me proposait de l'accompagner au théâtre samedi. Je lui renvoyai un SMS pour accepter son invitation, puis je dis à Annie que j'allais au Paragon.

— Chez Mme Bell ?

— Je vais prendre un thé avec elle en vitesse.

— C'est votre nouvelle meilleure amie, fit remarquer Annie gentiment. J'espère que moi aussi, j'aurai une gentille jeune femme qui me rendra visite quand je serai vieille.

— J'espère que cela ne vous ennuie pas que je sois venue à l'improviste, dis-je à Mme Bell vingt minutes plus tard.

— Si ça m'ennuie ? répéta-t-elle en me faisant entrer chez elle. Au contraire, j'en suis ravie.

— Vous allez bien, madame Bell ?

Elle avait maigri depuis la dernière fois que je l'avais vue, une semaine auparavant : son visage avait encore rétréci.

— Je vais… bien, merci. Enfin, pas vraiment bien, évidemment… Mais cela me plaît de rester assise dans ce fauteuil, à lire ou à regarder par la fenêtre. J'ai une ou deux amies qui passent me voir. Mon aide ménagère, Paola, vient deux matins par semaine, et ma nièce arrive jeudi – elle va rester trois jours. Comme je regrette de ne pas avoir eu d'enfant, ajouta Mme Bell tandis que je la suivais dans la cuisine. Mais je n'ai pas eu de chance – la cigogne a refusé de me rendre visite. Les femmes d'aujourd'hui peuvent se faire aider, soupira-t-elle en ouvrant le placard. (Je songeai à la femme qui avait acheté la *prom dress* rose.) Mais hélas, tout ce que m'ont donné mes ovaires, c'est le cancer, ajouta Mme Bell en sortant le pot de lait. C'est assez mesquin de leur part. Bon, si vous voulez bien prendre le plateau...

— Je rentre tout juste d'Avignon, dis-je en versant le thé, quelques minutes plus tard.

Mme Bell hocha la tête d'un air pensif.

— Ce voyage a-t-il été fructueux ?

— J'ai acheté de la très jolie marchandise. (Je lui tendis sa tasse.) Je suis aussi allée à Châteauneuf-du-Pape.

Je lui parlai de Miles.

Elle sirota son thé en tenant la tasse à deux mains.

— Tout ça me semble très romantique.

— Eh bien... pas sous tous rapports.

Je lui racontai le comportement de Roxanne.

— Alors vous étiez à « Châteauneuf-du-Papa ».

Je souris.

— J'en ai parfois eu l'impression. Roxanne est très exigeante, c'est le moins qu'on puisse dire.

— Ça va créer des situations épineuses, fit Mme Bell d'un air avisé.

— Je le crois, en effet, dis-je en songeant à l'hostilité de Roxanne. Mais Miles a l'air... de bien m'aimer.

— Il serait fou à lier de ne pas être amoureux de vous.

— Merci... Mais si je vous raconte tout ça, c'est qu'en rentrant en Avignon, je me suis perdue... et que je me suis retrouvée à Rochemare.

Mme Bell se tortilla sur son fauteuil.

— Ah.

— Vous ne m'aviez pas dit le nom de votre village.

— Non. Je préférais le taire… Vous n'aviez pas besoin de le savoir.

— Je comprends. Mais je l'ai reconnu, d'après votre description. Et puis j'ai vu un vieil homme à la terrasse du café, sur la place. Je me suis demandé s'il ne s'agissait pas de Jean-Luc Aumage.

— Non ! s'exclama Mme Bell en posant sa tasse. Jean-Luc est mort en Indochine.

— Je sais, j'ai vu le Monument aux morts.

— Il a été tué à Diên Biên Phu. Apparemment, il aidait une Vietnamienne à se mettre à l'abri.

Je fixai Mme Bell.

— C'est curieux, quand on y pense, reprit-elle d'une voix posée. Je me suis parfois demandé si son acte courageux ne tirait pas sa source de la culpabilité qu'il éprouvait pour ce qu'il avait fait dix ans auparavant. (Elle leva les mains.) Qui sait ?

Mme Bell se tourna vers la fenêtre.

— Qui sait ? répéta-t-elle.

Elle se redressa avec une légère grimace.

— Excusez-moi un instant, Phoebe. J'ai quelque chose à vous montrer.

Elle sortit du salon et traversa le couloir pour passer dans sa chambre, où je l'entendis ouvrir un tiroir. Une minute plus tard, elle revint avec une grande enveloppe brune dont les bordures avaient viré à l'ocre. Elle s'assit, l'ouvrit et en tira une grande photo, qu'elle contempla pendant quelques secondes d'un regard interrogateur avant de me faire signe d'approcher. Je tirai une chaise près de son fauteuil.

Sur l'image en noir en blanc, une centaine de filles et de garçons se tenaient en rang, la tête penchée sur l'épaule, les yeux mi-clos pour se protéger du soleil, les enfants les plus âgés debout, bien raides au dernier rang, les plus jeunes assis en tailleur au premier rang ; les cheveux des garçons avaient une raie bien nette, ceux des filles étaient retenus par des rubans et des peignes.

— Cette photo a été prise en mai 1942, raconta Mme Bell. Nous étions environ cent vingt élèves à l'époque.

Je scrutai l'océan de visages.

— Laquelle êtes-vous ?

Mme Bell désigna une fillette au troisième rang, à gauche, avec un front haut, une bouche large et des cheveux châtain foncé mi-longs qui encadraient son front de boucles souples. Puis son doigt désigna sa voisine – une fillette aux cheveux noirs et brillants coupés au carré, aux pommettes saillantes et dont les yeux sombres avaient un regard amical, mais curieusement vigilant.

— Voici Monique.

— Elle a une expression de défiance.

— Oui. On voit à quel point elle est inquiète – elle redoute d'être démasquée, soupira Mme Bell. Pauvre petite.

— Et où est-il, lui ?

Mme Bell désigna, au milieu du dernier rang, un garçon dont la tête formait le point culminant de la composition. Il était aisé de comprendre le béguin enfantin de Mme Bell en voyant ses traits fins et ses cheveux blonds comme les blés.

— C'est curieux, murmura-t-elle, mais chaque fois que je repensais à Jean-Luc après la guerre, je me disais avec amertume qu'il vivrait sans doute jusqu'à un âge avancé et qu'il mourrait paisiblement dans son sommeil, entouré de ses enfants et de ses petits-enfants. En fait, Jean-Luc avait vingt-six ans quand il est mort, loin de chez lui, dans le chaos d'une bataille, en train d'aider courageusement une inconnue. Il a été cité à l'ordre du jour – Marcel m'a envoyé la coupure de presse : il a fait demi-tour pour aider cette femme vietnamienne, qui a survécu, et qui le considère comme un « héros ». Pour elle, en tout cas, il l'a été.

Mme Bell posa la photo.

— Je me suis souvent demandé pourquoi Jean-Luc avait fait ce qu'il a fait à Monique. Il était très jeune, évidemment – même si ce n'est pas une excuse. Il adulait son père mais, hélas, René Aumage n'avait rien d'un héros. Il a pu être motivé en partie parce qu'il s'était senti rejeté par Monique – elle le tenait à distance, et elle avait raison.

— Mais Jean-Luc n'avait peut-être aucune idée du sort qui serait réservé à Monique, dis-je doucement.

— Non, il ne pouvait pas savoir, parce qu'on n'a su qu'après. Ceux qui savaient, qui pouvaient en parler, on ne les croyait pas, tout simplement – on disait qu'ils étaient fous. Si seulement…, murmura Mme Bell en secouant la tête. Reste que Jean-Luc a eu un comportement ignoble, comme tant d'autres à l'époque – alors que certains ont eu des comportements héroïques. Comme la famille Antignac, qui, on l'a découvert par la suite, avait caché quatre autres enfants, qui ont tous survécu à la guerre. Il y a eu beaucoup de gens courageux comme les Antignac, et c'est eux dont je préfère me souvenir.

Elle remit la photo dans l'enveloppe.

— Madame Bell, repris-je doucement, j'ai aussi retrouvé la maison de Monique.

À ces mots, elle cilla.

— Je suis désolée, dis-je, je ne voulais pas vous faire du chagrin. Mais je l'ai reconnue, à cause du puits – et de la tête de lion au-dessus de la porte.

— Je n'ai pas revu cette maison depuis soixante-cinq ans, dit-elle posément. Je suis retournée à Roche-mare, bien entendu, mais je ne suis jamais retournée, pas une seule fois, chez Monique – je ne l'aurais pas supporté. Après la mort de mes parents, dans les années 70, Marcel s'est installé à Lyon et je n'ai plus remis les pieds au village.

Je touillai mon thé.

— C'est étrange, madame Bell, mais alors que j'étais devant la maison, j'ai vu quelqu'un bouger der-rière les volets ; juste une ombre fugitive, mais curieusement, cela m'a fait… un choc. J'ai eu l'impression…

Mme Bell se redressa.

— L'impression de quoi ?

— Je ne sais pas au juste – je n'arrive pas à me l'expliquer, mais j'ai dû me retenir pour ne pas aller à la porte, frapper et demander…

— Demander quoi ? m'interrompit brusquement Mme Bell.

Son ton me surprit.

— Qu'auriez-vous pu demander ? ajouta-t-elle.

— Eh bien…

— Qu'auriez-vous pu découvrir, Phoebe, que je ne sache pas moi-même ? (Ses yeux bleus lançaient des éclairs.) Monique et sa famille ont péri en 1943.

Je soutins son regard en m'efforçant de rester calme.

— Vous en êtes absolument sûre ?

Mme Bell posa sa tasse. Je l'entendis tinter dans la soucoupe.

— À la fin de la guerre, j'ai cherché à me renseigner sur eux, même si je redoutais ce que je risquais d'apprendre. Je les ai recherchés à la fois sous leurs noms français et allemands grâce aux services de la Croix-Rouge internationale. Selon les archives – j'ai mis plus de deux ans à les obtenir –, la mère et les frères de Monique ont été envoyés à Dachau en juin 1943 ; leurs noms figuraient sur les listes des déportés. Mais il n'y a plus de trace d'eux par la suite, parce que ceux qui n'ont pas survécu à la sélection n'étaient pas enregistrés – les femmes avec de jeunes enfants ne survivaient pas à ce tri. (Sa voix se brisa :) Mais la Croix-Rouge a bien retrouvé une trace du père de Monique. Il avait été sélectionné pour les travaux forcés – il est mort au bout de six mois. Quant à Monique... La Croix-Rouge n'a retrouvé aucune trace d'elle après la guerre. On sait qu'elle a passé trois mois à Drancy avant d'être déportée à Auschwitz. Les archives du camp – les nazis tenaient des dossiers méticuleux – montrent qu'elle y est arrivée le 5 août 1943. Le fait qu'elle ait un dossier démontre qu'elle a survécu à la sélection. Mais on croit qu'elle a été tuée là-bas, ou qu'elle est morte à une date inconnue.

Mon pouls s'accéléra.

— Mais vous ne savez pas avec certitude ce qui lui est arrivé.

— Non, c'est vrai, mais...

— Et vous ne l'avez plus jamais recherchée ?

Mme Bell fit signe que non.

— J'ai passé trois ans à rechercher Monique, et ce que j'ai découvert m'a convaincue qu'elle n'avait pas survécu. J'ai eu le sentiment qu'il serait futile et douloureux de poursuivre mes recherches. J'allais me marier et m'installer en Angleterre ; on m'avait accordé la chance de repartir de zéro. J'ai décidé, impitoyablement, peut-être, de tirer un trait sur le passé ; je ne pouvais pas vivre toute ma vie en me punissant éternellement... (La voix de Mme Bell se brisa à nouveau.) Je n'ai jamais osé en parler à mon mari – j'étais terrifiée à l'idée de lire dans ses yeux une déception qui aurait... tout gâché. J'ai donc refoulé l'histoire de Monique – pendant des dizaines d'années, Phoebe. Je n'en ai rien dit à personne. Pas à âme qui vive. Jusqu'à ce que je vous rencontre.

— Mais vous ne savez pas si Monique est morte à Auschwitz, insistai-je, le cœur battant.

Mme Bell me regarda, étonnée.

— C'est vrai. Mais si elle n'est pas morte là-bas, elle a sans doute péri dans un autre camp de concentration ou dans le chaos de janvier 1945, quand les Alliés avançaient et que les nazis ont forcé les prisonniers encore capables de se tenir debout à marcher dans la neige vers d'autres camps en Allemagne – moins de la moitié d'entre eux ont survécu. Tant de gens ont été déplacés ou tués au cours de ces mois que des milliers et des milliers de morts n'ont pas été enregistrés, et je crois que Monique en fait partie.

— Mais vous ne le savez pas...

Je tentai de déglutir mais ma bouche était trop sèche.

— ... et sans cette certitude, repris-je, vous avez bien dû parfois vous demander...

— Phoebe, m'arrêta Mme Bell, les yeux brillants, Monique est morte depuis plus de soixante-cinq ans ! Et sa maison, comme les vêtements que vous vendez, a une nouvelle vie, de nouveaux propriétaires. Ce que vous avez ressenti devant sa maison était... irrationnel. Vous avez entr'aperçu la personne qui vit là maintenant, pas une... je ne sais pas... une « présence », si c'est ce que vous voulez laisser entendre, qui vous obligerait à... je ne sais quoi ! Bon... (Sa main se posa sur sa poitrine et y frémit comme un oiseau blessé.) Je suis fatiguée, maintenant.

Je me levai.

— Et moi, je dois retourner à la boutique.

Je remportai le plateau dans la cuisine, puis revins au salon.

— Je suis désolée de vous avoir bouleversée, madame Bell. Je n'en avais pas l'intention.

Elle respira péniblement.

— Et moi, je suis désolée de m'être… emportée. Je sais que vous avez de bonnes intentions, Phoebe, mais c'est douloureux pour moi – surtout maintenant que je dois affronter le fait que ma vie sera bientôt finie, que je mourrai sans avoir pu réparer le mal que j'ai fait.

— Vous voulez dire l'erreur que vous avez commise, la repris-je gentiment.

— Oui. L'erreur – l'erreur épouvantable.

Mme Bell me tendit la main. Je la pris. Elle était tellement petite et légère…

— Mais je vous suis reconnaissante de penser à mon histoire.

Je sentis ses doigts se refermer sur les miens.

— J'y pense. J'y pense beaucoup, madame Bell.

— Je sais. Et moi, je pense à la vôtre.

10

Le jeudi, Val m'appela pour que je passe prendre les réparations ; je me rendis donc directement à Kidbrooke après avoir fermé la boutique. En garant ma voiture, je priai pour que Mags ne soit pas chez Val. Cette séance médiumnique me gênait, maintenant ; j'en avais même honte. Cela me semblait tellement absurde et… vil.

En posant la main sur la sonnette de Val, je sursautai. Une grosse araignée, de l'espèce qui émerge en automne, y avait tissé sa toile. Je frappai donc à la porte, puis, quand Val l'ouvrit, je lui montrai l'araignée.

Elle l'observa.

— Tiens, c'est bon signe. Les araignées portent chance – vous savez pourquoi ?

— Non.

— Parce qu'une araignée a dissimulé l'enfant Jésus aux soldats d'Hérode en tissant une toile devant sa cachette. Voilà pourquoi il ne faut jamais tuer une araignée, conclut-elle.

— Ça ne me viendrait jamais à l'esprit.

— Tiens… c'est intéressant, dit Val en scrutant toujours l'araignée. Elle court vers le haut de sa toile, ce qui signifie que vous rentrez de voyage.

Je lui lançai un regard stupéfait.

— En effet, je rentre de France.

— Si elle avait couru vers le bas de sa toile, ça aurait signifié que vous alliez partir en voyage.

— Vraiment ? Vous êtes une mine d'informations, déclarai-je alors que nous entrions.

— Je crois qu'il est important de savoir ce genre de chose.

En suivant Val dans le couloir, je décelai une odeur de *Magie noire* mêlée de notes de nicotine. « Maggie noire », songeai-je amèrement.

— Bonjour, Mags, dis-je en me forçant à sourire.

— Bonjour, mon chou, fit Mags d'une voix rauque en s'asseyant dans le fauteuil de la salle de couture de Val, tout en grignotant un biscuit digestif. Dommage, pour l'autre jour. Vous auriez dû me laisser continuer. (Elle se gratta la commissure des lèvres d'un ongle carmin.) Je crois vraiment qu'Emma était sur le point de se manifester.

Je regardai Mags fixement, soudain outrée de l'entendre parler de ma meilleure amie sur ce ton désinvolte.

— J'en doute, Maggie, répliquai-je en m'efforçant de rester calme. D'ailleurs, puisqu'on en parle, permettez-moi de vous dire que, d'après moi, cette séance a été une perte de temps totale.

Mags me regarda comme si je l'avais giflée. Puis elle tira un sachet de mouchoirs en papier d'entre ses seins et en sortit un.

— Le problème, c'est que vous n'y croyez pas vraiment.

Je l'observai pendant qu'elle dépliait le mouchoir en papier.

— C'est faux. Je pense qu'il est possible que l'âme humaine survive à la mort et même que nous puissions déceler la présence d'une personne décédée. Mais comme vous vous êtes plantée sur toute la ligne au sujet de mon amie – y compris sur son sexe –, je ne peux pas m'empêcher d'être un peu dubitative quant à vos dons.

Maggie se moucha.

— C'était un jour sans, renifla-t-elle. L'éther est souvent brouillé le mardi matin.

— Mags est vraiment très douée, Phoebe ! protesta loyalement Val. Elle m'a mise en relation avec ma grand-mère l'autre soir – pas vrai ? (Mags confirma.) J'avais perdu sa recette de *lemon curd* alors je lui ai demandé de me la redonner.

— Huit œufs, dit Mags. Pas six.

— Voilà ce dont je n'arrivais pas à me souvenir, dit Val. En tout cas, grâce à Mags, mamie et moi, on a pu papoter un peu. (Je levai discrètement les yeux au ciel.) En fait, Mags est tellement douée qu'elle va devenir le médium maison de l'émission *In Spirit* sur ITV2, pas vrai, Mags ? (Mags hocha la tête.) Je suis sûre qu'elle apportera du réconfort à plusieurs téléspectateurs. Vous devriez regarder, Phoebe. Tous les dimanches à 14 h 30.

Je pris la valise.

— Je note.

— Tout ça est magnifique, s'exclama Annie le lendemain matin.

Je lui montrai les vêtements réparés par Val – la robe du soir jaune à plissé soleil de Mme Bell, le sublime manteau-cocon Guy Laroche en soie rose, la robe maxi Ossie Clark et le tailleur en gabardine prune. Je lui fis voir aussi la robe Missoni en maille arc-en-ciel qui avait des trous de mites à l'ourlet.

— C'est vraiment bien remaillé ! déclara Annie en l'examinant.

Val avait tricoté une pièce pour recouvrir le trou.

— Elle a dû utiliser des aiguilles minuscules pour arriver à faire d'aussi petites mailles, et les couleurs sont parfaitement assorties.

Annie sortit ensuite le manteau Chanel Boutique en faille de soie saphir avec des manches trois quarts.

— C'est somptueux ! On devrait le mettre en vitrine, vous ne croyez pas ? Peut-être à la place du tailleur-pantalon Norma Kamali ?

Annie était arrivée à 8 heures pour m'aider à trier la marchandise avant l'ouverture. Nous avions déjà remisé la moitié des vêtements d'été pour les remplacer par des articles de nuances automnales – bleu nuit, rouge tomate, vert océan, pourpre et or – des tons de pierres dures rappelant les tableaux de la Renaissance. Puis nous avions choisi des vêtements assortis aux silhouettes de la saison – des manteaux de ligne « A », des robes à col raides et à jupes amples, des vestes en cuir structurées aux épaules marquées, avec des manches raglan. Nous avions opté pour des étoffes opulentes semblables à celles présentées chez les créateurs – brocart, dentelle, satin damassé, velours froissé, tartan et tweed.

— Ce n'est pas parce que nous vendons du vintage que nous pouvons nous permettre d'ignorer les tendances en matière de silhouettes et de couleurs, expliquai-je en redescendant de la réserve avec plusieurs ensembles.

— C'est sans doute d'autant plus important, renchérit Annie. Cette saison, on donne dans le spectaculaire.

Je lui tendis une robe Balmain rouge cerise avec une jupe tulipe évasée, un tailleur Alaïa Couture en cuir chocolat avec une taille pincée et d'énormes revers et une robe Courrèges futuriste en crêpe orange du milieu des années 60.

— Tout doit être démesuré, opulent, reprit Annie. Des couleurs chaudes et audacieuses, des silhouettes structurées, des tissus raides qui se tiennent loin du corps. Vous avez tout ça ici, Phoebe – il n'y a plus qu'à le mettre en valeur.

Annie avait sorti la plupart des tenues de soirée de Mme Bell et elle examinait maintenant le tailleur en gabardine prune.

— Il est très joli, mais je pense qu'on devrait le moderniser un peu, avec une ceinture large et un col en fausse fourrure – vous voulez que je regarde ce qu'on a en stock ?

— Oui, s'il vous plaît.

Tout en accrochant le tailleur sur le portant, j'imaginai Mme Bell dans cette tenue à la fin des années 40. Je repensai à notre conversation, trois jours auparavant : ça avait dû être éprouvant pour elle, après la guerre, d'essayer de découvrir le sort de Monique. De nos jours, elle aurait pu lancer un appel à la radio et à la télé, diffuser des e-mails à travers la planète, poster des demandes de renseignement dans les forums sur internet, ou sur Facebook, MySpace et YouTube. Elle aurait simplement pu entrer le nom de Monique dans un moteur de recherche et voir ce qui lui revenait de l'éther...

— Voilà ! fit Annie en redescendant avec un col en faux ocelot. Je crois que ça devrait aller... et cette ceinture fait camaïeu, je crois. (Elle la tint contre la veste.) Ça va.

— Pouvez-vous les mettre sur le tailleur ? demandai-je à Annie en passant dans le bureau. Il faut que je... fasse un saut sur le site.

Depuis que Mme Bell m'avait raconté son histoire, je m'étais demandé si je trouverais sur le net d'éventuelles références à Monique, même si c'était improbable. Mais que faire, si je trouvais effectivement des renseignements ? Comment pourrais-je alors les dissimuler à Mme Bell ? Comme la recherche risquait de n'obtenir aucun résultat, ou bien de révéler de tristes nouvelles, j'avais résisté jusque-là à mon impulsion. Mais depuis que j'avais vu la maison de Monique, j'avais changé d'avis. Le désir de savoir me taraudait. C'est ainsi que, poussée par une compulsion inexplicable, je m'assis devant l'ordinateur pour taper son nom sur Google.

Je ne trouvai rien, sauf des références à une avenue Richelieu à Québec, et au lycée Cardinal de Richelieu à Paris. Je tapai ensuite « Richlieu » sans « e », puis « Monika Richter » : je tombai sur une psychanalyste californienne, une pédiatre allemande et une écologiste australienne. Il était fort peu probable qu'elles soient apparentées à leur homonyme. Puis j'écrivis « Monica » avec un « c ». J'ajoutai ensuite Auschwitz, en pensant qu'un témoignage pouvait la mentionner, parmi les millions de mots qui avaient été écrits sur le camp. J'ajoutai Mannheim : je m'étais rappelé que c'était sa ville d'origine. Rien n'apparut qui puisse avoir un lien avec Monique/Monika ou sa famille – juste quelques références à une exposition de Gerhard Richter dans cette ville.

Je fixai l'écran. Rien à faire. Comme l'avait dit Mme Bell, tout ce que j'avais vu à Rochemare, c'était le mouvement fugitif de la personne vivant dans une maison qui s'était depuis longtemps dépouillée du souvenir de ses habitants durant la guerre. J'étais sur le point de refermer Internet Explorer lorsque je décidai de me rendre sur le site de la Croix-Rouge.

Sur la page d'accueil, on expliquait qu'un Service international de recherche centralisant les renseignements sur les déportés avait été mis en place à la fin de la guerre et que ses archives, dans le nord de l'Allemagne, contenaient maintenant près de cinquante millions de documents nazis liés aux camps. Tout particulier pouvait demander aux archivistes du SIR d'effectuer une recherche, qui exigeait en moyenne d'une à quatre heures. En raison de la quantité de demandes, on devait prévoir un délai maximum de trois mois avant de recevoir un rapport.

Je cliquai pour télécharger le formulaire. Sa brièveté m'étonna : on y demandait simplement des détails personnels sur la personne recherchée, et son dernier lieu de séjour connu. La personne faisant la demande devait fournir des renseignements sur elle-même et sur son lien de parenté avec la personne recherchée. Elle devait également justifier sa demande. Il y avait deux choix possibles : « Documentation pour dédommagement » ou « Désir de savoir ce qui s'est passé ».

— « Désir de savoir ce qui s'est passé », murmurai-je.

J'imprimai le formulaire et le glissai dans une enveloppe. Je l'apporterais à Mme Bell après le départ de sa nièce et nous le remplirions ensemble, puis je l'enverrais par e-mail à la Croix-Rouge. Si, dans cette énorme banque de données, on retrouvait des références à Monique, Mme Bell pourrait enfin faire son deuil. Trois mois, « au maximum », laissait entendre que le rapport pouvait être envoyé dans moins de trois mois – un mois, peut-être, voire deux semaines. Je me demandai si je devrais ajouter un mot précisant que, pour des raisons de santé, le temps pressait. Mais ce serait le cas de bien des personnes de la génération de

Mme Bell, dont les plus jeunes devaient être plus que septuagénaires.

— Vous avez reçu beaucoup de commandes par internet ? me lança Annie.

— Ah…

Je m'obligeai à revenir au temps présent, et consultai rapidement le site de Village Vintage, puis j'ouvris le courrier.

— J'en ai… trois. Quelqu'un veut acheter le sac Kelly vert émeraude, quelqu'un d'autre s'intéresse au pantalon palazzo Pucci et… hourra ! La Madame Grès est vendue.

— La robe dont vous ne voulez pas.

— Exactement.

Celle que Guy m'avait offerte. Je retournai dans la boutique et la retirai du portant pour l'emballer et la poster.

— Une femme m'a demandé les mensurations la semaine dernière, précisai-je en la faisant glisser de son cintre. Et maintenant, elle l'a payée… Dieu merci.

— Vous mourez d'envie de vous en débarrasser, non ?

— Oui, tout à fait.

— Parce que c'est un ex-fiancé qui vous l'a offerte ?

Je regardai Annie.

— Oui.

— J'ai tout de suite deviné, mais comme je ne vous connaissais pas bien à ce moment-là, je n'ai pas osé vous poser la question. À présent que je vous connais mieux, je peux me permettre d'être un peu plus indiscrète…

Je souris. Annie et moi nous connaissions mieux maintenant, en effet. J'aimais sa compagnie : elle était amicale, facile à vivre, et j'appréciais son enthousiasme pour la boutique.

— Ça a été une rupture difficile ?

— Assez.

— Alors je vous comprends de vendre la robe. Si Tim me laissait tomber, je balancerais probablement tout ce qu'il m'a donné – sauf ses tableaux, ajouta-t-elle, au cas où ils finissent par prendre de la valeur.

Elle plaça une paire d'escarpins écarlates Bruno Magli à talons aiguilles dans le présentoir à chaussures.

— Et le monsieur qui vous a envoyé les roses rouges, comment va-t-il ? Si je puis me permettre.

— Il… va très bien. D'ailleurs, je l'ai revu en France.

J'en expliquai la raison à Annie.

— C'est très bien, tout ça. J'ai l'impression qu'il est fou de vous.

Je souris. Puis, en boutonnant un cardigan en cachemire rose, j'en racontai un peu plus sur Miles à Annie.

— Et sa fille, elle est comment ?

Je drapai plusieurs lourdes chaînes en plaqué or autour du cou d'un buste.

— Elle a seize ans, elle est très jolie et – affreusement gâtée.

— Comme bien des ados, fit observer Annie. Mais elle ne restera pas éternellement adolescente.

— C'est vrai, acquiesçai-je gaiement.

— Mais les ados sont parfois insupportables, en effet.

Soudain, on tapa sur la vitrine. Katie, en uniforme, nous saluait. Les ados peuvent aussi être adorables, songeai-je.

Je déverrouillai la porte pour faire entrer Katie.

— Bonjour, dit-elle en cherchant d'un œil angoissé la *prom dress* jaune. Dieu merci, sourit-elle, elle est encore là.

— Eh oui.

Je ne lui dis pas que la veille, une cliente l'avait essayée, et que la robe la faisait ressembler à un pamplemousse.

— Annie, je vous présente Katie.

— Je me souviens de vous, vous êtes passée il y a une semaine ou deux, dit chaleureusement Annie.

— Katie s'intéresse à la *prom dress* jaune.

— Je l'adore, soupira-t-elle. Je suis en train d'économiser pour l'acheter.

— Comment vous y prenez-vous, sans indiscrétion ? lui demandai-je.

— Je fais du babysitting pour deux familles. J'ai déjà réussi à mettre cent vingt livres de côté. Mais comme le bal a lieu le 1er novembre, ça n'est pas gagné.

— Eh bien… courage. Si j'avais des enfants, je vous demanderais de faire du babysitting, moi aussi…

— Je n'étais pas loin, sur le chemin du lycée, et je n'ai pas pu résister, je voulais la revoir… Je peux prendre une photo ?

— Je vous en prie.

Katie brandit son téléphone et j'entendis un déclic.

— Voilà, dit-elle en regardant l'écran, ça va me motiver. Bon, il faut que j'y aille… Il est 8 h 45.

Katie passa son cartable sur l'épaule et fit volte-face, puis se pencha pour ramasser un journal qui venait d'être déposé sur le paillasson. Elle le remit à Annie.

— Merci, ma grande, fit Annie.

Je saluai Katie et me mis à réorganiser le portant des robes du soir.

— Bon sang ! s'exclama Annie.

Elle fixait, l'œil exorbité, la une du journal, qu'elle me tendit.

La photo de Keith s'affichait à la une de *Black & Green*, sous la manchette : PROMOTEUR LOCAL SOUPÇONNÉ DE FRAUDE. EXCLUSIF !

Annie me lut l'article à haute voix : « Une enquête criminelle sur un promoteur local très en vue, Keith Brown, président de Phoenix Land, devrait être ouverte après la découverte par nos reporters de preuves l'impliquant dans une gigantesque fraude à l'assurance. » Je songeai, compatissante, à la petite amie de Keith. Ce serait dur, pour elle. « Brown a fondé Phoenix Land en 2004, poursuivit Annie, grâce aux énormes indemnités versées par son assureur après l'incendie de l'entrepôt de sa société de vente de cuisines en kit, deux ans auparavant. L'assureur de Brown, Star Alliance, avait contesté sa réclamation : selon Brown, son entrepôt avait été incendié par un employé mécontent, qui avait disparu par la suite et qu'on n'était jamais arrivé à retrouver… avait refusé de verser l'indemnisation… », lut Annie tandis que je disposais les robes. « Brown a entamé un procès… Star Alliance a finalement payé… deux millions de livres… » J'entendis Annie s'étrangler et je me retournai. « Aujourd'hui, *Black & Green* dispose de preuves irréfutables démontrant que Keith Brown a lui-même allumé l'incendie… » Annie me fixa, avec des yeux comme des soucoupes, avant de reprendre sa lecture. « M. Brown a refusé de répondre à nos questions mais sa tentative de faire saisir *Black & Green* a échoué… »

— Eh bien ! s'exclama-t-elle avec une sorte de satisfaction. Je suis ravie d'apprendre que nous ne l'avions pas jugé trop durement.

Elle me tendit le journal.

Je parcourus rapidement l'article à mon tour, puis je me rappelai les citations de Keith dans le *Guardian* : il s'était dit « effondré » quand son entrepôt avait été incendié, et il avait « juré » de faire renaître « quelque chose de valable de ses cendres ». Ses propos m'avaient paru un peu bidon. Maintenant, je comprenais pourquoi.

— Je me demande comment *Black & Green* a décroché ce scoop ? m'interrogeai-je.

— Sans doute parce que les assureurs, qui se méfiaient depuis le début, ont fini par dénicher ces « preuves irréfutables », quelles qu'elles soient.

— Oui, mais pourquoi en parler à un journal local ? Il me semble qu'ils seraient allés directement à la police.

— Ah, fit Annie en claquant la langue. Effectivement.

C'était donc ça, le « reportage compliqué » sur lequel travaillait Dan – celui au sujet duquel Matt l'avait appelé quand Dan et moi étions à l'Age Exchange.

— J'espère que sa copine ne va pas lui rester loyale, dit Annie. Enfin, elle pourra toujours lui rendre visite en prison avec sa *prom dress* verte qui lui donne l'air de la « Fée Clochette », gloussa-t-elle. À propos de *prom dress*, Phoebe, vous avez répondu à votre marchand américain ?

— Non, il faut que je le fasse, c'est vrai.

J'étais tellement obsédée par Monique que ça m'était sorti de l'esprit.

— Faites vite ! conseilla Annie. La saison des fêtes approche et en plus, les *prom dress* sont très tendance en ce moment, d'après *Vogue* – plus il y a de jupons, mieux c'est.

— Je vais lui écrire tout de suite.

Je retournai à l'ordinateur et ouvris Outlook Express pour contacter Rick, mais il m'avait devancée. Je cliquai sur son e-mail.

Bonjour Phoebe – J'ai laissé un message sur votre répondeur l'autre jour pour vous dire que j'avais encore six prom dress *à vous proposer, toutes de première qualité et en parfait état.*

Je cliquai sur les photos. C'étaient des *cupcakes* adorables aux couleurs vives idéales pour l'automne – indigo, vermillon, tangerine, cacao, vert sombre et bleu martin-pêcheur. Je zoomai sur les images pour vérifier l'état du tulle, puis je cliquai sur le texte.

Ci-joint le j.peg des sacs à main dont je vous ai parlé, que je voudrais inclure dans le lot...

— Merde ! murmurai-je.

Je n'en voulais pas particulièrement, d'autant plus que la livre avait beaucoup chuté par rapport au dollar, mais je devrais sans doute les acheter pour que Rick n'arrête pas de me proposer les articles qui me plaisaient.

— Bon, voyons voir, fis-je d'une voix lasse.

Les sacs avaient été photographiés ensemble sur un drap blanc et dataient pour la plupart des années 80 et 90. Ils étaient assez ordinaires, à l'exception d'un très beau sac Gladstone en cuir, sans doute des années 40, et d'une pochette en autruche blanche du début des années 70.

— Combien veut-il pour tout ça ? murmurai-je.

Je vous fais le lot à huit cents dollars, livraison comprise.

Je cliquai sur « répondre ».

Rick, marché conclu. Je vous règle par Paypal dès que je reçois votre facture. Merci de tout m'envoyer aussi vite que possible. Amicalement, Phoebe.

— Je viens d'acheter six autres *prom dress*, déclarai-je à Annie en retournant dans la boutique.

Elle était en train de changer l'un des mannequins.

— Bonne nouvelle ! Elles devraient être faciles à vendre.

— J'ai aussi acheté douze sacs à main, qui ne m'intéressent pas pour la plupart – mais il fallait que je les prenne, ils faisaient partie du lot.

— Il n'y a plus beaucoup de place dans la réserve, fit-elle remarquer en repositionnant les bras du mannequin.

— Je sais : quand je les aurai reçus, je donnerai ceux qui ne sont pas vintage à Oxfam. Mais pour l'instant, je vais poster la Madame Grès.

Je passai au bureau et emballai rapidement la robe dans du papier de soie entouré d'un ruban blanc, puis je la glissai dans une pochette Jiffy. Ensuite, je retournai la pancarte « Fermé » du côté « Ouvert ».

— À plus tard, Annie.

Au moment où je sortais de la boutique, ma mère téléphona. Elle venait d'arriver au bureau.

— J'ai décidé, souffla-t-elle.

— Décidé quoi ? lui demandai-je en remontant Montpelier Vale.

— De laisser tomber tous ces traitements idiots – la régénération par le plasma, le relissage fractionnel, le rajeunissement par radiofréquences, et toutes ces inepties.

Je jetai un coup d'œil à la vitrine d'un salon de beauté.

— C'est une très bonne nouvelle, maman.

— À mon avis, ça ne changerait rien du tout.

— J'en suis sûre, dis-je en traversant la rue.

— En plus, c'est tellement cher.

— En effet… C'est jeter son argent par les fenêtres.

— Exactement. J'ai décidé d'opter carrément pour le lifting.

Je m'immobilisai.

— Maman… Ne fais pas ça !

— Je vais me faire faire un lifting, répéta-t-elle posément alors que je restai figée devant un magasin d'équipement sportif. Je suis très déprimée et ça me donnera un coup de peps. Ce sera mon cadeau à moi-même pour mon soixantième anniversaire, Phoebe. Je travaille dur depuis bien des années, ajouta-t-elle tandis que je me remettais en marche. Pourquoi ne pas m'offrir un petit coup de frais si j'en ai envie ?

— Il n'y a aucune raison, maman… C'est ta vie. Mais si tu n'es pas contente du résultat ?

J'imaginai le visage ravissant de ma mère, grotesquement étiré ou tout bosselé.

— J'ai mené ma petite enquête, me dit-elle alors que je passais devant un magasin de jouets. Hier, j'ai pris ma journée pour consulter trois chirurgiens plastiques. J'ai décidé que Freddie Church manierait le bistouri, dans sa clinique de Maida Vale : j'ai pris rendez-vous pour le 24 novembre.

Je me demandai si maman se rappelait que c'était le premier anniversaire de Louis.

— Et n'essaie pas de me dissuader, ma chérie, ma décision est prise. J'ai payé un premier versement et j'y vais.

— D'accord, soupirai-je en traversant la rue.

Inutile de protester – quand maman prenait une décision, elle était inébranlable ; en plus, j'avais beaucoup de soucis et je n'avais pas la force de me battre.

— J'espère simplement que tu ne vas pas le regretter, ajoutai-je.

— Je ne le regretterai pas. Mais dis-moi, comment est-il, ton nouvel ami ? Tu le vois toujours ?

— Je le vois demain. Nous allons à l'Almeida Theatre.

— Il a l'air de te plaire, alors je t'en prie, ne fais pas de bêtises. Tu as trente-quatre ans, maintenant, ajouta maman tandis que je tournais sur Blackheath Grove. Tu en auras quarante-trois avant de t'en rendre compte…

— Désolée, maman, il faut que je raccroche, maintenant.

Je refermai mon téléphone. Le bureau de poste était désert : je mis deux minutes à expédier mon colis. En ressortant, j'aperçus Dan qui s'avançait vers moi, tout sourire. Il est vrai qu'il avait de bonnes raisons.

— Je regardais par la fenêtre et je t'ai vue.

Il désigna son bureau, au-dessus de la bibliothèque pour enfants à notre droite.

Je suivis son regard.

— Alors c'est là que tu travailles ? C'est très central. Au fait, félicitations… Je viens de lire ton scoop.

— Ce n'est pas mon scoop, précisa Dan, mais celui de Matt. J'ai simplement assisté aux réunions avec les avocats. Mais c'est un reportage génial pour un journal local comme le nôtre. Nous en sommes tous très fiers.

— Je meurs d'envie de savoir comment vous avez obtenu les infos, dis-je. Je sais bien que vous ne pouvez pas dévoiler vos sources… N'est-ce pas ? ajoutai-je, pleine d'espoir.

Dan sourit.

— Hélas non.

— Mais j'ai pitié de sa petite amie. En plus, elle va sans doute perdre son boulot.

Dan ne semblait pas inquiet.

— Elle en retrouvera un autre… elle est très jeune. J'ai vu des photos d'elle, ajouta-t-il.

Il me demanda comment s'était passé mon voyage en France, et me rappela que je lui avais promis de retourner au cinéma avec lui.

— Tu ne serais pas libre demain soir, par hasard, Phoebe ? Je sais que je m'y prends un peu à la dernière minute, mais cette affaire Brown m'a beaucoup occupé. Nous pourrions aller voir le dernier film des frères Coen – ou alors, simplement, dîner quelque part.

— Eh bien… Ça aurait été avec plaisir. Mais je suis… prise.

— Ah, fit Dan avec un sourire navré. Naturellement, une fille comme toi est toujours prise le samedi soir, non ?

Il soupira.

— Au temps pour moi. J'aurais dû m'y prendre plus tôt. Alors… il y a quelqu'un dans ta vie, Phoebe ?

— Eh bien… je… Dan, tu es encore en train de me bousculer.

— Ah. Pardon. Apparemment, c'est plus fort que moi. Mais, dis-moi, tu as bien reçu l'invitation pour le 11 ? Je l'ai envoyée à la boutique.

— Oui. Je l'ai reçue hier.

— Tu as dit que tu viendrais, alors j'espère t'y voir.

Je regardai Dan.

— J'y serai.

Ce matin-là, j'eus du mal à me concentrer sur mon travail car je n'arrêtais pas de penser à Miles. J'avais très hâte de le revoir au théâtre. Nous allions voir *Waste* d'Harley Granville-Barker. Entre les clients, je lus quelques critiques en ligne, en partie pour me rappeler l'intrigue – je l'avais déjà vu plusieurs années auparavant – en partie pour pouvoir épater Miles par la pertinence de mes commentaires. Mais, très vite, les clients affluèrent, comme toujours le samedi. Je vendis le manteau-cocon Guy Laroche de Mme Bell – je regrettais presque de le voir partir – et une tunique Zandra Rhodes en organdi abricot brodée de perles dorées à l'ourlet. On demanda à essayer la *prom dress* jaune pour la troisième fois de la semaine. Alors que la femme passait dans la cabine d'essayage, je scrutai anxieusement sa silhouette : la robe, hélas, était à sa taille. En tirant le rideau, je priai pour qu'elle ne lui plaise pas. J'entendis le bruissement du tulle, puis le bruit d'un zip qu'on tirait, suivi d'un petit grognement.

— Je l'adore ! s'exclama-t-elle.

La femme repoussa le rideau et se contempla dans le miroir, en se retournant de tous les côtés.

— Elle est géniale, dit-elle en se haussant sur la pointe des pieds. J'adore son côté mousseux, scintillant. (Elle me sourit largement.) Je la prends !

Mon cœur se serra en pensant à la déception de Katie. Je la revis prenant une photo de la robe, et je me rappelai combien elle était ravissante dedans – dix fois plus belle que cette femme, qui était trop âgée pour ce genre de robe, et pas assez mince, avec ses épaules blanches charnues et ses bras dodus.

La femme se tourna vers son amie.

— Tu ne la trouves pas géniale, Sue ?

Sue, qui était grande et anguleuse – un vrai Modigliani, à côté du Rubens truculent qu'était son amie –, mâchouillait sa lèvre inférieure en faisant de petits bruits de succion.

— À vrai dire, Jill, ma chérie… pas vraiment. Tu as le teint trop pâle pour cette couleur, et en plus, le corsage est trop serré – regarde – ça te fait des bourrelets dans le dos, là…

Elle fit retourner son amie. Jill constata qu'en effet, un bon centimètre de graisse débordait des panneaux baleinés, comme de la pâte.

Sue pencha la tête de côté.

— Tu sais, ces desserts qui sont faits d'un citron congelé rempli de sorbet qui déborde un peu du haut... ?

— Oui, dit Jill.

— C'est de ça que tu as l'air.

Je retins mon souffle en attendant la réaction de Jill. Elle se scruta, puis approuva lentement de la tête.

— Tu as raison, Sue. C'est cruel... mais exact.

— C'est à ça que servent les meilleures amies, fit Sue d'un ton affable en m'adressant un sourire contrit. Désolée, je viens de vous faire rater une vente.

— Ce n'est rien, répondis-je, ravie. Il faut que ce soit parfait, n'est-ce pas ? De toute façon, je recevrai bientôt d'autres *prom dress* et certaines d'entre elles pourraient vous aller – elles devraient arriver la semaine prochaine.

— Nous reviendrons.

Une fois les deux femmes parties, j'accrochai la robe jaune sur le portant des articles « réservés » en mettant « Katie » sur l'étiquette – je n'avais pas les nerfs assez solides pour supporter d'autres séances d'essayage. Puis je descendis une robe du soir Lanvin Castillo en soie framboise du milieu des années 50 et l'accrochai à sa place.

Je fermai boutique à 17 h 30 précises et me précipitai chez moi pour prendre une douche et me changer avant de foncer vers Islington pour rejoindre Miles. En courant vers Almeida Street, je l'aperçus devant le théâtre, qui me cherchait des yeux. En me voyant, il leva la main.

— Désolée d'être en retard, soufflai-je, hors d'haleine.

Une sonnerie retentit.

— C'est le premier rideau ?

— Non, le second, répondit-il en m'embrassant. J'avais peur que tu ne viennes pas.

Je glissai mon bras sous le sien.

— Mais évidemment, que j'allais venir.

L'anxiété de Miles m'émouvait ; tout en entrant avec lui, je me demandai si c'était notre différence d'âge de quatorze ans qui l'angoissait, ou s'il était toujours un peu anxieux quand une femme lui plaisait, quel que soit son âge.

— C'est une bonne pièce, conclut-il une heure plus tard quand on ralluma dans la salle pour l'entracte. (Nous nous levâmes.) Je l'ai déjà vue – il y a plusieurs années, au National. Je crois que c'était en 1991.

— Effectivement. Moi aussi, j'ai vu cette mise en scène – avec ma classe.

Je me rappelai qu'Emma était revenue après l'entracte en empestant le gin.

Miles éclata de rire.

— Tu devais avoir l'âge de Roxy ; j'avais trente et un ans, mais je serais quand même tombé amoureux de toi.

Je souris. Nous nous frayâmes un chemin jusqu'au foyer et nous dirigeâmes vers le bar, comme tous les spectateurs.

— Je vais nous chercher à boire, dis-je. Qu'est-ce qui te ferait plaisir ?

— Un verre de côtes-du-rhône, s'il y en a.

Je consultai le tableau.

— Il y en a. Je crois que je vais prendre un sancerre.

Alors que j'attendais au bar, Miles se mit un peu à l'écart.

— Phoebe, l'entendis-je murmurer au bout d'un moment.

Je me retournai. Il avait l'air mal à l'aise tout d'un coup, et il s'était empourpré.

— Je t'attends dehors, chuchota-t-il.

— D'accord, répondis-je, perplexe.

— Tu vas bien ? lui demandai-je lorsque je le rejoignis quelques minutes plus tard devant l'entrée.

Je lui tendis son verre de vin.

— Je pensais que tu t'étais trouvé mal, repris-je.

— Ça va. Mais… pendant que tu attendais d'être servie, j'ai vu des gens que je préfère éviter.

— Vraiment ? Qui ?

Il avait éveillé ma curiosité.

Miles fit discrètement un signe de tête en direction d'une blonde dans la quarantaine avec un châle turquoise et d'un homme blond-roux vêtu d'un pardessus de couleur sombre.

— Qui sont-ils ? soufflai-je.

Miles pinça les lèvres.

— Les Wycliffe. Leur fille est à l'ancienne école de Roxy, soupira-t-il. Je… n'ai pas très envie de leur parler.

— Je vois.

Je me rappelai alors l'allusion de Miles à une espèce de « malentendu » à St. Mary. Quoi que cela ait pu être, cela le bouleversait encore. On sonna la fin de l'entracte et nous regagnâmes nos sièges.

Après la pièce, alors que nous attendions de traverser la rue pour nous rendre au restaurant en face du théâtre, je remarquai que Mme Wycliffe regardait Miles en biais, en tirant discrètement sur la manche de son mari. Pendant le dîner, je demandai à Miles ce qu'avaient fait les Wycliffe pour l'offenser à ce point.

— Ils ont été immondes avec Roxy. Ça a été très… déplaisant.

Sa main tremblait lorsqu'il leva son verre.

— Pourquoi ? Vos filles ne s'entendaient pas bien ?

— Au contraire, dit Miles en posant son verre. Clara était la meilleure amie de Roxy. Mais au début du deuxième semestre, elles se sont… querellées.

Je scrutai le visage de Miles en me demandant pourquoi cela le retournait encore à ce point.

— L'un des effets de Clara a… disparu, expliqua Miles. Un bracelet en or. Clara a accusé Roxy de l'avoir volé.

Miles pinça à nouveau les lèvres. Les muscles de part et d'autre de sa bouche se crispèrent.

— Ah.

— Je savais que c'était faux. Je reconnais que Roxanne est parfois exaspérante, comme le sont souvent les ados, mais elle ne ferait jamais rien de ce genre. (Il se passa un doigt sous le col.) Enfin, l'école m'a téléphoné pour me dire que d'après Clara et ses parents, Roxy avait volé ce maudit bracelet. Furieux, j'ai répondu que je refusais qu'on accuse faussement ma fille. Mais la directrice a réagi de façon… scandaleuse.

Quand il prononça ces mots, je vis qu'une veine tressaillait sur la tempe de Miles.

— Qu'a-t-elle fait ?

— Elle a pris parti. Elle a refusé d'accepter la version de Roxy.

— Qui était… quoi ?

Miles soupira.

— Comme je l'ai déjà dit, Roxanne et Clara étaient très amies. Elles n'arrêtaient pas de s'emprunter des affaires, comme le font beaucoup de filles de leur âge. Je l'ai constaté lorsque Clara a passé les vacances de Pâques chez nous. Elle est descendue prendre son petit déjeuner, un matin, vêtue de la tête aux pieds des vêtements de Roxy, avec les bijoux de Roxy – et vice versa. Les filles faisaient ça sans arrêt – elles trouvaient ça marrant.

— Donc… Roxanne avait bien le bracelet ?

Miles avait rougi.

— On l'a retrouvé dans son tiroir – mais le fait est qu'elle ne l'avait pas volé. Pourquoi volerait-elle quoi que ce soit, quand elle a tellement de choses à elle ? Elle a expliqué que Clara lui avait prêté le bracelet, que Clara avait des bijoux à elle, qu'elles s'échangeaient tout le temps des trucs. Ce qui aurait dû régler la question, soupira Miles. Mais les Wycliffe étaient décidés à en faire tout un plat. Ils ont été odieux.

Il poussa un soupir amer.

— Qu'ont-ils fait ?

Miles inspira, puis expira lentement.

— Ils ont menacé d'appeler la police. Alors je n'ai pas eu le choix : j'ai dû les menacer en retour d'entamer un procès en diffamation s'ils n'arrêtaient pas de calomnier ma fille.

— Et l'école ?

La bouche de Miles n'était plus qu'une ligne mince.

— Ils se sont rangés dans le camp des Wycliffe – sans doute parce que le père leur avait fait don d'un demi-million pour construire leur salle de théâtre. Ça m'a… écœuré. Alors… j'ai retiré Roxy de l'école. Dès qu'elle a passé son dernier examen, je suis venu, en voiture, pour la ramener à la maison. C'est moi qui ai décidé de lui faire quitter cette école.

Miles prit une gorgée d'eau. J'étais en train de me demander comment réagir lorsque le serveur vint débarrasser. Le temps qu'il parte et revienne avec nos plats principaux, Miles était moins agité ; le souvenir des événements désagréables qui s'étaient produits à l'ancienne école de Roxy se dissipa, puis il sembla l'oublier complètement. Pour lui changer les idées, je lui reparlai de la pièce.

— Au fait, j'ai ma voiture, dit-il. Je peux te ramener chez toi.

— Merci.

— Je peux te ramener chez toi, répéta Miles. Ou, si tu veux, chez moi. (Il m'observa pour voir ma réaction.) Je peux te prêter un tee-shirt, ajouta-t-il doucement, et t'offrir une brosse à dents. Roxy a un sèche-cheveux si tu en as besoin. Elle est à une fête ce soir, dans les Cotswolds.

Voilà pourquoi elle n'avait pas appelé vingt fois dans la soirée.

— Je vais la chercher demain après-midi. Alors j'ai pensé que toi et moi, on pourrait passer la matinée ensemble et déjeuner quelque part. (Nous nous levâmes.) Qu'en dis-tu, Phoebe ?

Le maître d'hôtel nous tendait nos manteaux.

— Ça me semble… parfait.

Miles me sourit.

— Tant mieux.

Tout en traversant le sud de Londres avec le *Concerto pour clarinette* de Mozart sur le lecteur CD, je me réjouis de rentrer avec Miles. Lorsqu'il se rangea devant sa maison, je jetai un coup d'œil au jardin, qui était joliment paysagé, avec une haie de buis entourée d'une clôture en fer forgé. Miles déverrouilla la porte et nous passâmes dans un grand vestibule à haut plafond, avec des murs à panneaux et un parquet en damier de marbre noir et blanc tellement poli qu'il brillait comme de l'eau.

Tandis que Miles prenait mon manteau, j'entr'aperçus une grande salle à manger aux murs sang-de-bœuf, avec une longue table en acajou. Je le suivis dans la cuisine, avec ses placards peints à la main et ses plans de travail en granit scintillant sous les spots qui pailletaient le plafond. Par les portes-fenêtres, je distinguais vaguement une pelouse frangée d'arbres qui se perdait dans l'obscurité.

Miles prit une bouteille d'Évian dans le réfrigérateur et nous montâmes au premier. Sa chambre était décorée en jaune, avec une immense salle de bains attenante, dotée d'une baignoire en fonte à l'ancienne et d'une cheminée. Je m'y déshabillai.

— Tu me donnes une brosse à dents ? lançai-je.

Miles entra dans la salle de bains, jeta un regard admiratif à mon corps nu, puis ouvrit un placard où j'aperçus des flacons de shampooing et de bain moussant.

— Où peut-elle bien être ? murmura-t-il. Roxy passe son temps à fouiller ici… Ah, la voilà. (Il me remit une brosse à dents neuve.) Tu veux un tee-shirt ? Je peux t'en prêter un.

Il souleva mes cheveux et embrassa ma nuque, puis mon épaule, en ajoutant :

— Si tu penses en avoir besoin.

Je me tournai vers lui pour lui enlacer la taille.

— Non, murmurai-je, je ne crois pas.

Nous nous éveillâmes tard. Alors que je consultais le réveil sur la table de chevet, je sentis les bras de Miles m'enlacer ; il prit mes seins dans ses mains.

— Tu es ravissante, Phoebe, murmura-t-il. Je crois que je suis en train de tomber amoureux de toi.

Il m'embrassa, puis releva mes bras au-dessus de ma tête et me refit l'amour.

— Je pourrais nager dans cette baignoire, dis-je quelque temps plus tard en m'y glissant.

Miles rajouta du bain moussant puis y entra et s'allongea derrière moi. Je m'appuyai contre sa poitrine dans un îlot de mousse.

Au bout d'un moment, il prit ma main pour l'examiner.

— Tu as le bout des doigts plissé, dit-il en embrassant chacun d'entre eux. Il est temps de se sécher.

Nous sortîmes de la baignoire ; Miles prit un drap de bain blanc et moelleux dans une pile posée sur un tabouret et m'en enveloppa. Nous nous brossâmes les dents, puis il prit ma brosse à dents et la plaça dans le porte-brosse à dents à côté de la sienne.

— Tu peux la laisser ici, dit-il.

Je touchai mes cheveux.

— Je peux emprunter un sèche-cheveux ?

Miles ceignit une serviette.

— Suis-moi.

Nous traversâmes le palier inondé du soleil qui se déversait par des fenêtres à guillotine allant du sol au plafond. En levant les yeux, je vis un magnifique portrait de Roxy accroché au mur du fond.

— C'est Ellen, m'expliqua Miles lorsque nous nous arrêtâmes pour le contempler. Je l'avais commandé pour nos fiançailles. Elle avait vingt-trois ans.

— Roxy lui ressemble tellement, dis-je. Quoique… (J'examinai Miles.) Elle a ton nez… et ton menton. (Je le caressai du dos de la main.) Est-ce ici que tu vivais avec Ellen ?

Miles ouvrit une porte où « Roxanne » était inscrit en lettres roses.

— Non. Nous vivions à Fulham, mais après sa mort j'ai voulu déménager… Je ne supportais pas tout ce qui me la rappelait. J'avais assisté à un dîner dans cette maison et j'en étais tombé amoureux ; quand elle a été mise en vente peu de temps après, les propriétaires me l'ont proposée en premier. Bon…

La chambre de Roxy était immense, avec un épais tapis blanc ; un lit à baldaquin, blanc également, surmonté d'un dais en damassé rose et or. La coiffeuse blanche était encombrée d'un assortiment de crèmes de soins luxueuses, de lotions pour le corps et de flacons de *J'Adore* de toutes les tailles. Devant la fenêtre aux rideaux rose et or, une chaise longue en brocart rose pâle était disposée à côté d'une table basse où gisait une vingtaine de magazines de mode aux couvertures glacées.

Je remarquai une maison de poupée sur une desserte – un hôtel particulier d'époque géorgienne avec une porte noire vernie et des fenêtres à guillotine du sol au plafond.

— On dirait ta maison.

— C'est ma maison, expliqua Miles. C'est une reproduction à l'identique.

Il ouvrit la porte d'entrée et nous nous penchâmes pour regarder l'intérieur.

— Tous les détails sont fidèlement reproduits : les chandeliers, les volets, les boutons de porte en cuivre…

Je contemplai la réplique de la baignoire à pieds de lion où je venais de me prélasser.

— Je l'ai offerte à Roxy pour ses sept ans, dit Miles. J'ai cru que ça l'aiderait à se sentir chez elle – elle joue encore avec. Enfin… (Il se redressa.)… par ici…

Nous passâmes dans son dressing.

— C'est là qu'elle range son sèche-cheveux.

Il désigna un arsenal d'articles de coiffage sur une table blanche.

— Je vais aller préparer le petit déjeuner.

— Je n'en ai pas pour longtemps.

Je m'assis à la coiffeuse de Roxy, avec son sèche-cheveux professionnel, ses fers à lisser et à friser et son carrousel de rouleaux chauffants, ses brosses, ses peignes et ses barrettes. Tout en me séchant rapidement les cheveux, je contemplai la multitude de vêtements accrochés aux tringles recouvrant trois murs. Il devait y avoir une centaine de robes et de tailleurs. Je reconnus un manteau Gucci en daim rouge brique de la collection printemps-été de l'an passé, un tailleur pantalon Matthew Williamson en satin et une robe de cocktail Hussein Chalayan. Il y avait quatre ou cinq tenues de ski et au moins huit robes longues protégées par des housses en mousseline. Sous les vêtements, une soixantaine de paires de bottes et de chaussures s'alignaient sur un porte-chaussures en chrome. Plusieurs paniers en sisal contenaient une quarantaine de sacs à main.

Le dernier numéro de *Vogue* gisait à mes pieds. Je le ramassai : il s'ouvrit sur une série dont la moitié des vêtements portaient des Post-it roses en forme de cœur – une robe de bal Ralph Lauren bleu poudre d'une valeur de deux mille cent livres ; une robe noire à une épaule de Zac Posen ; une robe de cocktail Robinson Brothers en taffetas rose shocking portait également un Post-it où était inscrit « vérifier que Sienna Fenwick n'achète pas la même » en grosses lettres rondes. Une robe du soir Christian Lacroix Couture en soie « vitrail » portait aussi un Post-it. Elle valait trois mille six cents livres. « Sur commande uniquement », avait noté Roxy. Je secouai la tête en me demandant laquelle de ces créations était destinée à Roxanne.

J'éteignis le sèche-cheveux et le replaçai exactement où je l'avais trouvé. En retraversant sa chambre, je m'arrêtai pour refermer la porte de la maison de poupée que Miles avait laissée ouverte. Ce faisant, je regardai de nouveau à l'intérieur et remarquai deux poupées dans le salon – une poupée « papa » en costume marron et, à côté d'elle, dans le canapé, une poupée de petite fille en robe à smocks en vichy rose en blanc.

Je repassai dans la chambre de Miles, m'habillai, me maquillai, pris mes boucles d'oreilles dans une soucoupe verte posée sur la cheminée de la salle de bain, et suivis l'arôme du café jusqu'au rez-de-chaussée.

Miles était debout à côté du comptoir du petit déjeuner avec un plateau de toasts et de marmelade.

— La cuisine est très jolie, dis-je en regardant autour de moi. Mais elle est différente de celle de la maison de poupée.

Miles poussa le piston de la cafetière.

— Je l'ai fait refaire l'an dernier – notamment parce que je voulais une cave à vin professionnelle.

Il désigna deux grands réfrigérateurs et des casiers à bouteilles du sol au plafond, pleines de bouteilles de vin rouge. Il prit le plateau :

— On boira du Chante le Merle un de ces jours, si ça te dit.

Le mur à côté des portes-fenêtres était orné d'un photomontage d'une dizaine d'images de Roxy en train de skier, de monter à cheval, de faire du VTT ou de jouer au tennis. Il y avait une photo d'elle souriant devant la Montagne de la Table, en Afrique du Sud, et une autre prise au sommet d'Ayers Rock, en Australie.

— Roxy a une chance incroyable, dis-je en contemplant une photo d'elle en train de pêcher à bord d'un yacht, dans ce qui semblait être la mer des Caraïbes. Pour une fille de son âge, elle a fait tellement de choses – et, comme tu dis, elle a tellement de choses.

Miles soupira.

— Sans doute trop. (Je ne répondis rien.) Mais Roxy est ma seule enfant et elle compte plus que tout au monde pour moi – elle est tout ce qui me reste d'Ellen. (Sa voix se brisa.) Je veux simplement qu'elle soit aussi heureuse que possible.

— Bien entendu, murmurai-je.

« C'est aussi son talon d'Achille. » Était-ce cela qu'avait voulu dire Cécile ? Simplement que Miles gâtait trop Roxy ?

Nous passâmes à la terrasse et je contemplai la longue et large pelouse frangée de part et d'autre de plates-bandes ondulantes et de buissons. Miles posa le plateau sur la table en fer forgé.

— Tu veux bien aller chercher le journal ? Il est sur le paillasson.

Tandis qu'il servait le café, j'allai prendre le *Sunday Times* et le rapportai dans le jardin. Tout en mangeant le petit déjeuner sous le doux soleil d'automne, Miles lut le cahier principal et je feuilletai le cahier « Style ». En dépliant le cahier « Affaires » pour lire la revue de presse, je tombai sur le titre « La chute du Phoenix ». Je parcourus l'article d'une demi-page. Il reprenait l'enquête de *Black & Green* en répétant les allégations de fraude. Mais il y avait, en plus, une photo de la petite amie de Keith Brown, légendée : « Kelly Marks a divulgué la fraude ». Alors c'était elle, la source ?

Selon l'article, Brown s'était un jour vanté à sa petite amie, alors qu'il était ivre, de la façon dont il avait prémédité et mis en œuvre cette fraude ; il avait accusé un employé mécontent qui s'était révélé avoir de faux papiers d'identité, et qui avait disparu après l'incendie, supposément pour échapper à la justice. La police avait fait circuler un portrait-robot mais l'homme n'avait jamais été retrouvé et il était toujours porté au fichier des personnes disparues. Dans un accès d'euphorie après avoir conclu une grosse affaire immobilière, Brown avait été assez bête pour confier à Kelly Marks que non seulement cet homme n'avait jamais existé, mais que c'était lui, Keith, qui avait allumé la conflagration. Deux semaines auparavant, elle avait décidé, « après un examen de conscience », de révéler ces faits à *Black & Green*. L'article citait Matt : il ne voulait pas dévoiler ses sources mais il était en mesure de corroborer tout ce que son journal avait publié sur l'affaire.

— Comme c'est extraordinaire, soufflai-je.

— Quoi ?

Je passai l'article à Miles, qui le parcourut rapidement.

— Je connais cette affaire, dit-il. C'est un ami à moi qui a défendu la compagnie d'assurances contre la réclamation de Brown. Il n'a jamais cru l'histoire de Brown, mais comme elle était impossible à réfuter, Star Alliance a été obligé de payer l'indemnité. Brown s'est imaginé qu'il s'en était tiré – et il a commis une imprudence.

— J'ai bien pensé que ça pouvait être sa petite amie.

Je racontai à Miles leur passage mouvementé à Village Vintage.

— Mais j'ai écarté cette hypothèse – pourquoi l'aurait-elle dénoncé, alors qu'il était à la fois son employeur et son petit ami ?

Miles haussa les épaules.

— Vengeance. Brown la trompait sans doute – c'est le scénario classique – ou alors il voulait la plaquer, et elle l'a appris. Ou encore, il lui avait promis une promotion qu'il a ensuite donnée à quelqu'un d'autre. Son motif ressortira dans l'enquête.

Je me rappelai soudain ce qu'avait dit Kelly Marks lorsqu'elle avait payé la robe.

« Deux cent soixante-quinze livres. C'est le prix. »

11

Ce matin-là, j'appelai Mme Bell.

— Je serais ravie de vous voir, Phoebe, mais ce ne sera pas possible cette semaine.

— Votre nièce est-elle toujours chez vous ?

— Non, mais le neveu de mon mari m'a invitée à rester quelques jours dans sa famille, dans le Dorset. Il vient me prendre demain et me ramène vendredi. Il faut que j'y aille maintenant, pendant que je suis encore en état de me déplacer...

— Je peux vous voir ensuite ?

— Naturellement. Je ne voyagerai plus, dit Mme Bell. Votre compagnie me fera donc très plaisir, si vous avez un peu de temps.

Je songeai au formulaire de la Croix-Rouge, qui était toujours dans mon sac.

— Puis-je passer dimanche après-midi ?

— Volontiers. Venez à 16 heures.

En raccrochant, je regardai l'invitation de Dan pour sa fête du samedi soir. Elle ne donnait aucun indice : c'était une simple carte avec son adresse et l'heure. Il n'y était même pas question de sa cabane, qui était manifestement quelque chose de beaucoup plus grandiose qu'une simple remise : peut-être une maison d'été ou un bureau de jardin. Ou alors une salle de jeux avec une énorme table de billard et des machines à sous – ou encore un observatoire, avec un télescope et un toit coulissant. Ne serait-ce que par curiosité, je voulais y aller – en plus, je prenais plaisir à la conversation de Dan, à sa joie de vivre et à son côté chaleureux. J'espérais aussi l'interroger sur l'affaire Phoenix Land. Je me demandais encore pourquoi la copine de Brown l'avait dénoncé.

Lundi, on reparlait de l'affaire dans la presse. Kelly Marks avait avoué à l'*Independent* qu'elle était la source mais, interrogée sur ses motivations, elle avait refusé de répondre.

— C'est à cause de la robe, déclara Annie après avoir lu le dernier article de *Black & Green* sur l'affaire mardi matin.

Elle posa le journal.

— Je vous l'avais bien dit : les vêtements vintage peuvent vous transformer. D'après moi, c'est à cause de la robe qu'elle l'a fait.

— Quoi ? D'après vous, la robe l'a « possédée » et l'a obligée à le dénoncer ?

— Non… Mais je crois que son désir intense pour cette robe lui a donné la force de plaquer ce type – de façon spectaculaire.

Jeudi, le *Mail* publia un article intitulé « On applaudit Marks », félicitant Kelly d'avoir dénoncé Brown et citant d'autres cas de femmes ayant dénoncé leurs amants « douteux ». L'*Express* publiait un article sur les fraudes à l'assurance pour cause d'incendie, où l'on parlait de « Keith Brown, soupçonné d'avoir incendié son propre entrepôt en 2002 ».

— Comment les journaux peuvent-ils se permettre de publier tout ça ? demandai-je à Miles cet après-midi-là.

Il était passé à la boutique avant de rentrer à Camberwell : comme il n'y avait pas de clients, il était resté pour bavarder.

— N'est-ce pas préjudiciable à l'enquête ? lui demandai-je alors qu'il s'asseyait dans le canapé.

— Non, puisque les poursuites judiciaires n'ont pas encore été entamées.

Il sortit son BlackBerry et chaussa ses lunettes.

— Sans doute parce que l'assureur et le parquet sont en train de discuter pour savoir qui va entamer ces poursuites – elles seront très onéreuses. Maintenant, pourrait-on parler d'un sujet plus gai ? J'aimerais aller à l'opéra samedi prochain. On donne *La Bohème* et il reste encore quelques places dans les loges, mais je dois les réserver aujourd'hui. D'ailleurs, je peux appeler tout de suite… je viens de trouver le numéro.

Miles se mit à le composer, puis s'arrêta pour me dévisager, perplexe.

— Ça n'a pas l'air de te tenter.

— Si – ou plutôt, j'aurais bien aimé, c'est une très bonne idée. Mais… je ne peux pas.

Les traits de Miles se décomposèrent.

— Pourquoi pas ?

— Je suis prise.

— Ah ?

— Je suis invitée à une soirée dans le quartier. Un truc très informel.

— Je vois… et qui donne cette soirée ?

— Un ami à moi – Dan.

Miles me fixait.

— Tu m'as déjà parlé de lui.

— Il travaille pour le journal local. C'était prévu de longue date.

— Tu préfères aller là plutôt que d'assister à *La Bohème* ?

— Là n'est pas la question : j'ai promis d'y aller, et j'aimerais tenir parole.

Miles me regardait d'un air inquisiteur.

— J'espère que ce Dan n'est… qu'un ami, Phoebe. Je sais que nous ne sommes pas ensemble depuis très longtemps, mais je préférerais savoir, si tu as un autre…

— Dan n'est qu'un ami, souris-je. Assez excentrique, d'ailleurs.

Miles se leva.

— Eh bien… je suis un peu déçu.

— J'en suis désolée – mais ce n'est pas comme si nous avions prévu de nous voir samedi.

— C'est vrai. Mais j'avais supposé…, soupira-t-il. Ce n'est pas grave. Je demanderai à Roxy de m'accompagner. Je l'emmène acheter sa robe de bal cet après-midi, alors en échange, c'est le moins qu'elle puisse faire.

Je tentai d'assimiler l'idée que le fait d'accompagner son père au Royal Opera House soit le « prix » à payer pour une robe incroyablement coûteuse.

— Nous pourrions sortir en début de semaine ? proposai-je à Miles tandis qu'il se levait. Tu aimerais aller au Festival Hall ? Mardi, par exemple ? Je prendrai les billets.

Cela sembla le rassurer.

— J'aimerais beaucoup. (Il m'embrassa.) Je t'appelle demain.

Comme toujours les samedis, il y eut beaucoup d'affluence, et bien que je sois ravie de faire autant de ventes, j'arrivais à peine à m'en sortir seule. Katie arriva après l'heure du déjeuner. Elle vit la robe Lanvin Castillo suspendue à l'endroit où était auparavant la robe *cupcake* jaune et ses traits se décomposèrent. Un instant, je crus qu'elle fondrait en larmes.

— Tout va bien, la rassurai-je aussitôt. Je vous l'ai mise de côté.

— Oh, merci ! fit-elle en plaquant sa main sur sa poitrine. J'ai cent soixante livres maintenant, c'est plus de la moitié de la somme. Je suis en pause, alors je suis passée en coup de vent. Je ne sais pas pourquoi, mais cette robe m'a vraiment remuée.

J'espérais fermer à 17 h 30 pile, mais à 17 heures, une femme essaya au moins huit articles, y compris un tailleur-pantalon que je dus retirer d'un mannequin dans la vitrine, avant de repartir sans rien acheter.

— Je suis désolée, dit-elle en enfilant son manteau. Je crois que je ne suis pas d'humeur.

Moi non plus : il était déjà 18 h 05.

— Pas de problème, répondis-je aussi cordialement que possible.

Il n'est pas indiqué de se montrer irritable lorsqu'on tient un commerce.

Je fermai la boutique et rentrai me préparer pour la soirée de Dan. Elle commençait à 19 h 30, mais l'invitation priait les invités d'arriver avant 20 heures.

Il faisait presque nuit lorsque mon taxi se gara devant sa maison – une villa victorienne dans une rue tranquille, près de la gare d'Hither Green. Dan avait fait les choses en grand, me dis-je en payant le chauffeur. Il avait suspendu des guirlandes lumineuses dans les arbres du jardin, et engagé un traiteur – un serveur en tablier vint m'ouvrir. En entrant, j'entendis des bruits de rires et de conversations. C'était une réunion en petit comité, compris-je en passant dans le salon où se trouvait environ une dizaine de personnes. Pour une fois, Dan était vêtu avec élégance d'une veste en soie bleu nuit : il parlait à ses invités en remplissant leurs verres.

— Prenez un canapé, l'entendis-je dire. On ne mangera pas avant un petit moment.

C'était donc un dîner.

— Phoebe ! s'exclama-t-il chaleureusement en m'apercevant.

Il me planta un baiser sur la joue.

— Viens que je te présente.

Dan me présenta rapidement ses amis, dont Matt et son épouse Sylvia ; Ellie, reporter au journal, avec son copain Mike, et quelques-uns des voisins de Dan dont, à mon grand étonnement, la dame un peu revêche du magasin Oxfam, qui se prénommait Joan.

Je bavardai un moment avec Joan et je lui appris que je recevrais des sacs à main des États-Unis, que je lui apporterais sans doute. Je lui demandai ensuite si elle recevait parfois des zips vintage en métal, car j'allais en manquer.

— J'en ai reçu un lot l'autre jour. Et un bocal de vieux boutons.

— Pourriez-vous me les garder ?

— Bien entendu, dit-elle en sirotant son champagne. Et alors, *Anna Karenine*, ça vous a plu, au fait ?

— C'était merveilleux, répondis-je en me demandant comment elle avait appris que j'y étais allée.

Joan prit un canapé au passage.

— Dan m'a emmenée voir *Dr Jivago*. C'était magnifique.

Je jetai un coup d'œil à Dan : il n'arrêtait pas de me surprendre – en bien.

— C'est un film superbe, acquiesçai-je.

— Superbe, répéta Joan. (Elle ferma les yeux un instant.) C'était la première fois que j'allais au cinéma depuis cinq ans – ensuite, il m'a invitée à dîner.

— Vraiment ? Comme c'est gentil, fis-je en m'apercevant que j'avais les larmes aux yeux. Il vous a emmenée au Café Rouge ?

— Oh non, protesta Joan, l'air outré. Au Rivington Grill.

— Ah.

Je regardai Dan. Il tapota sur son verre et dit à tous les invités qu'il était temps de passer aux choses sérieuses : il nous demanda de le suivre dans le jardin.

Ce jardin était assez vaste – il faisait environ dix-huit mètres de long – et tout au bout se dressait une grande… cabane. Ce n'était rien d'autre que cela – une cabane – sauf qu'un tapis rouge y menait, et qu'un cordon en velours rouge était suspendu entre deux poteaux en métal devant la porte. Sur le mur, il y avait une espèce de plaque qui attendait d'être officiellement dévoilée, à en juger d'après les petits rideaux dorés qui la recouvraient.

— Je ne sais pas ce qu'il y a dans cette cabane, déclara Ellie tandis que nous parcourions le tapis rouge, mais je ne crois pas qu'il s'agisse d'une tondeuse à gazon.

— Tu as raison, dit Dan. (Il tapa dans ses mains.) Merci d'être venus ce soir. Je vais maintenant demander à Joan de nous faire les honneurs…

Joan s'avança et saisit le cordon de rideau. Sur un signe de tête de Dan, elle se tourna vers nous.

— J'ai l'honneur d'inaugurer la cabane de Dan, que j'ai le plaisir de baptiser…

Elle tira sur le cordon.

« The Robinson Rio ».

— Le Robinson Rio, dit Joan en jetant un coup d'œil à la plaque.

Elle était manifestement aussi perplexe que nous.

Dan ouvrit la porte et appuya sur un interrupteur.

— Entrez.

— Étonnant, murmurant Sylvia en entrant.

— Bon sang, fit l'un des invités.

Un lustre scintillant était suspendu au plafond, au-dessus de douze fauteuils en velours rouge répartis en quatre rangs, sur une moquette aux motifs rouge et or tourbillonnants. Un écran voilé d'un rideau occupait le mur du fond ; à l'autre bout de la pièce se dressait un projecteur à l'ancienne. Sur le mur de droite, un panneau bleu roi avec des lettres en plastique blanc annonçait « À l'affiche cette semaine : *Camille* » et « Bientôt à l'affiche : *Une question de vie ou de mort* ». Une affiche vintage encadrée du *Troisième Homme* était accrochée au mur de gauche.

— Asseyez-vous où vous voulez, proposa Dan en tripotant le projecteur. Le sol est chauffé : vous n'aurez pas froid. *Camille* ne dure que soixante-dix minutes, mais si vous préférez ne pas assister à la projection, vous pouvez retourner dans la maison et boire un verre. Nous dînerons après le film, vers 21 heures.

Nous prîmes place – je m'assis avec Joan et Ellie. Dan ferma la porte et éteignit les lumières, puis nous entendîmes le projecteur s'animer en ronronnant, et le déclic hypnotique du film qui passait sur les pignons. Les rideaux motorisés s'écartèrent en bruissant pour révéler le lion rugissant de la MGM, puis le générique de début : soudain, nous nous retrouvâmes dans le Paris du XIXe siècle.

— C'était merveilleux ! s'exclama Joan lorsque les lumières se rallumèrent. On a l'impression d'être dans un vrai cinéma – j'adore l'odeur de la lampe du projecteur.

— Ça me rappelle le bon vieux temps, renchérit Matt, derrière nous.

Joan se retourna vers lui.

— Vous êtes bien trop jeune pour dire ça.

— Je veux dire qu'au lycée Dan était responsable du ciné-club, expliqua Matt. Tous les mardis, à l'heure du déjeuner, il projetait des courts-métrages de Laurel et Hardy, Harold Lloyd et Tom et Jerry. Mais comme projectionniste, il s'est amélioré : l'image n'est plus floue !

— J'avais ma vieille Universal à l'époque, précisa Dan. Ce projecteur-ci est un Bell and Howell, mais j'y ai ajouté des amplis modernes – et une climatisation. Et j'ai insonorisé la cabane pour que les voisins ne se plaignent pas.

— Nous ne nous plaignons pas, protesta l'un de ses voisins, puisque nous sommes là !

— Qu'est-ce que tu as l'intention de faire de ce cinéma ? demandai-je à Dan alors que nous retournions dans la maison.

— Ce sera un ciné-club à l'ancienne, répondit-il tandis que nous entrions dans une grande cuisine-salle à manger où une longue table en pin avait été dressée pour douze personnes. Je compte projeter un film par semaine ; les gens peuvent s'amener à l'improviste, premier arrivé, premier servi ; ensuite, pour ceux que ça intéresse, il y aura une discussion autour d'un verre.

— C'est une idée géniale, dit Mike. Et où sont les films ?

— Ils sont entreposés à l'étage, dans une pièce à hygrométrie contrôlée. J'en ai rassemblé environ deux cents au fil des ans, en les rachetant à des cinémathèques qui fermaient ou dans des ventes aux enchères. J'ai toujours rêvé d'avoir mon propre cinéma. D'ailleurs, cette grande cabane est l'une des raisons principales pour lesquelles j'ai acheté la maison, il y a deux ans.

— Où avez-vous trouvé les fauteuils ? demanda Joan à Dan tandis qu'il lui avançait une chaise.

— Je les ai achetés il y a cinq ans, quand un cinéma Odéon a été démoli, dans l'Essex. Je les avais entreposés en attendant. Bon, Ellie, tu veux t'asseoir là ? Phoebe, ici, entre Matt et Sylvia.

Je m'assis et Matt me versa un verre de vin.

— Je vous ai reconnue, bien entendu, me dit-il, à cause de l'article que nous avons publié sur vous.

— Il m'a été très utile, répondis-je tandis que le serveur posait devant moi une appétissante assiette de risotto. Dan a fait du très bon boulot.

— Il a l'air un peu bordélique, comme ça, mais c'est… un type très bien. Tu es un type très bien, Dan, déclara Matt en gloussant.

— Merci, mon pote !

— C'est vraiment un type bien, répéta Sylvia. En plus, tu sais à qui tu ressembles, Dan ? ajouta-t-elle. Je viens de m'en rendre compte – au *David* de Michel-Ange.

Dan souffla un baiser reconnaissant à Sylvia, et je constatai qu'elle avait raison. C'était donc là cette fameuse « célébrité » que je n'arrivais pas à replacer.

— Tu es son sosie parfait, poursuivit Sylvia en penchant la tête sur l'épaule. En plus douillet, ajouta-t-elle en gloussant.

Dan tapa sur sa poitrine de rugbyman.

— Alors j'ai intérêt à me remettre au sport. Bon, qui n'a pas eu à boire ?

Je dépliai ma serviette de table et me tournai vers Matt.

— *Black & Green* marche… très bien, non ?

— Mieux que dans mes rêves les plus fous, répliqua Matt. Grâce à un article en particulier, évidemment.

Je saisis ma fourchette.

— Vous pouvez en parler ?

— Oui, puisque maintenant, tout est dans le domaine public. La couverture dans la presse nationale a d'ailleurs boosté notre tirage à seize mille – ce qui veut dire qu'on commence à réaliser des bénéfices – et on a trente pour cent de pubs en plus. Il aurait fallu dépenser cent mille livres en promotion pour faire connaître le journal autant que cette affaire l'a fait connaître.

— Comment avez-vous décroché ce scoop ?

Matt prit une gorgée de vin.

— Kelly Marks nous a contactés directement. À l'époque où j'étais au *Guardian*, j'avais déjà suivi l'affaire Brown. Des rumeurs circulaient sur lui depuis plusieurs années. Il était sur le point de lancer sa société en Bourse, il multipliait les interviews dans toute la presse « éco », quand, sans crier gare, j'ai reçu le coup de fil anonyme d'une femme qui prétendait avoir des révélations à me faire sur Keith, si ça m'intéressait.

— Et ça t'a intéressé, poursuivit Sylvia en me passant le saladier. (Elle regarda Matt.) Raconte à Phoebe ce qui s'est produit.

Il posa son verre.

— Très bien. C'était un lundi, il y a trois semaines – j'ai invité cette femme à venir nous voir. (Matt secoua sa serviette de table.) Elle est arrivée le lendemain à l'heure du déjeuner – j'ai compris que c'était la petite amie de Brown, parce que je les avais vus en photo ensemble. Dès qu'elle m'a raconté l'histoire, j'ai su que je devais la publier – mais je lui ai dit que cela me serait impossible si elle ne signait pas une déposition détaillée pour confirmer la véracité de ses propos. Elle a accepté… (Matt prit sa fourchette.) Et c'est à ce moment-là que j'ai pensé qu'il valait mieux consulter Dan.

J'acquiesçai, en me demandant néanmoins pourquoi Matt avait dû consulter Dan, qui n'était pas le rédacteur en chef adjoint, ni même un journaliste chevronné. Je jetai un coup d'œil à Dan. Il bavardait avec Joan.

— Il était impensable de ne pas consulter Dan, renchérit Sylvia, puisqu'il est copropriétaire du journal.

— Je croyais que Dan travaillait pour Matt, intervins-je, que c'était le journal de Matt et que Dan s'occupait du marketing ?

— Dan s'occupe bien du marketing, répondit-elle. Mais il ne travaille pas pour Matt. (Elle semblait trouver cette idée amusante.) C'est Matt qui a sollicité Dan pour trouver un financement. Ils ont chacun investi cinquante pour cent de la mise initiale, soit un demi-million.

— Je… vois.

— Du coup, évidemment, Matt devait avoir l'accord de Dan pour publier l'article, ajouta Sylvia.

Voilà donc pourquoi Dan a assisté aux discussions avec l'avocat, compris-je alors.

— Dan était aussi enthousiaste que moi, poursuivit Matt en passant le parmesan à Sylvia. Il fallait donc obtenir une déposition signée de Kelly. Je lui ai dit que nous ne payions pas nos sources, mais elle a soutenu qu'elle ne voulait pas d'argent. Elle semblait s'être lancée dans une sorte de croisade morale contre Brown, alors qu'elle était au courant depuis plus d'un an, pour l'incendie, on l'a su par la suite.

— Quelque chose a dû se produire pour qu'elle se retourne contre lui, dit Sylvia.

Matt posa sa fourchette.

— C'est ce que j'ai supposé. Enfin, elle est venue et nous avons pris son témoignage. Mais au moment de le signer, elle a tout d'un coup posé le stylo et m'a dit qu'elle avait changé d'avis : elle voulait être payée, en fin de compte.

— Ah bon ?

Matt secoua la tête.

— J'étais catastrophé. J'ai cru qu'elle allait nous demander au moins vingt mille livres, et que c'était son intention depuis le début. J'étais sur le point de tout laisser tomber quand elle a ajouté : « Deux cent soixante-quinze livres. C'est le prix. » J'étais stupéfait. Elle a répété : « Je veux deux cent soixante-quinze livres. C'est le prix. » J'ai consulté Dan du regard : il a haussé les épaules et hoché la tête. J'ai pris les billets dans la petite caisse, je les ai mis dans une enveloppe que je lui ai remise. Elle avait l'air aussi ravie que si je lui avais donné vingt mille livres. Et elle a signé sa déposition.

— L'enveloppe était rose, dis-je. C'était une enveloppe Disney Princess.

Matt me regarda, étonné.

— En effet. Notre comptable avait emmené sa petite fille au bureau, la veille. Elle avait oublié son nécessaire d'écriture, et comme c'était la première enveloppe qui me tombait sous la main, je l'ai prise parce que j'étais pressé de conclure l'affaire. Mais comment le savez-vous ?

Je lui racontai alors que Kelly Marks était venue à la boutique pour acheter la *prom dress* vert citron que Brown avait refusé de lui offrir quinze jours auparavant. Entre-temps, Dan s'était joint à la conversation.

— Je t'en ai parlé, tu t'en souviens, Dan ? dis-je. Je t'ai raconté que Kelly avait refusé le rabais ?

— En effet. Je ne pouvais pas en discuter avec toi, ajouta-t-il, mais je me suis posé la question. Je me suis dit, bon, la robe vaut deux cent soixante-quinze livres et elle nous a demandé cette somme, à Matt et moi, alors il y a forcément un rapport… mais je ne voyais pas lequel.

— Je crois que je sais, moi, dit Sylvia. Elle voulait rompre avec Brown mais elle avait du mal, puisqu'il était aussi son patron. (Sylvia se tourna vers moi.) Vous dites que Brown avait refusé de lui offrir la robe. Était-elle contrariée ?

— Elle était en larmes.

— C'est sans doute la goutte d'eau qui a fait déborder le vase, fit Sylvia en haussant les épaules. Elle a décidé de dynamiter leur histoire en commettant un acte irréparable. Le fait qu'il lui refuse la robe a éveillé son désir de se venger.

« Je l'adorais. Et il le savait. »

Je regardai Sylvia.

— Ça se tient. Je crois que la somme de deux cent soixante-quinze livres était symbolique. Elle représentait la *prom dress* – et sa liberté. Voilà pourquoi elle ne voulait pas payer moins…

Matt me fixait.

— Si nous avons décroché ce scoop, c'est donc grâce à l'une de vos robes ?

« Dès que je l'ai essayée… la robe m'a appelée. »

Annie avait eu raison.

— Je le crois, en effet.

Matt leva son verre.

— Alors je bois à vos vêtements vintage, Phoebe. (Il secoua la tête, puis éclata de rire.) Mon Dieu, cette robe l'a vraiment remuée, on dirait.

— Ces robes-là ont tendance à faire de l'effet, déclarai-je.

En me rendant chez Mme Bell le lendemain après-midi dans un magnifique soleil d'automne, je repensai à Dan. Il avait eu plusieurs fois l'occasion de m'apprendre qu'il était copropriétaire de *Black & Green*, mais il n'en avait rien fait. Il n'avait peut-être pas voulu avoir l'air de se vanter. Ou alors, ça n'avait pas tellement d'importance pour lui. Mais maintenant, je me rappelais l'avoir entendu dire que Matt avait eu besoin de son « aide » pour lancer le journal – de son aide financière, manifestement. Pourtant, Dan n'avait pas l'air riche – bien au contraire, avec ses vêtements achetés chez Oxfam et son allure un peu débraillée. Il avait peut-être emprunté l'argent ou hypothéqué sa maison. Auquel cas, après avoir investi une telle somme dans le journal, il était assez étonnant qu'il prétende ne pas avoir envie d'y travailler à long terme. Je me demandai quels étaient ses projets.

Il était minuit lorsque j'avais quitté la soirée de Dan ; en prenant mon sac, j'avais constaté que j'avais raté deux appels de Miles. En rentrant, j'avais vu qu'il avait également laissé deux messages sur mon répondeur. Sa voix était désinvolte en apparence, mais il était évident qu'il était énervé de ne pas avoir pu me joindre.

Je gravis l'escalier du numéro 8 et sonnai chez Mme Bell. L'attente fut plus prolongée que d'habitude, puis j'entendis l'interphone grésiller.

— Bonjour, Phoebe.

Je poussai la porte et montai l'escalier.

Près de deux semaines s'étaient écoulées depuis la dernière fois que j'avais vu Mme Bell. Elle avait tellement changé que d'instinct, je l'enlaçai. Elle m'avait dit qu'elle se sentirait assez bien pendant le premier mois, puis moins bien... À l'évidence, elle se sentait désormais « moins bien ». Elle était douloureusement amaigrie, et ses yeux bleus s'étaient agrandis dans son visage rétréci ; ses mains semblaient fragiles, avec leur éventail d'os blancs.

— Quelles fleurs ravissantes, s'exclama-t-elle quand je lui tendis les anémones que je lui avais apportées. J'adore leurs couleurs de pierres précieuses – on dirait un vitrail.

— Voulez-vous que je les mette dans un vase ?

— S'il vous plaît. Et pourriez-vous faire le thé, aujourd'hui ?

— Bien sûr.

Nous allâmes dans la cuisine. Je remplis la bouilloire et sortis les tasses et les soucoupes pour les mettre sur le plateau.

— J'espère que vous n'avez pas été seule toute la journée, dis-je en trouvant un vase en cristal pour y disposer les anémones.

— Non, l'infirmière était là ce matin. Elle vient tous les jours, maintenant.

Je mis trois cuillerées d'Assam dans la théière.

— Vous avez fait un bon séjour dans le Dorset ?

— Excellent. J'ai été heureuse de partager un moment avec James et son épouse. Leur maison a vue sur la mer, alors je suis surtout restée assise à la fenêtre, à la regarder. Pourriez-vous mettre les fleurs sur la table du vestibule ? ajouta-t-elle. J'ai peur de laisser tomber le vase.

Je m'exécutai, puis apportai le plateau dans le salon. Mme Bell me précédait ; elle marchait péniblement, comme si elle avait mal au dos. Lorsqu'elle s'assit à l'endroit accoutumé, dans le fauteuil en brocart, elle ne croisa pas les jambes en joignant ses mains sur ses genoux, comme d'habitude, mais croisa les chevilles et s'appuya la tête contre le dossier, comme si elle était fatiguée.

— Excusez le désordre, dit-elle en indiquant une pile de papiers sur la table. Je jette de vieilles lettres et de vieilles factures – les débris de ma vie, ajouta-t-elle en prenant sa tasse à deux mains. Il y en a tellement.

Elle désigna la corbeille qui débordait à côté de son fauteuil.

— Cela facilitera les choses à James. Au fait, quand il est venu me chercher la semaine dernière, nous sommes passés par Montpelier Vale.

— Vous avez vu la boutique ?

— Oui… deux de mes ensembles étaient en vitrine ! Vous avez mis un col en fourrure au tailleur en gabardine. C'est très chic.

— C'est mon assistante, Annie, qui a pensé que ce serait joli, pour l'automne. J'espère que cela ne vous a pas attristée de voir vos affaires exposées aux regards de tous.

— Au contraire, je m'en suis réjouie. J'essayais de me représenter les femmes auxquelles elles appartiendraient désormais.

Je souris. Mme Bell me demanda des nouvelles de Miles et je lui parlai de ma visite chez lui.

— Alors il la gâte, sa petite princesse.

— Oui, à tel point que c'en est de la folie, lui confiai-je. Il passe tous ses caprices à Roxy.

— Eh bien… cela vaut mieux que s'il la négligeait. (C'était vrai.) Et il semble très amoureux de vous, Phoebe.

— Je prends les choses tout doucement, madame Bell – je ne le connais que depuis six semaines – et il a près de quinze ans de plus que moi.

— Je vois. En tout cas… cela vous donne l'avantage.

— En quelque sorte, bien que je ne sois pas certaine de souhaiter avoir l'avantage sur qui que ce soit.

— Son âge n'a pas d'importance… ce qui compte, c'est que vous ayez de l'affection pour lui et qu'il vous traite bien.

— J'ai de l'affection pour lui, en effet. Je le trouve séduisant et il me traite bien, c'est vrai – il est très attentionné.

Nous passâmes à d'autres sujets ; je racontai à Mme Bell ma soirée au Robinson Rio.

— Dan a l'air d'un garçon très joyeux.

— En effet. Il a une vraie joie de vivre.

— C'est un trait de caractère très attachant. Moi, j'essaie de cultiver un peu de « joie de mourir », ajouta-t-elle avec un sourire sinistre. Ce n'est pas facile. Mais au moins, j'ai le temps de tout mettre en ordre… (Elle désigna la pile de papiers.) Et de faire mes adieux à ma famille.

— Ce n'est peut-être qu'un au revoir, suggérai-je, sans vraiment plaisanter.

— Qui sait ? dit Mme Bell.

Le silence se fit. C'était le moment. Je pris mon sac. Mme Bell eut l'air consternée.

— Vous ne partez pas déjà, dites, Phoebe ?

— Non, mais… je dois vous parler de quelque chose, madame Bell. Ce n'est peut-être pas le bon moment, puisque vous êtes souffrante… (J'ouvris mon sac.) Mais justement, ça a peut-être d'autant plus d'importance.

Elle posa sa tasse dans sa soucoupe.

— Phoebe, de quoi s'agit-il ?

Je tirai l'enveloppe de mon sac, sortis le formulaire de la Croix-Rouge et le posai sur mes genoux, en lissant les plis du papier. J'inspirai profondément.

— Madame Bell, je suis allée dernièrement sur le site web de la Croix-Rouge. Si vous voulez faire une autre tentative – pour découvrir le sort de Monique – je crois que c'est possible.

— Oh, murmura-t-elle. Mais… pourquoi ? J'ai déjà tant essayé.

— Oui, mais c'était il y a très longtemps. Depuis, on a recueilli tellement d'informations aux archives de la Croix-Rouge. Leur site web explique notamment qu'en 1989, l'Union soviétique leur a fait don d'une quantité énorme d'archives nazies qui était en sa possession depuis la fin de la guerre. (Je la regardai.) Madame Bell, quand vous avez entamé vos recherches en 1945, la Croix-Rouge ne disposait que de fiches. Aujourd'hui, elle dispose de près de cinquante millions de documents portant sur des centaines de milliers de personnes déportées.

Mme Bell soupira.

— Je vois.

— Vous pourriez faire une demande de recherche dans leur base de données informatique.

Elle secoua la tête.

— Je n'ai même pas d'ordinateur.

— Non, mais j'en ai un, moi. Il vous suffirait de remplir ce formulaire – j'en ai un, ici…

Je le tendis à Mme Bell qui le prit à deux mains, fermant un œil pour le lire.

— Je le leur enverrais par e-mail pour vous, et ils le transmettraient à leurs archivistes à Bad Arolsen dans le nord de l'Allemagne. Vous pourriez avoir des nouvelles d'ici quelques semaines.

— Quelques semaines, c'est tout ce qu'il me reste, donc c'est aussi bien, commenta-t-elle, ironique.

— Je sais que le temps… ne joue pas en votre faveur, madame Bell. Mais j'ai pensé que si vous pouviez savoir ce qui s'est passé, vous le souhaiteriez. N'est-ce pas ?

Je retins mon souffle.

Mme Bell posa le formulaire.

— Pourquoi voudrais-je savoir, Phoebe ? Ou plutôt, pourquoi voudrais-je savoir maintenant ? Pourquoi demander des informations sur Monique, si c'est pour lire, dans une lettre officielle, qu'elle a en effet péri aussi atrocement que je le pense ? Vous croyez que cela m'aiderait ?

Mme Bell se redressa dans son fauteuil en grimaçant de douleur ; puis ses traits se détendirent.

— Phoebe, j'ai besoin de calme, maintenant, pour affronter mes derniers jours. J'ai besoin d'ensevelir mes regrets, pas de m'en laisser torturer à nouveau. (Elle reprit le formulaire d'un air contrarié.) Cela ne ferait que me tourmenter. Il faut que vous le compreniez, Phoebe.

— Je comprends – et, bien entendu, je ne veux pas que vous soyez tourmentée ni malheureuse, madame Bell. (Ma gorge se serra.) Je ne veux que vous aider.

Mme Bell me fixait.

— C'est bien moi que vous voulez aider, Phoebe ? Vous en êtes sûre ?

— Oui. Évidemment, que j'en suis sûre. (Pourquoi me posait-elle la question ?) Je crois que c'est pour cette raison que je me suis retrouvée à Rochemare – je ne crois pas qu'il s'agisse d'un pur hasard – d'une certaine façon, si j'ai été menée là, c'est par le sort, le destin – appelez-le comme vous voulez. Depuis ce jour-là, j'ai un pressentiment, au sujet de Monique, dont je n'arrive pas à me défaire.

Mme Bell me regardait toujours fixement.

— J'ai le pressentiment très fort, madame Bell – je ne peux pas l'expliquer – qu'elle a peut-être survécu ; si vous l'avez crue morte, c'était parce qu'en effet, je suis d'accord, tout semblait l'indiquer. Mais si, par miracle, votre amie n'est pas morte, elle n'est pas morte, elle n'est pas morte…

Un sanglot m'échappa.

— Phoebe, dit doucement Mme Bell.

Une larme s'insinua dans ma bouche.

— Phoebe, il ne s'agit pas de Monique, n'est-ce pas ?

Je fixai ma jupe. Elle avait un petit trou.

— Il s'agit d'Emma, poursuivit Mme Bell.

Je la regardai. Ses traits s'étaient brouillés.

— Vous essayez de ramener Monique à la vie parce qu'Emma est morte, murmura-t-elle.

— Peut-être… je ne sais pas.

J'inspirai en m'étranglant un peu, puis je me tournai vers la fenêtre.

— Tout ce que je sais, c'est que je suis triste… je ne sais plus où j'en suis, repris-je.

— Phoebe, dit gentiment Mme Bell. Le fait de m'aider en me « prouvant » que Monique a survécu ne changera en rien ce qui est arrivé à Emma.

— Non, grinçai-je. Rien ne peut changer cela. Rien ne pourra jamais, jamais changer cela.

Je couvris mon visage de mes mains.

— Ma pauvre petite, entendis-je Mme Bell murmurer. Que dire ? Simplement que vous allez devoir essayer de vivre votre vie sans trop regretter ce qui ne peut pas être défait – quelque chose qui, de toute façon, n'était sans doute pas votre faute.

Je déglutis péniblement et la regardai.

— C'est bien assez de croire que c'est ma faute. Je me le reprocherai toujours, je porterai toujours ce poids. Je vais devoir traîner ça toute ma vie.

Cette idée même m'épuisait. Je fermai les yeux, consciente du souffle de feu et du tic-tac régulier de la pendule.

— Phoebe, soupira Mme Bell. Vous avez une longue vie devant vous ; sans doute cinquante ans – peut-être plus. (J'ouvris les yeux.) Vous allez devoir trouver le moyen de vivre heureuse. En tout cas, aussi heureuse qu'il nous est possible sur cette terre. Tenez…

Elle m'offrit un mouchoir en papier que je pressai contre mes yeux.

— Cela me semble impossible.

— Pour l'instant, dit-elle doucement. Mais ce sera possible, un jour.

— Vous ne vous êtes jamais remise de ce qui vous est arrivé…

— Non, en effet. Mais j'ai appris à lui donner sa place, pour ne pas m'en laisser accabler. Vous, vous en êtes toujours accablée, Phoebe.

Je fis signe que oui et regardai par la fenêtre.

— Je vais à la boutique tous les jours, je m'occupe de mes clients, je bavarde avec mon assistante, Annie ; je fais tout ce que je dois faire. Dans mes temps libres, je rencontre mes amis ; je vois Miles. Je fonctionne – je fonctionne même bien. Mais au fond de moi-même, je… lutte…

Ma phrase mourut d'elle-même.

— Cela n'a rien de surprenant, Phoebe, étant donné que ces événements ont eu lieu il y a quelques mois à peine. Je crois que c'est pour cette raison que vous avez fait une fixation sur Monique. C'est votre propre chagrin qui a suscité cette obsession pour elle – comme si vous pensiez qu'en ramenant Monique à la vie vous pouviez, en quelque sorte, ressusciter Emma.

— Mais c'est impossible, regrettai-je en m'essuyant les yeux. Je ne peux pas.

— Alors… ne reparlons plus de tout ça, Phoebe. Je vous en prie. Pour nous deux – arrêtons là.

Mme Bell prit le formulaire de la Croix-Rouge, le déchira en petits morceaux et le jeta dans la corbeille.

12

Mme Bell avait raison, compris-je par la suite. Je restai assise à ma table de cuisine pendant plus d'une heure, la tête entre les mains. Monique m'obsédait, en effet – une obsession née de mon chagrin et de mon sentiment de culpabilité. J'avais honte, maintenant, de songer aux émotions pénibles que j'avais réveillées chez une vieille dame aussi fragile.

J'attendis quelques jours puis, plus calme, je retournai voir Mme Bell. Cette fois, nous ne parlâmes ni de Monique, ni d'Emma, mais de choses du quotidien : les actualités, les événements du quartier – il y aurait bientôt des feux d'artifice – et les émissions que nous avions vues à la télé.

— On a acheté votre manteau en faille de soie bleue, dis-je alors que nous entamions une partie de Scrabble.

— Vraiment ? Qui l'a acheté ?

— Un très joli mannequin, dans la vingtaine tardive.

— Il assistera donc à des soirées très chic, dit Mme Bell en rangeant ses lettres sur leur support.

— J'en suis certaine. J'ai dit à la cliente qu'il avait dansé avec Sean Connery – elle en a été ravie.

— J'espère que vous conserverez au moins un de mes ensembles, ajouta Mme Bell.

Je n'y avais pas songé.

— J'adore votre tailleur en gabardine. Il est toujours en vitrine. Je garderai peut-être celui-là – je crois qu'il est à ma taille.

— J'aimerais bien penser que vous le porterez. Oh zut, dit-elle. J'ai six consonnes. Que puis-je en faire ? Ah...

Elle posa des lettres sur le plateau en secouant la tête.

— Voilà !

Elle avait formé le mot « *thanks* ».

— Et vos amours ?

Je comptai ses points.

— Avec Miles ?

Elle eut un regard surpris.

— Oui. De qui pensiez-vous que je parlais ?

— Ça fait trente-neuf points – un bon score. Je vois Miles deux ou trois fois par semaine. Regardez...

Je sortis mon appareil photo et montrai à Mme Bell une photo que j'avais prise de lui dans son jardin.

— Il est bel homme, constata-t-elle. Je me demande pourquoi il ne s'est jamais remarié.

— Je me le suis demandé, moi aussi, dis-je en disposant mes lettres dans un ordre différent. Il m'a raconté qu'il avait eu une histoire sérieuse, il y a environ huit ans ; puis, vendredi dernier, quand nous avons dîné au Michelin, il m'a expliqué pourquoi ça n'avait pas marché avec cette femme, Eva : elle voulait des enfants.

Mme Bell eut l'air aussi perplexe que je l'avais moi-même été.

— En quoi cela posait-il un problème ?

— Miles n'était pas certain de vouloir d'autres enfants. Il pensait que cela ferait souffrir Roxy.

Mme Bell repoussa une mèche argentée de ses yeux.

— Cela aurait pu être positif pour elle – c'était peut-être ce qui pouvait lui arriver de mieux.

— C'est ce que j'ai laissé entendre à Miles… Mais il m'a répondu qu'il redoutait que Roxy ne pâtisse de partager son père avec d'autres enfants, alors qu'elle avait elle-même tant besoin de lui. Sa mère était morte deux ans auparavant.

Je contemplai le jardin en me remémorant la conversation.

— Cette question me tourmentait, m'avait raconté Miles tandis que nous buvions le café. Le temps passait. Eva avait trente-cinq ans et nous étions ensemble depuis plus d'un an.

— Je vois, dis-je. Alors vous en étiez à un point crucial.

— Oui. Naturellement, elle voulait savoir… où nous allions. Et je ne savais tout simplement pas quoi faire. (Il posa sa tasse.) Alors j'ai posé la question à Roxy.

Je dévisageai Miles.

— Qu'est-ce que tu lui as demandé ?

— Je lui ai demandé si elle voulait un petit frère ou une petite sœur, un jour. Et elle a eu l'air… effondrée. Puis elle a fondu en larmes. J'ai eu le sentiment de la trahir, rien qu'en y pensant et donc…

— Donc tu as rompu avec Eva ?

— Je voulais protéger Roxy de toute angoisse.

Je secouai la tête.

— Pauvre fille.

— Oui… elle a beaucoup souffert.

— Je parlais d'Eva, fis-je posément.

Miles inspira.

— Elle était bouleversée. J'ai appris que peu après, elle avait rencontré un autre homme et qu'elle avait eu des enfants, mais avec le temps, j'ai eu le sentiment…

Il soupira.

— D'avoir commis une erreur ?

Miles hésita.

— J'avais pris ce que je pensais être la meilleure décision pour le bien de ma fille…

— La pauvre, dit Mme Bell lorsque j'eus terminé mon récit.

— Vous parlez d'Eva ?

— Non, de Roxy – du fait que son père lui ait donné autant de pouvoir à l'âge de huit ans. C'est tellement nocif, pour le caractère d'un enfant.

« C'est son talon d'Achille… » Voilà peut-être ce que voulait dire Cécile. Que Miles s'en était trop remis à Roxy – il lui avait permis de prendre des décisions que lui seul aurait dû prendre.

Je plaçai mes lettres sur le tableau. « Chance ».

— Ça fait douze points.

Mme Bell me passa le sachet.

— Bien sûr, j'ai aussi pitié de sa petite amie. Mais, et vous, si vous vouliez avoir des enfants, Phoebe ? (Elle pinça les lèvres.) J'espère que Miles ne demanderait pas à nouveau la permission de Roxy !

Je fis un signe de tête négatif.

— C'est pour ça qu'il m'a raconté cette histoire, m'a-t-il dit. Il tient à ce que je sache que si je veux fonder une famille, il n'aura rien à y redire. Comme il l'a fait remarquer, Roxy est presque une adulte. (Je repris des lettres.) Mais il est trop tôt pour y songer, encore plus pour en parler.

Mme Bell me regarda.

— Ayez des enfants, Phoebe – si vous le pouvez. Non seulement à cause du bonheur qu'ils procurent, mais parce que lorsqu'on est occupée par une vie de famille, on n'a pas le temps de ressasser les regrets du passé.

— J'imagine que c'est vrai. Enfin... J'ai trente-quatre ans, il est encore temps...

À condition de ne pas être aussi malchanceuse que la pauvre femme qui avait acheté la robe *cupcake* rose.

— C'est à vous, madame Bell.

— Je vais faire la paix, déclara-t-elle avec un sourire.

Elle fixa ses lettres puis les posa.

— P-E-A-C... et E.

— Ce qui vous fait... dix points.

— Dites-moi, vous avez beaucoup de clients, à la boutique ?

— De plus en plus, car ce sera bientôt la saison des fêtes. Noël approche, ajoutai-je avant de rougir de mon manque de tact.

Mme Bell sourit tristement.

— Je ne crois pas que j'aurai à faire une liste de cadeaux. Quoique... qui sait ? Ce n'est pas impossible.

Mardi, une femme dans la mi-quarantaine vint me proposer des vêtements.

— Il n'y a que de la lingerie, m'expliqua-t-elle alors que nous prenions place dans mon bureau. (Elle ouvrit une petite valise en cuir.) Elle n'a jamais été portée.

La valise contenait de magnifiques chemises de nuit en satin de soie et des peignoirs bordés de dentelle, de jolies guêpières et des porte-jarretelles, ainsi qu'une combinaison longue bleu glacier à corsage froncé, bordé de tulle, d'aspect assez majestueux.

— On pourrait la porter comme robe du soir, vous ne pensez pas ? s'enquit la femme tandis que je l'examinais.

— En effet. Ce sont de très jolies choses. (Je caressai une liseuse matelassée en satin rose saumon.)

Elles datent du milieu à la fin des années 40 et toutes sont d'excellente qualité.

Je sortis une combinaison en soie rose thé taillée en biais et incrustée de dentelle, puis deux soutiens-gorge en satin pêche avec des culottes assorties.

— Tout cela vient de chez Rigby & Peller – à l'époque, ils venaient d'ouvrir, précisai-je.

La plupart des articles portaient encore leurs étiquettes et étaient en parfait état, sauf une gaine qui avait deux marques orangées, là où le métal des agrafes des porte-jarretelles avait rouillé.

— Était-ce un trousseau de mariée ?

— Pas exactement, expliqua la femme, parce que le mariage n'a pas eu lieu. Ils appartenaient à la sœur de ma mère, Lydia. Elle est morte cette année, à l'âge de quatre-vingt-six ans. C'était une vieille fille à l'ancienne, une dame adorable. Elle était institutrice, reprit la femme. Elle ne s'est jamais intéressée à la mode – elle portait toujours des vêtements simples et pratiques. Il y a environ deux semaines, je suis allée à Plymouth pour vider sa maison. J'ai regardé dans sa penderie et j'ai emporté la plupart de ses affaires au magasin de charité. Puis je suis allée dans le grenier, où j'ai découvert cette valise. Quand je l'ai ouverte, j'ai été… stupéfaite. J'avais du mal à croire que ces effets lui avaient appartenu.

— Parce qu'ils sont tellement jolis et… sexy ?

La femme approuva.

— Votre tante avait-elle eu un fiancé ?

— Non, hélas, soupira la femme. Je savais qu'elle avait vécu une déception amoureuse, reprit-elle, mais j'en avais oublié les détails, à part que l'homme était un Américain. J'ai aussitôt appelé ma mère – elle a quatre-vingt-trois ans – qui m'a appris que tante Lydia était tombée amoureuse d'un G.I., Walter, rencontré lors d'une soirée dansante au Drill Hall de Totness, au printemps 1943. Il y avait des milliers de G.I. là-bas, qui s'entraînaient à Stapton Sands et à Torcross pour le débarquement de Normandie.

— Et... il a été tué ?

Elle secoua la tête.

— Il a survécu. D'après ma mère, c'était un bel homme, très gentil – elle se souvenait qu'il lui avait réparé son vélo et qu'il leur apportait des friandises et des bas en nylon. Il fréquentait beaucoup Lydia, et avant de rentrer aux États-Unis, il est revenu la voir pour lui dire qu'il allait la faire venir dès qu'il aurait « tout préparé », comme il le disait. Walter est rentré dans le Michigan, ils se sont écrit ; dans chacune de ses lettres il promettait qu'il allait « bientôt » venir chercher ma tante, mais...

— Il ne l'a jamais fait ?

— Non. Ça a duré trois ans – il envoyait des lettres pleines de nouvelles, des photos de lui, de ses parents, de ses deux frères et du chien de la famille. Puis, en 1948, il lui a écrit pour lui annoncer qu'il s'était marié.

Je sortis un serre-taille en satin blanc.

— Et pendant tout ce temps, votre tante constituait ce trousseau ?

— Oui – pour la lune de miel qu'elle n'aurait jamais. Ma mère et ma grand-mère lui répétaient d'oublier Walter – mais Lydia s'accrochait à l'idée qu'il reviendrait. Elle a eu le cœur tellement brisé qu'elle n'a jamais regardé personne d'autre – quel gaspillage.

Je hochai la tête.

— C'est triste de regarder ces choses ravissantes en pensant que votre tante n'en a jamais retiré de... plaisir.

On imaginait aisément les rêveries et les espoirs qui avaient alimenté ces emplettes.

— Elle a dû dépenser une fortune pour tout ça – en plus de tous ses tickets de rationnement textile, ajoutai-je.

— Sans doute, soupira la femme. Enfin… ce serait dommage qu'ils ne soient jamais portés ; espérons que ce sera par quelqu'un d'un peu… passionné.

— En tout cas, j'aimerais beaucoup vous les acheter.

Je lui proposai un prix. La femme en fut satisfaite ; je lui fis donc un chèque et je rangeai les effets à la réserve. Comme ils n'avaient jamais été portés, je les laissai simplement s'aérer pour éliminer leur légère odeur de renfermé ; alors que je les suspendais à des cintres, j'entendis le carillon, puis une voix masculine qui demandait une signature à Annie.

— C'est une livraison, lança-t-elle. Deux boîtes énormes – sans doute les *prom dress*. Oui, c'est ça, ajouta-t-elle tandis que je redescendais. L'envoyeur est… Rick Diaz, de New York.

— Il en a mis, du temps, dis-je tandis qu'Annie ouvrait la première boîte avec des ciseaux.

Elle souleva les rabats et sortit les robes l'une après l'autre : leurs jupons en tulle bondirent comme s'ils étaient montés sur des ressorts.

— Elles sont sublimes, s'exclama Annie. Regardez la densité de ces jupons – et quelles couleurs fantastiques ! (Elle tint la robe vermillon à bout de bras.) Celle-ci est tellement rouge qu'on dirait qu'elle est en feu – celle-ci, l'indigo, ressemble à un ciel de nuit d'été. Elles vont se vendre, celles-là, Phoebe. J'en commanderais d'autres, à votre place.

Je pris la robe tangerine et la secouai pour la défroisser.

— Nous en accrocherons quatre au mur, comme avant, et nous en mettrons deux en vitrine – la rouge et la cacao.

Annie ouvrit la seconde boîte qui contenait, comme prévu, les sacs à main.

— J'avais raison, dis-je en les examinant rapidement. La plupart ne sont pas vintage – en plus, ils sont de qualité assez médiocre. Déjà, ce sac Speedy de Louis Vuitton est une contrefaçon.

— À quoi le voyez-vous ?

— À la doublure grise – les vrais sont doublés en toile de coton marron ; en plus, le nombre de piqûres à la base des poignées n'est pas le bon – il devrait y en avoir exactement cinq. Je ne veux pas de ça non plus, dis-je en écartant un sac à bandoulière Saks bleu marine du milieu des années 90. Ce Kenneth Cole noir est plan-plan, et celui-là a des perles qui manquent… Alors ça non, non, non – et non, m'indignai-je en ouvrant un sac de style Birkin portant une étiquette des magasins discount Loehmann's. Ça m'énerve d'avoir été obligée d'acheter ça, ajoutai-je. Mais il faut que je contente Rick, autrement il risque de ne plus me proposer la marchandise qui m'intéresse.

— Celui-ci est joli, remarqua Annie en sortant le sac Gladstone des années 40. Et il est en excellent état.

Je l'examinai.

— En effet, il est un peu égratigné, mais en le cirant… Oh ! Celui-là, je l'aime beaucoup. (Je sortis la pochette blanche en peau d'autruche.) Il est très élégant. Je vais peut-être le garder pour moi.

Je le calai sous mon bras et me regardai dans le miroir.

— Pour l'instant, je vais les ranger dans la réserve.

— Et la robe *cupcake* jaune ? me demanda Annie tout en accrochant les *prom dress* sur des cintres matelassés. Elle est toujours mise de côté – où en est Katie ?

— Je ne l'ai pas vue depuis plus de deux semaines.

— Et quand a lieu le bal ?

— Dans dix jours, alors il est encore temps…

Mais une semaine s'écoula sans signe de Katie. Le mercredi précédant le bal, je me dis qu'il vaudrait mieux la contacter. Tout en hissant péniblement une citrouille dans la vitrine – ma seule concession à Halloween – je me rendis compte que je n'avais pas son numéro de téléphone ; je ne connaissais même pas son nom de famille. Je laissai un message sur le répondeur de Costcutter's en leur demandant de l'appeler de ma part, mais vendredi, je n'avais toujours pas de nouvelles. Après déjeuner, je raccrochai donc la robe au mur à côté des *cupcakes* tangerine, pourpre et bleu martin-pêcheur – j'avais déjà vendu l'indigo.

Tout en ébouriffant ses jupons, je me demandai si Katie avait trouvé une robe moins chère qui lui plaisait autant, ou si elle n'allait plus au bal. Puis je songeai à la robe que porterait Roxy – ce serait la Christian Lacroix « vitrail » de la dernière collection, d'une valeur de trois mille six cents livres, qui était passée dans *Vogue*.

— C'est une somme époustouflante, avais-je dit à Miles alors que nous étions dans ma cuisine, le lendemain du jour où il la lui avait achetée.

J'avais fait griller des steaks et il avait apporté une bouteille de son délicieux Chante le Merle. J'en avais bu deux verres et me sentais détendue.

— Trois mille six cents livres, répétai-je, incrédule.

Miles prit une gorgée de vin.

— C'est beaucoup d'argent, en effet. Mais que pouvais-je lui répondre ?

— « C'est trop cher », par exemple ? suggérai-je ironiquement.

Miles secoua la tête.

— Ce n'est pas aussi facile que ça.

— Ah bon ?

Je me demandai si Roxy avait déjà entendu le mot « non ».

Miles posa sa fourchette.

— Roxy tenait beaucoup à cette robe en particulier – c'est son premier grand bal. Les médias le couvrent et elle pense qu'elle pourrait être photographiée. En plus, on décerne des prix aux invités les plus élégants, alors elle s'est lancée dans la compétition, et bref… (Il soupira.) Je lui ai dit qu'elle pouvait l'avoir.

— Elle n'a rien eu à faire en retour ?

— Quoi, par exemple ? Laver la voiture ou arracher les mauvaises herbes ?

— Oui. Des trucs dans ce genre-là. Ou simplement avoir de meilleures notes au lycée ?

— Je ne fonctionne pas sur ce mode-là, protesta Miles. Roxy sait ce que cette robe m'a coûté et elle m'est reconnaissante de la lui avoir offerte – pour moi, c'est suffisant. Ses frais de scolarité sont beaucoup moins élevés maintenant qu'elle n'est plus pensionnaire, alors je n'ai pas rechigné. J'étais prêt à dépenser encore plus chez Christie's, tu te rappelles ?

Je levai les yeux au ciel.

— Comment l'oublierais-je ?

En servant de la salade à Miles, je songeai à cette merveilleuse colonne en jersey de soie blanc avec ses traînes en mousseline ; je me demandai si je la porterais un jour.

— Mais tu ne veux pas que Roxy ait le sentiment d'avoir mérité cette robe – ou du moins, d'avoir fait sa part pour l'obtenir ?

Miles haussa à nouveau les épaules.

— Pas particulièrement. Non. Quel intérêt ?

— Eh bien… je suppose que… (J'avalai une gorgée de vin.) En fait, tes cadeaux tombent tout cuits dans le bec de Roxy – sans qu'elle fasse le moindre effort. Comme si tout ce qu'elle convoitait était à elle, qu'elle n'avait qu'à tendre la main.

Miles me regardait fixement.

— Veux-tu bien me dire ce que tu entends par là ?

Son ton de voix me fit ciller.

— Je veux dire que… les enfants ont besoin d'être motivés. C'est tout.

— Ah. (Les traits de Miles se détendirent.) Oui. Bien sûr…

Je lui parlai de Katie et de la robe *cupcake* jaune. Il sirota son vin.

— Alors c'est ça qui m'a valu ce sermon ?

— Sans doute. Je trouve que ce que fait Katie est admirable.

— En effet. Mais la situation de Roxy est différente. Je ne me sens pas coupable de dépenser autant pour elle parce que… je le peux, et parce que je fais des dons généreux aux associations caritatives : je ne dépense pas mon argent de manière entièrement égoïste. Mais j'ai le droit de disposer de ce que me laisse le fisc de la façon qui me plaît – et j'ai choisi de le dépenser pour ma famille – autrement dit, pour Roxy.

— Bon, fis-je en haussant les épaules. C'est ta fille.

Miles tripota son verre à vin.

— En effet. Je l'élève seul depuis dix ans – ce n'est pas une tâche aisée, et je déteste qu'on me dise que je m'y prends mal.

Ainsi, d'autres personnes avaient remarqué à quel point Miles gâtait Roxy, songeai-je en me rendant au magasin samedi matin. À vrai dire, il était impossible de ne pas s'en rendre compte. Tout en déverrouillant la porte, je me demandai si, dans l'hypothèse où Miles et moi aurions un bébé, il se comporterait de même avec cet enfant. Je ne le laisserais pas faire, décidai-je. Je me demandais à quoi ressemblerait notre vie de famille. L'attitude de Roxy envers moi se radoucirait probablement au fil du temps, et sinon… Elle a seize ans, me dis-je en retirant mon manteau. Elle va bientôt faire son propre chemin dans le monde.

Tout en retournant la pancarte « Fermé », je regrettai une fois de plus de n'avoir personne pour m'aider les samedis. J'en avais parlé à Annie mais elle préférait ne pas travailler le week-end, qu'elle passait habituellement avec son ami à Brighton. J'avais renoncé à demander à maman de m'aider, car le vintage ne l'intéressait pas ; de plus, elle travaillait à plein temps et elle avait besoin de se reposer.

J'eus huit clients dès la première heure d'ouverture. Je vendis la *prom dress* pourpre et un trench Burberry ; un homme qui cherchait un cadeau pour sa femme acheta plusieurs pièces de la lingerie de la tante Lydia. Il y eut ensuite une petite accalmie : je m'accoudai au comptoir pour contempler la lande. Des enfants y faisaient du vélo et de la trottinette ; il y avait des joggers, des gens avec des poussettes et des cerfs-volants. Je regardai le ciel avec ses gros cumulus blancs, ses nimbus traînants et ses cirrus en plume. En levant la tête, je distinguais des avions scintillants au soleil traçant leur route dans le bleu du ciel. Un grand nuage éclairé par en bas, aux flancs curieusement lisses, semblait suspendu au-dessus de la lande comme un vaisseau spatial. J'imaginai ensuite les feux d'artifice qui rempliraient le ciel la semaine suivante. J'adorais ce genre de spectacle et ce serait agréable d'y assister avec Miles. Soudain, j'entendis le tintement du carillon.

C'était Katie. Elle rougit en entrant, puis elle jeta un coup d'œil au mur et vit la robe jaune qui y était accrochée, flanquée des nouvelles *prom dress*.

— Alors vous l'avez ressortie, dit-elle, l'air abattu.

— Oui – je ne pouvais pas la mettre de côté plus longtemps.

— Je comprends, soupira-t-elle. Et je suis vraiment désolée.

— Alors… vous n'en voulez plus ?

Elle soupira de frustration.

— Si. Mais on m'a volé mon téléphone la semaine dernière et ma mère m'a dit que c'était à moi de le remplacer puisque je n'avais pas fait attention à mes affaires. En plus, on m'a annulé deux soirées de baby-sitting parce que la femme avait oublié qu'ils prenaient des congés ; et j'ai perdu mon boulot chez Cost-cutter's, parce que c'était juste un remplacement. Donc, malheureusement, il me manque encore cent livres pour la robe. J'ai retardé le moment de vous l'annoncer parce que j'espérais retrouver un boulot.

— Quel dommage… que porterez-vous à la place ?

Katie haussa les épaules.

— Je ne sais pas. J'ai une vieille robe de bal, grimaça-t-elle, en polyester moiré vert pomme.

— Oh. Elle a l'air…

— Hideuse ? Elle l'est – elle aurait dû être vendue avec un sac pour mal de l'air. Je vais peut-être passer chez Next pour me trouver quelque chose, mais je m'y prends un peu tard. Je n'irai probablement pas au bal. (Elle leva les yeux au ciel.) C'est juste… trop dur.

— Vous voulez regarder, pour voir si vous trouvez quelque chose d'un peu moins cher ?

— Eh bien… pourquoi pas ?

Katie fouilla le portant des robes du soir, puis secoua la tête.

— Je ne vois rien.

— Vous dites que vous avez gagné cent soixante-quinze livres ?

Elle hocha la tête. Je regardai la robe.

— Vous la voulez vraiment ?

Katie la contempla.

— Je l'adore. J'en rêve. Le pire, quand je me suis fait voler mon téléphone, ça a été de perdre la photo.

— Ce qui répond à ma question. Écoutez… je vous la fais à cent soixante-quinze livres.

— Vraiment ?

De bonheur, Katie s'était dressée sur la pointe des pieds.

— Mais vous pourriez sûrement la vendre à son plein prix ?

— Je pourrais. Mais je préfère de loin vous la vendre, à vous – à condition que vous la vouliez vraiment. C'est encore une bonne somme – pour la plupart des filles de seize ans, en tout cas – vous devez en être sûre.

— J'en suis sûre, dit Katie.

— Vous voulez appeler votre mère pour la consulter ?

J'indiquai le téléphone sur le comptoir.

— Non. Elle aussi, elle la trouve belle – je lui ai montré la photo. Elle a dit qu'elle ne pouvait pas me l'offrir, mais elle m'a donné trente livres pour m'aider, ce qui est très gentil de sa part.

— Très bien, déclarai-je en décrochant la robe. Elle est à vous.

Katie battit des mains.

— Merci.

Elle ouvrit son sac et sortit sa carte Maestro.

— Et pour les chaussures ? lui demandai-je tandis qu'elle composait son code.

— Maman a une paire d'escarpins en cuir jaune, et j'ai un collier de fleurs en verre jaune – et des barrettes en strass.

— Ça m'a l'air parfait. Vous avez un châle ?

— Non, je n'en ai pas.

— Un instant.

J'allai chercher une étole en organdi de soie jaune citron brodée de fils argentés et la tins contre la robe.

— Je vous la prête – à condition que vous promettiez de me la rapporter.

— Bien entendu. Merci.

Je pliai l'étole et la glissai dans un sac avec la *cupcake*, puis je tendis le sac à Katie.

— Profitez bien de la robe – et du bal…

« Soirée d'épouvante pour les dinosaures hier soir au Natural History Museum de Londres », dit le présentateur de Sky News le lendemain matin. Miles avait allumé la télé dans la cuisine et nous la regardions distraitement en prenant notre petit déjeuner. « Mille adolescents ont débarqué au musée pour le Butterfly Ball, donné pour soutenir le Teenage Leukemia Fund. Cette soirée de gala, sponsorisée par Chrysalis, était animée par Ant et Dec. Les invités, parmi lesquels la princesse Béatrice » – nous vîmes la princesse Béatrice sourire à la caméra en entrant au musée dans une robe du soir en soie rose orchidée – « ont savouré champagne et canapés, dansé au son du groupe d'hommage Bootleg Beatles et assisté au spectacle donné par la troupe de *High School Musical*. Appareils photo numériques, iPhones et articles griffés ont été tirés à la tombola, ainsi qu'un voyage à New York comprenant des invitations pour la première américaine de

Quantum of Solace. Au total, une somme de soixante-cinq mille livres a été récoltée. »

— Je me demande si on verra Roxy, dit Miles tandis que nous fixions l'écran.

Elle était encore au lit à se remettre de sa soirée. La mère d'une amie l'avait ramenée vers 1 heure. Miles l'avait attendue, mais j'étais allée me coucher.

— Tu as prévenu Roxy que je serais là ? demandai-je à Miles en étalant de la marmelade sur mon toast. Tu as promis de le lui dire, ajoutai-je anxieusement.

— Hélas non. Elle était crevée, elle est montée se coucher tout de suite.

— J'espère que ça ne l'ennuiera pas trop.

— Oh… je suis sûr que non.

Soudain, Roxy parut dans son peignoir en cachemire gris tourterelle et ses pantoufles lapin roses. Mes genoux se mirent à trembler : je les calai sous la table. Puis je me rappelai que j'avais deux fois son âge.

— Bonjour, ma chérie.

Miles sourit à Roxy, qui me regardait avec une expression de perplexité délibérément insolente.

— Tu te souviens de Phoebe, n'est-ce pas, mon trésor ?

— Bonjour, Roxy, fis-je, le cœur battant d'appréhension. Alors, ce bal, c'était bien ?

Elle alla vers le réfrigérateur.

— Pas mal.

— Je connais des jeunes qui y ont assisté, dis-je.

— Comme c'est fascinant, répliqua-t-elle en sortant le jus d'orange.

— Il y avait beaucoup de tes amis ? lui demanda Miles en lui tendant un verre.

— Ouais – quelques-uns.

Elle se hissa d'un air exténué sur un tabouret au comptoir du petit déjeuner et se versa du jus.

— Sienna Fenwick, Lucy Coutts, Ivo Smythson, Izzy Halford, Milo Debenham, Tiggy Thornton… ah, et ce bon vieux Caspar – von Schellenberg, pas von Eulenberg. (Elle bâilla à s'en décrocher la mâchoire.) J'ai croisé Peaches Geldof aux toilettes. Elle est vraiment cool.

Roxy prit un toast dans le porte-toast.

— Clara était là ? lui demanda Miles.

Roxy prit son couteau.

— Oui. Je l'ai complètement ignorée. Cette salope ! ajouta-t-elle, impavide, en tartinant son toast.

Miles soupira.

— Mais à part ça, tu t'es bien amusée ?

— Oui – jusqu'à ce qu'une conne me pourrisse ma robe.

— Une conne t'a pourri ta robe ? répétai-je comme une imbécile.

Roxy me fixa posément.

— C'est ce que je viens de dire.

— Roxanne…

Mon cœur bondit. Miles était sur le point de reprocher à Roxy sa grossièreté – il était grand temps.

— Cette robe était tellement chère. Tu aurais dû y faire plus attention, ma chérie.

Roxanne se hérissa.

— Ce n'est pas ma faute. Une conne a marché dessus pendant qu'on montait l'escalier pour le concours de l'invité le plus élégant. Avec ma robe déchirée, j'étais mal barrée.

— Je peux la faire réparer pour toi, proposai-je. Si tu me la montres.

Elle haussa les épaules.

— Je la ferai renvoyer chez Lacroix.

— Ça va coûter cher. Je serais ravie de l'apporter chez ma couturière – elle est géniale.

— On peut jouer au tennis, papa ? lança Roxy.

— Ou je pourrais la réparer moi-même – si c'est une réparation facile.

— J'ai vraiment envie de jouer au tennis.

Elle prit un autre toast dans le porte-toast.

— Tu as révisé ? lui demanda Miles.

— On n'en est qu'à la moitié du semestre, papa – je n'ai pas encore d'examens.

— Tu as une dissertation de géographie à écrire, non ?

— Ah oui… (Roxy cala une mèche blonde ébouriffée derrière son oreille.) Je n'en ai pas pour longtemps – tu pourrais peut-être m'aider.

Il soupira en affichant une expression de tolérance exaspérée.

— D'accord – on fera une partie de tennis ensuite. (Il me regarda.) Tu veux te joindre à nous, Phoebe ?

Roxy cassa son toast en deux.

— Le tennis, ça ne se joue pas à trois.

Je regardai Miles en attendant qu'il réprimande Roxy mais il n'en fit rien. Je me mordis la lèvre.

— En plus, je veux pratiquer mon service, alors j'ai besoin de toi pour que tu m'envoies des balles, papa.

— Phoebe ? dit Miles. Tu veux jouer ?

— Ne t'en fais pas pour moi, répondis-je posément. Je crois que je vais rentrer. J'ai plein de trucs à faire.

— Tu es sûre ? insista Miles.

— Oui, merci.

Je pris mon sac. Une étape à la fois. C'était déjà assez que Roxy sache que j'avais dormi chez elle…

Lundi matin, je demandai à Annie de passer à la banque prendre de l'argent liquide pour la caisse. Elle revint avec un exemplaire de l'*Evening Standard*.

Dans les pages centrales, il y avait un reportage sur le bal avec une photo de l'invitée la plus élégante – une fille portant une espèce de crinoline futuriste qu'elle s'était fabriquée elle-même avec des cerceaux en cuir argenté superposés – c'était magnifique. Il y avait aussi une photo de groupe de deux garçons et deux filles, dont Katie. Elle était citée : elle disait que sa *prom dress* venait de « Village Vintage, à Blackheath, où on peut trouver des robes vintage sublimes à des prix abordables ».

— Merci, Katie !

Annie souriait.

— C'est génial, comme pub ! Donc, elle est bien allée au bal.

— Elle a pourtant failli y renoncer.

Je racontai à Annie ce qui s'était passé.

— Eh bien, vous venez de récupérer vos cent livres, Phoebe – avec intérêt, ajouta-t-elle en rangeant sa veste dans le bureau. Bon, y a-t-il quelque chose que je doive savoir, pour aujourd'hui ?

— Je vais voir une collection de vêtements à Sydenham. La femme prend sa retraite en Espagne et elle se débarrasse de la plupart de ses affaires. Je serai absente deux heures.

En l'occurrence, je mis près de quatre heures à rentrer parce que je n'arrivais pas à faire taire Mme Price – une sexagénaire retraitée vêtue d'imprimé panthère. Elle babillait sans reprendre haleine tout en sortant un vêtement après l'autre, expliquant dans les moindres détails l'endroit où son premier mari lui avait acheté ceci et son troisième mari cela, et pourquoi son deuxième mari ne supportait pas de la voir dans telle tenue, et combien les hommes étaient des enquiquineurs, quand il s'agissait de vêtements.

— Vous auriez dû porter ce qui vous plaisait, à vous, la taquinai-je.

— Si seulement ça avait été aussi simple, soupira-t-elle. Mais la prochaine fois que je divorcerai, c'est ce que je compte faire.

J'achetai dix vêtements, y compris deux ravissantes robes de cocktail Oscar de la Renta, une robe de bal Nina Ricci en soie noire avec des roses en soie blanche sur l'épaule, et une robe du soir en crêpe ivoire à l'ourlet festonné créé par Marc Bohan pour Christian Dior. Je remis un chèque à Mme Price et convins de repasser prendre les vêtements une semaine plus tard.

En rentrant à Blackheath, je me demandai si j'aurais assez de place pour les ranger – la réserve était en train d'exploser.

— Vous pourriez vous débarrasser des sacs que vous avez achetés à Rick, suggéra Annie lorsque je lui parlai du problème.

— C'est vrai.

Je montai fouiller la boîte qui contenait les sacs de Rick ; je sortis ceux dont je ne voulais pas, en retirant un portemine du sac Saks et des factures de chez Neiman Marcus du faux Louis Vuitton. Je regardai à l'intérieur du sac Kenneth Cole : je n'étais même pas certaine de pouvoir en faire don à Oxfam, car la doublure avait été largement tachée par une plume qui avait fui. Je plaçai ces sacs dans un grand cabas avant d'examiner ceux que j'avais l'intention de garder.

Je sortis le sac Gladstone. Il pouvait aller directement en boutique. Le cuir était d'une très belle couleur cognac, un peu égratigné autour des pieds, mais cela ne se remarquait pas tellement. Je le cirai rapidement, puis me tournai vers la pochette en cuir d'autruche blanche. Elle était d'une élégante simplicité et comme neuve – elle avait à peine été utilisée. Je vérifiai que le fermoir fonctionnait correctement ; en soulevant le rabat, je constatai que le sac contenait quelque chose – un dépliant, ou plutôt un programme. Je le sortis et l'ouvris. C'était celui d'un récital de musique de chambre donné le 15 mai 1975 par le quatuor à cordes Grazioso au Massey Hall de Toronto. Le sac venait donc du Canada ; s'il était en aussi bon état, c'était parce qu'il n'avait pas été utilisé depuis ce soir-là.

Le programme était très simplement mis en pages, en noir et blanc. Sur la couverture, il y avait un dessin stylisé de quatre instruments ; en quatrième de couverture, on trouvait une photo des quatre musiciens – trois hommes et une femme d'environ quarante ans. Je lus qu'ils avaient interprété Delius et Szymanowski dans la première partie du concert, puis, après l'entracte, Mendelssohn et Bruch. Il y avait un paragraphe au sujet du groupe : la formation existait depuis 1954 et ce récital faisait partie d'une tournée nationale. Il y avait également des biographies des musiciens. Je lus leurs noms : Reuben Keller, Jim Creswell, Hector Levine et Miriam Lipietzka…

C'était comme si on m'avait aspiré l'air des poumons.

« Elle s'appelait Miriam. Miriam… Lipietzka. Ça vient de me revenir. »

Lorsque je retrouvai mon souffle, je scrutai rapidement le visage auquel se rattachait ce nom – une brune à l'air un peu sévère dans la mi-quarantaine. Ce concert avait eu lieu en 1975 ; elle aurait donc aujourd'hui… quatre-vingts ans. Je lus sa biographie : le programme tremblait entre mes mains.

Miriam Lipietzka (premier violon) a étudié au Conservatoire de musique de Montréal de 1946 à 1949 avec Joachim Sicotte. Elle a ensuite passé cinq ans dans l'Orchestre Symphonique de Montréal avant de cofonder le quatuor Grazioso avec son mari Hector Levine (violoncelle). Mlle Lipietzka donne régulièrement des récitals et des master class *à l'université de Toronto où le quatuor à cordes Grazioso est en résidence.*

Je faillis débouler l'escalier dans ma hâte.

— Attention ! s'exclama Annie. Ça va ? ajouta-t-elle tandis que je la contournais pour me jeter sur l'ordinateur.

— Ça… ça va. Je vais être occupée un petit moment.

Je fermai la porte, m'assis et tapai « Miriam Lipietzka + violon » sur Google.

C'était forcément elle, me dis-je en attendant les résultats. « Plus vite », gémis-je à l'écran. Il affichait maintenant toutes les références à Miriam Lipietzka, avec des liens au quatuor à cordes Grazioso, à des critiques de leurs concerts dans des journaux canadiens, aux enregistrements qu'ils avaient réalisés et aux noms des jeunes violonistes auxquels elle avait enseigné. Mais j'avais besoin d'une biographie plus détaillée. Je cliquai sur le lien *Encyclopédie de la musique au Canada*. Sa page apparut. Je dévorai les mots.

Miriam Lipietzka, violoniste distinguée, professeur de violon et fondatrice du quatuor Grazioso. Lipietzka est née en Ukraine en 1929…

C'était elle. Il n'y avait aucun doute.

Elle s'est établie à Paris avec sa famille en 1933. Elle a émigré au Canada en octobre 1945, où elle a été découverte par Joachim Sicotte, dont elle est devenue la protégée… bourse d'études pour le

*Conservatoire de Montréal... cinq ans avec l'OSM,
avec lequel elle a participé à des tournées nationales
et internationales. Les récitals les plus importants
de la vie de Mlle Lipietzka ont cependant eu lieu
durant la guerre, où, à l'âge de treize ans, elle a
joué dans l'Orchestre des Femmes d'Auschwitz.*

— Ah.

*Lipietzka était l'un des membres les plus jeunes
de cet orchestre, dont les quarante membres compre-
naient Anita Lasker-Wallfisch et Fania Fénelon,
jouant sous la baguette de la nièce de Gustav
Mahler, Alma Rosé.*

Ainsi, il s'agissait bien de la même personne, et
elle était sûrement vivante, car la notice ne disait pas
le contraire et elle avait été récemment mise à jour.
Mais comment pouvais-je la contacter ? Je consultai
à nouveau les résultats Google. Le quatuor Grazioso
avait réalisé un enregistrement des derniers quatuors
de Beethoven avec le label Délos – je pouvais peut-
être la retrouver par eux. Mais lorsque je fis une
recherche, je découvris que le label n'existait plus
depuis longtemps. Je cliquai donc sur le site de l'université de Toronto, puis sur le lien de la faculté de
musique. Je composai le numéro de téléphone qui
était fourni sur leur page « contact ». Après cinq son-
neries, on répondit.
— Bonjour – Faculté de musique, Carol à l'appareil,
que puis-je faire pour vous ?
Presque incohérente tant j'étais angoissée, j'expliquai que je cherchais à joindre la violoniste Miriam
Lipietzka. Je dis que je savais qu'elle avait enseigné
à l'université au milieu des années 70 mais que je

n'avais pas d'autre information à son sujet. J'espérais que l'université pourrait m'aider.

— Je suis nouvelle, ici, dit Carol. Je vais devoir me renseigner et vous rappeler. Puis-je avoir votre numéro ?

Je le lui donnai, ainsi que mon numéro de téléphone portable.

— Quand pensez-vous pouvoir me rappeler ?

— Dès que possible.

Je raccrochai, convaincue que quelqu'un, là-bas, connaîtrait Miriam. Elle n'était plus qu'à quelques coups de fil. Monique et elle avaient sans doute été toutes deux à Auschwitz en même temps. Elles étaient peut-être restées en contact dans le camp et par la suite – s'il y avait eu une suite pour Monique.

La sensation que quelque chose m'obligeait à découvrir le sort de cette dernière me reprit de plus belle. Peut-être que ce que j'éprouvais n'était pas une obsession, après tout. C'était le destin qui m'avait poussée à prendre le mauvais virage pour me retrouver à Rochemare. Maintenant, le destin me rapprochait à nouveau de Monique, par le truchement d'un programme de concert qu'un petit sac à main blanc avait recelé pendant trente-cinq ans. Je ne pouvais dissiper la sensation que, d'une certaine manière, j'étais guidée vers elle.

Je frissonnai malgré moi.

— Ça va, Phoebe ? entendis-je Annie me dire. Vous avez l'air un peu… agitée, aujourd'hui. Vous n'êtes pas aussi calme que d'habitude.

— Je vais très bien, Annie, merci. Très bien.

Je mourais d'envie de me confier à elle. Je tentai de m'en distraire en répondant à des e-mails. Il était maintenant 17 heures – une heure s'était écoulée depuis que j'avais parlé à Carol.

Soudain, le carillon de l'entrée sonna : c'était Katie, dans son uniforme de lycéenne.

— Géniale, cette photo de vous dans le *Standard* ! s'exclama Annie.

— Et c'est une pub formidable pour la boutique, ajoutai-je. Merci.

— C'était le moins que je puisse faire – en plus, c'était vrai, ce que j'ai dit.

Katie ouvrit son sac à dos et en tira un sac en plastique.

— Je suis venue vous rendre ceci.

Elle sortit l'étole jaune, soigneusement repliée.

— Gardez-la, dis-je, encore un peu euphorique après les événements de la dernière heure. Profitez-en.

— Vraiment ? dit Katie en me dévisageant, incrédule. Eh bien… encore merci. Je vais devoir commencer à vous appeler ma « marraine-fée », ajouta-t-elle en replaçant l'étole dans son sac à dos.

— Alors, le bal, c'était comment ? lui demanda Annie.

— Merveilleux. À part une chose, grimaça Katie. J'ai réussi à démolir la robe d'une autre fille.

— Qu'est-ce qui s'est passé ? lui demandai-je, en m'imaginant qu'elle avait reçu un coup de coude et renversé son verre de vin.

— Ce n'est vraiment pas ma faute, soupira-t-elle. Je montais l'escalier derrière une autre fille – elle portait une robe en soie multicolore avec une traîne en mousseline – c'était sublime. Tout d'un coup, elle s'est arrêtée net pour parler à quelqu'un et j'ai dû prendre mon pied dans son ourlet : quand elle est repartie, j'ai entendu le tissu se déchirer.

— Ouille ! dit Annie.

— J'étais consternée, mais avant même que j'aie pu m'excuser, elle s'est mise à me hurler dessus. (Mes entrailles se tordirent.) Elle a dit que sa robe était de la nouvelle collection de Christian Lacroix, qu'elle avait coûté trois mille six cents livres à son père et que j'allais être obligée de payer les réparations – si la robe pouvait être réparée.

— Je suis sûre que c'est possible, affirmai-je.

Je n'avais pas l'intention d'avouer que je connaissais la propriétaire de la robe, que j'avais vu les dégâts – Miles me l'avait montrée – et que j'avais réussi à la réparer moi-même.

Katie pinça les lèvres.

— Elle est partie furieuse, et j'ai réussi à l'éviter pour le reste de la soirée. À part ça, c'était un conte de fées – alors merci, Phoebe. Mais je repasserai – j'adore regarder les vêtements. Je pourrais peut-être vous donner un coup de main ?

— Pardon ?

— Si jamais vous avez besoin d'un coup de main, appelez-moi.

Elle inscrivit son numéro de téléphone portable sur un bout de papier qu'elle me tendit.

Je souris.

— Je vous prendrai peut-être au mot.

— Il est près de 17 h 30, dit Annie. Je fais la caisse ?

— S'il vous plaît – pourriez-vous retourner la pancarte ?

Le téléphone sonnait.

— Je prends l'appel dans le bureau.

Je fermai la porte et décrochai.

— Village Vintage, répondis-je anxieusement.

— Ici Carol, de la faculté de musique de l'université de Toronto. C'est Phoebe ?

Mon pouls s'affola.

— Oui, c'est moi. Merci d'avoir rappelé.

— J'ai des informations sur Mlle Lipietzka. (L'adrénaline me brûlait les veines.) On me dit qu'elle ne travaille plus ici depuis la fin des années 80. Mais l'un de nos professeurs est resté en relation avec elle – l'un de ses anciens élèves, Luke Kramer. Malheureusement, il est actuellement en congé de paternité.

Mon cœur se serra.

— On peut le joindre ?

— Non. Il a demandé à ne pas être dérangé. (Je poussai un soupir de frustration.) Si jamais il téléphone, je lui transmettrai votre demande. Sinon, vous allez devoir attendre son retour, lundi.

— Personne d'autre ne peut… ?

— Non. Désolée. Comme je vous l'ai déjà dit, vous allez devoir patienter.

13

Tout en me rendant chez Oxfam le lendemain matin avec les sacs à main dont je ne voulais pas, je me reprochai de ne pas les avoir examinés dès réception. Si je l'avais fait, j'aurais pu ne pas rater Luke Kramer. Comment supporterais-je cette semaine d'attente ?

— Bonjour, Phoebe, lança Joan lorsque je poussai la porte. (Elle posa son exemplaire de *Black & Green.*) Vous avez quelque chose pour nous là-dedans ?

— Oui – quelques sacs à main pas particulièrement intéressants.

— « Déjà aimés », dit-elle tandis que je lui remettais les sacs. C'est ce qu'on est censé dire, maintenant – pas « de seconde main ». Déjà aimés. (Elle leva les yeux au ciel.) Enfin, c'est tout de même mieux que « jetés au rebut », non ? Vous voulez toujours les zips et les boutons ?

— S'il vous plaît.

Joan fouilla sous le comptoir et sortit une dizaine de zips métalliques de diverses couleurs ainsi qu'un gros bocal de boutons de toutes sortes. Au fond, je distinguais de petits boutons en forme d'avion, d'oursons et de coccinelles – ils me rappelèrent les cardigans que ma mère me tricotait quand j'étais petite.

— Vous avez raté un bon film jeudi, dit Joan. Ça vous fera quatre livres cinquante. (J'ouvris mon sac.) *Key Largo*. Bogart et Bacall – un mélodrame aux accents de film noir où un vétéran qui rentre de la guerre affronte des gangsters dans les Keys, en Floride. Nous en avons discuté par la suite, en prenant bien sûr comme point de référence *Le Port de l'angoisse* : ce qui les distingue, c'est l'ambiance de désespoir de l'après-guerre. Je crois que Dan espérait vous voir, ajouta Joan tandis que je lui tendais un billet de dix livres.

— Je viendrai une autre fois. J'ai été… préoccupée ces derniers temps.

— Vous avez des soucis ? (Je hochai la tête.) Dan aussi. Le journal sponsorise le stand de hot dogs pour la soirée des feux d'artifice, et il doit trouver quarante mille saucisses. Vous y serez ?

— Oui – je l'attends avec impatience.

Joan avait posé son *Black & Green* sur le comptoir. J'y jetai un coup d'œil ; le spectacle de feux d'artifice était annoncé à la une et, en bas de la page 2, un encadré précisait que le tirage du journal était passé à vingt mille exemplaires – il avait doublé depuis le lancement. J'étais ravie d'être en partie responsable de ce succès, fût-ce indirectement ; après tout, *Black & Green* m'avait été utile. Sans l'interview de Dan, je n'aurais jamais rencontré Mme Bell, et j'avais le sentiment que notre amitié m'amenait quelque part… d'important, sans que je sache où, au juste. J'éprouvais simplement une force d'attraction constante, inexorable.

Le vendredi soir, j'allai la voir. Elle avait l'air tellement frêle ; sa main était toujours posée sur son ventre qui avait visiblement enflé, comme pour le protéger.

— Vous avez passé une semaine agréable, Phoebe ? me demanda-t-elle.

La voix de Mme Bell était nettement plus faible, maintenant. Je contemplai le jardin, dont les arbres perdaient lentement leurs feuilles. Le saule pleureur était jaune et flétri.

— Intéressante, répondis-je.

Je ne lui parlai pas du programme. Comme l'avait dit Mme Bell, elle avait besoin de calme.

— Assisterez-vous aux feux d'artifice ?

— Oui – avec Miles. J'ai très hâte. J'espère que le bruit ne vous dérangera pas trop, ajoutai-je en versant le thé.

— Non. J'adore les feux d'artifice. Je les regarderai par la fenêtre de ma chambre, soupira-t-elle. Je suppose que ce sera la dernière fois…

Mme Bell sembla subitement fatiguée : je lui fis donc la conversation. Je lui parlai d'Annie, de son métier de comédienne ; je lui dis qu'elle espérait écrire une pièce pour la jouer. Puis je lui parlai du bal et de la robe de Roxy. Les yeux bleu clair de Mme Bell s'écarquillèrent et elle secoua la tête. Je lui racontai que Katie avait marché dessus. Le visage de Mme Bell se plissa d'un rire horrifié, puis elle grimaça.

— Ne riez pas si ça vous fait mal, lui conseillai-je en posant une main sur la sienne.

— Ça valait la peine d'avoir mal, dit-elle doucement. Je dois avouer que je ne raffole pas de cette jeune fille, d'après ce que vous m'avez raconté d'elle jusqu'à présent.

— Roxy n'est pas facile à vivre – en fait, c'est une emmerdeuse, lâchai-je brusquement, heureuse de me défouler. Elle est d'une telle grossièreté envers moi, madame Bell. Hier soir, j'étais chez Miles, et chaque fois que je parlais à Roxy, elle m'ignorait complètement – quand je parlais à Miles, elle commençait à parler en même temps, comme si je n'existais pas.

Mme Bell changea péniblement de position.

— J'espère que Miles l'a grondée pour ce… manque de politesse. (Je soupirai lourdement.) Non ?

— Pas vraiment… Il a dit que cela ne ferait que déclencher une dispute, et il déteste se disputer avec Roxy – ça le retourne pendant plusieurs jours.

— Je vois, fit Mme Bell en joignant les mains. Donc, du coup, c'est vous qui êtes lésée.

Je mordis ma lèvre inférieure.

— En effet, c'est un peu difficile à vivre – mais je suis sûre que mes rapports avec Roxy finiront par s'améliorer. Après tout, elle n'a que seize ans. Elle est restée toute seule avec son père pendant plusieurs années : il est donc compréhensible que les choses soient un peu tendues au départ. N'est-ce pas ?

— J'imagine que c'est l'avis de Miles.

— En effet, soupirai-je. D'après lui, je devrais éprouver de la « compassion » pour Roxy.

— Eh bien…, dit posément Mme Bell. Étant donné la façon dont elle a été élevée, c'est sans doute vrai.

Le samedi soir, je téléphonai à Miles entre deux clients pour parler des feux d'artifice.

— Ça commence à 20 heures. À quelle heure passeras-tu me prendre ?

Par la vitrine de la boutique, je voyais qu'on posait des barrières et qu'on montait des stands de rafraîchissements ; au loin, un édifice de planches et de vieux meubles était érigé pour le feu de joie.

— Nous passerons vers 19 h 15, dit Miles. (Roxy serait donc de la partie.) Ça t'ennuie que Roxy vienne avec sa copine Allegra ?

— Non, pas du tout. (En fait, ça m'arrangeait.) Ne prends pas ta voiture, ajoutai-je. Les rues autour de la lande seront fermées.

— Je sais, dit Miles. Nous prendrons le train.

— Je vais préparer des trucs à grignoter, et nous marcherons jusqu'au parc.

Lorsque je rentrai chez moi en fin de journée, je trouvai un message de papa me rappelant l'anniversaire de Louis le 24 novembre.

— J'ai pensé qu'on pourrait l'emmener jouer à Hyde Park, puis aller déjeuner quelque part. Rien que toi, moi et Louis, ajoutait papa avec tact. Ruth sera en tournage dans le Suffolk.

J'allumai Radio 4 pour les infos de 18 heures. On passait encore un reportage sur la crise financière. Soudain, on présenta Guy. J'éteignis aussitôt. L'entendre, ce serait comme de l'avoir dans la pièce.

Pendant que je me préparais, je mis à réchauffer les petits-fours que j'avais achetés en rentrant. À 19 h 10, Miles téléphona. Allegra ne pouvait pas venir, en fin de compte, alors Roxy ne voulait pas venir non plus.

— Ce qui me pose un petit problème, ajouta-t-il.

— Mais pourquoi ? Roxy a seize ans – si elle ne veut pas venir, elle peut bien rester seule à la maison deux heures, non ?

— Elle dit qu'elle ne veut pas être seule.

— Alors elle n'a qu'à venir à Blackheath avec toi – parce que c'est là que tu as prévu d'aller.

J'entendis Miles soupirer.

— Elle n'est pas facile à convaincre. J'essaie depuis tout à l'heure.

— Miles, tu sais que je tiens beaucoup à cette soirée.

— Je sais… Écoute, je vais l'obliger à m'accompagner – à tout à l'heure.

À 19 h 40, ils n'étaient toujours pas arrivés. Je laissai donc un message à Miles pour lui dire que, s'ils n'étaient pas là à 19 h 50, je me rendrais jusqu'à

Village Vintage, et qu'ils pourraient m'y rejoindre. À 19 h 55, le cœur serré, je passai mon manteau et me joignis aux retardataires qui se hâtaient vers la lande.

En remontant Tranquil Vale, j'aperçus les rayons laser qui ratissaient le ciel et la lueur abricot du feu de joie. Je m'appuyai contre la façade de la boutique ; la musique qui se répandait de la fête foraine fut noyée par la rumeur de l'énorme foule faisant le compte à rebours.

— Quatre… Trois… Deux… Un…

ZOU !! BOUM !! CRRR-AC !!

Les fusées explosèrent dans la nuit comme de gigantesques fleurs incandescentes. Pourquoi Roxy devait-elle toujours être aussi emmerdeuse – et pourquoi Miles était-il aussi faible ?

PAN !!! PAN-PAN-PAN !!! PAN !!! Tandis que de nouveaux chrysanthèmes s'épanouissaient en scintillant, je songeai à Mme Bell, qui regardait par sa fenêtre.

PFUIT… PFUIT… PFUIT… Les chandelles romaines fusèrent comme des feux de détresse, laissant une traînée irisée rose et verte.

CRAC-A-TAC-A-TAC !!! BOUM !!! Des fontaines argentées ruisselèrent au-dessus de nos têtes dans une pluie d'étincelles qui virèrent au bleu, au vert et à l'or.

Soudain, je sentis vibrer mon téléphone. J'ajustai mon oreillette et couvris mon autre oreille de ma main.

— Je suis désolé, Phoebe, dit Miles.

Je me mordis la lèvre.

— Tu ne viens pas, je suppose.

— Roxy m'a fait une scène monstrueuse. J'ai essayé de la convaincre de m'accompagner, mais elle a refusé. Maintenant, elle dit que je peux y aller tout seul, si je veux, mais il est trop tard, j'imagine.

ZIP !!! ZIP !!! OUIIIIIIIIIIIIIIII… De petites fusées blanches tournoyaient dans toutes les directions en hurlant et en sifflant. Une odeur âcre imprégnait l'air.

— Il est trop tard, en effet, lâchai-je froidement. Tu as tout raté.

Je refermai le téléphone.

BOUM !!! CRAC-A-TAC-A-TAC !!! BOOOUUUM !!!

Il y eut une supernova finale ; ses braises en Technicolor tremblèrent avant de s'évanouir : puis le ciel se dégagea, à part des traînées de fumée pâle.

Je n'avais pas envie de rentrer chez moi ; je traversai donc la rue pour plonger dans la foule houleuse ; les enfants brandissaient des sabres lumineux et des cierges magiques.

Quelques secondes plus tard, Miles me rappela.

— Je suis désolé, pour ce soir, Phoebe. Je n'avais pas l'intention de te décevoir.

Le froid me fit frissonner.

— Tu m'as déçue, en effet.

— C'était une situation très difficile.

— Vraiment ?

Une odeur d'oignons frits me parvint. À ma droite, je distinguais le logo noir et vert de *Black & Green* placardé au-dessus d'un chapiteau illuminé.

— Bon, je vais aller parler à mon ami Dan, maintenant.

Je coupai court à la conversation et me frayai un chemin dans la foule. Si Miles avait l'impression d'être puni, soit.

Je sentis le téléphone vibrer de nouveau. Je répondis à contrecœur.

— S'il te plaît, ne sois pas comme ça, se plaignit Miles. Ce n'est pas ma faute. Roxy peut être très difficile à gérer, parfois.

— Difficile à gérer ?

Je réprimai l'envie de définir son comportement de façon plus précise.

— Les ados sont extrêmement égocentriques, ajouta Miles. Ils se prennent pour le nombril du monde.

— Pas tous, Miles. (Je songeai à Katie.) Ce soir, Roxy aurait dû faire ce que tu voulais, pour une fois – Dieu sait que tu lui cèdes bien assez souvent. La semaine dernière, elle portait une robe qui t'a coûté trois mille six cents livres !

— Eh bien… oui, soupira-t-il. C'est vrai.

— Une robe que j'ai eu la gentillesse de réparer pour elle !

— Écoute – je sais, et je te demande pardon, Phoebe.

— Bon, on n'en parle plus, maintenant, tu veux bien ?

Je ne tenais pas à me disputer en public. J'appuyai sur le bouton rouge et rabattis ma capuche, car il pleuvait de plus en plus.

En m'approchant du chapiteau, j'aperçus des traiteurs vêtus de tabliers *Black & Green* en train de faire des hot dogs, secondés par Sylvia, Ellie, Matt et Dan, qui mettait le ketchup. Je me demandai soudain de quelle couleur il le voyait – vert, sans doute. Il m'aperçut et agita la main. Il avait l'air tellement costaud, solide, amical et réconfortant que j'eus soudain très envie qu'il me serre dans ses bras. Je contournai la queue pour aller bavarder avec lui.

Dan me scruta.

— Tu vas bien, Phoebe ?

— Oui… ça va.

Il fit gicler du ketchup sur un hot dog et le tendit au client suivant.

— Tu as l'air… contrariée.

— Non… vraiment, ça va.

— Écoute, tu veux aller prendre un verre ?

Il indiqua d'un signe de tête la tente où l'on servait de la bière.

— Tu as trop à faire, Dan, protestai-je. Tu n'as pas le temps.

— Pour toi, si, Phoebe. Tiens, Ellie. (Il remit la bouteille de ketchup à Ellie.) C'est toi qui es de service tomate, maintenant, mon chou. Allez, Phoebe.

Alors que Dan dénouait son tablier, je sentis mon téléphone vibrer. J'ajustai mon oreillette. C'était encore Miles. Il semblait abattu.

— Écoute, Phoebe, je t'ai dit à quel point j'étais désolé, alors je t'en prie, ne me punis pas.

— Je ne te punis pas, murmurai-je tandis que Dan sortait du chapiteau. Mais je n'ai pas envie de te parler pour l'instant, c'est tout, alors ne rappelle plus.

J'appuyai sur le bouton rouge.

Dan m'avait prise par la main et m'entraînait dans la foule toujours houleuse, vers le stand de bière.

— Tu veux quoi ?

— Euh… Une Stella – c'est moi qui régale.

Mais Dan était déjà au bar ; il revint avec les bouteilles. Par miracle, la table la plus proche de nous se libéra et nous pûmes nous asseoir.

Dan se tira une chaise en me dévisageant.

— Alors… Qu'est-ce qui t'arrive ?

— Rien, soupirai-je.

Dan me regardait d'un air sceptique.

— Bon… J'étais censée retrouver mon… ami ici, avec sa fille. Je me faisais une fête de cette soirée, mais comme elle a refusé de venir, il n'est pas venu non plus. Elle a seize ans et elle aurait très bien pu rester seule à la maison.

— Oh là là – alors elle a tout gâché ? (Je hochai la tête.) Mais pourquoi ne voulait-elle pas venir ?

— Elle adore saboter nos rendez-vous. Son père lui a cédé, parce que, eh bien, parce qu'il lui cède toujours.

— Je vois. Alors… c'est elle qui le mène par le bout de nez, c'est ça ? (Je souris tristement.) Et depuis combien de temps fréquentes-tu cet homme ?

— Environ deux mois. Je l'aime beaucoup – mais sa fille… Elle complique tout.

— Ah. Eh bien – ça ne doit pas être facile, comme situation.

— Non. Mais c'est comme ça. (Je jetai un coup d'œil au tablier de Dan.) Il est joli, ton tablier.

Dan baissa les yeux pour regarder son tablier à son tour.

— Merci. Je me suis dit qu'en sponsorisant un grand événement comme celui-ci on se ferait connaître encore davantage, alors j'ai commandé des cadeaux d'entreprise. J'ai aussi fait faire des parapluies *Black & Green*. Je t'en offrirai un.

— Dan…, fis-je en sirotant ma bière. Tu ne m'avais pas dit que le journal t'appartenait.

Il haussa les épaules.

— Le journal ne m'appartient pas – j'en suis copropriétaire. Et pourquoi te l'aurais-je dit ?

— Je ne sais pas. Parce que… enfin, pourquoi pas ? (Je posai ma bouteille de Stella.) Alors, ça te prend souvent, d'acheter des journaux ?

— Ça ne m'était jamais arrivé – et je suppose que c'est la dernière fois. Je l'ai fait purement par amitié pour Matt.

— Mais c'est génial, que tu aies pu faire ça.

Je me demandais comment il avait pu obtenir un quart de million de livres. Mais je ne pouvais pas lui poser directement la question.

Dan sirota sa bière.

— Tout ça, c'est grâce à ma grand-mère. C'est elle qui a rendu cela possible.

— Ta grand-mère ? répétai-je. Celle qui t'a légué le taille-crayon ?

— Oui. Mamie Robinson. Sans elle, je n'aurais jamais pu le faire. Je ne m'attendais pas du tout…

— Oh, excuse-moi, Dan.

Mon téléphone vibrait à nouveau ; la sonnerie était à peine audible dans le vacarme et les bruits de conversation. Je passai l'oreillette et appuyai sur le bouton vert en m'attendant à ce que ce soit encore Miles. Mais le numéro affiché n'était pas le sien. C'était un code régional nord-américain.

— Pourrais-je parler à Phoebe Swift ? fit une voix masculine.

— C'est elle-même.

— Ici Luke Kramer, de l'université de Toronto. (Une bouffée d'adrénaline m'envahit.) Ma collègue Carol me dit que vous voulez me parler ?

— En effet, dis-je, agitée. Je veux vous parler. J'y tiens même beaucoup… (Je me levai.) Mais je ne suis pas chez moi… c'est très bruyant, ici, monsieur Kramer. Pouvez-vous patienter dix minutes, le temps que je rentre chez moi et que je vous rappelle ?

— Bien sûr.

— On dirait un coup de fil important, constata Dan tandis que je rempochais le téléphone.

— C'est très important, en effet. (J'étais subitement euphorique.) Réellement important. En fait, c'est…

— Une question de vie ou de mort ? ironisa Dan.

Je le regardai droit dans les yeux.

— Oui, en quelque sorte. (Je passai mon écharpe.) Alors je suis désolée, mais il faut que j'y aille. Merci de m'avoir remonté le moral.

Je le serrai dans mes bras.

Pour une fois, ce fut Dan qui parut pris de court.

— Il n'y a pas de quoi. Je… te téléphone, ajouta-t-il. Je peux ?

— Oui. Appelle-moi.

Je le saluai de la main et m'en allai.

Je courus jusque chez moi, posai le téléphone sur la table de la cuisine et composai le numéro.

— Monsieur Kramer ? dis-je, hors d'haleine.

— Bonjour, Phoebe – oui, c'est Luke.

— Au fait, félicitations pour le bébé.

— Merci. Je suis encore un peu sous le choc – c'est notre première. Bon, d'après ce que ma collègue Carol m'a dit, vous voulez joindre Miriam Lipietzka.

— Oui, en effet.

— Comme je vais transmettre votre demande à Miriam, pourrais-je vous en demander la raison ?

Je la lui expliquai dans les grandes lignes.

— Croyez-vous qu'elle voudra me parler ? ajoutai-je.

Il y eut un moment de silence.

— Je ne sais pas. Mais je la vois demain, alors je lui ferai passer le message. Laissez-moi noter les noms pertinents. Votre amie s'appelle Mme Thérèse Bell, c'est bien ça ?

— Oui. Son nom de jeune fille est Laurent.

— Thérèse… Laurent, répéta-t-il. Et leur amie commune s'appelait Monique… vous avez bien dit Richelieu ?

— Oui. Mais elle est née Monika Richter.

— Richter… Tout ça est lié à ce qui s'est passé pendant la guerre ?

— Oui. Monique est arrivée à Auschwitz en août 1943. J'essaie de découvrir son sort, et quand j'ai retrouvé le nom de Miriam sur ce programme, j'ai pensé qu'elle pouvait, à tout le moins, savoir quelque chose de…

— Je lui en parlerai. Mais je peux vous dire que je connais Miriam depuis trente ans, et qu'elle parle rarement de ses expériences de l'époque, car ses souvenirs lui sont très pénibles, c'est compréhensible ; en plus, elle ne sait peut-être rien du sort de cette… Monique.

— Je comprends, Luke. Mais s'il vous plaît, posez-lui la question.

— Alors, ces feux d'artifice ? me demanda Annie lorsque je vins travailler lundi. Comme j'étais à Brighton, je les ai ratés.

— Un peu décevants.

Je n'avais pas envie de lui expliquer pourquoi.

Annie me lança un regard curieux.

— Dommage.

Je passai à Sydenham pour prendre les vêtements de la truculente Mme Price. Tandis qu'elle me faisait la conversation, je constatai qu'elle avait des yeux trop « ouverts », la peau du menton trop tendue, et que ses mains faisaient dix ans de plus que son visage. L'idée que ma mère lui ressemble me serra le cœur.

Alors que je rentrais à la boutique, à l'heure du déjeuner, mon téléphone portable sonna. Je tournai rapidement dans une rue transversale et me garai. Lorsque je vis le code régional de Toronto, mon estomac se crispa.

— Bonjour, Phoebe, dit Luke. (Il lui avait donc parlé.) Il y a malheureusement eu un problème lorsque je suis allé voir Miriam.

Je me préparai au pire.

— Elle ne veut pas parler ?

— Je ne lui ai pas posé la question, parce qu'en arrivant, j'ai vu qu'elle n'allait pas bien. Elle a souvent des infections pulmonaires assez graves, surtout en automne – en partie à cause de ce qu'elle a vécu. Le médecin lui a donné des antibiotiques et lui a recommandé le repos ; donc, malheureusement, je n'ai pas pu lui transmettre votre demande.

— Non – évidemment. (J'eus un pincement au cœur.) Eh bien, merci de m'avoir tenue au courant. Peut-être que lorsqu'elle ira mieux… ?

Je laissai ma question en suspens.

— Peut-être – mais pour l'instant, je crois qu'il vaut mieux en rester là.

Pour l'instant… Ce pouvait être une semaine, me dis-je en jetant un coup d'œil au rétroviseur avant de reprendre mon chemin, ou un mois – ou jamais.

Lorsque je rentrai à la boutique, je fus étonnée de trouver Miles assis sur le canapé, en train de bavarder avec Annie, qui lui souriait avec sollicitude, comme si elle avait deviné qu'il y avait un problème entre nous.

— Phoebe. (Miles se leva.) J'espérais que tu aurais le temps de prendre un thé avec moi ?

— Oui… Euh… Laisse-moi mettre ces valises dans le bureau, et nous irons au Moon Daisy Café. Annie, j'en ai pour une demi-heure.

Elle nous sourit.

— Pas de problème.

Le café était bondé ; Miles et moi nous attablâmes donc en terrasse – il faisait juste assez doux au soleil, et c'était plus intime.

— Je te demande pardon, pour samedi, commença Miles en relevant son col. J'aurais dû me montrer plus ferme avec Roxy. Je sais que je lui passe trop ses caprices. Ça n'est pas bien.

Je le fixai.

— Roxy complique tout, en effet. Tu as constaté à quel point elle se montrait hostile à mon égard ? Et elle trouve toujours le moyen de gâcher nos rendez-vous.

Miles soupira.

— Elle te considère comme une menace. Elle est le centre de mon univers depuis dix ans, alors c'est compréhensible, à plus d'un titre.

Il se tut pendant que Pippa nous apportait nos thés.

— Mais j'ai eu une longue conversation avec elle hier. Je lui ai dit à quel point j'étais fâché contre elle, à propos de samedi. Je lui ai dit qu'elle comptait plus que tout au monde pour moi, et que cela ne changerait jamais, mais aussi que j'avais le droit d'être heureux. Je lui ai dit à quel point tu comptais pour moi, toi aussi, et que je ne voulais pas renoncer à toi.

Je fus choquée de constater que les yeux de Miles luisaient de larmes, tout d'un coup. Il déglutit.

— Alors, fit-il en prenant ma main, j'aimerais que nous repartions sur un meilleur pied, toi et moi, Phoebe. J'ai expliqué à Roxy que tu étais ma petite amie, ce qui signifiait que tu viendrais parfois à la maison et que, par égard pour moi, elle devait être… gentille.

Mon ressentiment fondit brusquement.

— Merci d'avoir dit ça, Miles… Je tiens beaucoup à m'entendre avec Roxy, ajoutai-je.

— Je sais. C'est vrai, elle peut être un peu difficile à vivre, mais au fond, c'est une gentille fille.

Miles entrelaça ses doigts dans les miens.

— J'espère que tout ira mieux, désormais, Phoebe – c'est très important, pour moi.

Je le regardai.

— Ça va déjà mieux, souris-je. Beaucoup mieux, ajoutai-je doucement.

Miles se pencha pour m'embrasser.

— J'en suis heureux.

Ce que Miles avait dit à Roxy semblait lui avoir fait de l'effet. Elle n'était plus ouvertement hostile à mon égard ; elle se comportait plutôt comme si elle était indifférente à ma présence. Quand je lui parlais, elle me répondait, mais autrement, elle m'ignorait. J'appréciais cette neutralité. C'était un signe de progrès.

Entre-temps, je n'avais pas reçu de nouvelles de Luke. Au bout d'une semaine, je lui laissai un message, auquel il ne répondit pas. Je supposai que Miriam était encore souffrante ou alors, si elle s'était remise, qu'elle avait décidé de ne pas me parler. Je n'en dis rien à Mme Bell lorsque je lui rendis visite. Elle souffrait plus qu'auparavant, visiblement, et me dit qu'elle portait désormais un patch de morphine.

Le premier anniversaire de Louis approchait – tout comme le lifting de ma mère. Je m'en préoccupais toujours et le lui dis lorsqu'elle passa dîner chez moi le mardi.

— Je te répète que tu es encore très belle et que tu n'en as pas besoin. (Je lui versai un verre de vin.) Et si ça se passait mal ?

— Freddie Church a pratiqué des milliers de ces… interventions, dit-elle pudiquement, et sans le moindre décès.

— Ce n'est pas la recommandation la plus élogieuse qui soit.

Maman ouvrit son sac et sortit son agenda.

— Bon, je t'ai mise comme personne à prévenir dans le formulaire, alors il faut que tu saches où je serai. Je serai à la Lexington Clinic, à Maida Vale. (Elle feuilleta l'agenda.) Voici le numéro de téléphone… L'opération a lieu à 16 h 30 et je dois me présenter à 11 h 30 pour la prémédication. J'y resterai quatre jours, j'espère que tu viendras me voir.

— Tu as prévenu quelqu'un, au bureau ?

Maman secoua la tête.

— John croit que je vais en France pour deux semaines. Et je n'en ai parlé à aucun de mes amis. (Elle replaça son agenda dans son sac qu'elle referma.) Ça ne regarde que moi.

— Pas quand on s'apercevra que tu as rajeuni de quinze ans, tout d'un coup – ou pire, que tu ne te ressembles plus !

— Ça ne risque pas d'arriver. Je serai superbe ! (Maman se tira la peau du menton du bout des doigts.) C'est juste un tout petit lifting. L'astuce, c'est de changer de coiffure pour distraire les regards.

— C'est peut-être tout ce dont tu as besoin – une nouvelle coiffure.

Et un nouveau maquillage. Elle portait encore cet horrible rouge à lèvres corail.

— Maman, ça me fait peur, cette histoire… Je t'en prie, annule tout !

— Phoebe, j'ai déjà versé des arrhes non remboursables de quatre mille livres – la moitié de la somme – alors il n'en est pas question.

Le jour de l'anniversaire de Louis, je me réveillai avec un mauvais pressentiment. Je prévins Annie que je serais absente toute la journée, puis je pris le train pour rejoindre papa. En cahotant sur la Circle Line je lus l'*Independent*, où je fus étonnée de lire que le groupe auquel appartenait le quotidien, Trinity Mirror, était en négociation pour le rachat de *Black & Green*. Tout en gravissant l'escalier de la station de Notting Hill Gate, je me demandai si ce serait une bonne ou une mauvaise chose pour Dan et Matt.

Il faisait grand soleil et étonnamment doux pour une fin novembre. Je descendis Bayswater Road. J'étais convenue avec papa de le retrouver juste avant 10 heures à l'entrée Orme Gate de Kensington Gardens. Lorsque j'y parvins à moins cinq, je le vis arriver avec la poussette. Je crus que Louis agiterait les bras en me voyant, comme d'habitude, mais il se contenta de me sourire timidement.

— Bon anniversaire, mon chou !

Je me penchai pour caresser sa joue rebondie. Son visage était délicieusement tiède.

— Il marche déjà ? demandai-je à papa alors que nous entrions dans le parc.

— Pas tout à fait. Mais c'est pour bientôt. Il est toujours dans le groupe des « Rampeurs assurés » chez Gymboree, et je ne veux pas le bousculer.

— Bien entendu.

— Mais il est passé au niveau supérieur chez Monkey Music.

— Tant mieux ! fis-je en brandissant mon cabas. Je lui ai acheté un xylophone

— Ah, il va adorer taper dessus.

Le tintement des carillons éoliens nous parvenait maintenant de l'aire de jeux Princess Diana : alors que nous prenions le sentier qui y menait, le vaisseau pirate nous apparut, comme s'il flottait sur la pelouse.

— L'aire de jeux est déserte, dis-je.

— Elle n'ouvre qu'à 10 heures. Je viens souvent à cette heure-ci, le lundi matin, c'est plus tranquille. On y est presque, Louis, chantonna papa. D'habitude, arrivé ici, il tire sur son harnais – pas vrai, mon cœur ? – mais il est un peu fatigué ce matin.

Le responsable déverrouilla le portillon et papa sortit Louis de la poussette ; nous le posâmes sur l'une des balançoires. Il se contenta de rester tranquillement assis pendant que nous le poussions. À un moment donné, il posa sa tête contre la chaîne et ferma les yeux.

— C'est vrai qu'il a l'air fatigué, papa.

— Nous avons mal dormi, cette nuit – il était un peu geignard, je ne sais pas pourquoi – probablement parce que Ruth n'est pas là. Elle est en tournage dans le Suffolk, mais elle va rentrer pour l'heure du déjeuner. Bon, on va voir si tu peux te tenir debout, Louis.

Papa le descendit de la balançoire et le posa par terre, mais Louis s'écroula aussitôt et leva les bras pour se faire prendre. Je le pris donc dans mes bras pour lui faire faire le tour de l'aire de jeux, rentrer dans les cabanes en bois et le faire glisser sur le toboggan – papa le rattrapait en bas. Je n'arrêtais pas de penser à maman. Si elle réagissait mal à l'anesthésie ? Je jetai un coup d'œil au beffroi ! 10 h 40. Elle devait déjà être en route pour la clinique. Elle avait dit qu'elle allait s'offrir un taxi pour venir de Blackheath.

Papa attrapa Louis lorsqu'il descendit à nouveau le toboggan.

— Il a l'air d'avoir sommeil aujourd'hui, en effet – hein, mon chéri ? (Papa le cajola.) Tu ne voulais pas sortir de ton petit lit.

Tout d'un coup, Louis se mit à pleurer.

— Ne pleure pas, mon trésor, le réconforta papa en lui caressant le visage. Il ne faut pas pleurer.

— Tu crois qu'il va bien ?

Papa lui palpa la tête.

— Il a une petite fièvre, c'est tout.

— Oui, j'ai remarqué qu'il était un peu chaud quand je l'ai embrassé.

— Il doit avoir un petit degré au-dessus de la normale, mais je crois qu'il va bien. Remettons-le sur la balançoire – il adore ça.

C'est ce que nous fîmes, ce qui sembla égayer Louis un instant. Il s'arrêta de pleurer et resta assis, mais il était apathique ; il ferma les yeux en laissant pendre ses jambes.

— Je vais lui donner du Doliprane, décida papa. Tu peux le sortir, Phoebe ?

Lorsque je pris Louis dans mes bras, son manteau vert se retroussa. Mon cœur fit un bond. Son petit bedon était parsemé de taches rouges.

— Papa, tu as vu cette éruption ?

— Je sais – il a fait un peu d'eczéma, ces derniers temps.

— Je ne crois pas qu'il s'agisse d'eczéma. (Je caressai la peau de Louis.) Ces taches sont planes, comme de petites piqûres d'épingle – et ses mains sont glacées.

Je scrutai Louis. Il avait les joues rouges mais ses lèvres avaient bleui.

— Papa, je crois qu'il ne va pas très bien.

Papa regarda le ventre de Louis, puis tira le sac bébé de l'arrière de la poussette et en sortit du Doliprane.

— Ça va faire baisser la fièvre. Tu peux le tenir, Phoebe ?

Nous nous assîmes à l'une des tables de pique-nique et je tins Louis dans mes bras pendant que papa versait la suspension rose dans une cuillère. Puis j'inclinai la tête de Louis vers l'arrière.

— Tu es un bon garçon, dit papa en le lui faisant avaler. Normalement, il se débat, mais il est très sage aujourd'hui. Très bien, mon petit gars…

Louis grimaça tout d'un coup, et vomit tout. Alors que papa l'essuyait, je touchai le front de Louis. Il était brûlant. Il émit un couinement aigu.

— Papa, et si c'était grave ?

Il cilla.

— Il nous faut un verre, dit-il posément. Trouve-moi un verre, Phoebe.

Je courus jusqu'au café pour en demander un, mais la femme répondit que les verres n'étaient pas autorisés dans l'aire de jeux. Je commençais à paniquer.

— Papa ? Tu as un bocal en verre ?

Il me regarda.

— J'ai un petit pot de pudding aux myrtilles dans le sac. Sers-toi de ça.

Je le sortis, courus jusqu'aux W-C, jetai la bouillie violette et rinçai le pot, en arrachant autant que possible l'étiquette de mes doigts tremblants. En ressortant, je regardai autour de moi pour voir si quelqu'un pouvait nous venir en aide, mais l'aire de jeux était presque déserte, à part quelques personnes tout à fait à l'autre bout.

Papa tint Louis tandis que je pressais le bocal contre son ventre. Louis cilla au contact du verre froid et se mit à crier, en pleurant à chaudes larmes.

— Comment je fais, papa ?

— Tu le presses et tu vois si les taches pâlissent, non ?

J'essayai de nouveau.

— J'ai du mal à voir si elles pâlissent ou pas.

Papa composait un numéro sur son téléphone.

— Tu appelles qui ? Ruth ?

— Non. Notre médecin de famille. Merde... C'est occupé.

— La NHS a un numéro d'urgence – tu pourrais le demander au service des renseignements.

Louis avait les yeux mi-clos, maintenant, et il détournait la tête comme si la lumière du soleil le gênait. Je pressai à nouveau le bocal contre son ventre mais le fond était trop épais pour qu'on voie clairement au travers ; papa était toujours au téléphone.

— Pourquoi ne répondent-ils pas ? gémit-il. Allez…

Soudain, mon propre téléphone sonna. J'appuyai sur le bouton vert.

— Maman, haletai-je.

— Ma chérie, je me suis dit que j'allais te passer un coup de fil. En fait, je suis un peu nerveuse…

— Maman…

— J'arrive bientôt à la clinique et j'avoue que j'ai un pincement à l'estomac…

— Maman ! Je suis avec papa et Louis à l'aire de jeux Princess Diana. Louis ne va pas bien du tout. Il a des taches sur le ventre, il pleure, il ne supporte pas la lumière et il a sommeil ; il a vomi et j'essaie de lui faire le test du verre, mais je ne sais pas comment m'y prendre.

— Presse le côté du verre sur sa peau, dit-elle. Tu y es ?

— Oui, mais je ne vois toujours rien.

— Essaie encore. Il faut que ce soit le côté du verre, pas le fond.

— En fait, c'est un petit pot et une partie de l'étiquette est toujours collée dessus – je ne vois pas si les taches pâlissent, et Louis a vraiment l'air d'aller très mal.

Il avait rejeté la tête en arrière et il émettait de nouveau des cris aigus et plaintifs.

— Comment s'en tire ton père ? demanda maman.

— Pas très bien, à vrai dire.

Papa essayait toujours de joindre le médecin.

— Pourquoi ne répondent-ils pas ? l'entendis-je marmonner.

— Arrêtez ! s'exclama soudain maman. (À qui parlait-elle ?) Vous pouvez vous ranger à droite – dans le parking, là ?

J'entendis un bruit de portière, puis les talons de maman claquer sur l'allée en béton.

— J'arrive, Phoebe, dit-elle.

— Quoi ?

— Mets tout de suite le bébé dans la poussette, sors de l'aire de jeux et dirige-toi vers Bayswater Road. Je te rejoins.

J'attachai donc Louis dans sa poussette et sortis du terrain de jeux avec papa ; nous nous précipitions vers l'entrée du parc en nous demandant ce qui se passait, quand tout d'un coup, nous vîmes maman qui marchait – non, qui courait – vers nous. Elle fit à peine attention à papa et se pencha aussitôt vers Louis.

— Donne-moi le bocal, Phoebe.

Elle retroussa le top de Louis et pressa le petit pot sur son ventre.

— C'est difficile à dire, fit-elle. Parfois, les taches pâlissent et c'est quand même la méningite. (Elle toucha son front.) Il est brûlant. (Elle lui retira son bob et déboutonna son manteau.) Pauvre petit.

— Allons chez mon généraliste, dit papa. Il est sur Colville Square.

— Non ! trancha maman. On va directement aux urgences. Mon taxi est là.

Nous y courûmes et y fîmes entrer la poussette.

— Changement de programme… À l'hôpital St. Mary's, s'il vous plaît, ordonna-t-elle au chauffeur en montant à bord. L'entrée des urgences, aussi vite que possible.

Nous y fûmes en cinq minutes. Maman paya le taxi et nous nous précipitâmes à l'intérieur. Nous parlâmes à la réceptionniste et attendîmes aux urgences pédiatriques avec des enfants qui s'étaient cassé le bras ou coupé le doigt. Papa faisait de son mieux pour réconforter Louis, qui pleurait toujours, inconsolable. Une infirmière vint examiner Louis et prendre sa température. Elle nous fit passer immédiatement ; je remarquai qu'elle marchait vite. Le médecin qui nous accueillit au triage dit que nous ne pouvions pas tous entrer. Il me prit pour la mère de Louis ; j'expliquai que j'étais sa sœur, et papa demanda à maman si elle pouvait l'accompagner. Maman me donna son sac de voyage, que je rapportai dans la salle d'attente avec la poussette de Louis et son xylophone, et j'attendis…

J'attendis une éternité, assise sur une chaise en plastique bleu, à écouter le ronronnement du distributeur de boissons fraîches, les conversations à voix basse des autres personnes et le babillage continu de la télé fixée au mur. J'y jetai un coup d'œil et vis que le journal de 13 heures commençait. Louis était arrivé depuis une heure et demie. Ce qui signifiait qu'il avait la méningite. J'essayai de déglutir, mais j'avais un couteau dans la gorge. Je regardai sa poussette vide et mes yeux s'emplirent de larmes. J'avais été contrariée par sa naissance – je ne l'avais même pas vu pendant ses huit premières semaines, et maintenant que je l'aimais, il allait mourir.

Soudain, j'entendis un bébé hurler. Convaincue que c'était Louis, je courus jusqu'au guichet pour demander à l'infirmière ce qui se passait. Elle partit se renseigner : on faisait d'autres examens à Louis pour savoir s'il fallait pratiquer une ponction lombaire. J'imaginai son petit corps bardé de perfusions et de fils électriques. Je pris un magazine et tentai de lire, mais les mots et les photos ondulaient et se brouillaient. Puis je levai les yeux et vis maman qui marchait vers moi, l'air bouleversé. Mon Dieu, je vous en supplie…

Elle m'adressa un sourire mouillé de larmes.

— Ça va.

Je fus submergée par le soulagement.

— C'est un virus. Il s'est déclaré de façon fulgu-
rante. Mais ils le gardent en observation pour la nuit.
Tout va bien, Phoebe.

Je l'entendis déglutir, puis elle tira un sachet de
mouchoirs en papier de sa poche et m'en tendit un.

— Je vais rentrer chez moi, maintenant, déclara-
t-elle.

— Ruth est au courant ?

— Oui. Elle arrive.

Je remis à maman son sac de voyage.

— Alors je suppose que tu ne vas plus à Maida
Vale, dis-je doucement.

Elle secoua la tête.

— C'est trop tard. Mais je suis heureuse d'avoir été
là.

Elle me serra dans ses bras et sortit de l'hôpital.

Une infirmière m'indiqua le service de pédiatrie :
j'y retrouvai papa près du lit du fond, dans lequel
Louis, assis, jouait avec une petite voiture. Il semblait
être revenu à la normale, plus ou moins, à part le pan-
sement sur sa main, là où on lui avait mis une
perfusion. Sa joue avait retrouvé ses couleurs, sauf
que…

— Qu'est-ce que c'est, ça ? demandai-je. Sur son
visage ?

— Qu'est-ce que c'est, quoi ? fit papa.

— Sur sa joue – là ?

J'examinai Louis et compris ce que c'était…
L'empreinte parfaite d'un baiser rose corail.

14

Je mis une journée à me remettre du traumatisme de l'hospitalisation d'urgence de Louis. J'appelai maman pour savoir comment elle allait.

— Je vais très bien, dit-elle pensivement. C'était une situation assez… étrange, c'est le moins qu'on puisse dire. Et ton père, comment va-t-il ?

— Mal. Ruth ne lui adresse plus la parole.

— Pourquoi ?

— Elle est furieuse contre lui de ne pas avoir su qu'on va directement aux urgences lorsqu'on soup-çonne un cas de méningite.

— Alors elle devrait s'occuper plus souvent de Louis ! Ton père a soixante-deux ans, poursuivit maman. Il fait de son mieux, mais il manque… d'intuition. Louis a besoin de quelqu'un qui sache s'occuper de lui. Ton père n'est pas une nounou – c'est un archéologue

— C'est vrai – mais il ne croule pas sous le travail. Et alors, ton « intervention », maman ?

J'entendis un soupir douloureux.

— Je viens de verser encore quatre mille livres.

— Tu veux dire que tu as dépensé huit mille livres pour un lifting qu'on ne t'a pas fait ?

— Oui, parce qu'ils avaient loué le bloc opératoire, payé les infirmières et l'anesthésiste, sans oublier les honoraires de Freddie Church, alors je n'ai pas pu y couper. Mais lorsque je leur ai expliqué ce qui s'était passé, ils m'ont gentiment accordé une remise de vingt-cinq pour cent, lorsque je reprendrai rendez-vous.

— Et ce sera quand ?

Maman hésita.

— Je... n'ai pas encore décidé.

Deux jours plus tard, Miles passa me chercher à la boutique pour me ramener chez lui. Comme je me sentais un peu collante après ma journée de travail, je pris rapidement un bain avant de descendre préparer le dîner. À table, nous parlâmes de ce qui était arrivé à Louis.

— Dieu merci, ta mère était dans les parages.

— Oui. C'était un... heureux hasard. (Je n'avais pas dit à Miles où elle se rendait à ce moment-là.) Son instinct maternel a pris le dessus.

— Tout de même, quelle étrange façon de se retrouver, pour tes parents.

— Je sais. C'était la première fois qu'ils se revoyaient depuis le départ de papa. Je crois qu'ils en sont encore secoués tous les deux.

— Enfin... Tout est bien qui finit bien. (Miles me versa du vin blanc.) Et tu dis que tu es très occupée, à la boutique ?

— C'est de la folie – notamment parce qu'on a parlé de moi dans *l'Evening Standard*.

Je décidai de ne pas révéler à Miles que la personne citée dans le journal était la jeune fille qui avait déchiré la robe de Roxy.

— Ça m'a attiré beaucoup de clientèle, poursuivis-je, et j'ai eu plein d'Américaines qui sont passées acheter des tenues pour Thanksgiving.

— C'est quand ? Demain ?

— Oui. J'ai été dévalisée de tous mes fourreaux.

— Tant mieux, dit Miles en levant son verre. Alors tout va bien ?

— Apparemment.

Sauf que je n'avais plus de nouvelles de Luke. Comme deux semaines s'étaient écoulées, je supposais qu'il avait transmis ma demande à Miriam Lipietzka et que, pour une raison quelconque, elle ne souhaitait pas me parler.

Après dîner, nous nous installâmes au salon pour regarder la télé. Alors que le journal de 22 heures commençait, nous entendîmes la porte d'entrée s'ouvrir – Roxy rentrait d'une sortie avec une copine. Miles alla dans le vestibule pour lui parler.

J'entendis Roxy bâiller.

— Je monte me coucher.

— D'accord, ma chérie, mais n'oublie pas que je t'accompagne plus tôt demain matin, parce que j'ai un petit déjeuner d'affaires. On part à 7 heures. Phoebe fermera la maison quand elle partira, un peu plus tard.

— D'accord. Bonne nuit, papa.

— Bonne nuit, Roxy, lançai-je.

— Bonne nuit.

Miles et moi restâmes encore une heure au salon, regardâmes la moitié de *Newsnight* puis nous couchâmes enlacés. Je me sentais plus à l'aise avec lui, maintenant que les problèmes avec Roxy s'atténuaient. Pour la première fois, je pouvais m'imaginer en train de partager sa vie.

Le lendemain matin, j'eus vaguement conscience que Miles se déplaçait dans la chambre. Je l'entendis parler à Roxy sur le palier, puis je sentis l'odeur des toasts et le claquement lointain de la porte d'entrée.

Je pris ma douche et séchai mes cheveux avec le sèche-cheveux que Miles m'avait acheté. Puis je retournai dans la salle de bains pour me laver les dents et me maquiller. J'allai prendre ma bague en émeraude sur le dessus de la cheminée, où je l'avais laissée la veille au soir. Je fixai la soucoupe verte où je l'avais déposée. Cette soucoupe contenait trois paires de boutons de manchette de Miles, deux boutons, un carton d'allumettes, mais rien d'autre.

Ma première réaction fut de me demander si Miles n'avait pas rangé la bague ailleurs, pour plus de sécurité. Mais il m'en aurait parlé. Je cherchai donc partout sur le dessus de cheminée, au cas où la bague serait tombée de la soucoupe par mégarde, mais elle n'y était pas ; je scrutai chaque millimètre carré du carrelage, sans succès. Ma respiration s'accélérait au fur et à mesure que mon espoir de la retrouver s'amenuisait.

Je m'assis sur la chaise de la salle de bains et me repassai le film de la veille au soir. Miles m'avait ramenée chez lui, et parce que j'avais été très occupée toute la journée, j'avais pris un bain en vitesse. C'était à ce moment-là que j'avais retiré la bague et que je l'avais déposée dans la soucoupe verte : j'y rangeais toujours mes bijoux quand je dormais chez Miles. J'avais décidé de ne pas la remettre parce que j'étais sur le point de faire la cuisine. Je l'avais donc laissée dans la soucoupe et j'étais descendue.

Je jetai un coup d'œil à ma montre – 19 h 45. Il faudrait bientôt que je prenne le train pour rentrer à Blackheath, mais comme je paniquais au sujet de la bague, je décidai d'appeler Miles. Il serait au volant, mais il avait une oreillette Bluetooth.

— Miles ?

— C'est Roxanne. Papa m'a demandé de répondre parce qu'il a oublié son oreillette.

— Tu peux lui poser une question pour moi, s'il te plaît ?

— Quoi ?

— Pourrais-tu lui dire que j'ai laissé ma bague en émeraude dans sa salle de bains hier soir, dans une soucoupe sur la cheminée, et qu'elle n'y est plus maintenant, alors je me demande s'il l'a rangée ailleurs.

— Je ne l'ai pas vue, dit-elle.

— Pourrais-tu poser la question à ton père ? insistai-je, le cœur battant.

— Papa, Phoebe n'arrive pas à retrouver sa bague en émeraude : elle dit qu'elle l'a laissée dans ta salle de bains, dans la soucoupe verte, elle pense que tu as pu la ranger ailleurs.

— Non – bien sûr que non, entendis-je Miles dire. Je ne ferais pas ça.

— Tu as entendu ? me dit Roxy. Papa ne l'a pas touchée. Personne ne l'a touchée. Tu as dû la perdre.

— Non, je ne l'ai pas perdue. Elle était là, j'en suis sûre, alors… s'il pouvait me rappeler tout à l'heure… je…

On avait coupé.

J'étais tellement bouleversée d'avoir perdu ma bague que je faillis oublier d'activer le système d'alarme. Je glissai la clé dans le passe-lettres, marchai jusqu'à Denmark Hill, pris le train jusqu'à Blackheath et me rendis directement à la boutique.

Quand Miles m'appela, il me promit de chercher la bague avec moi. D'après lui, elle avait dû tomber quelque part – c'était la seule explication plausible.

Ce soir-là, je me rendis donc en voiture à Camberwell.

— Tu l'as rangée où ? me demanda Miles alors que nous étions dans sa salle de bains.

— Dans cette soucoupe, là…

399

Puis cela me revint soudain. Sur le coup, j'avais été trop affolée pour le remarquer, mais Roxy avait dit à Miles que j'avais laissé la bague « dans la soucoupe verte », alors que je ne lui avais pas précisé qu'il s'agissait de la verte – j'avais simplement dit « une » soucoupe. Il y en avait trois, de couleurs différentes. Prise de vertige, je dus poser la main sur le dessus de la cheminée.

— Je l'ai rangée ici, réitérai-je. J'ai pris un bain, puis j'ai décidé de ne pas la remettre parce que j'allais préparer le dîner, et je suis descendue. Quand j'ai voulu la remettre ce matin, elle avait disparu.

Miles regarda la soucoupe verte.

— Tu es sûre que c'est là que tu l'as mise ? Je ne me rappelle pas l'avoir vue quand j'ai retiré mes boutons de manchette hier soir.

Mes entrailles se tordirent.

— Je suis sûre de l'avoir déposée là – vers 18 h 30. (Un silence gênant nous enveloppa.) Miles… (J'avais la bouche sèche comme du papier buvard.) Miles… je suis désolée, mais… je ne peux pas m'empêcher de me demander…

Il me dévisagea.

— Je sais ce que tu te demandes, et la réponse est non.

Mon visage s'enflamma.

— Mais à part nous, il n'y avait que Roxy à la maison. Tu crois qu'elle a pu la prendre ?

— Pour quelle raison ?

— Par erreur, fis-je, désespérée. Ou peut-être simplement… pour… la regarder, et puis elle a oublié de la remettre où elle l'avait trouvée. (Je le fixais, le cœur battant.) Miles, je t'en prie – tu pourrais lui poser la question ?

— Non. Je n'en ferai rien. J'ai entendu Roxanne te dire qu'elle n'avait pas vu ta bague, ce qui veut dire qu'elle ne l'a pas vue, un point c'est tout.

Je dis alors à Miles que Roxy savait apparemment qu'il s'agissait de la soucoupe verte.

— Eh bien… (Il leva les mains.) Elle sait qu'il y a une soucoupe verte parce qu'elle entre parfois dans ma salle de bains.

— Mais il y en a aussi une bleue et une rouge. Comment Roxy savait-elle que je l'avais laissée dans la soucoupe verte sans que je le lui aie dit ?

— Parce qu'elle sait que je range mes boutons de manchette dans la verte. Elle a donc supposé que tu y avais rangé la bague – ou alors, c'est par simple association, parce que les émeraudes sont vertes. (Il haussa les épaules.) Je ne sais pas, vraiment – tout ce que je sais, c'est que Roxy n'a pas pris ta bague.

Mon cœur battait à tout rompre.

— Comment peux-tu en être aussi sûr ?

Miles me regarda comme si je l'avais giflé.

— Parce que Roxanne est une gentille fille. Elle ne ferait jamais rien… de mal. Je te l'ai déjà dit, Phoebe.

— Oui, en effet. Tu le répètes sans arrêt, Miles. Je me demande d'ailleurs pourquoi.

Miles s'était empourpré.

— Parce que c'est vrai – et tu sais très bien que… (Il passa la main dans ses cheveux.) Roxy a tellement de choses, tu l'as constaté toi-même. Elle n'a pas besoin de ce qui appartient aux autres.

Je poussai un soupir frustré.

— Miles, dis-je posément, tu pourrais aller voir dans sa chambre, s'il te plaît ? Je ne peux pas, moi.

— Naturellement, que tu ne peux pas ! Et moi, je m'y refuse.

Des larmes de frustration me jaillirent des paupières.

— Je veux simplement ravoir ma bague. Je pense que Roxy est entrée ici hier soir, et qu'elle l'a prise, parce qu'il n'y a aucune autre explication. Miles, s'il te plaît, tu peux regarder ?

— Non. (Je vis une veine tressaillir sur sa tempe.) Je trouve ta requête déplacée.

— Et moi, c'est ton refus que je trouve déplacé ! D'autant plus que tu sais que Roxy est montée se coucher une heure avant nous, ce qui lui a largement donné le temps d'entrer ici – tu m'as bien dit qu'elle y entrait parfois…

— Oui, pour prendre des flacons de shampooing – pas pour voler les bijoux de ma petite amie.

— Miles, quelqu'un a pris ma bague dans cette soucoupe.

Il me regarda fixement.

— Tu n'as aucune preuve contre Roxanne. Tu l'as probablement perdue, tout simplement – alors tu lui mets ça sur le dos.

— Je ne l'ai pas perdue. (Mes yeux se remplirent de larmes.) Je sais ce que j'en ai fait. J'essaie simplement de comprendre…

— Et moi, j'essaie simplement de protéger mon enfant de tes mensonges !

La mâchoire m'en tomba.

— Je ne mens pas, protestai-je d'une voix blanche. Ma bague était bien là hier soir, et ce matin, elle avait disparu. Tu ne l'as pas prise – et il n'y avait qu'une autre personne dans la maison.

— Je refuse de t'écouter ! cracha Miles. Je refuse d'entendre accuser ma fille.

Il était tellement furieux que les veines de son cou ressortaient comme des fils de fer.

— J'ai refusé d'écouter à l'époque, et je refuse d'écouter maintenant ! Tu fais comme Clara et ses affreux parents, Phoebe. (Il se passa un doigt sous le col.) Ils l'ont accusée, eux aussi, et de façon tout aussi injustifiée.

— Miles… on a retrouvé ce bracelet en or dans le tiroir de Roxy.

Ses yeux étincelèrent.

— Et pour une raison parfaitement valable.

— Vraiment ?

— Oui ! Vraiment.

— Miles, dis-je en m'efforçant de rester calme. Nous pouvons résoudre ce problème avant que Roxy ne rentre. Je comprends qu'elle est très jeune, qu'elle a peut-être été tentée de prendre la bague et qu'elle a ensuite oublié de la remettre à sa place. Mais pourrais-tu, s'il te plaît, regarder dans sa chambre ?

Il sortit de la salle de bains. Tant mieux. Il allait obtempérer. Mon cœur se serra en l'entendant dévaler l'escalier au lieu d'aller dans la chambre de Roxy.

— Je suis vraiment bouleversée, dis-je, impuissante, en le suivant dans la cuisine.

— Moi aussi – et tu sais quoi ? (Il ouvrit la porte de la cave à vin.) Je pense que tu n'as peut-être même pas perdu ta bague.

Miles prit une bouteille dans l'un des casiers en bois.

— Je te demande pardon ?

Il fouilla dans un tiroir et trouva un tire-bouchon.

— Je pense que tu l'as peut-être toujours, en réalité, et que tu as tout inventé.

— Mais… pourquoi ferais-je une chose pareille ?

— Pour te venger de Roxy, parce qu'elle n'est pas toujours gentille avec toi ?

Je dévisageai Miles, outrée.

— Il faudrait que je sois folle pour faire une chose pareille. Et je ne veux pas me venger – je veux m'entendre avec elle. Miles, je suis convaincue que la bague est dans sa chambre, alors tu n'as qu'à la retrouver, et on n'en reparlera plus.

Miles pinçait les lèvres.

— Elle n'est pas dans sa chambre, Phoebe, parce que Roxy ne l'a pas prise. Ma fille ne vole pas les affaires des autres. Ce n'est pas une voleuse – je leur ai dit, et je te le dis, à toi ! Roxy n'est pas une voleuse – non, non et NON !

Soudain, Miles jeta la bouteille, qui explosa sur les dalles en calcaire. Je fixai les tessons verts éparpillés et la flaque rouge qui s'étalait, et la jolie étiquette avec le merle déchirée en deux.

Miles s'appuya au comptoir, la main sur le visage.

— Je t'en prie, va-t'en, maintenant, grinça-t-il. Tu veux bien t'en aller, s'il te plaît, Phoebe… Je ne peux pas…

Étrangement calme, je contournai les tessons de verre, trouvai mon manteau et mon écharpe, et sortis de la maison.

Je restai assise un moment dans ma voiture, pour tenter d'apaiser mes nerfs à vif avant de prendre le volant. Puis, les mains toujours tremblantes, je tournai la clé dans le contact. Je remarquai une éclaboussure de vin rouge sur le bord de ma manche.

« C'est toujours présent, chez Roxy… »

Il n'y avait pas d'autre explication.

« Roxy a une sensation de… manque. »

Miles lui avait tant donné ; il lui avait tout laissé tomber tout cuit dans le bec, comme si elle n'avait qu'à tendre la main pour obtenir ce qu'elle désirait.

« Qu'est-ce que tu veux dire par là ? »

Elle se sentait donc tous les droits – le droit de prendre le bracelet d'une amie, de se faire acheter des robes qui valaient des milliers de livres, de se prélasser pendant que les autres travaillaient, d'empocher une bague précieuse. Pourquoi hésiterait-elle à s'emparer d'une chose, alors qu'on ne lui avait jamais rien refusé ? Mais la façon dont Miles avait réagi… Rien n'aurait pu m'y préparer.

« C'est son talon d'Achille. »

Miles était tout simplement incapable d'accepter que Roxy fasse quoi que ce soit de mal.

Tout en mettant la clé dans ma porte, les ondes d'un choc à retardement déferlèrent sur moi. Je m'assis à la table de la cuisine et laissai monter les sanglots, inspirant avec des hoquets larmoyants. En pressant un mouchoir contre mes yeux, je remarquai que des gens arrivaient chez mes voisins. Le couple qui habitait là devait donner un dîner. Je me rappelai qu'ils étaient de Boston. Ce devait être un dîner de Thanksgiving.

Je me rendis compte que le téléphone sonnait. Je le laissai sonner car je savais que c'était Miles. Il appelait pour s'excuser – pour dire qu'il s'était conduit de façon immonde, qu'il venait de regarder dans la chambre de Roxy et que, oui, il avait bien retrouvé la bague, et pourrais-je jamais lui pardonner ? Le téléphone sonnait toujours. J'aurais voulu qu'il se taise – mais il sonnait obstinément. J'avais oublié de mettre le répondeur.

Je passai dans le vestibule et décrochai le combiné sans parler.

— Allô ? dit une voix de femme âgée.

— Oui ?

— Phoebe Swift ?

405

Un instant, je crus qu'il s'agissait de Mme Bell. Puis je me rendis compte qu'une intonation nord-américaine se superposait à l'accent français.

— Pourrais-je parler à Phoebe Swift ?

— Oui, c'est Phoebe. Pardon – qui est à l'appareil ?

— Je m'appelle Miriam Lipietzka…

Je m'affalai sur la chaise du vestibule.

— Mademoiselle Lipietzka ?

J'appuyai la tête contre le mur.

— Luke Kramer m'a dit… (J'entendais maintenant sa respiration sifflante.) Luke Kramer m'a dit que vous vouliez me parler.

— Oui, murmurai-je. En effet… j'aimerais beaucoup vous parler. J'avais supposé que ce serait impossible. Je savais que vous étiez souffrante.

— C'est vrai, mais je vais un peu mieux, maintenant ; et donc, je suis prête à… (Elle se tut et je l'entendis soupirer.) Luke m'a expliqué la raison de votre appel. Je dois avouer qu'il s'agit d'une période de ma vie dont je parle rarement. Mais lorsque j'ai entendu ces noms qui me sont si familiers, j'ai su qu'il fallait que je vous rappelle. J'ai dit à Luke que je le ferais lorsque je me sentirais prête. Et maintenant, je me sens prête.

— Mademoiselle Lipietzka…

— S'il vous plaît, appelez-moi Miriam.

— Miriam, je vais vous rappeler – c'est une communication internationale.

— Comme je vis d'une pension de musicienne, ce serait gentil.

Je pris un bloc-notes et y inscrivis son numéro. Puis j'écrivis rapidement les quelques questions que je voulais poser à Miriam, pour m'assurer de ne rien oublier. Je me recueillis un instant avant de composer son numéro.

— Alors… Vous connaissez Thérèse Laurent ? s'enquit Miriam.

— Oui. Elle habite près de chez moi. Nous sommes devenues amies. Elle s'est installée à Londres après la guerre.

— Ah. Je ne l'ai jamais rencontrée, mais j'ai toujours eu l'impression de la connaître : Monique m'en parlait dans les lettres qu'elle m'envoyait d'Avignon. Elle m'avait raconté qu'elle s'était fait une amie prénommée Thérèse et qu'elles s'amusaient bien ensemble. Je me rappelle que j'étais un peu jalouse, à vrai dire.

— Thérèse m'a aussi raconté qu'elle était un peu jalouse, parce que Monique parlait tout le temps de vous.

— Monique et moi étions très proches. Nous nous sommes connues en 1936 quand elle est arrivée dans notre petite école de la rue des Hospitaliers, dans le Marais. Elle venait de Mannheim et elle parlait à peine français, alors je lui servais d'interprète.

— Et vous veniez d'Ukraine ?

— Oui, de Kiev, mais ma famille avait émigré à Paris pour échapper au communisme lorsque j'avais quatre ans. Je me souviens très bien des parents de Monique, Lena et Émile, ajouta-t-elle comme si cela la surprenait. Je me rappelle la naissance des jumeaux – la mère de Monique est longtemps restée malade après ça, et je me souviens que Monique, qui n'avait que huit ans, devait préparer tous les repas. Sa mère lui disait quoi faire depuis son lit. (Miriam se tut un instant.) Elle n'avait pas idée, alors, du cadeau qu'elle faisait à sa fille.

Je me demandai ce que Miriam entendait par là, mais j'avais le sentiment que je ne devais pas l'interrompre. Elle était sur le point de me raconter une histoire douloureuse, à sa façon, et je devrais calmer mon impatience.

— La famille de Monique, comme la mienne, vivait rue des Rosiers, alors nous nous voyions souvent : j'ai eu le cœur brisé lorsqu'ils sont partis en Provence. Je me rappelle avoir pleuré amèrement et dit à mes parents que nous devrions y aller, nous aussi, mais ils semblaient moins préoccupés par la situation que ceux de Monique. Mon père avait encore son poste – il était fonctionnaire au ministère de l'Éducation. En gros, nous vivions bien. Puis les choses se sont mises à changer.

Miriam toussa et je l'entendis boire une gorgée d'eau.

— Fin 1941, mon père a été renvoyé – on réduisait le nombre de juifs qui travaillaient dans les administrations. Puis on a imposé le couvre-feu. Le 7 juin 1942, nous avons appris qu'une nouvelle loi obligeait tous les juifs de la Zone occupée à porter l'étoile jaune. Ma mère l'a cousue sur le revers gauche de ma veste ; je me rappelle qu'on nous dévisageait dans la rue et que je détestais cela. Le 15 juillet 1942, j'étais en train de regarder par la fenêtre avec mon père quand il a dit tout d'un coup : « Ils sont là », et la police est venue nous arrêter.

Miriam me raconta qu'elle avait été emmenée à Drancy, où elle avait passé un mois avant d'être mise dans un convoi avec ses parents et sa sœur, Lilianne. Je lui demandai si elle avait eu peur.

— Pas vraiment, répondit-elle. On nous avait dit que nous allions dans un camp de travail, et nous ne nous méfiions pas parce que nous voyagions à bord d'un train de passagers – pas dans les wagons à bestiaux qu'ils ont utilisés par la suite. Nous sommes arrivés à Auschwitz au bout de deux jours. Je me rappelle qu'un orchestre jouait une marche de Lehár lorsque nous avons débarqué dans ce lieu stérile, en nous réconfortant les uns les autres : comment cet endroit pouvait-il être aussi redoutable, puisqu'on y jouait de la musique ? Pourtant, il y avait des fils barbelés électrifiés. Un officier des SS était responsable du tri. Il était assis sur une chaise, le pied sur un tabouret, une carabine sur les genoux ; les gens passaient devant lui, et il indiquait du pouce l'endroit où ils devaient se diriger – à gauche ou à droite. Nous ne pouvions pas deviner que notre destinée était déterminée par le mouvement du pouce de cet homme. Lilianne n'avait que dix ans, et une femme a conseillé à ma mère de lui mettre un foulard sur la tête pour qu'elle ait l'air plus âgé. Ma mère s'est étonnée de ce conseil mais elle l'a suivi – ce qui a sauvé la vie à Lilianne. On nous a demandé de ranger nos objets de valeur dans une grande boîte. J'ai dû y mettre mon violon – je ne comprenais pas pourquoi ; je me rappelle que ma mère pleurait en y déposant son alliance et un médaillon en or avec la photo de ses parents. Nous avons été séparées de mon père, qu'on a emmené dans les baraquements des hommes tandis que nous allions dans ceux des femmes.

Alors que Miriam prenait une autre gorgée d'eau, je jetai un coup d'œil à mes notes, griffonnées à toute vitesse, mais lisibles. Je les transcrirais plus tard.

— Le lendemain, on nous a mises au travail à creuser des tranchées. J'ai creusé des tranchées pendant trois mois. La nuit je rampais jusqu'à ma couchette – nous étions entassées à trois sur des matelas en paille lamentablement minces. Je me consolais en « pratiquant » mon placement des doigts au violon sur un manche fantôme. Un jour, j'ai surpris la conversation de deux gardiennes. L'une d'entre elles parlait du premier concerto pour violon de Mozart, qu'elle adorait. Sans réfléchir, j'ai lancé : « Je sais le jouer. » La femme m'a foudroyée du regard et j'ai cru qu'elle allait me battre – ou pire – d'avoir osé lui adresser la parole sans permission. J'avais le cœur serré. Mais, à mon grand étonnement, elle a souri d'un air ravi et m'a demandé si c'était vrai. J'ai répondu que je l'avais appris l'année précédente et que je l'avais joué en public. Alors on m'a envoyée voir Alma Rosé.

— C'est à ce moment-là que vous êtes entrée dans l'orchestre des femmes ?

— On l'appelait l'orchestre des femmes, mais nous n'étions que des gamines – des adolescentes, pour la plupart. Alma Rosé m'a trouvé un violon dans la grande baraque où étaient entreposés tous les objets de valeur des nouveaux arrivants, avant d'être expédiés en Allemagne. On surnommait cette baraque le « Canada », parce qu'elle était remplie de richesses.

— Et Monique ? demandai-je alors.

— C'est comme ça que j'ai retrouvé Monique – l'orchestre jouait à l'entrée du camp quand les groupes de forçats sortaient le matin et rentraient le soir ; nous jouions aussi à l'arrivée des trains de déportés pour qu'en entendant Chopin et Schumann, ces gens exténués et affolés ne se rendent pas compte qu'ils étaient parvenus, en réalité, aux portes de l'enfer. Un jour, début août 1943, je jouais à l'entrée quand le train est arrivé : dans la foule des nouveaux arrivants, j'ai vu Monique.

— Qu'avez-vous ressenti ?

— J'étais folle de joie – puis j'ai eu très peur qu'elle ne passe pas la sélection, mais Dieu merci, on l'a envoyée à droite – du côté des vivants. Quelques jours plus tard, je l'ai revue. Comme tout le monde, elle avait le crâne rasé et elle était très maigre. Elle ne portait pas la tenue rayée en bleu et blanc qu'on distribuait aux prisonniers, mais une robe du soir dorée qu'on avait dû prendre dans le « Canada », avec une paire de chaussures d'homme beaucoup trop grandes pour elle. Peut-être qu'il n'y avait plus d'uniforme, ou alors, on l'avait vêtue comme ça pour « rire ». Mais elle était là, dans sa magnifique robe du soir en satin, à traîner des pierres pour faire des routes. Alors que l'orchestre regagnait ses blocks, Monique a relevé la tête tout d'un coup et elle m'a vue.

— Avez-vous pu lui parler ?

— Non, mais j'ai réussi à lui faire parvenir un message, et nous nous sommes retrouvées près de son block trois jours plus tard. On lui avait donné la robe rayée bleue et blanche que portaient les prisonnières, avec un foulard et des sabots en bois. Les musiciennes recevaient plus de nourriture que les autres et je lui avais apporté un bout de pain, qu'elle a caché sous son bras. Nous avons parlé rapidement. Elle m'a demandé si j'avais vu ses parents et ses frères – mais ce n'était pas le cas ; elle m'a demandé des nouvelles de ma famille. Je lui ai dit que mon père était mort du typhus trois mois après notre arrivée, et que ma mère et Lilianne avaient été transférées à Ravensbrück pour travailler dans une usine de munitions. Je ne les reverrais pas avant la fin de la guerre. La présence de Monique était donc un immense réconfort pour moi – mais, en même temps, j'avais très peur pour elle, parce que sa vie était beaucoup plus difficile que la mienne. Elle faisait un travail ardu, la nourriture qu'on lui donnait était chiche et épouvantable. Tout le monde savait ce qui arrivait aux prisonniers trop faibles pour travailler.

La voix de Miriam se brisa. Puis elle reprit son souffle.

— Je me suis mise à garder des aliments pour Monique. Parfois c'était une carotte ; parfois un peu de miel. Je me rappelle lui avoir apporté, une fois, une petite pomme de terre : elle en a été tellement heureuse qu'elle a pleuré. Chaque fois qu'il y avait de nouvelles arrivées, Monique allait à l'entrée si elle le pouvait, parce qu'elle savait que je jouais et que cela la réconfortait d'être près de son amie.

J'entendis Miriam déglutir.

— Puis… Un jour de février 1944, j'ai vu Monique – nous venions d'arrêter de jouer – avec l'une des gardiennes d'un grade élevé qui était… un monstre. Nous l'appelions « la Bête ». (Miriam se tut un instant.) Elle… s'est approchée de Monique et l'a agrippée par le bras pour lui demander ce qu'elle faisait là, à « traîner », et lui a ordonné de la suivre – tout de suite. Monique s'est mise à pleurer et, par-dessus ma partition, j'ai vu qu'elle me regardait comme si je pouvais l'aider. (La voix de Miriam se brisa à nouveau.) Mais il fallait que je recommence à jouer. Tandis qu'on entraînait Monique, nous jouions la polka « Tritsch-Tratsch » de Strauss – un morceau très gai, charmant – que je n'ai jamais rejoué, ou pu écouter depuis…

Tandis que Miriam poursuivait son récit, je regardai par la fenêtre. Puis je jetai un coup d'œil à ma main. Que représentait la perte d'une bague, par rapport à ce que j'entendais ? Maintenant la voix de Miriam faiblissait à nouveau ; je devinai qu'elle étouffait un sanglot. Elle conclut son récit et nous nous dîmes au revoir. En posant le combiné, le bruit des voix et des rires de mes voisins me parvint à travers le mur.

— Vous avez eu des nouvelles de Miles depuis cet incident ? me demanda Mme Bell le lendemain, dimanche après-midi.

Je venais de lui raconter ce qui s'était passé à Camberwell.

— Non, et je n'en veux pas, sauf si c'est pour me dire qu'il a retrouvé ma bague.

— Le pauvre, murmura Mme Bell en lissant le plaid en mohair vert pâle qu'elle mettait toujours sur ses genoux, maintenant. Ça a dû lui rappeler ce qui était arrivé à l'école de sa fille. (Elle me regarda.) Y a-t-il le moindre espoir de réconciliation ?

Je secouai la tête.

— Il était tellement en colère qu'on aurait dit qu'il était fou. Peut-être qu'après avoir été longtemps avec quelqu'un, on peut supporter une dispute cataclysmique de temps en temps, mais je ne connais Miles que depuis trois mois et ça m'a choquée. En plus, sa réaction n'était pas… normale.

— Peut-être que Roxy a dérobé la bague dans le seul but de provoquer un conflit entre vous et Miles.

— J'y ai pensé, mais j'ai décidé que pour elle, ce ne serait qu'une prime. Je pense qu'elle l'a prise parce qu'elle prend tout ce qu'elle veut.

— Mais il faut absolument qu'on vous rende cette bague…

J'ouvris les mains en signe d'impuissance.

— Que puis-je faire ? Je n'ai aucune preuve que Roxy l'a prise, et même si c'était le cas, ce serait quand même… horrible. Je ne me sens pas de taille à affronter ce genre de scène.

— Miles ne peut pas rester les bras croisés, dit Mme Bell. Il doit rechercher cette bague.

— Je crois qu'il n'en fera rien – sinon, il la trouverait sans doute, ce qui détruirait le mythe qu'il s'est échafaudé au sujet de Roxy.

— C'est une pilule très amère à avaler pour vous, Phoebe.

— C'est vrai. Mais il faudra bien que je m'y fasse. Je sais qu'on peut perdre des choses bien plus précieuses qu'une bague, même une bague à laquelle on tient beaucoup.

— Qu'est-ce qui vous fait dire ça ? Phoebe... (Mme Bell me fixait.) Vous avez les larmes aux yeux. (Elle prit ma main.) Pourquoi ?

Je soupirai.

— Ce n'est rien...

Ce n'était pas à moi d'apprendre à Mme Bell ce que je savais. Je me levai.

— Il faut que j'y aille, maintenant. Puis-je faire quelque chose pour vous ?

Elle jeta un coup d'œil à la pendule.

— Non merci. L'infirmière arrive d'ici peu. (Elle prit ma main dans les siennes.) J'espère que vous reviendrez bientôt, Phoebe. J'aime beaucoup vous voir.

Je me penchai pour l'embrasser.

— À bientôt.

Le lundi matin, Annie apporta son exemplaire du *Guardian* pour me montrer un entrefilet dans le cahier médias annonçant la vente de *Black & Green* à Trinity Mirror pour un million et demi de livres.

— C'est une bonne nouvelle pour eux, vous croyez ? dis-je.

— C'est une bonne nouvelle pour le propriétaire du journal, répondit Annie, parce qu'il aura gagné beaucoup d'argent. Pas forcément pour les employés parce que la nouvelle direction risque de virer tout le monde.

Je décidai de poser la question à Dan – j'irais peut-être à sa prochaine projection. Annie retirait sa veste.

— Que fait-on pour les décorations de Noël ? demanda-t-elle. On est déjà le 1er décembre.

Je la fixai d'un œil vide. J'avais eu trop de soucis pour y penser.

— Il va falloir en mettre – mais alors, des décorations de style vintage.

— Des guirlandes en papier, suggéra Annie en regardant autour d'elle. Or et argent. Je peux passer chez John Lewis en allant sur Tottenham Court Road pour mon casting. Nous devrions aussi disposer du houx – j'en rapporterai de chez le fleuriste à côté de la gare. Et il nous faudra des guirlandes lumineuses.

— Ma mère en a d'anciennes qui sont très jolies, dis-je. Des anges et des étoiles or et blancs, très élégants. Je lui demanderai si je peux les emprunter.

— Bien volontiers, accepta ma mère lorsque je l'appelai, quelques minutes plus tard. D'ailleurs, je vais les sortir tout de suite et te les apporter – je ne suis pas franchement occupée en ce moment.

Maman avait décidé de continuer de faire semblant d'être en vacances.

Elle arriva une heure plus tard en portant une énorme boîte en carton et nous accrochâmes les guirlandes lumineuses au-dessus de la vitrine.

— Elles sont ravissantes, s'exclama Annie lorsque nous les allumâmes.

— Elles appartenaient à mes parents, expliqua maman. Ils les ont achetées quand j'étais petite, au début des années 50. On a changé les ampoules mais autrement, elles ont bien tenu le coup : d'ailleurs elles ne font pas leur âge.

— Pardonnez-moi cette remarque personnelle, madame Swift, dit Annie, mais vous non plus. Je sais bien que je ne vous ai vue que deux fois, mais je vous trouve très en beauté en ce moment. Vous n'auriez pas changé de coiffure, par hasard ?

— Non, répondit maman, l'air ravie mais perplexe, en tapotant ses boucles blondes. Je n'ai rien changé du tout.

— En tout cas, vous avez une mine superbe, insista Annie en haussant les épaules.

Elle alla chercher sa veste.

— Il faut que j'y aille, Phoebe.

— Bien sûr, dis-je. C'est pour quoi, cette fois-ci ?

Elle leva les yeux au ciel.

— Du théâtre pour enfants. *Lamas en pyjamas*.

— Je t'ai dit qu'Annie était actrice, n'est-ce pas, maman ?

— En effet.

— Mais j'en ai marre, dit Annie en prenant son sac. Ce que je veux, c'est écrire mon propre spectacle – je cherche des histoires en ce moment.

Après le départ d'Annie, maman fouilla les portants.

— Ces vêtements sont ravissants, je l'avoue. Je n'aimais pas l'idée de porter du vintage, au début, tu te rappelles, Phoebe ? J'en parlais d'un ton assez dédaigneux.

— C'est vrai. Tu ne veux pas essayer quelque chose ?

Maman sourit.

— Bon, d'accord. J'aime bien ceci.

Elle décrocha la robe-manteau Jacques Fath de la fin des années 50 à motif de petits palmiers, et passa dans la cabine d'essayage. Une minute plus tard, elle repoussa le rideau en indienne.

— Ça te va très bien, maman. Tu es mince, alors tu peux te permettre des coupes ajustées – c'est très élégant.

Maman se regarda d'un air ravi et étonné.

— C'est très joli, en effet. (Elle caressa une manche.) Et le tissu est tellement… intéressant.

Elle se regarda de nouveau, puis tira le rideau.

— Mais je n'achète rien en ce moment. Les dernières semaines m'ont coûté très cher.

Comme il n'y avait pas de clients, maman s'assit pour bavarder.

— Tu sais, Phoebe, dit-elle en s'asseyant sur le canapé, je ne crois pas que je vais retourner chez Freddie Church.

Je soupirai de soulagement.

— Cela me semble une sage décision.

— Même avec vingt-cinq pour cent de rabais, c'est encore six mille livres. J'en ai les moyens, mais maintenant, curieusement, cela me semble du gaspillage.

— Dans ton cas, maman, c'est vrai.

Maman me regarda.

— Je me suis rapprochée de ton point de vue sur le sujet, Phoebe.

— Pourquoi ? lui demandai-je, même si je le savais.

— C'est depuis la semaine dernière. Depuis que j'ai vu Louis. (Elle secoua la tête, étonnée.) Une partie de ma tristesse et de mon amertume s'est… envolée, tout simplement.

Je m'appuyai contre le comptoir.

— Et ça t'a fait quel effet, de revoir papa ?

Maman soupira.

— Ça va. Peut-être est-ce parce que j'ai été touchée de voir à quel point il aimait Louis, mais j'ai été incapable de lui en vouloir plus longtemps. Curieusement, tout va… mieux, à présent.

Je vis soudain ce qu'Annie avait vu – maman avait changé, en effet ; ses traits étaient plus détendus, elle était plus jolie et, en effet, elle avait rajeuni.

— J'aimerais beaucoup revoir Louis, ajouta-t-elle doucement.

— Pourquoi pas ? Tu pourrais peut-être déjeuner avec papa de temps en temps.

Maman hocha lentement la tête.

— C'est ce qu'il m'a dit quand je suis partie. Ou alors, je pourrais t'accompagner quand tu lui rends visite. Nous pourrions emmener Louis au parc – si ça n'ennuie pas Ruth.

— Elle est tellement prise par son travail… Je doute que ça l'ennuie. Et puis elle t'est reconnaissante de ce que tu as fait. Songe à cette gentille lettre qu'elle t'a envoyée.

— Oui, mais ça ne veut pas dire pour autant qu'elle serait contente que je voie ton père.

— Je ne sais pas – je pense que ça peut s'arranger.

— Eh bien…, soupira maman. On verra. Et Miles, comment va-t-il ?

Je racontai à maman ce qui s'était passé. Son visage se décomposa.

— Mon père a donné cette bague à ma mère quand je suis née ; ma mère me l'a donnée pour mon quarantième anniversaire, et pour ton vingt-sixième anniversaire, je te l'ai donnée à toi, Phoebe. Ça me fend le cœur. Enfin… (Elle pinça les lèvres.) Miles semble manquer de jugement – en tant que père, en tout cas.

— J'avoue qu'il se débrouille assez mal avec Roxy.

— N'y a-t-il vraiment pas un moyen de récupérer la bague ?

— Non. Alors j'essaie de ne pas y penser.

Maman regardait par la vitrine.

— Voilà encore ce garçon, dit-elle.

— Quel garçon ?

— Le grand costaud mal fringué avec les cheveux frisés.

Je suivis son regard. Dan marchait de l'autre côté de la rue ; il traversa et se dirigea vers nous.

— J'aime bien qu'un homme ait les cheveux frisés. C'est peu courant.

— Oui, souris-je, tu l'as déjà dit.

Dan poussa la porte de Village Vintage.

— Bonjour, Dan, dis-je. Je te présente ma mère.

— Vraiment ?

Il scruta le visage de maman, l'air perplexe.

— Ce n'est pas ta sœur ?

Maman éclata de rire, et fut soudain d'une beauté lumineuse. Voilà le seul lifting dont elle avait besoin – un sourire.

Elle se leva.

— Je dois partir, Phoebe. Je déjeune avec Betty, ma copine de bridge, à 12 h 30. J'ai été ravie de vous revoir, Dan.

Elle nous salua et partit.

Dan se mit à fouiller le portant des vêtements masculins.

— Tu cherches quelque chose en particulier ? lui demandai-je en souriant.

— Pas vraiment. Mais j'ai pensé que je pouvais venir dépenser un peu d'argent ici, puisque je dois ma bonne fortune à cette boutique.

— Tu exagères peut-être un peu, Dan.

— Pas beaucoup.

Il décrocha une veste.

— C'est joli, ça. La couleur est géniale. (Il la scruta.) C'est un vert clair délicat, non ?

— Non. C'est un rose Malabar de chez Versace.

— Ah.

Il la raccrocha.

— Celle-là t'irait bien.

Je lui tendis une veste Brooks Brothers en cachemire gris tourterelle.

— Elle est assortie à tes yeux. Et elle devrait être assez grande au niveau de la poitrine : c'est du 42.

Dan la passa, puis jugea de l'effet dans le miroir.

— Je la prends, dit-il joyeusement. J'espère que tu accepteras de fêter ça en déjeunant avec moi.

— Ça me ferait très plaisir, Dan, mais je ne ferme jamais à l'heure du déjeuner.

— Pourquoi ne pas faire quelque chose que tu ne fais jamais, pour une fois ? On n'en a que pour une heure – on peut aller au Chapters Wine Bar, c'est juste à côté.

Je pris mon sac.

— Alors d'accord – c'est tranquille, aujourd'hui. Pourquoi pas ?

Je retournai la pancarte et verrouillai la porte.

Tandis que Dan et moi passions devant l'église, il me parla de la vente de *Black & Green*.

— C'est génial pour nous. C'est ce que Matt et moi espérions : nous voulions que le journal réussisse pour qu'il soit racheté et que nous récupérions notre investissement, en espérant que ce soit avec intérêt.

— Ce qui est le cas, je suppose ?

Dan sourit.

— Nous avons doublé la mise. Nous n'imaginions ni l'un ni l'autre que ça arriverait aussi vite, mais l'affaire Phoenix nous a fait remarquer.

Nous entrâmes chez Chapters ; on nous donna une table près de la fenêtre. Dan commanda deux coupes de champagne.

— Qu'est-ce qui va se passer au journal, maintenant ? lui demandai-je.

Il prit le menu.

— Pas grand-chose, parce que Trinity Mirror ne veut rien changer. Matt restera rédacteur en chef – il sera toujours actionnaire minoritaire. L'idée, c'est de lancer des titres dans le même genre dans d'autres zones du sud de Londres. Tout le monde reste – sauf moi.

— Pourquoi ? Ça te plaisait bien, non ?

— Oui. Mais maintenant, je pourrai faire ce dont j'ai toujours rêvé.

— Quoi, au juste ?

— Ouvrir mon propre cinéma.

— Mais tu en as déjà un.

— Je veux dire un vrai cinéma – indépendant – qui montre de nouveaux films, bien sûr, mais aussi des classiques, y compris des films qu'on ne programme pas d'habitude, par exemple, je ne sais pas, *Peter Ibbetson*, un film avec Gary Cooper de 1934, ou *Les Larmes amères de Petra von Kant*. Une minicinémathèque, avec des tables rondes et des conférences.

Le serveur nous apporta notre champagne.

— Mais avec du matériel de projection moderne, je suppose ?

Dan acquiesça.

— La Bell and Howell, c'est juste pour m'amuser. Je vais commencer à chercher des locaux après Noël.

Nous passâmes notre commande.

— Je suis heureuse pour toi, Dan, déclarai-je en levant mon verre. Félicitations. Tu as joué gros.

— Oui – mais je connaissais très bien Matt et j'étais persuadé qu'il ferait un journal de qualité ; et nous avons eu un énorme coup de bol. Alors, buvons à Village

Vintage, lança Dan en levant à son tour son verre. Merci, Phoebe.

— Dan…, dis-je au bout d'un moment. Je suis curieuse : le soir des feux d'artifice, tu me parlais de ta grand-mère – tu disais que c'était grâce à elle que tu avais pu investir dans le journal…

— C'est vrai – et puis tu as été obligée de partir. Eh bien, je crois t'avoir dit qu'en plus du taille-crayon en argent, elle m'avait légué un tableau hideux.

— Oui.

— C'était un truc affreux à moitié abstrait qui était accroché chez elle dans les toilettes du rez-de-chaussée depuis trente-cinq ans.

— Tu m'as dit que tu avais été un peu déçu.

— Oui. Mais, quelques semaines plus tard, j'ai retiré le papier kraft dans lequel il était emballé. Derrière, il y avait une enveloppe fixée au ruban adhésif : c'était une lettre de Mamie qui me disait qu'elle savait que j'avais toujours détesté ce tableau, mais qu'elle croyait qu'il « avait une certaine valeur ». Je l'ai apporté chez Christie's et j'ai découvert qu'il était d'Erik Anselm – je l'ignorais totalement, car la signature était illisible.

— Le nom d'Erik Anselm me dit quelque chose, dis-je tandis que le serveur nous apportait nos tourtes au poisson.

— C'était un contemporain de Rauschenberg et Twombly, un peu plus jeune. La dame de chez Christie's était très excitée quand elle l'a vu et elle m'a dit qu'Erik Anselm était en train d'être redécouvert et que d'après elle, le tableau pouvait valoir jusqu'à trois cent mille livres. (Alors voilà d'où provenait l'argent.) En fin de compte, il s'est vendu huit cent mille livres.

— Bon sang. Alors ta grand-mère a été très généreuse avec toi, finalement.

Dan prit sa fourchette.

— Extrêmement généreuse.

— Elle était collectionneuse ?

— Non – elle était sage-femme. Elle m'a raconté que le tableau lui avait été offert au début des années 70 par un mari reconnaissant après un accouchement particulièrement difficile.

Je levai à nouveau mon verre.

— Buvons à mamie Robinson.

Dan sourit.

— Je bois souvent à sa mémoire – en plus, elle était adorable. J'ai utilisé une partie de la somme pour acheter ma maison, reprit-il tandis que nous mangions notre tourte. Puis Matt m'a dit qu'il avait du mal à réunir le capital dont il avait besoin pour lancer *Black & Green*. Je lui avais parlé de ma rentrée d'argent inattendue, alors il m'a demandé si je serais disposé à l'investir dans le journal. J'ai réfléchi et j'ai décidé de tenter le coup.

Je souris à mon tour.

— Sage décision.

Dan hocha la tête.

— En effet. En tout cas… je suis ravi de passer un moment avec toi, Phoebe. Je t'ai à peine vue ces derniers temps.

— J'ai eu des soucis, Dan. Mais maintenant, ça va… très bien. (Je posai ma fourchette.) Je peux te dire quelque chose ? (Il fit signe que oui.) J'aime bien tes cheveux frisés.

— C'est vrai ?

— C'est vrai. C'est peu courant, chez un homme. (Je jetai un coup d'œil à ma montre.) Mais je dois y aller – ma pause est terminée. Merci du déjeuner.

— J'ai été heureux de fêter ça avec toi, Phoebe. Ça te dirait d'aller voir un film, un de ces jours ?

— Oh oui. Qu'est-ce qu'il y a à l'affiche du Robinson Rio ?

— *Une question de vie ou de mort.*

Je regardai Dan.

— Ça m'a l'air… très bien.

Le jeudi suivant, je me rendis donc à Hither Green – la cabane faisait salle comble. Dan présenta rapidement le film, en expliquant que c'était un mélange de fantastique, d'histoire d'amour et de drame de prétoire dans lequel un pilote de combat de la Seconde Guerre mondiale trompe la mort.

— Peter Carter est obligé de sauter de son avion enflammé sans parachute. Il en réchappe par miracle, expliqua Dan, mais il découvre que sa survie est due à une gaffe céleste qui doit être rectifiée. Afin de rester auprès de la femme qu'il aime, Peter doit plaider sa cause à la cour d'appel céleste. Mais arrivera-t-il à les persuader ? poursuivit Dan. Et ce qu'il voit est-il vrai, ou n'est-ce qu'une hallucination ? À vous de décider.

Il éteignit les lumières dans la salle et les rideaux s'ouvrirent en bruissant. Ensuite, certains d'entre nous restèrent à dîner pour bavarder du film, et de la façon dont Powell et Pressburger avaient utilisé à la fois le noir et blanc et la couleur.

— Le fait que le paradis soit en noir et blanc et la terre en Technicolor est censé affirmer le triomphe de la vie sur la mort, dit Dan, ce qu'un public d'après-guerre aurait compris dans sa chair.

La soirée avait été très agréable, et je rentrai chez moi de meilleure humeur que depuis plusieurs jours.

Le lendemain matin, maman passa à la boutique pour m'annoncer qu'elle avait décidé d'acheter la robe-manteau Jacques Fath, en fin de compte.

— Betty m'a invitée à un cocktail de Noël le 20 décembre, il me faut une nouvelle tenue – une nouvelle vieille tenue, se reprit-elle.

— Tout ce qui est ancien est nouveau ! lança gaiement Annie.

Maman sortit sa carte de crédit, mais je ne supportais pas l'idée de prendre son argent.

— Disons que c'est un cadeau d'anniversaire anticipé.

Maman secoua la tête.

— C'est comme ça que tu gagnes ta vie, Phoebe. Tu as travaillé très fort pour en arriver là, et en plus, mon anniversaire est dans six semaines. (Elle me tendit sa carte Visa.) C'est deux cent cinquante livres, c'est ça ?

— D'accord, mais tu as droit à un rabais de vingt pour cent, alors tu me dois deux cents livres.

— C'est une bonne affaire.

— À propos, demanda Annie, est-ce qu'on fait des soldes en janvier ? On m'a posé la question.

— Je suppose qu'on devrait, répondis-je en pliant la robe-manteau de maman dans un sac Village Vintage. Tout le monde le fait, et ça donnerait un coup de pouce aux ventes.

Je tendis son sac à maman.

— On pourrait organiser une soirée de soldes privés, suggéra Annie. Faire un peu de battage publicitaire pour l'annoncer. Il faut trouver des moyens de faire un peu plus de promotion pour la boutique, ajouta-t-elle en rangeant les gants.

J'étais toujours touchée par la façon dont Annie prenait à cœur le succès de Village Vintage.

— J'ai une idée, s'écria maman. Tu devrais présenter un défilé de mode vintage – Phoebe, tu commenterais brièvement chaque ensemble. J'y ai songé quand je t'ai entendue à la radio. Tu pourrais parler du style de chaque tenue, du contexte social de l'époque, du couturier – après tout, tu es une experte, ma chérie.

— C'est normal, c'est ce que je fais depuis douze ans. Ton idée me plaît bien.

— Vous pourriez vendre les entrées dix livres, pour inclure un verre de vin, proposa Annie. Le prix serait à valoir sur tout achat dans la boutique. La presse locale couvrirait certainement l'événement. Vous pourriez louer Blackheath Halls.

Je songeai à la grande salle lambrissée de bois, avec son plafond en tonnelle et son immense scène.

— C'est une salle énorme.

Annie haussa les épaules.

— Je suis sûre que vous pourriez la remplir. Ce serait l'occasion d'en apprendre un peu plus sur l'histoire de la mode de façon distrayante.

— Il faudrait que j'engage des mannequins – c'est cher.

— Demandez à vos clientes de défiler, conseilla Annie. Elles en seront flattées – et ce serait marrant. Elles pourraient porter des articles qu'elles vous ont achetés, en plus de ce qui est actuellement en boutique.

Je regardai Annie.

— Bonne idée.

J'imaginai les quatre robes *cupcake* bondissant sur le podium.

— Les bénéfices pourraient être reversés à une ONG, ajoutai-je.

— Lance-toi, Phoebe, dit maman. On va te donner un coup de main.

Je commençai à noter mes idées et j'étais sur le point d'appeler Blackheath Halls pour savoir combien coûtait la location de la grande salle lorsque le téléphone sonna.

Je décrochai.

— Village Vintage.

— Phoebe ?

— Oui.

— Phoebe, ici Sue Rix. Je suis l'infirmière qui s'occupe de Mme Bell. Je suis avec elle ce matin, et elle m'a demandé de vous appeler…

— Comment va-t-elle ?

— En fait… j'aurais du mal à vous répondre. Elle est extrêmement agitée. Elle n'arrête pas de répéter qu'elle veut que vous veniez tout de suite. Je l'ai avertie que ça vous serait peut-être impossible.

Je jetai un coup d'œil à Annie.

— En fait, je ne suis pas seule à la boutique aujourd'hui – j'arrive tout de suite.

En prenant mon sac, je frissonnai.

— J'en ai pour un moment, Annie.

Elle hocha la tête. Je sortis du magasin et marchai jusqu'au Paragon, le cœur battant.

Ce fut Sue qui m'ouvrit.

— Comment va Mme Bell ? lui demandai-je en entrant.

— Elle est dans tous ses états, répondit Sue. Très émue. Ça a commencé il y a une heure environ.

Je me dirigeai vers le salon, mais Sue désigna la chambre à coucher.

Mme Bell était allongée, la tête sur l'oreiller. Je ne l'avais jamais vue alitée auparavant et, bien que je sache à quel point elle était malade, je fus choquée de constater sa maigreur sous les couvertures.

— Phoebe… enfin.

Mme Bell sourit, soulagée. Elle tenait un papier – une lettre. Je la fixai, le pouls emballé.

— Il faut que vous lisiez ceci. Sue m'a proposé de le faire, mais ce doit être vous, personne d'autre.

J'approchai une chaise.

— Vous ne pouvez pas la lire, madame Bell ? Vous avez mal aux yeux ?

— Non, non – je peux la lire, et je l'ai relue vingt fois depuis qu'on me l'a apportée. Maintenant, c'est vous qui devez la lire, Phoebe. S'il vous plaît…

Mme Bell me tendit la feuille de papier crème : la lettre était écrite à la machine, recto verso, avec interligne simple. L'adresse de l'envoyeur était à Pasadena, en Californie.

Chère Thérèse, lus-je. *J'espère que vous n'en voudrez pas à une inconnue de vous adresser cette lettre – bien que je ne sois pas vraiment une inconnue. Je m'appelle Lena Sands et je suis la fille de votre amie Monique Richelieu…*

Je jetai un coup d'œil à Mme Bell – ses yeux bleu clair étaient luisants de larmes – avant de reprendre ma lecture.

Je sais que ma mère et vous étiez amies, à Avignon, jadis. Je sais que vous savez qu'elle a été déportée, que vous l'avez recherchée après la guerre et que vous avez découvert qu'elle avait été à Auschwitz. Je sais aussi que vous l'avez crue morte – cela tombait sous le sens. Le but de cette lettre est de vous apprendre, comme en atteste mon existence, que ma mère a survécu.

— Vous aviez raison, murmura Mme Bell. Vous aviez raison, Phoebe.

Thérèse, j'aimerais que vous sachiez enfin ce qui est arrivé à ma mère. Si je vous écris ceci, c'est

parce que votre amie Phoebe Swift a contacté
l'amie de ma mère, Miriam Lipietzka, et que Miriam
m'a appelée ce matin.

— Mais comment avez-vous pu contacter Miriam ?
me demanda Mme Bell. Comment est-ce possible ? Je
ne comprends pas.

Je racontai à Mme Bell comment j'avais trouvé le
programme de concert dans la pochette en cuir
d'autruche. Elle me regarda, bouche bée.

— Phoebe, souffla-t-elle au bout d'un moment, il y
a peu de temps, je vous disais que je ne croyais pas en
Dieu. Je pense que, maintenant, j'y crois.

Je repris à nouveau ma lecture.

Ma mère parlait rarement du temps qu'elle avait
passé à Avignon – les souvenirs étaient trop péni-
bles : mais chaque fois qu'elle avait une raison d'en
parler, Thérèse, elle parlait de vous. Elle n'a jamais
parlé de vous qu'avec affection. Elle se rappelait
que vous l'aviez aidée quand elle avait dû se
cacher. Elle disait que vous aviez été une bonne
amie pour elle.

Je regardai Mme Bell. Elle secouait la tête en regardant vers la fenêtre : manifestement, elle se récitait le
contenu de la lettre. Je vis une larme rouler sur sa joue.

Ma mère est morte en 1987, à l'âge de cinquante-
huit ans. Je lui ai dit un jour que j'avais le senti-
ment qu'elle avait été flouée. Elle m'a répondu
qu'au contraire on lui avait accordé quarante-trois
ans en prime.

Je lus le récit de l'incident que Miriam m'avait relaté au téléphone, quand Monique avait été entraînée par la gardienne du camp.

Cette femme – qu'on surnommait « La Bête » – mit ma mère sur la liste de la « sélection » suivante. Mais le jour dit, alors que ma mère était à l'arrière du camion avec les autres, en attendant d'être conduite – et j'ai du mal à écrire ces mots – aux fours crématoires, elle fut reconnue par le jeune gardien SS qui avait enregistré son admission. À ce moment-là, quand il l'avait entendue parler allemand, il lui avait demandé d'où elle venait, et elle avait répondu « Mannheim ». Il avait souri en disant qu'il était de Mannheim, lui aussi. Par la suite, chaque fois qu'il en avait l'occasion, lorsqu'il voyait ma mère, il venait bavarder avec elle. Quand il l'a vue assise dans le camion ce matin-là, il a dit au chauffeur qu'il y avait eu erreur, et a ordonné à ma mère de descendre. Elle a toujours dit que ce jour-là – le 1ᵉʳ mars 1944 – représentait sa seconde naissance.

La lettre de Lena racontait que le garde SS avait fait muter sa mère dans les cuisines du camp, où elle frottait les planchers ; cela signifiait qu'elle travaillait à l'intérieur, et surtout, qu'elle pouvait manger des épluchures de pomme de terre et parfois même un peu de viande. Elle reprit juste assez de poids pour survivre. Au bout de quelques semaines, poursuivait la lettre, Monique était devenue « aide de cuisine » et préparait des repas, bien que cela fût difficile, puisque les seuls ingrédients étaient des pommes de terre, du chou, de la margarine et de la crème de blé – parfois un peu de salami – et du « café » fait de glands moulus. Elle fit ce travail pendant trois mois.

Ma mère a ensuite été assignée, avec deux autres jeunes filles, à la cuisine des gardiennes, dans leurs baraques. Parce que ma mère avait appris à cuisiner après la naissance de ses frères jumeaux, elle s'en est très bien sortie ; les gardiennes se régalaient de ses galettes de pomme de terre, de sa choucroute et de ses strudels. Ce succès a assuré la survie de ma mère. Elle avait l'habitude de dire que ce que sa mère lui avait enseigné lui avait sauvé la vie.

Je comprenais maintenant la remarque de Miriam au sujet du cadeau que la mère de Monique avait fait à sa fille. Je retournai la lettre.

Au cours de l'hiver 1944, comme les Russes se rapprochaient à l'est, on a évacué Auschwitz. Les prisonniers qui pouvaient se tenir debout ont été obligés de marcher dans la neige jusqu'à d'autres camps, plus loin des frontières ; c'étaient des marches de la mort, car tout prisonnier qui s'écroulait ou s'arrêtait pour se reposer était abattu. Après avoir marché dix jours, vingt mille prisonniers sont parvenus à Bergen-Belsen – ma mère était parmi eux. Elle dit que là-bas, c'était l'enfer sur terre. Il n'y avait pratiquement rien à manger et des milliers de détenus étaient atteints du typhus. L'orchestre des femmes avait également été envoyé là-bas et ainsi, ma mère a revu Miriam. En avril, Bergen-Belsen a été libéré. Miriam a retrouvé sa mère et sa sœur, et peu de temps après, ils ont émigré au Canada, où ils avaient de la famille. Ma

mère est restée huit mois dans un camp de per-
sonnes déplacées, en attendant des nouvelles de
ses parents et de ses frères ; elle a enfin appris
qu'ils n'avaient pas survécu. Mais par le truche-
ment de la Croix-Rouge, le frère de son père l'a
retrouvée et lui a offert un foyer dans sa famille,
en Californie. Alors ma mère s'est installée ici, à
Pasadena, en mars 1946.

— Vous le saviez, murmura Mme Bell. (Elle me
regarda, les yeux pleins de larmes.) Vous le saviez,
Phoebe. Cette étrange conviction que vous aviez…
était juste. Elle était juste, répéta-t-elle d'un air
émerveillé.
Je repris ma lecture.

Bien que ma mère ait vécu une existence « nor-
male » par la suite, dans la mesure où elle a
travaillé, s'est mariée et a eu un enfant, elle ne
s'est jamais vraiment remise. Pendant des années,
apparemment, elle a marché les yeux baissés. Elle
détestait qu'on lui dise « Après vous », parce que,
dans le camp, les détenus devaient toujours mar-
cher devant le gardien qui les escortait. Elle était
bouleversée lorsqu'elle voyait un tissu rayé et
n'en tolérait aucun dans la maison. Et elle était
obsédée par la nourriture : elle passait son temps
à faire des gâteaux pour les distribuer autour
d'elle.

Maman est retournée au lycée mais elle avait du
mal à s'appliquer à ses études. Un jour, un professeur
lui a reproché de manquer de « concentration ».
Ma mère a rétorqué qu'elle savait tout ce qu'il y
avait à savoir sur la « concentration » et, furieuse,
elle a retroussé sa manche pour montrer les

numéros tatoués sur son avant-bras. Peu de temps après, elle a abandonné ses études et, bien qu'elle fût intelligente, elle a renoncé à aller à l'université. Elle dit que tout ce qu'elle voulait faire, c'était nourrir les autres. Alors elle a trouvé un poste dans un programme d'État pour nourrir les indigents, et c'est ainsi qu'elle a connu mon père, Stan, un boulanger, qui faisait don de pain aux deux abris gérés par l'organisation caritative à Pasadena. Elle et Stan sont peu à peu tombés amoureux : ils se sont mariés en 1952 et ils ont travaillé ensemble dans sa boulangerie. Il faisait le pain, ma mère faisait des gâteaux : sa spécialité, c'étaient les cupcakes. Leur boulangerie est devenue une grande entreprise et, dans les années 70, on l'a rebaptisée la Pasadena Cupcake Company, dont je suis maintenant P-DG.

— Mais je ne comprends pas, Phoebe, dit Mme Bell. Je ne comprends pas que vous ayez su cela sans m'en parler. Comment pouviez-vous être assise avec moi, Phoebe, il y a quelques jours, me faire la conversation et ne pas me dire ce que vous saviez ?

Je jetai à nouveau un coup d'œil à la lettre. Puis je lus le dernier paragraphe à haute voix.

Quand Miriam m'a téléphoné aujourd'hui, elle m'a dit qu'elle avait déjà tout raconté à Phoebe. Thérèse, Phoebe avait le sentiment que vous deviez apprendre ce qui s'est passé non d'elle, mais de moi, puisque je suis la seule qui puisse, en quelque sorte, parler pour Monique. Elle m'a demandé de vous écrire pour vous raconter l'histoire de ma mère. Je suis très heureuse d'en avoir eu l'occasion.

Amicalement,
Lena Sands

Je regardai Mme Bell.

— Je suis navrée que vous ayez dû attendre. Mais ce n'était pas à moi de vous raconter cette histoire – et je savais que Lena écrirait immédiatement.

Mme Bell poussa un soupir, puis ses yeux se remplirent à nouveau de larmes.

— Je suis tellement heureuse, murmura-t-elle. Et tellement triste.

— Pourquoi ? soufflai-je. Parce que Monique était toujours vivante et que vous n'avez pas eu de ses nouvelles ?

Mme Bell acquiesça et une nouvelle larme roula sur sa joue.

— Mais d'après Lena, Monique n'aimait pas parler d'Avignon – c'est compréhensible, étant donné ce qui s'est passé là-bas ; elle voulait probablement tirer un trait sur cette partie de sa vie. Elle ne savait peut-être pas que vous aviez survécu à la guerre, vous aussi.

Mme Bell hocha la tête.

— En plus, repris-je, vous vous étiez établie à Londres et elle était en Amérique. Aujourd'hui, avec les moyens de communication modernes, vous vous seriez retrouvées. Mais d'une certaine manière, vous vous êtes retrouvées maintenant.

Mme Bell me prit la main.

— Vous avez tant fait pour moi, Phoebe – plus que quiconque, je crois – mais je vais vous demander de faire quelque chose de plus… Vous devinez peut-être de quoi il s'agit.

Je fis signe que j'avais compris et relus le post-scriptum de Lena :

Thérèse, je serai à Londres fin février. J'espère avoir la chance de vous rencontrer alors, car je sais que cela aurait rendu ma mère très heureuse.

Je rendis la lettre à Mme Bell, puis j'allai à la penderie et en sortis le manteau bleu dans sa housse. Je me tournai vers elle.

— C'est promis.

15

Noël était presque arrivé. Il avait une telle foule à la boutique que je dus demander à Katie de venir me donner un coup de main les samedis. Maman était retournée au travail ; elle attendait avec impatience de revoir Louis avec papa la veille de Noël. Elle décida qu'elle organiserait une fête pour son soixantième anniversaire, le 10 janvier, et lança en plaisantant qu'elle la donnerait sur un bus pour profiter de sa nouvelle carte vermeille.

Quant à moi, j'organisais le défilé de mode, qui aurait lieu à Blackheath Halls – heureusement, il y avait eu un désistement pour la grande salle le 1er février.

Je revis Mme Bell à deux reprises. La première fois, même si elle était assommée par les médicaments, elle savait que j'étais là. La seconde fois, le 21 décembre, elle ne semblait pas avoir conscience de ma présence. À ce stade, on lui donnait de la morphine vingt-quatre heures sur vingt-quatre. Je me contentai de rester assise près d'elle en lui tenant la main : je lui dis que j'avais été heureuse de la rencontrer, que je me sentais même un peu plus forte maintenant, lorsque je songeais à Emma. À ces mots, je sentis une légère pression des doigts de Mme Bell. Puis je lui donnai un baiser d'adieu. En rentrant chez moi dans le crépuscule, je regardai le ciel zébré de nuages et je me rappelai que c'était le jour le plus court de l'année : bientôt, la lumière reviendrait.

Au moment où j'arrivais chez moi, le téléphone sonna. C'était Sue.

— Phoebe… Je suis navrée, mais j'appelle pour vous dire que Mme Bell est décédée à 15 h 50 – quelques minutes après votre départ.

— Je vois.

— Elle était très calme, comme vous avez pu le constater. (Mes yeux se remplirent de larmes.) Elle se sentait très proche de vous, c'est évident, ajouta Sue tandis que je m'asseyais dans la chaise de l'entrée. J'imagine que vous vous connaissiez depuis longtemps.

— Non, fis-je en fouillant ma poche pour trouver un mouchoir. Moins de quatre mois. Mais j'ai l'impression de l'avoir connue toute ma vie.

J'attendis quelques minutes, puis j'appelai Annie, qui fut étonnée de m'entendre un dimanche soir.

— Vous allez bien, Phoebe ? me demanda-t-elle.

— Ça va, déglutis-je. Mais vous avez quelques minutes, Annie ? J'ai une histoire à vous raconter.

Il y eut affluence dans la boutique les deux jours suivants, mais plus personne la veille de Noël. Je regardais les gens passer dans la rue, chargés d'emplettes ; tournée vers le Paragon, de l'autre côté de la lande, je pensais à Mme Bell et à la chance que j'avais eue de la rencontrer. J'avais le sentiment qu'en l'aidant, je m'étais peut-être un peu guérie moi-même.

À 17 heures, alors que j'étais montée à la réserve pour trier les articles à mettre en solde et ranger les gants, les chapeaux et les ceintures dans des boîtes, j'entendis le carillon de l'entrée, puis des pas. Je descendis en m'attendant à trouver un client à la recherche d'un cadeau de dernière minute. Mais c'était Miles, très élégant dans son pardessus camel avec un col en velours brun.

— Bonjour, Phoebe.

Je le fixai, le cœur battant, puis je finis de descendre l'escalier.

— J'étais… sur le point de fermer.

— Je voulais simplement… te parler. Je n'en ai pas pour longtemps.

Je remarquai à nouveau le son rauque de la voix de Miles, qui m'avait toujours remuée. Je retournai la pancarte et passai derrière le comptoir, comme si j'avais quelque chose à y faire.

— Tu vas bien ? lui demandai-je, à défaut de trouver autre chose à lui dire.

— Je vais… bien. J'ai été assez occupé mais… (Il glissa la main dans la poche de son pardessus.) Je voulais simplement t'apporter ceci.

Il posa un petit écrin vert sur le comptoir. Je l'ouvris et fermai les yeux, soulagée. C'était la bague en émeraude qui avait appartenu à ma grand-mère, à ma mère puis à moi, et qui serait un jour, me dis-je soudain, à ma fille, si j'avais la chance d'en avoir une. Je la serrai dans ma main un moment, avant de la glisser à mon annulaire droit. Je regardai Miles.

— Je suis très heureuse de l'avoir récupérée.

— Naturellement. (Une tache rouge envahissait son cou.) Je l'ai rapportée dès que je l'ai pu.

— Alors tu viens tout juste de la retrouver ?

Il hocha la tête.

— Oui. Hier soir.

— Et… où ?

439

Je vis un muscle tressauter à la commissure des lèvres de Miles.

— Dans la table de chevet de Roxy. (Il secoua la tête). Elle avait laissé le tiroir ouvert, et je l'ai aperçue.

J'expirai lentement.

— Qu'as-tu dit ?

— Que j'étais furieux contre elle, naturellement – non seulement parce qu'elle l'avait prise, mais aussi parce qu'elle avait menti. J'ai dit qu'elle allait devoir consulter un psy parce que... Cela me coûte beaucoup de l'admettre... Parce qu'elle en a besoin. (Il prit un air résigné.) J'imagine que je le savais depuis un moment, sans vouloir me l'avouer. Mais Roxy semble avoir un sentiment de, de manque... de...

— Privation ?

— Oui. Voilà. (Il pinça les lèvres.) De privation.

Je résistai à l'envie de dire à Miles qu'il avait peut-être besoin d'un psy, lui aussi.

— Enfin, je suis désolé, Phoebe, dit-il en secouant la tête. Je suis désolé pour tout, parce que je tenais beaucoup à toi.

— Merci de m'avoir rapporté la bague, en tout cas. Ça n'a pas dû être facile, pour toi.

— Non. Je... Enfin..., soupira-t-il. Voilà. Je te souhaite un joyeux Noël.

Il me sourit tristement.

— Merci, Miles. Joyeux Noël à toi aussi.

Comme nous n'avions plus rien à nous dire, je déverrouillai la porte, Miles partit et je le regardai descendre la rue jusqu'à ce qu'il disparaisse. Puis je remontai à la réserve.

J'étais soulagée d'avoir retrouvé la bague, mais ma conversation avec Miles m'avait attristée et troublée. J'étais en train de déplacer des robes d'un portant à un autre quand l'un des cintres s'accrocha à son voisin.

Incapable de les démêler, je tirai dessus pour essayer de le dégager sans y parvenir. Je finis par tirer directement sur le vêtement, un chemisier Dior, pour le décrocher – si violemment que je le déchirai. Je m'effondrai par terre et fondis en larmes. Je restai là quelques minutes puis, lorsque j'entendis le clocher d'Ail Saints Church sonner 18 heures, je me redressai. Alors que je descendais d'un pas lourd, mon téléphone portable sonna. C'était Dan, ce qui me remonta le moral : le son de sa voix me réjouissait toujours. Il m'offrait d'assister à une projection « privée » d'un classique « particulièrement torride ».

— Pas *Emmanuelle 3*, quand même ? plaisantai-je, soudain souriante.

— Non, mais presque. *Godzilla contre King Kong*. J'ai réussi à en trouver une copie en 16 mm sur eBay la semaine dernière. Mais j'ai *Emmanuelle 3*, en effet, si ça t'intéresse.

— Hum – pourquoi pas ?

L'idée de m'asseoir avec Dan, si grand, solide, réconfortant et joyeux, à regarder un vieux nanar dans sa cabane magique, me remplit soudain d'aise.

De meilleure humeur, je sortis les affiches « soldes » de leur boîte, prêtes à être placardées sur la vitrine à Boxing Day. Annie ne rentrerait que début janvier car elle voulait profiter de cette période plus calme pour écrire. J'avais donc demandé à Katie de la remplacer. À partir de la mi-janvier, Katie travaillerait avec moi tous les samedis. Je pris mon manteau, mon sac, et fermai la boutique.

En rentrant chez moi à pied dans le vent cinglant, je me permis de me réjouir, prudemment, des perspectives de la nouvelle année. D'abord les soldes, puis la grande fête d'anniversaire de ma mère, ensuite le défilé – qui allait exiger beaucoup de préparatifs. Plus tard, il me faudrait affronter l'anniversaire d'Emma, mais j'essayais de ne pas trop y penser pour l'instant.

Je tournai sur Bennett Street, ouvris ma porte et rentrai. Je ramassai mon courrier sur le paillasson – quelques cartes de vœux, dont une de Daphné, la mère d'Emma ; je passai dans la cuisine me verser un verre de vin. J'entendis chanter dehors, puis on sonna à la porte. J'ouvris.

Ô nuit de paix, sainte nuit...

Il y avait quatre enfants et un adulte, qui faisaient la quête pour l'association Crisis.

Dans le ciel, l'astre luit...

Je glissai des pièces dans leur boîte, écoutai le chant de Noël jusqu'au bout avant de monter me préparer pour mon rendez-vous avec Dan. À 19 heures, on sonna encore à la porte. Je dévalai l'escalier et pris mon porte-monnaie, posé sur la table de l'entrée, en supposant que c'était encore un chœur faisant la collecte pour une organisation caritative, car je n'attendais personne.

En ouvrant, je crus qu'on m'avait plongée dans une eau glaciale.

— Bonsoir, Phoebe, dit Guy. Je peux entrer ? me demanda-t-il au bout d'un moment.

— Ah. Oui.

Je crus que mes jambes allaient céder.

— Je... ne t'attendais pas, ajoutai-je.

— Non. Désolé – je me suis dit que je passerais faire un saut en me rendant à Chislehurst.

— Tu vas voir tes parents ?

Guy acquiesça. Il portait le blouson de ski blanc qu'il avait acheté à Val d'Isère : je me rappelai qu'il l'avait choisi parce qu'il me plaisait.

— Tu as survécu à la crise financière ? lui dis-je alors que nous passions dans la cuisine.

— Oui, fit Guy. De justesse. Mais… je peux m'asseoir une minute, Phoebe ?

— Bien sûr, répondis-je nerveusement.

Pendant qu'il s'asseyait, je regardai le beau visage ouvert de Guy, ses yeux bleus, ses cheveux bruns plus longs que dans mon souvenir et qui grisonnaient maintenant aux tempes.

— Je peux t'offrir quelque chose ? Un verre de vin ? Un café ?

Il secoua la tête.

— Non, rien, merci – je ne peux pas rester longtemps.

Je m'appuyai contre le plan de travail, le cœur battant.

— Alors… qu'est-ce qui t'amène ici ?

— Phoebe, répondit patiemment Guy, tu le sais.

Je lui adressai un regard interrogateur.

— Ah bon ?

— Oui. Tu sais que je suis ici parce que, depuis des mois, j'essaie de te parler. Mais tu as ignoré toutes mes lettres, mes e-mails et mes appels.

Il se mit à tripoter le houx que j'avais fixé à la base d'une grosse bougie blanche.

— Tu as eu une attitude complètement… implacable. (Il me dévisagea.) Je ne savais pas quoi faire. Je savais que, si je te demandais de me voir, tu refuserais.

C'était vrai, me dis-je. J'aurais refusé.

— Mais ce soir, comme je savais que je passerais pratiquement devant le pas de ta porte, je me suis dit que je m'arrêterais pour voir si tu étais à la maison… parce que… (Guy poussa un soupir douloureux.)… parce qu'il y a un problème entre nous… que nous n'avons pas réglé, Phoebe.

— Pour moi, c'est réglé.

— Mais pas pour moi, répliqua-t-il.

Ma respiration s'accéléra.

— Je suis désolée, Guy, mais nous n'avons rien à nous dire.

— Au contraire, insista-t-il d'une voix lasse. J'ai besoin d'entamer la nouvelle année en sachant que j'ai enfin résolu ce problème une fois pour toutes.

Je croisai les bras.

— Guy, si ce que je t'ai dit il y a neuf mois ne te plaît pas, alors pourquoi ne pas… l'oublier, tout simplement ?

Il me regarda fixement.

— Parce que c'est bien trop grave pour que je puisse l'oublier – tu le sais parfaitement. Et comme j'ai toujours essayé d'être quelqu'un de bien, je ne supporte pas l'idée d'être accusé d'une chose aussi… abominable.

Je songeai soudain que je n'avais pas vidé le lave-vaisselle.

— Phoebe, me dit Guy tandis que je lui tournais le dos, j'ai besoin de parler de ce qui est arrivé ce soir-là rien qu'une fois – la dernière. Voilà pourquoi je suis ici.

Je sortis deux assiettes.

— Mais je ne veux pas en parler, moi. En plus, je suis attendue.

— Pourrais-tu au moins m'écouter – rien qu'une minute ?

Guy joignit les mains sur la table devant lui. On aurait dit qu'il priait, songeai-je en rangeant les assiettes dans l'armoire. Mais je ne voulais pas avoir cette conversation. Je me sentais prise au piège, et furieuse.

— Tout d'abord, je veux te dire que je suis navré. (Je me retournai pour regarder Guy.) Je suis sincère-ment navré d'avoir dit ou fait quoi que ce soit ce soir-là qui ait pu contribuer, même par inadvertance, à ce qui est arrivé à Emma. Je t'en prie, pardonne-moi, Phoebe.

Je ne m'étais pas attendue à cela. Mon ressentiment s'apaisa.

— Mais j'ai besoin que tu reconnaisses que ton accusation était complètement infondée.

Je pris deux verres dans le lave-vaisselle.

— Impossible – parce que c'est vrai.

— Non, Phoebe, c'est faux – tu le savais à ce moment-là tout comme tu le sais maintenant.

Je rangeai un verre sur une étagère.

— Tu étais profondément bouleversée...

— Oui. J'étais bouleversée.

Je posai le deuxième verre sur l'étagère, si brutalement qu'il faillit se fêler.

— Et quand on est dans cet état, on peut dire des choses épouvantables.

« Sans toi – elle serait encore vivante ! »

— Mais c'est moi que tu as accusé de la mort d'Emma, et je trouve cette accusation insupportable. Elle me hante depuis ce jour-là. Tu as dit que je t'avais convaincue de ne pas aller voir Emma.

Je lui faisais face, maintenant.

— Et c'est bien ce que tu as fait ! Rappelle-toi, tu l'as traitée de « chapelière folle », qui « exagérait » tout le temps.

Je sortis le panier à couverts du lave-vaisselle et je me mis à jeter les couteaux dans le tiroir.

— C'est vrai, je l'ai dit. J'en avais marre d'Emma, à ce stade – je ne le nierai pas – et elle faisait toujours des drames à propos de rien. Mais tout ce que j'ai dit, c'était qu'il fallait que tu tiennes compte de ça avant de te précipiter chez elle.

Je jetai les cuillères et les fourchettes dans le tiroir.

— Ensuite tu as dit que nous devrions aller au Blue-bird, comme prévu, parce que tu avais réservé et que tu ne voulais pas rater le dîner.

Guy confirma.

— Je reconnais avoir dit ça, aussi. Mais j'ai ajouté que si tu ne voulais vraiment pas y aller, j'annulerais notre réservation. Je t'ai dit que c'était à toi de décider.

Je fixai Guy, les oreilles bourdonnantes, et sortis une carafe.

— Phoebe, c'est toi qui as dit, ensuite, que nous devrions quand même aller dîner et que tu rappellerais Emma quand nous rentrerions.

— Non. (Je posai la carafe sur le comptoir.) C'est toi qui l'as suggéré – en guise de compromis.

— Non, c'est toi.

J'éprouvai à nouveau cette sensation familière de glisser dans le vide.

— Je me rappelle m'en être étonné, mais j'ai répondu qu'Emma était ton amie et que je me range-rais à ton avis en la matière.

Une sensation de désarroi m'envahit.

— D'accord… j'ai bien dit que nous devrions aller dîner – mais seulement parce que je ne voulais pas te décevoir, parce que c'était la Saint-Valentin et que c'était une soirée spéciale.

— Tu as dit qu'on ne serait pas sortis longtemps.

— Eh bien, c'est vrai, lui concédai-je. On est rentrés tôt : et en rentrant, j'ai bien appelé Emma – je l'ai appelée tout de suite, j'avais l'intention de passer chez elle tout de suite… (Je fixai Guy.) Mais tu m'en as dissuadée. Tu as dit que j'avais probablement dépassé la limite d'alcool pour prendre le volant. Tu mimais la conduite en état d'ivresse pendant que je lui parlais.

— C'est vrai. Je savais que tu avais presque certai-nement dépassé la limite.

— Eh bien, tu vois ! (Je claquai la porte du lave-vaisselle.) C'est toi qui m'as empêchée d'aller voir Emma.

— Non ! Parce qu'ensuite, je t'ai conseillé de prendre un taxi, et je t'ai proposé de sortir pour t'en trouver un dans la rue. J'étais sur le point de le faire, si tu t'en souviens bien – j'avais même ouvert la porte…

Maintenant, je ne glissais plus, je dévalais, j'étais précipitée dans un gouffre…

— … quand tout d'un coup, tu m'as dit que tu n'irais pas, en fin de compte. Tu as dit que tu avais changé d'avis.

Guy me dévisageait. Je tentai de déglutir mais j'avais la bouche sèche.

— Tu as dit que, d'après toi, ça pouvait aller pour Emma jusqu'au lendemain matin.

À ces mots, mes jambes cédèrent. Je me laissai tomber sur une chaise.

— Tu as dit qu'elle avait l'air tellement fatiguée qu'il valait sans doute mieux la laisser dormir une bonne nuit de sommeil, tout simplement.

Je fixai la table. Mes yeux se remplirent de larmes.

— Phoebe, dit doucement Guy, je suis navré de te faire revivre tout ça. Mais le fait d'être accusé d'une chose aussi grave, sans avoir la possibilité de me défendre, me tourmente depuis plusieurs mois. Je n'arrive pas à l'oublier. Alors je veux simplement – non, j'ai besoin que tu reconnaisses que ce que tu m'as dit est faux.

Je regardai Guy – ses traits étaient flous. Je revoyais la cour du Bluebird Café, l'appartement de Guy, l'étroit escalier de la maison d'Emma et enfin la porte de sa chambre quand je l'avais poussée.

447

— Bon, d'accord, grinçai-je. D'accord, répétai-je d'une petite voix. Peut-être que… (Je me tournai vers la fenêtre.) Peut-être que…

Je me mordis la lèvre inférieure.

— Peut-être que tes souvenirs t'ont trompée, dit doucement Guy.

Je hochai la tête.

— Peut-être. Tu sais… J'étais bouleversée.

— Oui. Je comprends que tu aies… oublié ce qui s'était vraiment passé.

Je fixai longuement Guy.

— Non – c'est pire que ça. (Je baissai les yeux.) Je ne supportais pas l'idée de me reprocher la mort d'Emma, à moi seule.

Guy prit ma main et l'enferma dans les siennes.

— Phoebe… je ne crois pas que tu sois à blâmer. Tu ne pouvais pas savoir à quel point Emma était malade. Tu as simplement fait ce que tu croyais être le mieux pour ton amie. Et le médecin t'a bien dit qu'il était très improbable qu'Emma aurait survécu, même si elle avait été hospitalisée la veille…

Je regardai Guy.

— Mais ce n'est pas certain. Elle aurait eu une chance infime mais réelle de survie si j'avais agi autrement. (Je recouvris mon visage de mes mains.) Et comme je regrette, je regrette, je regrette de ne pas l'avoir fait.

Ma tête retomba sur ma poitrine. J'entendis que Guy repoussait sa chaise pour venir s'asseoir à côté de moi.

— Phoebe… nous étions amoureux, toi et moi, chuchota-t-il.

Je hochai la tête.

— Mais ce qui est arrivé… a tout brisé. Quand tu m'as appelé ce matin-là pour me dire qu'Emma était morte, j'ai aussitôt su que notre amour n'y survivrait pas.

— Non, déglutis-je. Comment aurions-nous pu être heureux ensemble après ça ?

— Je ne crois pas que c'était possible. Ça aurait toujours jeté une ombre sur nos vies. Mais je ne supportais pas l'idée de m'être séparé de toi en aussi mauvais termes. (Guy haussa les épaules.) Mais comme je regrette que ce soit arrivé…

— Moi aussi, je regrette, fis-je en regardant dans le vide. Je le regrette de tout mon cœur.

La sonnerie du téléphone m'obligea à émerger du rêve de ce qui aurait pu être. Je pris un morceau de Sopalin et m'en tamponnai les yeux avant de répondre.

— Hé, tu es où ? demanda Dan. Le film est sur le point de commencer, et tu sais qu'on n'aime pas les retardataires, ici.

— Ah. J'y serai, Dan, répondis-je en toussotant pour déguiser mes larmes. Mais un peu plus tard, si ça ne t'ennuie pas. (Je reniflai.) Non… Ça va, je crois que je suis enrhumée. Oui, j'y serai, promis. (Je jetai un coup d'œil à Guy.) Mais je ne pense pas que je sois de taille à affronter Godzilla et King Kong.

— On n'a qu'à pas regarder le film, dans ce cas, proposa Dan. On n'est pas obligés de regarder quoi que ce soit. On peut écouter de la musique ou jouer aux cartes. Peu importe – viens quand tu peux.

Je posai le combiné.

— Tu es avec quelqu'un, maintenant ? me demanda Guy d'une voix douce. Je l'espère, ajouta-t-il. Je veux que tu sois heureuse.

J'essuyai à nouveau mes yeux.

— Eh bien… J'ai un… ami. C'est tout ce qu'il est, pour l'instant – un ami, mais j'aime beaucoup être avec lui. C'est quelqu'un de bien, Guy. Comme toi.

Guy inspira, puis exhala lentement.

— Je vais y aller, maintenant, Phoebe. Je suis heureux de t'avoir revue.

Je hochai la tête.

Je le raccompagnai jusqu'à la porte.

— Je te souhaite un joyeux Noël, Phoebe. Et j'espère que cette année sera bonne pour toi.

— Pour toi aussi, murmurai-je alors qu'il me serrait dans ses bras.

Guy me retint contre lui un moment, puis partit.

Je passai le jour de Noël avec maman, qui avait enfin, remarquai-je, retiré son alliance. Elle avait un exemplaire du numéro de Noël de *Woman & Home* avec la série de mode vintage où figuraient mes vêtements : je fus ravie de constater que les crédits étaient bien en évidence. Quelques pages plus loin, je vis une photo de Reese Witherspoon aux Emmy Awards, vêtue de la robe du soir Balenciaga bleu nuit que j'avais remportée chez Christie's. Alors c'était elle, la star pour laquelle Cindi avait acheté la robe. Le fait de voir une aussi grande vedette porter une robe que j'avais dénichée me fit un peu planer.

Après déjeuner, papa téléphona pour nous dire que Louis était ravi du trotteur « son et lumière » que lui avait offert maman la veille, et du puzzle que je lui avais donné. Il ajouta qu'il espérait que nous reviendrions voir Louis bientôt. Tout en regardant la spéciale de Noël *Dr Who*, maman se remit au manteau bleu qu'elle tricotait pour Louis, pour lequel je lui avais donné les boutons en forme d'avion.

— Heureusement, ils viennent d'engager une nounou pour Louis, dit-elle en passant une maille sur l'aiguille.

— Oui – et papa dit qu'il va enseigner à l'université par correspondance, ça lui a remonté le moral.

Maman approuva.

Le 27 marqua le début des soldes et la boutique grouilla de monde ; j'annonçai le défilé de mode vintage, et demandai à certaines de mes clientes de jouer les mannequins. Carla, qui avait acheté la robe *cupcake* turquoise, accepta avec joie – même si elle se mariait la semaine suivante. Katie répondit qu'elle serait heureuse de défiler dans sa *prom dress* jaune. Par Dan, je contactai Kelly Marks qui se déclara enchantée de porter sa robe « Fée Clochette », comme elle la surnommait. Puis la femme qui avait acheté la *prom dress* rose passa dans la boutique. Je lui expliquai que j'organisais un défilé de mode vintage pour une ONG et lui demandai si elle voudrait bien défiler dans sa *cupcake* rose.

Son visage s'illumina.

— J'en serais ravie – comme c'est amusant ! Quand a-t-il lieu ?

Je le lui dis. Elle sortit son agenda et nota la date.

— Défilé… robe… « heureuse », murmura-t-elle. Seulement… ça n'ira pas.

Elle était sur le point de me dire quelque chose mais elle se ravisa.

— Le 1er février, ce sera parfait.

Le 5 janvier, je pris la matinée pour assister aux obsèques de Mme Bell au crématorium de Verdant Lane. Ce fut une cérémonie très intime, à laquelle assistèrent deux de ses amies de Blackheath, son aide ménagère, Paola, le neveu de Mme Bell, James et son épouse, Yvonne, tous deux dans la mi-quarantaine.

— Thérèse était prête à partir, déclara Yvonne par la suite, alors que nous admirions les fleurs à côté de la chapelle.

Elle resserra sur ses épaules son châle anthracite pour se protéger du vent.

— Elle avait l'air sereine, ajouta James. Quand je l'ai vue la dernière fois, elle m'a dit qu'elle se sentait tout à fait calme et… heureuse. Elle a utilisé le mot « heureuse ».

Yvonne examinait une gerbe d'iris.

— La carte de celle-ci dit : « Avec l'affection de Lena ». (Elle se tourna vers James.) Je n'ai jamais entendu Thérèse parler d'une Lena – et toi, mon chéri ?

Il haussa les épaules et secoua la tête.

— Moi, je l'ai entendue parler d'elle, intervins-je. Mais je crois qu'il s'agit de quelqu'un qu'elle a connu il y a très longtemps.

— Phoebe, j'ai quelque chose à vous remettre de la part de ma tante, dit James.

Il ouvrit son attaché-case et me remit un petit sac.

— Elle m'a demandé de vous donner ceci – en souvenir d'elle.

— Merci. (Je pris le sac.) Mais je ne l'oublierai jamais.

Je ne pouvais leur expliquer pourquoi.

En rentrant, j'ouvris le sac. J'y trouvai, emballée dans du papier journal, la pendule en argent et une lettre, datée du 10 décembre, rédigée par Mme Bell d'une main très tremblante.

Ma chère Phoebe,

Cette pendule appartenait à mes parents. Je vous la donne non seulement parce que c'est l'une de mes possessions les plus chères, mais pour vous rappeler que ses aiguilles tournent, et avec elles toutes les heures, les jours et les années de votre vie. Phoebe, je vous implore de ne pas consacrer une trop grande part du temps précieux qui vous reste à regretter ce que vous avez ou n'avez pas fait, ce qui aurait pu, ou aurait pu ne pas être. Et chaque

fois que vous êtes triste, consolez-vous en vous rap-
pelant le cadeau inestimable que vous m'avez fait,
mon amie.

Thérèse

Je remis la pendule à l'heure, la remontai délicatement avec la petite clé et la posai au centre du dessus
de cheminée de mon salon.

— Je vais de l'avant, dis-je lorsqu'elle commença
son tic-tac. Je vais de l'avant.

C'est ce que je fis.

Ma mère donna sa fête d'anniversaire dans un salon
à l'étage du bar à vins Chapters – un dîner assis pour
vingt personnes. Dans son petit discours, maman
déclara qu'elle avait le sentiment d'être « arrivée à
maturité ». Tous ses copains de bridge étaient là, ainsi
que son patron, John, et deux collègues de bureau.
Maman avait également invité un monsieur sympathique prénommé Hamish, qu'elle avait rencontré à la
fête de Noël de Betty et Jim.

— Il a l'air sympathique, lui fis-je remarquer au
téléphone le lendemain.

— Il est très sympathique, acquiesça maman. Il a
cinquante-huit ans, il est divorcé, avec deux fils
adultes. Le plus drôle, c'est qu'il y avait énormément
de monde à la fête de Jim et Betty, mais Hamish m'a
adressé la parole à cause de ma tenue. Il m'a dit qu'il
aimait le motif des petits palmiers de ma robe. Je lui ai
répondu que je l'avais trouvée dans la boutique de
vêtements vintage de ma fille. Ce qui a mené à une
longue conversation sur les tissus, parce que son père
travaillait dans l'industrie du textile à Paisley. Il m'a
rappelée le lendemain pour me demander un rendez-
vous – nous sommes allés à un concert au Barbican.

Nous allons au Coliseum la semaine prochaine, ajouta-t-elle joyeusement.

Entre-temps, Katie, son amie Sarah, Annie et moi travaillions nuit et jour à l'organisation du défilé. Dan s'occuperait du son et de l'éclairage ; il avait réalisé un montage musical qui nous mènerait imperceptiblement de Scott Joplin aux Sex Pistols. L'un de ses amis construirait le podium.

Le mardi après-midi, nous allâmes à Blackheath Halls pour la répétition générale ; Dan m'apporta le numéro du jour de *Black & Green*, dans lequel Ellie avait écrit un article annonçant le défilé.

Il reste encore quelques places pour le défilé Passion Vintage présenté ce soir à Blackheath Halls. Le prix des entrées, £10, est déductible de tout achat chez Village Vintage. Les bénéfices seront reversés à Malaria No More, une ONG qui distribue des moustiquaires traitées à l'insecticide dans l'Afrique subsaharienne où, malheureusement, la malaria affecte trois cent mille enfants par jour. Ces moustiquaires, qui coûtent deux livres cinquante pièce, protégeront jusqu'à deux enfants et leur mère. L'organisatrice du défilé, Phoebe Swift, espère récolter assez de fonds pour permettre à l'association d'en acheter mille.

Au cours de la répétition, j'allai en coulisse dans les loges où les mannequins se préparaient pour la séquence Fifties en tailleurs New Look, jupes parapluies et fourreaux moulants. Maman portait sa robe-manteau ; Katie, Kelly Marks et Carla avaient passé leurs robes *cupcake*, mais Lucy, la propriétaire de la rose, me fit signe d'approcher.

— J'ai un petit pépin, me chuchota-t-elle.

Elle se retourna et je vis que le haut de son corsage bâillait d'au moins quatre centimètres : elle n'arrivait plus à le refermer.

— Je vais vous donner une étole, dis-je. C'est curieux, ajoutai-je en la scrutant, elle vous allait parfaitement quand vous l'avez achetée.

— Je sais, sourit Lucy, mais vous comprenez, je n'étais pas enceinte à ce moment-là.

Je la regardai.

— Vous êtes… ?

Elle fit un signe de tête affirmatif.

— De quatre mois.

— Oh ! m'écriai-je en la serrant dans mes bras. C'est… trop génial !

Les yeux de Lucy luisaient de larmes.

— J'ai encore moi-même du mal à y croire. Je ne pouvais pas en parler quand vous m'avez demandé d'être mannequin, parce que je n'en étais pas au stade où on en parle ; mais maintenant que j'ai eu ma première échographie, je peux.

— Alors c'est grâce à la robe « heureuse » ? m'écriai-je, ravie.

Lucy éclata de rire.

— Peut-être pas – je vais vous dire à quoi j'attribue l'heureux événement. (Elle baissa la voix.) Début octobre, mon mari est passé dans votre boutique. Il voulait m'acheter quelque chose pour me remonter le moral, et il a vu de la lingerie ravissante – des combinaisons superbes, des culottes et plein de trucs des années 40.

— Je m'en souviens, dis-je, mais je ne savais pas qu'il s'agissait de votre mari. Alors cet achat vous était destiné ?

Lucy hocha la tête.

— Et peu de temps après…

Elle tapota son ventre en gloussant.

— Eh bien, c'est… merveilleux, dis-je.

Ainsi, la lingerie de la tante Lydia avait rattrapé le temps perdu.

Katie porterait la robe d'Alix Grès que j'avais achetée chez Christie's pour le passage années 30 ; Annie, avec sa mince silhouette androgyne, défilerait dans des tenues des années 20 et 60. Quatre de mes clientes régulières porteraient des vêtements des années 40 et 80. Joan donnait un coup de main en coulisse en jouant les habilleuses ; elle accrochait maintenant les tenues sur leurs portants respectifs.

Après la répétition générale, Annie et maman sortirent les verres pour les consommations. Pendant qu'elles ouvraient les boîtes, j'entendis Annie parler de sa pièce de théâtre à maman : elle avait presque terminé de l'écrire et l'avait provisoirement intitulée *Le Manteau bleu*.

— J'espère que ça se finit bien, disait maman d'une voix anxieuse.

— Ne vous inquiétez pas, c'est le cas. Je vais présenter le spectacle à l'Age Exchange en mai. Il y a un petit théâtre de cinquante places qui sera parfait.

— Ça m'a l'air formidable, dit maman. Peut-être qu'ensuite, vous pourrez le donner dans une plus grande salle.

Annie ouvrit une caisse de vin.

— En tout cas, je l'espère. Je vais inviter des agents et des directeurs de théâtre. Chloë Sevigny est repassée à la boutique l'autre jour – elle m'a dit qu'elle viendrait, si elle était à Londres à ce moment-là.

Dan m'aida à installer les deux cents chaises en velours rouge de part et d'autre du podium, qui prolongeait de sept mètres cinquante le milieu de la scène. M'étant assurée que tout était prêt, j'allai enfiler le tailleur prune de Mme Bell : on aurait dit qu'il avait été fait pour moi. En passant la veste, je perçus un léger sillage de Ma Griffe.

À 18 h 30, les portes s'ouvrirent et, une heure plus tard, chaque siège était occupé. Un silence descendit sur la salle quand Dan baissa les lumières et me fit un signe de tête. Je montai sur scène et sortis le micro de son pied en scrutant nerveusement l'océan de visages levés vers moi.

— Je suis Phoebe Swift, annonçai-je. J'aimerais vous souhaiter la bienvenue et vous remercier d'être venus ce soir. Nous allons passer un moment agréable, voir des vêtements magnifiques et collecter de l'argent pour une cause très méritante. J'aimerais ajouter… (Mes doigts se crispèrent autour du micro.)… que cette soirée est dédiée à la mémoire de mon amie, Emma Kitts.

Dan lança la bande-son, alluma les spots et les premiers mannequins firent leur entrée…

Le jour que je redoutais depuis si longtemps était arrivé. Aucun anniversaire ne serait aussi douloureux que celui-ci, songeai-je en montant dans ma voiture pour me rendre au cimetière de Greenwich. Tout en parcourant le sentier en gravier entre les sépultures récentes et d'autres si anciennes qu'on pouvait à peine lire les noms qui étaient gravés dessus, je relevai la tête et vis Daphné et Derek, qui semblaient calmes et posés. À côté d'eux, l'oncle et la tante d'Emma, ses deux cousins, et l'ami photographe d'Emma, Charlie, qui parlait à mi-voix avec son assistante, Sian, le poing crispé sur un mouchoir. Enfin, il y avait le père Bernard, qui avait célébré les funérailles d'Emma.

Je n'étais pas retournée au cimetière depuis ce jour-là – je n'en avais pas eu la force – et c'était la première fois que je voyais la pierre tombale d'Emma. J'eus un choc en la découvrant – cela rendait sa mort épouvantablement, catégoriquement irréfutable.

Emma Mandisa Kitts, 1974-2008
Notre fille bien-aimée restera à jamais dans nos cœurs

Des touffes de perce-neige penchaient leurs têtes délicates au pied de la tombe ; les glaives des crocus crevaient la terre froide pour déployer leurs fleurs pourpres. J'avais apporté un bouquet de tulipes, de jonquilles et de jacinthes, et en le déposant sur le granit noir, il me rappela la boîte à chapeaux de Mme Bell. Lorsque je me redressai, le soleil du printemps naissant m'aveugla.

Le père Bernard nous souhaita la bienvenue, puis demanda à Derek de parler. Derek dit que Daphné et lui avaient appelé Emma « Mandisa » parce que cela signifiait « douce » en xhosa et qu'elle était quelqu'un de doux ; il parla de sa collection de chapeaux, qui fascinait tant Emma quand elle était petite, et qui avait suscité sa vocation de modiste. Daphné parla du talent d'Emma, de sa modestie ; elle dit combien leur fille leur manquait. Sian étouffa un sanglot ; Charlie l'enlaça. Le père Bernard dit une prière, donna sa bénédiction et ce fut terminé. Alors que nous marchions à pas lents sur le sentier, je regrettai que l'anniversaire ait lieu un dimanche – j'aurais préféré être distraite par mon travail. Lorsque nous parvînmes aux grilles du cimetière, Daphné et Derek nous invitèrent à venir chez eux.

Je n'y étais pas retournée depuis plusieurs années. Dans le salon, je bavardai avec Sian et Charlie, puis avec la tante et l'oncle d'Emma ; je m'excusai pour passer dans la cuisine et traversai la buanderie pour sortir dans le jardin. Je me tins debout sous le platane.

« Je t'ai bien eue, non ? »

— Oui, tu m'as vraiment bien eue, murmurai-je.

« Tu as cru que j'étais morte ! »

— Non, j'ai cru que tu dormais…

En relevant les yeux, je vis Daphné à la fenêtre de la cuisine. Elle me salua, disparut un instant, puis traversa la pelouse pour me rejoindre. Je remarquai que ses cheveux avaient grisonné. Comment lui reprocher de ne plus les teindre ?

— Phoebe, dit-elle doucement en me prenant la main. J'espère que ça va.

Je déglutis.

— Ça… va, Daphné. Je vais bien, je m'occupe.

Elle prit un air entendu.

— C'est une bonne chose. La boutique est un succès – et j'ai vu dans le journal que ton défilé avait fait un tabac.

— En effet. Nous avons collecté un peu plus de trois mille livres – assez pour acheter douze cents moustiquaires et… enfin… (Je haussai les épaules.) C'est mieux que rien, non ?

— Nous sommes très fiers de toi, Phoebe, dit Daphné. Emma l'aurait été, elle aussi. Mais je voulais simplement te dire que Derek et moi avons récemment trié ses affaires.

Mes entrailles se tordirent.

— Vous avez dû retrouver son journal intime, lançai-je, pressée que ce moment affreux soit passé.

— Je l'ai retrouvé, en effet, dit Daphné. Je sais que j'aurais dû le brûler sans même l'ouvrir – mais je ne supportais pas de me priver de la moindre parcelle d'Emma. Alors, je l'avoue, je l'ai lu.

Je dévisageai Daphné en scrutant son visage pour y lire le ressentiment qu'elle éprouvait certainement.

— Cela m'a beaucoup attristée de découvrir à quel point Emma avait été malheureuse au cours des derniers mois de sa vie.

— Elle était malheureuse, c'est vrai, acquiesçai-je. Et, comme tu le sais désormais, c'est par ma faute. Je suis tombée amoureuse de quelqu'un qui plaisait à Emma ; cela l'a terriblement bouleversée, et je me sens très coupable de l'avoir rendue aussi malheureuse. Je n'en avais pas l'intention.

Ma confession terminée, je m'apprêtai à essuyer les reproches de Daphné.

— Phoebe, dit Daphné, dans son journal, Emma n'exprime aucune colère à ton égard, au contraire : elle dit que tu n'as rien fait de mal – elle dit que c'était encore pire pour elle, de ne rien pouvoir te reprocher. Elle s'en voulait de ne pas avoir une attitude plus... adulte face à cette situation. Elle avoue qu'elle était incapable de maîtriser ses sentiments négatifs, mais elle reconnaissait qu'elle s'en remettrait, avec le temps.

Un temps dont elle n'avait pas disposé. Je mis les mains dans mes poches.

— Je regrette tout ce qui est arrivé, Daphné.

Daphné secoua la tête.

— C'est comme si tu disais que tu regrettes que la vie soit arrivée. C'est la vie qui est comme ça, Phoebe. Ne te fais pas de reproches. Tu as été une bonne amie pour Emma.

— Non, pas toujours. Tu comprends...

Je ne devais pas tourmenter Daphné en lui laissant entendre que j'aurais pu sauver Emma.

— J'ai le sentiment d'avoir laissé tomber Emma, dis-je d'une voix étouffée. J'aurais pu faire plus. Ce soir-là. J'ai...

— Phoebe, aucun d'entre nous ne savait à quel point elle était malade, me coupa Daphné. Imagine ce que je ressens, moi, en sachant que j'étais en vacances et impossible à joindre… (Les larmes remplissaient ses yeux.) Phoebe, Emma a commis une… erreur épouvantable. Qui lui a coûté la vie – mais la vie continue, pour nous. Et tu dois essayer d'être heureuse, maintenant, Phoebe – autrement, deux vies auront été gâchées. Tu n'oublieras jamais Emma ; elle était ta meilleure amie, et elle fera toujours partie de toi, mais tu dois vivre ta vie le mieux possible.

Je fouillai dans ma poche pour trouver un mouchoir.

— Maintenant, déglutit Daphné, je veux te donner quelques effets d'Emma en souvenir d'elle. Viens.

Je suivis Daphné dans la cuisine, où elle prit une boîte rouge. Le Krugerrand en or s'y trouvait.

— Les grands-parents d'Emma le lui ont offert lorsqu'elle est née. J'aimerais que tu le prennes.

— Merci, dis-je. Emma y tenait beaucoup, et il me sera précieux.

— Et puis il y a ceci…

Daphné me donna l'ammonite.

Je le tins au creux de ma paume. Il était tiède.

— J'étais avec Emma lorsqu'elle l'a trouvée sur la plage à Lyme Regis. C'est un souvenir très heureux. Merci, Daphné. Mais… (Je lui souris à moitié.) Je crois que je vais partir, maintenant.

— Tu resteras en contact avec Derek et moi, n'est-ce pas, Phoebe ? La porte te sera toujours ouverte, alors je t'en prie, viens nous voir de temps en temps, et donne-nous des nouvelles.

Daphné me serra dans ses bras.

— C'est promis.

Quelques minutes après que je fus rentrée chez moi, Dan me téléphona. Il me demanda comment s'était passée ma visite au cimetière – il était au courant pour Emma, maintenant. Puis il m'offrit de l'accompagner pour inspecter un autre emplacement potentiel, pour son cinéma – un entrepôt victorien à Lewisham.

— Je viens de le dénicher dans les petites annonces de l'*Observer*, expliqua-t-il. Tu viens avec moi jeter un coup d'œil à l'extérieur ? Je peux passer te prendre dans vingt minutes ?

— D'accord.

Cela me distrairait, à tout le moins.

Dan et moi avions déjà visité une fabrique de biscuits à Charlton, une bibliothèque abandonnée à Kidbrooke et une vieille salle de bingo à Catford.

— L'emplacement doit être parfait, dit-il tandis que nous roulions vers Belmont Hill une demi-heure plus tard. Il faut que je trouve un lieu dans un quartier qui n'ait aucun cinéma à un kilomètre à la ronde.

— Et quand voudrais-tu ouvrir ?

Dan ralentit sa Golf noire et tourna à gauche.

— Dans l'idéal, l'an prochain à la même époque.

— Comment vas-tu l'appeler ?

— Le « Cine Qua Non », qu'en dis-tu ?

— Hum… ça fait un peu trop intello.

— D'accord. Alors le « Lewisham Lux » ?

Dan descendit Roxborough Way et se gara devant un entrepôt en briques. Il ouvrit la portière.

— C'est ici.

Comme je ne voulais pas escalader la grille cadenassée dans mon chemisier en soie, je lui dis que j'allais me balader. Sur Lewisham High Street, je passai devant une succursale de Nat West, un magasin de rideaux, une succursale d'Argos et un magasin de charité de la Croix-Rouge. À la hauteur de Dixon's, qui avait plusieurs écrans plasma en vitrine, je m'arrêtai brusquement. Le plus grand des écrans affichait Mags, debout devant un public de studio, vêtue d'un tailleur-pantalon écarlate et chaussée d'escarpins noirs à talons aiguilles. Comme le sous-titrage pour malentendants était activé, je pouvais lire ce qu'elle disait : « Je vois un militaire. Un type très droit. Qui aimait bien les cigares… » Elle leva les yeux. « Ça vous dit quelque chose ? » Comme le public ne réagissait pas, je levai à mon tour les yeux au ciel, puis je me rendis compte que Dan m'avait rejointe.

— Tu n'as pas traîné, lançai-je en jetant un coup d'œil à son beau profil. Alors, c'était comment ?

— Ça me plaît, je vais appeler l'agent immobilier demain à la première heure. La structure de l'édifice semble saine et la taille est parfaite.

Il remarqua alors que je fixais Mags et suivit mon regard.

— Pourquoi regardes-tu ça, mon amour ? (Il scruta l'écran.) C'est une voyante ?

— À ce qu'elle prétend.

« Je suis, en quelque sorte, votre standardiste… » Je racontai à Dan comment j'avais connu Mags.

— Tu t'intéresses à la spiritualité ?

— Non. Pas vraiment, dis-je tandis que nous nous éloignions.

— Au fait, ma mère vient de m'appeler, ajouta Dan alors que nous revenions vers la voiture, main dans la main. Elle aimerait que nous passions prendre le thé dimanche prochain.

— Dimanche prochain ? répétai-je. Ce serait avec grand plaisir, mais c'est impossible – j'ai quelque chose à faire. Quelque chose d'important.

Je lui expliquai de quoi il s'agissait.

— Oui, en effet, c'est important, reconnut Dan.

Épilogue

Je marche sur Marylebone High Street, pas en rêve comme je l'ai fait si souvent, mais dans la réalité, pour retrouver une femme que je n'ai jamais rencontrée auparavant. Je tiens un sac en plastique à la main ; je m'y agrippe comme s'il contenait les joyaux de la Couronne.

« C'était mon rêve, de donner un jour à Monique ce manteau… »

Je passe devant la mercerie.

« … le croirez-vous, Phoebe ? J'en rêve encore. »

Quand Lena m'a appelée pour me dire que son hôtel était au cœur de Marylebone, mon cœur a fait un bond. « J'ai trouvé un café sympathique à côté de la librairie, a-t-elle dit. J'ai pensé qu'on pouvait se retrouver là – ça s'appelle Amici's. Ça vous convient ? » J'étais sur le point de répondre que je préférerais aller n'importe où ailleurs car l'endroit me rappelait trop de souvenirs pénibles, quand soudain, je me suis ravisée. La dernière fois que j'y suis allée, il s'est produit quelque chose de triste. Maintenant, un événement heureux doit y avoir lieu…

Quand je pousse la porte, le propriétaire, Carlo, m'aperçoit et me salue d'un signe amical. J'aperçois une femme mince et élégante dans la petite cinquantaine, qui se lève de table pour se diriger vers moi avec un sourire hésitant.

— Phoebe ?

— Lena, dis-je chaleureusement.

Elle semble stupéfaite.

— Comment l'avez-vous deviné ?

— Vous comprendrez dans un moment.

Je vais prendre les cafés en échangeant quelques mots avec Carlo et je les rapporte à la table. Dans son doux accent californien, Lena m'explique la raison de son voyage à Londres : elle assiste au mariage d'une vieille amie, le lendemain, à l'office de l'état civil de Marylebone. Elle en est ravie mais elle souffre d'un décalage horaire épouvantable.

Maintenant que nous avons expédié les civilités, nous en venons à la raison de notre rendez-vous. J'ouvre le sac et je remets à Lena le manteau, dont elle connaît en grande partie l'histoire.

Elle palpe l'étoffe bleu ciel et caresse la trame du lainage, la doublure en soie et les coutures faites à la main.

— Il est ravissant. Alors c'est la mère de Thérèse qui a fait ça… (Elle m'adresse un sourire étonné.) Elle était douée.

— Elle était douée, en effet. Il est extrêmement bien fait.

Lena caresse le col.

— Ce qui m'étonne le plus, c'est que Thérèse n'ait jamais renoncé à l'idée de le donner à maman.

« Je l'ai gardé soixante-cinq ans et je le garderai jusqu'à ma mort. »

— Elle voulait simplement respecter sa promesse. Maintenant, d'une certaine manière, c'est fait.

La tristesse envahit le visage de Lena.

— La pauvre, tout de même… Elle n'a jamais su ce qui s'était passé, pendant toutes ces années. Elle n'a jamais pu trouver la paix… jusqu'à la toute fin de sa vie.

Tout en buvant le café, je raconte à Lena ce qui est arrivé, comment Thérèse a été distraite par Jean-Luc lors de cette nuit fatale, et comment elle ne s'est jamais pardonné de lui avoir révélé la cachette de Monique.

— Ma mère aurait sans doute été découverte de toute façon, dit Lena en posant sa tasse. Elle disait que c'était tellement difficile de rester toute la journée dans cette grange, dans le silence et la solitude – elle se réconfortait en se rappelant les chansons que lui chantait sa mère – qu'elle a été presque soulagée d'être découverte. Évidemment, elle n'avait aucune idée de ce qui l'attendait, ajoute Lena d'un air sombre.

— Elle a eu beaucoup de chance, murmuré-je.

— Oui.

Lena fixe son café, perdue dans ses pensées pendant quelques secondes.

— La survie de ma mère a été… un miracle. Donc, du coup, mon existence aussi – je ne l'oublie jamais. Et je pense souvent au jeune officier allemand qui l'a sauvée, ce jour-là.

Maintenant, je remets à Lena l'enveloppe matelassée. Elle l'ouvre et en tire le collier.

— Il est ravissant, dit-elle en l'examinant dans la lumière.

Elle égrène les perles en verre rose et bronze.

— Ma mère ne m'en a jamais parlé. Quelle place a-t-il dans cette histoire ?

Tout en le lui expliquant, j'imagine Thérèse recherchant désespérément les perles dans la paille. Elle a dû toutes les trouver.

— Je crois que le fermoir est en bon état, dis-je tandis que Lena l'ouvre. Thérèse l'a fait renfiler il y a quelques années.

Lena passe le collier : les perles scintillent sur son pull noir.

— Et voici la dernière chose.

Je lui remets l'enveloppe brune.

Lena en sort la photo, scrute les visages ; son doigt trouve tout de suite Monique. Elle me regarde.

— C'est comme ça que vous m'avez reconnue.

Je hoche la tête.

— Et là, à côté d'elle, c'est Thérèse.

Je désigne ensuite Jean-Luc et le visage de Lena se rembrunit.

— Maman éprouvait une grande amertume à l'égard de ce garçon. Elle ne s'est jamais remise du fait que ce soit l'un de ses camarades qui l'ait trahie.

Je raconte à Lena la bonne action de Jean-Luc, dix ans plus tard. Elle secoue la tête, étonnée.

— Comme j'aurais aimé que ma mère le sache. Mais elle a rompu tous ses liens avec Rochemare, même si elle disait rêver souvent de la maison. Elle rêvait qu'elle courait d'une pièce à l'autre en cherchant ses parents et ses frères, en appelant pour que quelqu'un, n'importe qui, vienne la secourir.

Je frissonne légèrement.

— Eh bien… (Lena serre le manteau contre elle, puis le replie.) Je le chérirai, Phoebe, et quand le temps sera venu, je le transmettrai à ma fille, Monica. Elle a vingt-six ans maintenant – elle n'avait que quatre ans à la mort de ma mère. Elle se souvient d'elle et elle me pose souvent des questions sur sa vie. Ceci l'aidera à connaître son histoire.

Je prends la serviette de table en papier, avec « Amici's » imprimé dessus.

— Il y a autre chose qui l'aidera à connaître l'histoire.

Je parle à Lena de la pièce de théâtre d'Annie. Le visage de Lena s'éclaire.

— Mais c'est merveilleux. Alors c'est une amie à vous qui l'a écrite ?

Je songe à l'affection que j'en suis arrivée à éprouver pour Annie depuis notre rencontre, il y a six mois.

— Oui. C'est une bonne amie.

— Je reviendrai peut-être pour y assister, dit Lena. Avec Monica. Si c'est possible, nous viendrons. Mais pour l'instant… (Elle replace soigneusement le manteau et la photo dans le sac.) J'ai été heureuse de vous rencontrer, Phoebe. (Elle sourit.) Merci.

— Moi aussi, je suis heureuse de vous avoir rencontrée.

Nous nous levons.

— Alors… y a-t-il autre chose ? demanda Lena.

— Non, réponds-je joyeusement. Il n'y a rien d'autre.

Nous nous disons au revoir en nous promettant de rester en contact. Tandis que je m'éloigne, mon téléphone sonne. C'est Dan.

Remerciements

J'aimerais remercier les personnes suivantes pour leur aide lors de la préparation et de la rédaction de ce livre. Pour leur expertise en matière de vêtements vintage, Kerry Taylor de Kerry Taylor Auctions, Sonya Hughes et Deborah Eastlake de Biba Lives, Claire Stansfield et Stephen Philip de Rellik, Maryann Holm de Circa Vintage, Dolly Diamond de Dolly Diamond et Paule et Guy Thomas de Fashion Era.

Pour les informations sur la Provence, je suis reconnaissante à Frank Wiseman et à Georges Fréchet de la Médiathèque d'Avignon d'avoir mis à ma disposition des documents sur Avignon pendant la guerre. Pour m'avoir éduquée sur la viticulture, je suis redevable à la famille Boiron de Bosquet des Papes et à Nathalie Panissières du Château Fines Roches. J'aimerais aussi remercier Richie Mead, rédacteur en chef adjoint du quotidien *Métro*, Carole Bronson, G.P., Jonathan et Kim Causer, Peter Crawford, Ellen Stead, Louise Clairmont qui a été, une fois de plus, mon « amie lectrice », le personnel de Blackheath Halls ainsi que celui de l'Age Exchange, et Sophia Wallace-Turner pour avoir corrigé mon français. Toutes les erreurs sont de moi.

J'aimerais remercier ma géniale éditrice, Claire Bord, et pour ses conseils éditoriaux, je suis très reconnaissante à Rachel Hore. Un grand merci à mon merveilleux agent Claire Conville, à tout le monde chez Conville et Walsh, et à Ailsa Macalister. Chez HarperCollins, toute ma gratitude à Jake Smith-Bosanquet, Anne O'Brien, Amanda Ridout, Lynne Drew, Fiona McIntosh, Alice Moss, Victoria Hughes-Williams, Leisa Nugent, Lee Motley, Bartley Shaw, Nicole Abel, Wendy Neale et tout le personnel des ventes.

Enfin, je voudrais remercier Greg, Alice et Edmund pour leur amour, leur soutien et leur patience infinie pendant l'écriture de ce livre.

Bibliographie

Les ouvrages suivants m'ont aidée à me documenter :

La France sous l'Occupation, de Julian Jackson, Flammarion, 2004.

Vichy et les Juifs, de Michael R. Marrus et Robert O. Paxton, Livre de Poche, 2004.

Hommes et Femmes à Auschwitz, d'Hermann Langbein, Fayard, 1998.

Hiding to Survive : Stories of Jewish Children Rescued from the Holocaust, de Maxine Rosenberg, Topeka Bindery, 1998.

It's Vintage, Darling ! de Christa Weil, Hodder & Stoughton, 2006.

Shopping for Vintage, de Funmi Odulate, Quadrille, 2007.

Alligators, Old Mink & New Money : One Woman's Adventures in Vintage Clothing, d'Alison Houtte et Melissa Houtte, Orion Books, 2006.

De l'art de cultiver
son jardin

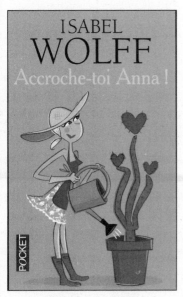

(Pocket n° 13783)

Anna, la trentaine, londonienne, a plaqué un job en or à la City pour réaliser son rêve : devenir architecte paysagiste. Anna a la main verte, pour fleurir le jardin des autres, c'est la meilleure. Mais côté vie personnelle, un sérieux défrichage s'impose : Xan, l'amant idéal, s'est métamorphosé en père absent et la voilà seule pour assumer un rôle de mère auquel elle n'était pas vraiment préparée. Et puis il y a ce mystère autour de ses parents qui incarnaient pourtant le couple idéal. Anna va devoir retrousser ses manches !

Il y a toujours un Pocket à découvrir

Quand Cupidon s'en mêle...

(Pocket n° 13276)

Aller de l'avant, aller de l'avant... Voilà ce que Laura Quick ne cesse de se répéter. Depuis que son mari Nick a disparu sans laisser de trace, sa vie est entre parenthèses. Il faut que ça change ! Ce quizz télévisé dont elle doit être la présentatrice ne serait-il pas l'occasion de prendre un nouveau départ ? Surtout que l'un des premiers candidats n'est autre que Luke, son amour de jeunesse... Le fleuve tranquille de Laura risque de prendre des allures de tourbillon...

Il y a toujours un Pocket à découvrir

Amour, gloire et méfiance !

(Pocket n° 11627)

Faith et Peter vivent une union placée sous le double signe du bonheur et de l'amour depuis aujourd'hui quinze ans. Mais en ce jour de fête, la machine si bien huilée va s'enrayer : Lily, la meilleure amie de Faith, lance de venimeuses insinuations sur la fidélité de Peter. Il est devenu si élégant... Et en même temps à la fois trop nerveux et attentionné. Aurait-il quelque chose à se faire pardonner ? La graine du doute a été semée est croît bien vite dans l'esprit de Faith, prête à tout pour découvrir la vérité...

Il y a toujours un Pocket à découvrir

Composé par Nord Compo
à Villeneuve-d'Ascq (Nord)

Imprimé en Espagne par Liberdúplex
à Sant Llorenç d'Hortons (Barcelone)
en juillet 2011

POCKET – 12, avenue d'Italie – 75627 Paris cedex 13

N° d'impression : 24404
Dépôt légal : juin 2010
Suite du premier tirage : juillet 2011
S19427/04